VIDA DE UNA ACTRIZ

Vida de una actriz

Elvira Menéndez

Papel certificado por el Forest Stewardship Council®

Primera edición: febrero de 2020

© 2020, Elvira Menéndez
Autora representada por Editabundo, Agencia Literaria, S. L. / www.editabundo.com
© 2020, Penguin Random House Grupo Editorial, S. A. U.
Travessera de Gràcia, 47-49. 08021 Barcelona

Printed in Spain – Impreso en España

ISBN: 978-84-666-6719-7
Depósito legal: B-381-2019

Compuesto en Infillibres, S. L.

Impreso en Black Print CPI Ibérica
Sant Andreu de la Barca
(Barcelona)

BS 6 7 1 9 7

Penguin
Random House
Grupo Editorial

Nota de la autora

A las españolas del Siglo de Oro se les permitió hacer teatro (al contrario que en el resto de Europa, donde los papeles femeninos los hacían hombres), lo que hizo que se convirtieran en las mujeres más cultas y libres de su época: disponían de su propio dinero, viajaban, dirigían y hasta escribían comedias, tenían amantes, e incluso se divorciaban. El público las idolatraba y los nobles se disputaban sus favores... Pero muchas de ellas pagaron un precio muy alto por su libertad. Así le ocurrió a María Inés Calderón, conocida en el teatro como la Calderona o Marizápalos.

María Inés Calderón fue amante del rey Felipe IV, con el que tuvo al menos un hijo: Juan José de Austria. Fue una mujer inteligente, con talento para la interpretación, el canto y el baile. De su vida, trufada de leyendas y habladurías, nos han llegado escasos datos. De ellos me he servido para construir esta novela reproduciendo, lo más fielmente que he sido capaz, las costumbres y el teatro de la época.

PRIMERA ESTROFA DE LA CANCIÓN DE MARIZÁPALOS:

Marizápalos bajó una tarde
al fresco sotillo de Vacia-Madrid,
porque entonces, pisándole ella,
no hubiese más Flandes que ver su país...

(A María Inés Calderón le pusieron el apodo de
Marizápalos por lo bien que cantaba y bailaba esta
canción. Y el balcón que el rey alquiló para ella en la
plaza Mayor fue conocido durante muchos años
como el balcón de Marizápalos.)

A los cómicos y demás gentes del teatro, del cine, de la radio, de la televisión, del libro o de la prensa, que dedican su vida a enseñar deleitando.

Y a Agustín Cegarra Ortega, mi hermano en el corazón. In memoriam.

Monasterio de Valfermoso de las Monjas
Estancia de la abadesa doña María de San Gabriel
Año de 1646

Los aldabonazos atronaron la calle en mitad de la noche.

Tuve por cierto que iba a morir. Y un miedo atroz, desesperado, me paralizó.

A Ramiro Núñez de Guzmán, que se desnudaba junto a mi cama, se le cayeron las pantorrilleras al suelo. En otras circunstancias, un lindo como él se hubiera apresurado a recoger aquellos rellenos de guata con los que aumentaba el volumen de sus piernas, pero se quedó petrificado, al igual que yo.

Cuando sonó la segunda tanda de aldabonazos, bajé de la cama y me dirigí a la ventana de mi dormitorio, que se hallaba en el primer piso. Mi respiración ansiosa empañó los cristales y tuve que frotarlos con la mano para poder ver lo que ocurría. Mis peores temores se confirmaron: una docena de hombres armados rodeaba mi casa. A la luz de las antorchas que portaban, distinguí el color amarillo y rojo de sus uniformes.

—¿Qui... quién llama? —farfulló Ramiro.

—Archeros de la guardia real —le contesté con un hilo de voz.

Presa del pánico, Ramiro retrocedió hasta tropezar con el brasero de plata que había a los pies de la cama, provocando que unos cuantos huesos de aceituna, que ardían dentro, saltaran por los aires.

Yo solo tenía ojos para lo que sucedía en la calle. Un soldado con un costoso penacho de plumas rojas en el sombrero, por lo que colegí que sería el sargento al mando de los archeros, le dio una formidable patada a la puerta al tiempo que gritaba:

—¡Sabemos que estáis ahí! ¡Abrid si no queréis que incendiemos la casa y os hagamos chicharrones!

Su voz era grave, aguardentosa.

Ramiro tiró de la media que se había enganchado en la pata del brasero, y comenzó a buscar sus ropas dispersas por el dormitorio.

Yo, abatida, apoyé la cabeza contra los cristales emplomados para seguir viendo lo que ocurría abajo, en la calle.

Un embozado vestido de negro, con la mitad del rostro cubierto por una mascarilla, negra también, entró en el círculo que formaba la vacilante luz de las antorchas que portaban los soldados. Se acercó al sargento y, cuando inclinó la cabeza para decirle algo al oído, lo reconocí por las guedejas rubias que asomaban de su sombrero.

—El rey... También ha venido el rey —musité.

—¡Es... toy per... dido! —balbuceó Ramiro.

—¡Los dos lo estamos! —repliqué, sorprendida de que solo hablase de sí mismo.

El rey tenía la mirada clavada en el suelo. Un gesto inusual en él, que interpreté era de dolor.

«Me ama... Al menos, más que a las otras. Prueba de ello es la comedia que me escribió (mala, como era de esperar) para que la estrenara en la inauguración del Coliseo del Buen Retiro. Ya nunca la representaré. Ni esa ni ninguna otra.»

Me embargó la compasión hacia él. Aunque no lo amaba, era el padre de mi hijo, y me lastimaba su dolor.

¿Cuál sería su reacción? ¿Se apiadaría de mí? ¿O me castigaría de una forma terrible?

Un escalofrío me recorrió el cuerpo al darme cuenta de que la última opción era la más probable: jamás me perdonaría que hubiera preferido a otro hombre antes que a él.

De pronto, Felipe IV se irguió, recobrando el gesto hierático y altivo que solía lucir en las ceremonias oficiales. Se acercó al sargento y le dijo algo que, naturalmente, no pude oír.

—¡Traed el ariete para derribar la puerta! —gritó el militar a continuación.

La orden desencadenó carreras de la servil soldadesca.

El primer golpe del ariete hizo que se tambalearan los muebles del dormitorio y despertó a los vecinos de la calle Leganitos, que se asomaron a puertas y ventanas. Pero en cuanto se percataron de que eran guardias reales los que trataban de derribar la puerta, regresaron a sus camas.

Tras una docena de golpes, los goznes cedieron.

Ramiro, ya vestido, me abrazó por la espalda. Conmovida, me volví y lo besé en los labios, pensando que sería la última vez. Él, agarrado a mi cuerpo, se dejó caer lentamente hasta quedar arrodillado en el suelo.

—¡Por lo que más quieras, sálvame, Calderona! —sollozó con la cabeza hundida entre mis muslos.

—Ojalá pudiéramos salvarnos los dos.

—A ti no te matará.

¿Es que no se daba cuenta de que, aunque el rey me perdonara la vida, me obligaría a renunciar al teatro, a mis amigos, a mis sueños? ¿No era esa una forma de darme muerte? ¿Es que separarse de todo lo que uno conoce y ama no es morir?

—¡Dile al rey que fuiste tú quien me sedujo, María Inés!

Lo miré atónita. ¿Acaso no se había parado a pensar en lo que sería de mí?

—¡Me perdonará si tú se lo pides, Calderona!

¿Cómo no me había dado cuenta hasta ese instante de lo cobarde y egoísta que era Ramiro?

Al ver que no le contestaba, insistió:

—¡Ayúdame, María Inés! ¡Por el Amor de Dios!

Sus lágrimas habían hecho que mi camisa, fina como un manto de soplillo, se me pegara a los muslos.

—¿Por qué habría de salvarte a ti, antes que a mí misma?

—Porque me amas.

La cólera que se reflejó en mi cara le hizo cambiar de táctica.

—Conozco un secreto muy importante que te atañe y que nunca te he contado. Si me ayudas, lo haré —dijo.

Por el amor que había sentido por él, más que por conocer ese secreto, respondí:

—En el piso de arriba, justo encima de este dormitorio, verás un tapiz de la Anunciación. Detrás, hay un ventanuco que da al tejado. No te será difícil saltar a la casa de al lado.

Guardaba la esperanza de que se ofreciese a llevarme con él. Pero me abrazó con todas sus fuerzas.

—¡Mi María Inés, mi pequeña Marizápalos, mi Calderona, te amo más que a mi vida! ¡Amén de ser la mejor cómica del reino, tienes un corazón de oro! Sabes que yendo juntos nos alcanzarían, ¡y estás dispuesta a sacrificarte por mí!

Lo miré, estupefacta. No le preocupaba mi suerte, ni sentía el menor remordimiento por dejarme expuesta a la ira del rey.

—¿Crees que los soldados me habrán reconocido al entrar?

—Es imposible; entraste embozado —contesté con rencor.

—No le dirás al rey que era yo quien estaba contigo, ¿verdad?

Recorrí con la mirada su cuerpo esbelto, sus ojos oscuros, su boca carmesí, que había anhelado hasta la locura. El hechizo se había roto. El amor ciego, enfermizo, que había sentido por Ramiro acababa de desvanecerse.

—Contéstame, María Inés, no me descubrirás ante el rey, ¿verdad?

Negué con la cabeza.

—¡Prométemelo!

—Te lo prometo —musité con desgana.

—¡Gracias, querida mía! ¡Te debo la vida!

Intentó besarme, pero aparté la cara.

Oímos un estrépito colosal. Los guardias acababan de derribar la puerta de la calle.

—¡Nunca te olvidaré, María Inés Calderón!

Echó a correr, pero yo lo retuve, agarrándolo de la mano.

—¿Qué secreto ibas a contarme?

—Se refiere a tu hijo.

El sentimiento de culpa me embargó.

—¿A Juan José? ¿Está vivo?

—Sí.

—¿Qué es?

Me lo dijo al oído.

Sentí náuseas y un dolor agudo en el bajo vientre.

—No, no es posible —balbuceé—. ¿Por qué no me lo advertiste entonces? Si hubiera sabido que querías que tuviera un hijo para eso... ¡Canalla! ¡Vete, fuera de mi vista, Ramiro Núñez de Guzmán! ¡No quiero volver a verte nunca más! ¡Nunca más! —repetí, ahogada en sollozos.

Salió corriendo del dormitorio. Ahora era de mí de quien huía.

Apenas dos padrenuestros después, entró el rey seguido de los archeros. Me cogió por los hombros y me zarandeó.

—¿Quién era el hombre que estaba contigo?

Conmocionada por lo que Ramiro acababa de contarme, no respondí.

—¿Quién era? ¡Dilo de una vez!

Mi silencio lo enfureció. Me dio un empujón, al tiempo que gritaba:

—¡Puta cómica!

Se me encogió el estómago, el cuerpo se me redujo como si una bala de cañón me hubiera aplastado contra el suelo. Noté que se me cerraba el pecho, que no podía respirar. Miré al rey con ojos desorbitados. ¡No había podido escoger un insulto que me doliera más! ¡Y lo sabía!

—Eso es lo que eres, Calderona: ¡una puta cómica! —se regodeó—. ¡Como todas las de tu gremio!

Quise protestar, pero de mi garganta solo salió un gemido ronco. Él, consciente del daño que me hacían sus palabras, siguió humillándome:

—Me encargaré de que hasta los niños lo repitan por todo el

reino: ¡Calderona, puta cómica! ¡Calderona, puta cómica! ¡Calderona, puta cómica!

Intenté tragar aire, tranquilizarme. Sufría con resignación que los moralistas e hipócritas nos consideraran putas a las cómicas. Pero el rey era un hombre culto, con una sensibilidad exquisita para las artes, y sabía del trabajo que me tomaba en estudiar, analizar y ensayar textos, bailes, canciones. Él, que siempre había alabado mi talento, ¡cómo podía llamarme puta!

«Las honestas damas que se venden en matrimonio a cambio de una vida acomodada sí que son putas. Pero yo vivo de mi trabajo. ¡Ningún hombre me mantiene!», intenté decirle.

Pero no pude.

El corazón me palpitaba desenfrenadamente. Sudaba. No podía hablar. Ni respirar.

Le agarré del jubón, desesperada.

Después de exhalar un estertor, me sumí en la oscuridad total, que me pareció la muerte.

—Esos hechos que acabáis de relatar, ¿sucedieron en la corte? —preguntó el fraile a la abadesa.

—Sí, en mi casa de la calle Leganitos de Madrid.

El religioso tomó nota.

—¿Cuándo tuvieron lugar? —preguntó a continuación.

—¿En qué fecha estamos?

—A 8 de noviembre del año del Señor de 1646.

La abadesa entornó los ojos y, tras unos instantes, respondió:

—El rey irrumpió en mi casa la madrugada del 24 de octubre del año 1636, hace exactamente diez años y quince días.

Mientras él anotaba la fecha, la abadesa aprovechó para observarlo. Su presencia era hermosa. Le calculó unos veinte años, quizá menos.

«Es sorprendente que hayan encargado la tarea de escribir mi vida a alguien tan joven.» La abadesa rectificó al fijarse en los ardientes ojos azules del fraile. «Su mirada destila inteligencia. No parece un cualquiera.» Miró las manos blancas y delicadas que alisaban el papel. «No creo que haya realizado nunca trabajos serviles. Debe de ser el segundón de alguna familia noble, al que han destinado a la religión desde la cuna.»

—¿Podría haceros otra pregunta, doña María Inés?

—Mi nombre en religión es doña María de San Gabriel. Podéis llamarme así, o reverenda madre, como os plazca —replicó la abadesa con acritud.

Enseguida se arrepintió de su arrebato. Aquel joven fraile no tenía culpa de nada. Si acaso quien le había encargado la tarea.

—Disculpad, reverenda madre. Me enviaron deprisa y corriendo a este monasterio, sin decirme siquiera el nombre que habéis adoptado en religión.

—Soy yo quien debe disculparse. El obispo me comunicó por carta que vendríais a escribir el relato de... Me ordenó que os contase todo, sin faltar a la verdad. Pero no decía quién lo había encargado, ni con qué propósito, aunque puedo imaginarlo.

—Yo ignoro todo eso, reverenda madre; no soy más que el amanuense del monasterio.

La abadesa, en tono más amable, preguntó:

—¿Cómo os llamáis?

—Fray Matías de Monjardín.

—¿Cuál era la pregunta que queríais hacerme?

—Tengo curiosidad por saber por qué comenzasteis el relato en la noche en la que el rey os sorprendió en brazos de vuestro amante.

«Porque mi vida se hizo pedazos esa noche», pensó la religiosa.

—¿Os habría parecido más adecuado que lo hubiera comenzado el día en que conocí a Su Majestad?

El fraile asintió, sin percatarse del tono irónico de la abadesa.

Ella tragó aire y lo soltó pausadamente, antes de explicar:

—De los hombres que pasaron por mi vida, Felipe IV fue el más poderoso, pero no al que más amé. Estaba enamorada de Ramiro Núñez de Guzmán, marqués de Toral, duque de Medina de las Torres, y yerno del conde-duque de Olivares... —la abadesa suspiró—. Si empecé el relato por el momento en que el rey nos descubrió es porque aquella noche aciaga mi vida se desmoronó: descubrí que Ramiro no solo no me amaba, sino que me había utilizado; perdí mi trabajo, el favor del rey y, con él, el de los cortesanos que tanto decían adorarme. Afortunadamente, tenía otros amigos. Lo supe después...

Plaza Mayor de Madrid
Finales de octubre del año de 1636

La plaza Mayor, principal mercado de la Villa y Corte, se hallaba atestada de gente. A Jusepa Vaca, una de las cómicas más famosas del reino, le estaba costando lo suyo atravesarla, pues los pasillos que quedaban entre los puestos, invadidos por cajones de frutas y verduras, no dejaban espacio para circular. Por si fuera poco, sus ropas la delataban como una dama de posibles, y de continuo se interponían en su camino tablajeros y regatonas para ofrecerle sus productos.

Cuando consiguió llegar al otro lado, Jusepa, exhausta, se apoyó en la columna que hacía esquina con la calle de la Amargura, y extrajo de su escote un huevo de Núremberg, o reloj de pecho, como daban en llamarlo últimamente. El artilugio, poco exacto, marcaba las nueve de la mañana.

«El ensayo no comienza hasta las once. Me da tiempo a mirar en otro par de mercerías», pensó, mientras volvía a poner a buen recaudo entre sus mamellas su preciada joya. «Que aquí los aliviadores de sobacos, anzuelos de bolsas, capeadores y demás amantes de lo ajeno abundan más que las cebollas.»

Llevaba desde primera hora de la mañana buscando abalorios, entredoses, galones y puntillas, y otros elementos de pasamanería con los que cambiar la apariencia de los trajes que iba a sacar en la próxima comedia. Aquella temporada los alquiladores de hatos* habían subido mucho los precios, y le tocaba reformar vestidos que ya había usado en demasiadas comedias. Como comedianta veterana, sabía que los trajes de escena no eran asunto baladí. Era preciso que se vieran bien de lejos y, si el argumento de la obra lo permitía, abundasen en plateados, dorados, perlas y brocados, a fin de despertar la admiración del montaraz público de los corrales.

—¡Jusepaaa, Jusepaaa!

Tardó unos segundos en ver a la mujer que le hacía señas desde la escalerilla de piedra.

Como no podía distinguir sus facciones, trató de adivinar por sus ropas de quién podría tratarse. Iba embutida en un voluminoso guardainfante lleno de galones plateados, que destellaban con los rayos del sol que se filtraban entre los nubarrones que cubrían el cielo.

«Lleva tanto brillo encima que no se deja mirar. Se me da que es una cómica. Ninguna dama de calidad se pondría tanto oropel para trotar entre chorizos y verduras», pensó.

La mujer del guardainfante plateado se abría paso hasta ella por los concurridos soportales, empujando con desparpajo a quien hiciera falta.

—¿Adónde va ese empacho de faldas con tanta prisa? —dijo un esportillero.

Una regatona, a su lado, señaló a Jusepa con un índice que atesoraba un siglo de roña bajo las uñas.

—¿Adónde va a ir, necio? ¡A pedirle trabajo a la cómica!

—¡Vive Dios! Es Jusepa Vaca, la representanta, ¿no?

—La misma que viste y calza.

Pese a los años que llevaba en la escena, a Jusepa aún le resultaba placentero ser reconocida, y correspondió con una sonrisa constreñida por la falta de dientes.

Los tenía postizos —y se había hecho perforar las encías para sujetárselos con alambres—, pero solo los usaba para el teatro y los saraos.

* Alquiladores de vestuario y atrezo para el teatro.

La mujer del vestido plateado la abrazó con muchos aspavientos.

—¡Cuánto me alegro de verte, querida maestra!

Jusepa arqueó las cejas.

—¿No me recuerdas? Soy Virginia, Virginia del Valle.

—¿Cómo no voy a recordarte? —le volvió a replicar Jusepa con sorna.

La primavera anterior le había hecho a aquella joven una prueba para un papel en la comedia que entonces preparaba. Aunque venía avalada por varios autores, que decían haberla probado, Virginia más que recitar trituraba los versos, y había tenido que rechazarla. No tenía talento para cómica, pero por la desenvoltura que desplegaba para relacionarse con los hombres, conseguiría pronto algún protector que la mantuviese. «Quizá sea esa su verdadera meta, y use el teatro como medio para alcanzarla», pensó.

—¿Te has enterado de que la Calderona ha abandonado Madrid?

—¿María Inés? Habrá tenido que arreglar algún asuntillo urgente. Pero hoy le toca ensayar y seguro que no falta.

—Se ha ido para siempre —dijo la otra, subrayando sus palabras con cierta tensión.

Las oscuras pupilas de Jusepa se dilataron.

—Supongo que para ti será una contrariedad tener que sustituirla con tan poco tiempo.

—Sí, claro.

—Por si te sirve de algo, me sé su papel.

Jusepa alzó las cejas, irritada. Así que quería que le diese trabajo en la comedia que estaba preparando y, en vez de pedirlo con franqueza, usaba la supuesta desaparición de Marizápalos para ofrecerse a sustituirla.

—Si lo deseas, puedes hacerme una prueba.

—No será necesario, Virginia. No hay en mi comedia ningún papel digno de... tus méritos. Ni lo habrá nunca.

Los ojos de Virginia centellearon de ira. Pero contestó con la mejor de sus sonrisas:

—Ayer vi, desde la cazuela,* la comedia que estás representando, Jusepa. ¡Y no sabes lo joven que se te ve desde lejos!

—Nunca voy a ser tan joven como ahora.

—Claro. A partir de los cincuenta, ya no hay cuenta.

—El talento no tiene edad.

—Cierto. Cuando sea vieja, quiero ser como tú.

—Dios Nuestro Señor nos concede a cada uno dones diferentes. A ti te ha dado belleza.

—Este verano interpreté *La Dama Boba* en la compañía de Pedro de la Rosa y todos alabaron mi talento interpretativo.

—Sí, ha llegado a mis oídos que eres una maestra de la lengua.

—¿Ves?

—La lengua tiene muchos usos, querida. Y cada una la emplea como mejor sabe. Ha sido un placer charlar contigo, pero he de dejarte. Si quieres aceptar un consejo de esta vieja cómica, búscate un amante que te pueda pagar un aposento.** La cazuela no es para ti. Tú eres una mujer cara, Virginia. ¡Dios te guarde!

—¡Dios te guarde a ti también, Jusepa! ¡Y te permita alcanzar la edad que aparentas!

Jusepa fingió no haberla oído, aunque su veneno la alcanzó. Cierto que había sobrepasado la edad de representar damitas. Pero ¿era culpa suya que los poetas de comedias solo escribieran papeles de enjundia para las jóvenes? ¿Acaso las mujeres de cincuenta años no sufrían, ni se enamoraban? ¿No sentían celos, ni desesperación al verse rechazadas? ¿No peleaban en la sombra por el poder? ¿No intrigaban ni se vengaban de sus enemigos?

Inspiró aire y lo soltó lentamente para intentar calmar el enojo que sentía.

* Cazuela: Lugar desde donde veían las comedias las mujeres del pueblo. Dicen que se llamaba así porque su continuo murmureo semejaba el hervir de una cazuela.

** Cuarto cerrado con celosía desde donde damas y caballeros observaban la comedia sin ser vistos.

Llevaba treinta años luchando para dar de comer a los veinticinco cómicos, bailarines, músicos, apuntadores y tramoyistas que formaban su compañía. Amaba el teatro con toda su alma y no renunciaría a él mientras le quedaran fuerzas. Aunque aquella mala pécora de Virginia la llamase vieja, ella seguiría combatiendo las huellas que el tiempo dejaba en su rostro con tal de subirse a un escenario.

«¿Será cierto lo que ha dicho de que la Calderona se ha ido de la corte para siempre?», se preguntó de pronto. «No, no puede ser: el rey la ama y no lo consentiría. Virginia ha urdido esa mentira para que le dé el papel.»

Antes de continuar, Jusepa echó un vistazo al balcón de la Casa de la Panadería, que hacía esquina con la calle de los Boteros: el famoso balcón de Marizápalos.

«María Inés ha picado muy alto, demasiado», pensó al tiempo que suspiraba.

CASA DE CAMPO DE MADRID
27 de octubre de 1636. Diez y media de la mañana

Siempre que sus obligaciones se lo permitían, Isabel de Borbón, reina de España y esposa de Felipe IV, gustaba de salir a galopar por los bosques de la Casa de Campo cercanos al Alcázar.

El ejercicio al aire libre le permitía alejarse, aunque solo fuese durante unas horas, de las infinitas reglas protocolarias a las que vivía sometida en la ceremoniosa corte de los Austrias.

Solía salir a primera hora de la mañana para que el sol no tostase su blanquísima piel, pero aquel día pasaban de las diez y media cuando atravesó la Puerta de la Vega. La acompañaba su camarera, Marisa del Pino, que le había servido como menina cuando, con trece años, llegó al Alcázar para contraer matrimonio con el príncipe heredero. Con el paso del tiempo, las compañeras de juegos se habían convertido en amigas.

Tras cruzar el puente de Segovia, se internaron en la Casa de Campo.

—¿Qué os ha parecido la prometida de mi tío, Majestad? ¿Estáis conmigo en que es una joven dotada de un encanto singular?

—Sí, Virginia del Valle es muy zalamera.

—Estaba empeñada en conoceros, Majestad.

A la soberana no acababa de gustarle la joven que había seducido al tío de Marisa, un hidalgo añoso, feo, con muchos títulos y poco dinero, que tenía su casa frente a la de la Calderona, en la calle Leganitos. Pero la tal Virginia le había proporcionado una información muy valiosa y no le había quedado más remedio que recibirla.

«Seguro que aprovecha la audiencia conmigo para conseguir un partido mejor que el tío de Marisa», pensó la soberana, algo enrabietada.

Ensimismada en sus reflexiones, había dejado bastante atrás a su dama, y condujo su cabalgadura al paso para dejarse alcanzar.

—Veo que hoy os apetece galopar, Majestad. ¿Deseáis que echemos una carrera?

La reina inspiró profundamente el aire puro de la sierra, aromatizado por las jaras, tomillos y romeros.

—Sea, Marisa, pero solo hasta el Palacio de los Vargas. Tengo una recepción con el nuncio del Papa a la una.

Cuando la reina inició la galopada, el lazo que sujetaba su moño se aflojó. Ella lo deshizo de un tirón y dejó su larga melena oscura a merced del viento.

Al llegar a los jardines del Palacio de los Vargas tiró de las riendas para esperar a su dama, que llegó sofocada unos minutos después.

—Volvamos al Alcázar, se está haciendo tarde —le dijo al tiempo que daba la vuelta para emprender el regreso.

Dos mozos de cuadras aguardaban a la soberana y a su camarera para tomar a los caballos por las riendas y conducirlos a los establos. La reina ya se dirigía a toda prisa hacia la entrada y la dama de compañía tuvo que correr tras ella.

—¿Queréis poneros el vestido de los rombos plateados para recibir al nuncio, Majestad? —preguntó esta.

La reina hizo un mohín.

—¿Qué ocurre, señora? ¿Os he disgustado en algo?

—No, no tiene que ver contigo, Marisa. Es por el vestido. Lo llevaba en la fiesta de cañas de la plaza Mayor, cuando la Calderona...

—No debéis renunciar a usarlo por culpa de esa desvergonzada. ¡Es uno de vuestros vestidos más hermosos! ¡Y os proporciona tanta majestad! Los embajadores parpadean de asombro al veros con él.

—Lleva quince libras de plata en bordados. No puedes imaginar lo que cuesta arrastrarlo.

La reina remató su comentario con una sonrisa triste.

—Olvidad de una vez el incidente del balcón, señora.

—Esa mujer me hizo perder los nervios aquel día, Marisa. Ha sido la única vez en toda mi vida que no me he podido controlar.

—La culpa no fue vuestra, Majestad —bajó la voz, porque era impropio de una dama lo que iba a decir—. Solo a una ramera de los corrales, como esa Marizápalos, se le ocurriría alquilar un balcón junto al vuestro, y permitir que el rey la galanteara delante de toda la corte. ¡Hicisteis muy bien ordenando que la echaran de la plaza Mayor!

La reina comenzó a juguetear nerviosamente con los enganches metálicos de su vaquero.* Marisa se fijó en que tenía los ojos cuajados de lágrimas.

—No sirvió de nada echarla, excepto para enojar a Felipe. Cuando regresamos a palacio, me reprochó la forma desconsiderada con que la había tratado. «Deberíais haberme guardado respeto y no haber requebrado a esa cómica delante de mí», le dije. «Señora, ninguna mujer, haga lo que haga su esposo, tiene derecho a reprochárselo, ¡y menos si se trata del rey!», contestó muy irritado. A los pocos días, con motivo de la celebración de

* Traje para montar a caballo o para ir al campo.

«las encamisadas del carnaval», Felipe alquiló a esa mujerzuela otro balcón. ¿Lo sabías?

—Algo he oído.

—¿Sabes cómo lo llaman desde entonces los madrileños? ¡El balcón de Marizápalos! —Su voz se quebró en un sollozo—. Soy el hazmerreír de la corte.

—Esa mujerzuela no es más que un pasatiempo para Su Majestad. Es a vos a quien en verdad ama.

—Me gustaría creerlo.

—La prueba está en que alquiló ese balcón a Marizápalos para alejarla de vos, para que no os ofendiera con su presencia.

La reina levantó la cabeza.

—¿Sabes qué? Me pondré hoy el vestido de los rombos plateados para celebrar el haber conseguido librarme por fin de esa mujer. ¡Y de Ramiro, que fue quien se la presentó al rey!

—¡Así me gusta, señora! No debéis permitir que los amoríos de vuestro esposo os mortifiquen.

—Ninguno me ha afectado tanto como el de Marizápalos.

Entraban en la plaza del palacio, cuando la reina musitó:

—Hay algo con respecto a esa mujer, a su hijo, que nunca podré contarte.

El rumor de los numerosos coches que ruaban por la calle Mayor sofocó la voz de la soberana.

«Nacer para parir herederos es un destino cruel», pensó Marisa con amargura.

CONFITERÍA DE LA CALLE INFANTAS DE MADRID
27 de octubre de 1636, diez y media de la mañana

Para superar el enojo que le había producido el encuentro con Virginia del Valle —aquella tarasca sabía dónde clavar el aguijón—, Jusepa decidió darse el capricho de un letuario, acompañado de su correspondiente copa de aguardiente. Desestimó los platillos que los vendedores ambulantes ofrecían a los transeúntes de la plaza Mayor, porque el aguardiente solía ser de baja calidad y la confitura solía estar seca.

Las tabernas de la plaza Mayor estaban abarrotadas, y resolvió dirigirse a la Cava de San Miguel. Después de todo, si algo abundaba en la corte, eran las tabernas.

«Es Madrid, ciudad bravía / que entre antiguas y modernas / tiene trescientas tabernas / y una sola librería», recitó para sí con una sonrisa aviesa. Aunque lamentaba la escasez de librerías, a Jusepa no le parecía que sobraran tabernas.

Al descender por la escalera que conducía a Cuchilleros, apenas veía los peldaños. Lo atribuyó a la sombra de los edificios de ocho pisos —los más altos de Madrid—, que apuntalaban la plaza Mayor. Sin embargo, cuando salió a la Cava de San Miguel, comprobó que la oscuridad se debía a que el cielo se había encapotado por completo.

«Va a estallar la tormenta de un momento a otro», pensó.

Las tabernas de la Cava de San Miguel, al igual que las de la plaza Mayor, estaban abarrotadas de gente, ruidos y emanaciones, y determinó dirigirse a la elegante confitería de la calle del Arco Imperial, pese a lo cara que era. Se había puesto de moda entre los linajudos personajes de la corte degustar los excelentes vinos, alojas, sorbetes, garapiñas,* chocolates, confites y empanadas, tanto dulces como saladas, que allí ofrecían.

«Como el público de la confitería es menos vocinglero, aprovecharé para estudiar los versos del tercer acto.»

El confitero la acomodó en una mesa cercana a la entrada.

—¿Qué vais a tomar, doña Jusepa?

—Un letuario.

Se descalzó con disimulo. ¡Había que ver lo cansada que estaba! La vida de una *comedianta* era dura, y si además era autora,** como en su caso, mucho más. Amén de estudiar y ensayar su papel —habitualmente el más largo—, debía dirigir los ensayos.

---

* Helados.
** Autora era en el siglo XVII la directora de la compañía, y no quien escribía el texto.

El confitero puso sobre la mesa el letuario con su correspondiente copa de aguardiente. Jusepa apartó la confitura y le dio un tiento al licor.

«Espero que lo que ha dicho esa Virginia no sea más que un subterfugio para conseguir que le dé un papel en la comedia... En cuanto la estrene, le pediré a un poeta que me escriba otra comedia en la que pueda lucirme, sea buena o no. Y estaré pendiente de que, una vez escrita, no se la dé a otra cómica más joven, como ya me pasó con el putañero de Lope, a quien Dios tenga en su Gloria», reflexionó Jusepa mientras sacaba el texto de la faltriquera.

Cerró los párpados, y enseguida se apoderó de ella un sopor relajante. Aquella semana había dormido poco. La habían contratado para hacer tres representaciones nocturnas: dos en casas nobles y otra en un convento; y no había regresado a casa hasta el alba, pues a los grandes señores les parecía mal que los actores no se quedaran a disfrutar de su charla después de la función. «¡Para que luego digan de los cómicos que somos *gentes vagas, corrompidas por vicios y maldades*!»

Sumergida en la modorra, no se dio cuenta de que una joven acababa de sentarse a su mesa.

—Jusepa, llevo toda la mañana buscándote.

Ya antes de abrir los ojos, Jusepa percibió, por el tono de voz que había empleado, que aquella muchacha traía algún disgusto.

«Los males, siempre a pares», se dijo, dando por sentado que, como la anterior, venía a la caza y captura de un papel. Aunque de esta tenía buena opinión. Se llamaba Isabel Aragonés y solía trabajar en la compañía de Amarilis. Recitaba bien y era disciplinada, cualidades que ella apreciaba sobremanera.

Jusepa la miró interrogativa, con las cejas muy levantadas.

—Ha desaparecido...

Vaca hizo como que no la había entendido:

—Deberías atar más en corto a tus galanes, Isabel. ¡O elegirlos con más tino! —contestó Jusepa, ya de vuelta de los enredos amorosos de las cómicas jóvenes.

—¡Es la Calderona quien ha desaparecido!

A Jusepa se le revolvió el aguardiente en el estómago.

—Temo que le haya sucedido algo con el rey.

Jusepa posó su dedo índice sobre los labios para indicar a la joven que fuese discreta. A aquel establecimiento acudían los más distinguidos personajes de la corte, y cualquier cosa que allí se dijera tardaría muy poco en llegar a palacio. De hecho, alguno ya las estaba mirando.

—Tómate algo a mi salud, Isabel —dijo en voz alta.

El confitero, que estaba al quite, se acercó de inmediato:

—¿Qué desea vuestra merced?

—Una garapiña —pidió la joven.

—¿Otra también para vos, doña Jusepa?

—¡No! Que ese brebaje mata de frío, ¡y ni es bebida ni es vianda! Tráeme otro letuario. Mejor solo el aguardiente, que me empalaga tanto dulce. ¿Qué tal os fue por Segovia?

—Digan lo que digan, nos fue bien.

—¿Es cierto que Amarilis y su marido quieren divorciarse y dividir la compañía?

—Pues...

—¡Cuenta, cuenta! ¡Que no me iré de la lengua! ¡No saldrá de Europa!

Se acercó a Isabel, como para escuchar su respuesta, y le susurró al oído:

—Después de que me haya ido, tómate el tiempo de rezar una salve y sígueme a la iglesia de San Pedro, que a estas horas está vacía y podremos hablar sin estorbo.

Se echó a reír estrepitosamente y añadió en voz alta:

—¡Me extraña que Amarilis y su marido se divorcien, Isabel! Juntos ganan buenos dineros, ¡y lo que unen los negocios, no lo separa nada! —Se puso en pie y acabó el aguardiente de un trago—. Aunque la chismería me es grata, se me hace tarde para el ensayo y debo irme. ¡Dios te guarde!

Dejó unas cuantas monedas sobre la mesa y caminó hacia la salida, moviendo las caderas con la cadencia lasciva que tantos aplausos arrancaba en el escenario. Sin embargo, llevaba un nudo en el estómago.

Iglesia de San Pedro el Real, Madrid
Año de 1636

De camino a la iglesia de San Pedro el Real, donde se había citado con Isabel, Jusepa percibió que el repiqueteo de sus pasos sonaba extraño, como si reverberara al chocar contra la espesa losa de nubes que cubría el cielo. «Va a estallar la tormenta», pensó.

Llegando al templo, comenzaron a caer gruesas gotas de lluvia, que se convirtieron en un chaparrón espantoso adobado con truenos y relámpagos. Jusepa corrió a refugiarse en la puerta de la iglesia. Poco después llegó Isabel empapada, temblorosa y lívida.

—¿Qué le ha ocurrido a Marizápalos? —le preguntó Jusepa.

Un relámpago formidable las cegó. Y el trueno que vino a continuación pareció remover los cimientos del templo.

—¡Vive Dios, vaya tormenta! ¡Deja de temblar y habla de una vez, Isabel! ¿Qué le ha pasado a María Inés?

La joven estaba tan aterrada por los truenos, que era incapaz de hablar. Jusepa la empujó al interior del templo, que los relámpagos iluminaban como si en el cielo se hubiese encendido una antorcha de luz blanca.

La campana de la torre morisca de San Pedro comenzó a sonar en ese instante y la joven se quedó inmóvil.

—No te asustes, Isabel. Dicen que la campana de la torre de San Pedro tiene el don de ahuyentar las tormentas y los campesinos le pagan al sacristán para que la toque con el fin de proteger sus cosechas.

Isabel corrió a arrodillarse ante la imagen del Santo Cristo de la Lluvia, que estaba enfrente, y declamó:

—Tente nublo, tente tú, que Dios puede más que tú.

—¿Qué recitas? —se extrañó Jusepa.

—Un conjuro para alejar a los malos espíritus.

—¿Tanto te asustan las tormentas?

—Más que a las tormentas, temo a los seres malignos que cabalgan en ellas, como los nuberos. ¿Tú no los temes?

—¿A los nuberos? Los que me dan miedo son los poderosos. Dime de una vez qué le ha pasado a María Inés, ¡que me tienes en ascuas!

Isabel cerró los ojos y respiró profundamente para tranquilizarse antes de comenzar a hablar.

—Habíamos quedado en desayunar juntas el lunes, porque esa mañana yo viajaba a Segovia a representar una comedia. Al llegar a su casa, vi la puerta descerrajada.

—¿Avisaste a la justicia?

—Antes quise averiguar qué había pasado. Subí al dormitorio de María Inés y encontré la cama deshecha; el espejo, roto; las flores fingidas del búcaro, desperdigadas por doquier. Parecía como si, en un ataque de ira, alguien hubiera arrojado esos objetos al suelo. No encontré a ningún criado y bajé a toda prisa la escalera, gritando: «¡A mí la justicia! ¡Llamad a la justicia!».

Al llegar a la calle, me rodearon cuatro individuos. Uno de ellos me agarró del brazo y rebuznó: «Lárgate de aquí y no hagas alboroto de lo que no te incumbe». «¿Dónde está María Inés? ¿Qué le habéis hecho?», pregunté. «¿Conoces el refrán que dice: el buen callar no tiene precio y el mucho hablar mata a los necios?», dijo desenvainando la daga que llevaba detrás, bajo la capa. Yo, asustada, asentí con la cabeza. «Si quieres seguir con vida, no preguntes más y lárgate de aquí cuanto antes.»

—¿Te parecieron rufianes a sueldo? —preguntó Jusepa.

—Eso creí al principio, pero luego vi que bajo las capas llevaban el uniforme de los archeros.

—¿Por qué has esperado tres días para contármelo?

—Salí de inmediato para representar en Segovia y no regresé hasta esta mañana. En tu casa me dijeron que habías salido muy temprano a comprar aderezos para los trajes de tu nueva comedia. Llevo horas buscándote.

Jusepa se pasó la mano por la boca un par de veces antes de preguntar:

—Al entrar al dormitorio de María Inés, ¿te fijaste en si estaban sus baúles de ropa?

—Sí, lo estaban.

—Eso es preocupante.

—¿Por qué?

—Significa que se la han llevado contra su voluntad. Y luego está el incidente con los archeros.

La Aragonés dejó caer:

—No es la primera vez que el rey reacciona con violencia a causa de los celos. Se rumorea que hizo matar a Villamediana porque se atrevió a cortejar a la reina.

Jusepa la interrumpió.

—¿Estás insinuando que María Inés traicionó al rey?

Isabel asintió.

—Siguió viéndose con Ramiro en secreto.

Jusepa se mordió el labio inferior.

—No me cuadra. Ramiro es el compañero de farras del rey. Lo acompaña a todas partes. ¡Incluso se dice que lo espera en la puerta de los dormitorios de sus amantes! ¿Cómo se apañan él y Marizápalos para verse a sus espaldas?

Se produjo una tensa pausa.

Cuando la joven volvió a hablar, lo hizo en tono todavía más bajo:

—Ramiro y María Inés fingían irse de viaje, pero se quedaban en Madrid. Lo descubrí, sin querer, una mañana. Tirso, el fraile, acababa de terminar de escribir una comedia y me pidió que le diera una copia a María Inés para que la leyera. Como estaba de viaje y yo tenía llave de su casa, subí a dejarle la comedia en la mesilla del dormitorio. Cuando abrí la puerta, encontré a María Inés y a Ramiro en la cama. Me hicieron jurar que no se lo diría a nadie.

—Pero tanto va el cántaro a la fuente, que al final se rompe.

Isabel asintió.

—Aún hay más, Jusepa. Hace unos días, María Inés me comentó que no le había llegado el mes. Cabe la posibilidad de que esté preñada.

—¿Del rey o de Ramiro?

—No lo sé. Y quizá ella tampoco lo sabe.

—Marizápalos se ha metido en un buen lío —farfulló Jusepa.

—¿Conoces a Juan Rana?

—¿Quién no?

—Quiero decir, si eres amiga suya.

—Bastante.

—Él tiene acceso al Alcázar y al rey. Quizá pueda indagar qué ha sido de la Calderona.

REAL ALCÁZAR DE MADRID. CUARTO DE LA REINA
Año de 1636

Don Gaspar de Guzmán y Pimentel, conde-duque de Olivares y Grande de España, se presentó cerca del mediodía en el cuarto de la reina.

Lo recibió su esposa, doña Isabel de Zúñiga, a quien él mismo había nombrado camarera mayor de la soberana.

Por la mera costumbre, se hablaban en tono muy bajo.

—Dudo que Su Majestad os reciba sin cita, señor esposo —le advirtió ella, consciente de la rivalidad que mantenían la reina y el valido.

—Me recibirá, Isabel. Id a decirle que estoy aquí.

Cuando la camarera mayor abrió las puertas de la cámara, el valido vio que «la francesita» —como cariñosamente apodaba el pueblo de Madrid a su reina— charlaba con sus damas en el estrado.

Cuando la soberana se enteró de que el valido quería verla, ordenó a sus damas que se retiraran, y las jóvenes corrieron hacia la puerta, envolviendo a Olivares en una sensual variedad de perfumes.

La esposa del valido, como si no fuera con ella, se hizo la remolona.

—Salid también vos, doña Isabel, que no voy a necesitaros —dijo la reina.

El valido esperó junto al bufetillo de plata, donde la soberana solía recibir a las visitas, a que esta se acercara. Pero ella dijo:

—Venid al estrado, don Gaspar.

Sus relaciones con la reina siempre habían sido tirantes, y Olivares se preguntó por qué, en esta ocasión, le ofrecería sentarse en el estrado, donde recibía solo a las amistades más íntimas. Enseguida adivinó la razón: Isabel de Borbón no quería desplazarse hasta el bufete para no poner de manifiesto su leve cojera, que la turbaba mucho. Olivares no comprendía por qué, pues, aunque la reina ya tenía treinta y cuatro años —dos y medio más que el rey— y había sufrido siete partos, seguía siendo hermosa. Y mucho más inteligente, reflexiva y astuta de lo que aparentaba.

«Para colmo, está dotada de una habilidad asombrosa para ganarse la voluntad de los que la rodean», pensó el valido, contrariado.

Al llegar al estrado, hizo con el sombrero una reverencia todo lo gentil que le permitía su voluminosa figura.

—Cubríos, don Gaspar, puesto que el rey os ha concedido esa prerrogativa —dijo Isabel de Borbón con sarcasmo, pues nunca había estado de acuerdo con tal dispensa—. Y sentaos aquí, conmigo.

La soberana señaló el cojín de brocado que tenía al lado. Una vez que el conde-duque acomodó sus gruesas posaderas sobre él, ella se puso en pie.

Olivares sonrió al percatarse de la argucia de la reina para hacerle mirar hacia arriba.

—Ahora, contadme punto por punto lo que sucedió en casa de la Calderona.

—Su Majestad, alertado por el anónimo, acudió acompañado de doce archeros, según me contó el sargento Pablo Álvarez...

—¿Álvarez os lo contó? Pensé que era el hombre de confianza del rey.

—Por dinero se mueve el mundo entero, Majestad.

—Continuad.

—Se apostaron en el balcón de la casa de enfrente y esperaron a que llegase el amante de María Inés para sorprenderlos juntos. Dos horas después, vuestro augusto esposo, aburrido de esperar, y quizá convencido de que el anónimo era falso, le dijo al sargento Álvarez que iba a tomarse un hipocrás en la taberna del Guitón, que está allí cerca, junto al convento de la Encarnación. A eso de las once de la noche, los archeros vieron entrar a un embozado en casa de la Calderona, y el sargento envió a uno de sus hombres a avisar a Su Majestad. El rey dio orden de derribar la puerta con un ariete. Pero cuando entró, el embozado había escapado.

—¿Cómo es posible, don Gaspar? —preguntó la soberana con acritud.

—¿Insinuáis que yo tengo algo que ver?

—Si vuestro yerno consiguió escabullirse fue porque alguien lo avisó; y no se me ocurre otra persona que pudiera hacerlo, salvo vos.

—Estáis completamente equivocada, Majestad.

La reina se quedó un instante en silencio. Luego sacó, de entre las delicadas puntillas de la manga de su camisa, un papel doblado.

—Por la corte circula esta coplilla:

Un fraile y una corona,
un duque y un cartelista,
anduvieron en la lista
de la bella Calderona.

»De ser cierta, el bastardo de la Calderona podría no ser hijo del rey. Y la empresa en la que me embarcasteis hace siete años...

—Juan José es hijo de Su Majestad —replicó el conde-duque, escandalizado.

—También podría serlo de vuestro yerno o de Dios sabe quién.

—Si Su Majestad afirma que es hijo suyo, ¡nadie tiene derecho a dudarlo!

La reina se lo quedó mirando fijamente, en silencio.

—No deberíais hacer caso a las hablillas y coplas maliciosas que circulan por la corte, mi señora. Recordad la ocasión en que tuvieron el atrevimiento de insinuar que Villamediana os galanteaba.

Isabel de Borbón se mordió los labios. ¡Cómo se atrevía aquel bellaco a recordarle un asunto tan desagradable! Algún día lo pondría en su sitio, visto que el inútil de su esposo era incapaz de hacerlo. Pero ahora necesitaba su ayuda para deshacerse de la Calderona y de Ramiro.

—Vuestro yerno le ha pedido a mi esposo que lo nombre virrey de Nápoles para poder casarse con la princesa de Stigliano, ¿lo sabíais?

Olivares abrió los ojos desmesuradamente, poniendo de manifiesto que la información de la reina lo había cogido por sorpresa.

—Debe de tratarse de un proyecto a largo plazo.

—Si no tomáis precauciones, algún día vuestro yerno os sustituirá como valido, don Gaspar.

—Permitidme que lo dude.

La reina sonrió.

—Vos y yo somos enemigos, para qué fingir lo contrario. Sin embargo, habíamos acordado colaborar en este asunto. ¿Por qué os habéis echado atrás?

—No he hecho tal cosa, Majestad. Si hubiera advertido a mi yerno, ¿creéis que habría ido a visitar a María Inés?

Lo que decía el valido tenía lógica. Ramiro no se hubiera presentado en casa de la Calderona si su suegro le hubiese advertido de que les habían preparado una encerrona.

La reina apoyó la frente, pensativa, en la ventana del estrado. La luz lechosa que penetraba por ella hizo refulgir la exquisita pasamanería de plata de su vestido.

—Quizá deberíamos enviar al rey otro anónimo diciéndole que el amante de María Inés es Ramiro Núñez de Guzmán, vuestro yerno.

—¡No, Majestad!

—¿Todavía lo consideráis como a un hijo?

—No es eso. Ya conocéis el sincero aprecio que el rey profesa a mi yerno.

—Como a todos sus alcahuetes.

—Se trata de actuar con astucia, señora. Si Ramiro se casase con esa princesa, tendría que mudarse a Nápoles.

Los oscuros ojos de la reina centellearon.

—Me encargaré de que Felipe recompense a Ramiro con el virreinato de Nápoles en pago a sus abnegados servicios. Saldrá caro a las arcas del reino, pero será una manera de quitárnoslo de en medio.

—Eso agradará a Su Majestad.

La reina, como distraída, preguntó:

—¿Qué va a hacer el rey con María Inés Calderón?

—Lo ignoro, señora.

—Aseguraos de que no regrese a la corte. ¡Nunca!

—Así lo quiere Su Majestad.

La reina clavó sus ojos en la arboleda enredada en la niebla, que se divisaba desde la ventana.

—¿Habéis considerado la posibilidad de que su bastardo desaparezca también?

—No... no me siento capaz. Es solo un niño.

—No os he pedido que lo matéis, conde-duque, tan solo que lo alejéis del rey.

Olivares agachó la cabeza.

—Quizá fuera mejor devolvérselo a su madre.

La reina suspiró.

—Podéis retiraros, don Gaspar.

Mentidero de cómicos o representantes
Plazuela del León, Madrid
Año de 1636

«A Dios gracias que hoy no me he puesto los chapines»,* pensó Jusepa mientras corría por la calle de la Magdalena para llegar a tiempo a la casa de ensayos. Al desembocar en la plazuela de

---

* Calzado con plataforma de corcho, que las mujeres usaban con el fin de aparentar más estatura y evitar que las faldas arrastrasen por el suelo.

Antón Martín, se desencadenó otro chaparrón y tuvo que subirse a una piedra para evitar que la torrentera de barro y desperdicios, que bajaba por la calle de Atocha, le enlodase las faldas.

«El ensayo ya habrá terminado, si es que no lo han suspendido; porque con esta tormenta se me da que muchos cómicos se habrán quedado en casa. Será mejor que vaya a buscar a Juan Rana al mentidero», se dijo cuando escampó.

Al entrar en la calle del León, recordó lo que de niña le había contado su abuela a propósito de esa calle:

«Hace años, llegó un indio con una jaula en la que llevaba un león enorme, que no paraba de rugir. Lo enseñaba al público por dos maravedíes, y la gente los daba tanto por ver al león como al indio, pues este llevaba un imponente penacho de plumas, aretes en las orejas y una falda muy corta, ¡que dejaba ver los muslos! Y del mucho tiempo que el indio y el león se mostraron en esta calle, tomó su nombre la misma».

Continuó hasta llegar a un ensanchamiento, conocido como la plazuela del León, donde estaba el mentidero de cómicos o representantes. En él, se reunían las gentes del teatro tanto para escuchar y difundir los sabrosos dimes y diretes que se contaban, como para conseguir trabajo en alguna de las comedias que se iban a estrenar.

Los escritores, llamados también poetas de comedias, acudían al mentidero para dar a conocer sus obras. O sondear si algún cómico o cómica estaba interesado en que le escribieran algo a su medida.

«Lo que nos gusta del mentidero es presumir de nuestros éxitos, exagerando o mintiendo lo que sea preciso», reflexionó Jusepa, mientras se acercaba a los corrillos de cómicos.

Buscó la figura contrahecha de Cosme Pérez, conocido por el público como Juan Rana y considerado el gracioso con más talento de las Españas. Vivía cerca, en la calle Cantarranas, y todos los días, antes de dirigirse al Corral del Príncipe, se paraba en el mentidero. No a buscar trabajo, pues el público lo adoraba y las compañías se lo disputaban, sino a chismorrear y disfrutar de los laureles de la fama.

Jusepa distinguió su voz aguda en uno de los corrillos, aunque fue incapaz de verlo, pues Juan Rana medía poco más de una vara.*

—¡Cosme! —lo llamó.

Una cara tersa de ojos melancólicos asomó entre las piernas de dos galanes.

—¿Quién es la dama que me requiebra? —preguntó, con su característica voz atiplada.

—Yo.

—¡Ah! Jusepa querida, ¿has visto qué galanes más gallardos me rodean?

—¿Podemos hablar a solas, Cosme?

Juan Rana hizo un mohín de disgusto.

—¿Ahora?

—Sí.

El cómico se acercó a Jusepa meneando su cuerpo regordete, que semejaba el de una rana con piernas.

—Me iba a comer con Álvaro y Sancho.

—Deberías ser más precavido, Cosme, y no andar siempre con mariones —le advirtió Jusepa en voz baja. No porque censurase sus gustos sexuales, sino porque temía que acabara convertido en chicharrones el día menos pensado. Pues la Inquisición llevaba a la hoguera a todos los sospechosos de practicar el pecado «nefando», siempre que no fueran nobles o miembros del alto clero, claro está.

—¿Por qué no nos vemos después de la función para que me puedas reñir a gusto, Jusepa?

—¡No seas bobo! Tengo un encargo que hacerte.

—Después de la función.

—Es urgente, y los cómicos se sabe cuándo empezamos, pero no en qué momento terminamos la jornada.

—Sí, es posible que esta tarde representemos la comedia en palacio. Al parecer, el rey quiere verla.

—De eso precisamente quiero hablarte. Vamos a un lugar menos concurrido.

* Una vara castellana equivalía a 0,835 cm.

Jusepa lo agarró de la mano y lo sacó de la plazuela.

Cosme se dejó llevar. Como todos los mariones, reverenciaba a Jusepa Vaca *la Gallarda*, la gran dama de la escena.

—¿Sabes algo de María Inés?

—Hace tres días que no la veo.

—Su amiga Isabel encontró su alcoba patas arriba.

La máscara amanerada de Juan Rana se deshizo para dejar paso a Cosme Pérez, el hombre penetrante y sagaz al que Jusepa respetaba.

—¿Le ha pasado algo?

—Es lo que quiero que averigües.

—¿Cómo?

—Podrías preguntarle al rey. Te aprecia mucho.

—Como a cualquiera de sus bufones. Es lo que soy para él y sus cortesanos.

Jusepa entendía su resquemor. No valoraban al gran cómico que era Cosme. Se reían, o creían reírse de sus defectos físicos, sin apreciar que era su enorme talento lo que provocaba sus carcajadas.

—Todos somos bufones para ellos, Cosme. Y las cómicas, además, putas.

—¿Por qué no le preguntas tú misma al rey por Marizápalos?

—Porque Su Majestad lo consideraría una insolencia. En cambio, tú tienes el talento de hacerlo sin que se enfade.

—¿Talento? Ellos no...

—Tu inteligencia es superior a la suya, Cosme. ¡No lo olvides nunca!

—Tontos y locos, nunca fueron pocos en el Alcázar. A excepción de Olivares...

—¿Crees que el valido está implicado en la desaparición de Marizápalos, Cosme? —le interrumpió Jusepa.

—Lo está en todo lo que sucede en el reino.

—Averigua dónde está María Inés.

—Aunque me llevaran esta noche a representar en el Alcázar, dudo que tenga ocasión de quedarme a solas con el rey.

Jusepa se mordió el labio inferior, pensativa.

—Entonces, indaga en palacio qué puede haberle ocurrido a María Inés. Alguien debe de saber algo.

—Quizá exageras.

—Su amiga Isabel me contó que encontró su habitación patas arriba y nadie la ha visto en tres días.

—Puede que la Calderona haya tenido una disputa con el rey. No sería la primera vez. Probablemente hayan hecho las paces y se hayan escondido tres días para celebrarlo cariñosamente.

Jusepa movió la cabeza de un lado a otro.

—Esta mañana Virginia del Valle me dijo que María Inés no volvería.

—¿Y te fías de esa puta de empanada, Jusepa?

—No, pero...

—Deja de sufrir de antemano por cosas que ignoras.

—Quizá tengas razón.

—María Inés puede haberse ausentado por infinidad de razones. Anímate. ¿Por qué no nos acercamos a la calle del Lobo a comer una mano de ternera en el bodegón de maese Pedro?

Jusepa dudó, aunque no por falta de ganas, pues el bodegón era famoso por la calidad de sus comidas... y sus altos precios.

—¿Invitas tú?

—Por supuesto.

—Sea pues. Tengo ganas de probar el mirrauste de carne con almendras, canela, limones y nueces de maese Pedro, que me lo han alabado mucho.

—Como estoy generoso, te convidaré después a tomar un hipocrás en la taberna de Lepre. Porque no te habrás vuelto aguada,* ¿verdad?

—¡Eso nunca! —rio.

—¡Pardiez, así me gusta, Jusepa! Y no te preocupes tanto por Marizápalos, que seguro que nada le ha pasado.

—¡Dios te oiga, Cosme!

* Aguada: Abstemia.

—43—

MONASTERIO DE VALFERMOSO DE LAS MONJAS
Estancia de la abadesa doña María de San Gabriel
Año de 1646

Era incapaz de calcular cuántos días llevaba encerrada en aquel calabozo, pues la oscuridad me impedía percibir el paso del tiempo.

Pasé las primeras horas de reclusión con la zozobra de que me matarían de un momento a otro. Luego, dejó de importarme. La muerte era preferible a soportar aquel encierro a oscuras.

Desde niña tenía la costumbre de recrear mentalmente los conflictos, cambiando lo que pensaba que había hecho mal. Muchas veces me he preguntado si es el motivo por el que me dediqué al teatro. Soy consciente de que no se puede modificar el pasado, pero me gusta especular con lo que habría sucedido si hubiese actuado de otro modo.

«Mi amante es Ramiro, Majestad. Lo era desde antes de conoceros. Supongo que lo sabíais o al menos lo sospechabais ya que fue él quien me presentó a vos», le habría dicho.

«Creí que habías dejado esa relación después de conocernos, Calderona», imaginé que habría contestado.

«Lo intenté, señor, lo intenté con todas mis fuerzas, pero fui incapaz. Amaba a Ramiro con delirio y pensaba que él me correspondía.»

«Habéis infligido una ofensa muy grande a mi honra ¡y dignidad de soberano!»

«Lo sé, Majestad. ¡Os ruego que me perdonéis!»

«Me solivianta que la madre de mi hijo se haya amancebado con uno de mis vasallos.»

«Vuestras prendas son infinitamente superiores a las de Ramiro, Majestad.»

«¿Entonces por qué permitiste que se metiera en tu cama?»

«Me sedujo con su elocuencia y sus maneras.»

«Después de mí, es el galán de más éxito de la corte.»

«Me hechizó. ¡No toda la culpa es mía, Majestad!»

«Sí que lo es, Calderona. Las mujeres sois las guardianas de nuestra honra.»

«Os ruego que os compadezcáis de mí, señor. ¡Amé a un hombre que aseguraba quererme y era mentira!»

Ni que decir tiene que esta conversación que repetía mentalmente con ligeras variantes, una y otra vez, nunca tuvo lugar.

Lo que en realidad sucedió fue que, cuando el rey entró en mi dormitorio, estaba tan conmocionada por la revelación que Ramiro acababa de hacerme acerca de mi hijo, que me quedé muda. No le pedí perdón ni clemencia. De haberlo podido hacer, quizá mi suerte hubiera sido otra. Pero el ahogo que me provocaron sus insultos hizo que perdiera el sentido.

Cuando volví en mí, el rey, que solo había alcanzado a ver la silueta de un hombre huyendo por los tejados, escupía reniegos y maldiciones contra mí y contra mi amante, que había huido cobardemente, dejándome a su merced.

—¡Dime su nombre! —preguntó zarandeándome—. ¡Quiero saber quién es ese malnacido!

La cabeza me daba vueltas. Seguía aturdida por la revelación que Ramiro me había hecho sobre mi hijo.

—¡No solo no has respetado mi honra, sino que me has puesto en ridículo fornicando con otro!

Me echaba en cara que lo hubiera traicionado, ¡él, que se había acostado con toda clase de mujerzuelas, incluso cuando yo estaba preñada de Juan José!

—¡Dime de una vez quién es tu amante!

Me zarandeó contra el guadamecí dorado que cubría las paredes de mi dormitorio. Tomé la decisión de descubrir a Ramiro, pese a la promesa que le había hecho. Pero una arcada me impidió hablar. Siguió otra y otra más, hasta que vomité sobre la alfombra. Se me había retrasado la costumbre* una semana, y el vómito aumentó mi sospecha de que estaba preñada.

Me invadió un profundo desánimo. Me daba igual lo que hiciese el rey. Tan solo supliqué que me devolviese a Juan José.

—También es hijo mío y no permitiré que lo críe una puta cómica —replicó Felipe, furioso.

No respondí. Me sentía culpable de no haberme ocupado de mi hijo, de desconocer incluso su paradero. Regresaron las arcadas, los sudores, el ahogo, la sensación de muerte.

Y volví a perder el sentido.

Mientras limpiaba la pluma en la salvadera, el fraile preguntó:

—¿Tras recuperar el conocimiento, le aclarasteis al rey que el hombre que estaba con vos era Ramiro?

—No —replicó la abadesa—. Aunque supongo que acabó por deducirlo.

—¿No teníais ningún otro amante?

La religiosa le lanzó una mirada gélida.

—No estoy dispuesta a contestar ninguna pregunta impertinente.

El joven monje enrojeció.

—Perdonad, reverenda madre. Alguien me dijo que por la corte circula una coplilla...

La abadesa agitó la campanilla que reposaba sobre su mesa.

—Continuaremos con el relato después del almuerzo, hermano Matías. Acabo de llamar a la guarda de hombres para que os acompañe a vuestra celda.

—Como gustéis, doña María de Calde... de San Gabriel —rectificó el fraile, azorado.

* La regla.

Una monja rechoncha, de mirada severa, entró en la estancia. Sin mirarla, la abadesa ordenó:

—Doña Benita, conducid al hermano Matías a la celda que se le ha asignado.

CORRAL DE LA CRUZ, MADRID
Año de 1636

Animada por los deliciosos hipocrases que había bebido en compañía de Cosme, Jusepa Vaca dio algún traspié que otro para subir a su camerino. Era la única que poseía uno en todo el corral. El resto de las actrices se vestía y afeitaba* detrás del escenario, en un espacio habilitado con cortinas, mientras los hombres lo hacían en el sótano.

Emilio Cegarra, el mozo de vestuarios, acudió con una bujía para alumbrarle los escalones.

—¿Habéis besado mucho el jarro, doña Jusepa? Os veo inestable.

—Tan solo he bebido dos vasitos de hipocrás, descarado.

—Ya serán tres.

—Dos, lo que pasa es que llevaban demasiados mejunjes.

—Donde esté el aguardiente solo...

—En eso te doy la razón, es más saludable.

—El hipocrás provoca unas zorras,** que lo dejan a uno ciego.

—¡Alto ahí, malandrín! ¡Que soy una profesional seria y jamás se me ocurriría emborracharme tan temprano! Ya lo dice el refrán: «Zorra a mediodía, zorra todo el día».

—Eso, eso.

* Afeitarse: Darse afeites, maquillarse.
** Zorra: borrachera.

Los interrumpió un guirigay de grititos femeninos y carreras que provenían del vestuario de las mujeres. Jusepa imaginó que algún cómico se habría colado para verlas desnudas.

—¿A qué vienen tantos chillidos! ¿Acaso no se lo han visto ya todo unos a otras?

—Hay cosas que no cansan, doña Jusepa —filosofó Emilio—. Pero quienes se han colado en el vestuario no son cómicos.

Lo miró con gesto furioso.

—¿No te tengo dicho que no dejes pasar a nadie de fuera? ¿Acaso quieres que nos cierren el corral?

Después de una pausa valorativa, Emilio le susurró:

—Se trata del duque de Béjar y de su hermano, el obispo de no sé dónde. No he tenido más remedio que dejarlos entrar.

Jusepa suspiró. Por muchas disposiciones que se hicieran para impedir la entrada de hombres en los vestuarios de las cómicas, los grandes señores siempre se las saltaban.

—Al menos te habrán untado bien.

—¡Pché! Solo me han dado diez blancas de propina. El duque de Béjar quiere mostrarle a su hermano cómo se visten las cómicas.

—Será más bien cómo se desvisten. Sígueme, que voy a dar un escarmiento a ese par de rijosos.

Jusepa levantó la cortina del vestuario, y les hizo un guiño a las cómicas para darles a entender que le siguieran la corriente.

—¿Dónde está vuestro recato, señoras cómicas? —preguntó fingiendo un gran enojo—. ¿No os he advertido mil veces que no consiento que entren hombres al vestuario? ¡Esta es una compañía decente!

Una de las cómicas, siguiéndole el juego, replicó con voz llorosa:

—Nosotras no los hemos dejado entrar, doña Jusepa. Se colaron sin nuestro consentimiento.

—¡Madre del amor hermoso! ¿Quisieron forzaros?

—Sí, porque no dijeron nada de pagar —contestó la actriz, tan mema como bella, que hacía los papeles de damita.

Jusepa tuvo que morderse los labios para contener la risa.

—Emilio, ve a denunciar que dos hombres han entrado a la fuerza en el vestuario —dio un puñetazo en la mesa—. ¡Y que ha habido un intento de desfloración!

—Desfloración, no, doña Jusepa, ¡que todas están casadas! —respondió el mozo.

Jusepa lo fulminó con la mirada.

—¡Ve a poner la denuncia inmediatamente si no quieres que te despida, bobo!

—¿Adónde?

—¡Al Tribunal del Santo Oficio de la Inquisición!

El duque de Béjar salió de detrás de las cortinas.

—¡No hagáis eso, señora, que se trata de un malentendido!

—¡Señor duque! ¿Qué hace vuesa merced ahí oculto?

—Mostrarle a mi hermano, que vive lejos de la corte, los entresijos de una representación.

—¡Ah! Perdonad el malentendido, señor duque. Es que las autoridades aprovechan el más mínimo escándalo para cerrarnos el corral.

Emilio la interrumpió:

—¿Corro a poner la denuncia, sí o no, doña Jusepa?

—¡No hace falta, Emilio! El duque de Béjar es un gentil-hombre honesto, recatado y temeroso de Dios.

—Así es, señora, al igual que mi hermano, el excelentísimo obispo de Mondoñedo, que está detrás de esa cortina.

Jusepa la descorrió, y apareció un hombre joven, rubicundo y natilloso, de esos que huelen a cirio.

—¡Cielos, un hombre santo en esta casa! ¡Os ruego que perdonéis la terrible confusión de la que habéis sido víctima, excelencia reverendísima!

—Estáis disculpada —le replicó el prelado con voz infantiloide.

—Siento mucho la confusión de la que habéis sido víctimas, ilustres señores. Me gustaría desagraviaros ofreciéndoos un asiento para que vierais la representación de balde, pero están todos ocupados.

—No os preocupéis.

—¡Ya sé! Veréis la comedia desde donde nadie, que no sea cómico, la ha visto nunca —se volvió a Emilio y le dijo—: Coloca a sus excelencias detrás de las cortinas de la puerta central.

—Nos hacéis un gran honor, doña Jusepa —dijo el duque, encantado.

—Mayor honor es que hayáis venido a ver la comedia.

Tras este incidente, Jusepa regresó a su camerino, preocupada.

«Por mucho que Cosme haya intentado tranquilizarme, algo me dice que María Inés no ha desaparecido de forma voluntaria.»

Nada más entrar en el camerino, avivó con el despabilador la llama de las dos velas que ardían a ambos lados del espejo.

Sacó la cajita de los dientes postizos y se los ató a las encías con el hilo de oro que usaba para ese menester. Era una tarea dificultosa, que le llevó un buen rato. Pero, como decía la coplilla de Salinas, nada delataba tanto la edad como la falta de dientes.

Vuestra dentadura poca
dice vuestra mucha edad,
y es la primera verdad
que sale de vuestra boca.

Se sobresaltó al notar que se le movía otra pieza. ¿Qué haría si se le caían más dientes? Una cómica amiga suya utilizaba unos resortes muy modernos, que le permitían quitarse y ponerse la dentadura postiza rápidamente. Pero los resortes eran tan recios, que al menor descuido la dentadura salía disparada. Como ya le sucedió a su amiga, en cierta ocasión, representando una escena de amor.

El galán, arrodillado a sus pies, recitaba: «Amada mía, tú eres más dulce para mí que la más dulce miel».

Al ver la cara de bobo que ponía el actor, a su amiga le entró un ataque de risa y la dentadura salió de su boca como de un resorte y, con tan mala fortuna, que le atizó al galán en un ojo.

El público, regocijado, pidió un bis.

Pero el galán, que no le veía la gracia, la llamó tarasca con dientes de difunto. Ella le arreó un bofetón. Él le correspondió con una patada. El barba,* que entró a escena a poner paz, recibió un rodillazo en salva sea la parte. Entró otro y sucedió lo mismo. La compañía entera acabó a bofetadas en el escenario.

Tuvieron que intervenir los alguaciles de comedias para separarlos a base de cintarazos. Todo esto con gran júbilo del público, que gritaba: «¡¡Vítor, vítor!!», y aplaudía a rabiar.

Eso sí, al día siguiente la puerta del corral estaba repleta de mierda** de caballo, es decir, que hubo lleno hasta los topes.

Jusepa sonrió al rememorar el regocijo que produjo este suceso en el mentidero.

Sin embargo, la sonrisa se le heló en los labios al recordar el chisme que había circulado por el mismo mentidero de cómicos hacía cosa de un mes. Se refería a Virginia del Valle, la cómica que la había parado en la plaza Mayor para pedirle el papel de Marizápalos. «La del Valle se ha conseguido un amante viejo y linajudo, que vive en la calle Leganitos.»

«¿Habrá visto entrar a Ramiro en casa de María Inés y los habrá delatado?», se preguntó Jusepa. «Aunque quizá Cosme esté en lo cierto y el desorden que Isabel encontró en la habitación se deba a una discusión de María Inés con el rey o con Ramiro. Y se haya ido luego con alguno de los dos. ¡Las reconciliaciones son tan apasionadas!»

Suspiró.

«En fin, más vale que espere a ver qué averigua Cosme esta noche en palacio. Y que me concentre en la función, ¡o la acabaré haciendo de pena!»

Humedeció con saliva unos cuantos papelillos de granada y se coloreó con ellos las mejillas, los hombros, el escote, la barbi-

---

* Actor de carácter que hace el papel de anciano.
** De ahí viene que aún hoy los actores el día del estreno se deseen mucha mierda, como sinónimo de mucho éxito.

lla y la punta de las orejas. A continuación, se vistió. Siempre dejaba esta tarea para el final, porque el guardainfante era tan aparatoso que le dificultaba el movimiento.

Como se había puesto de moda llevar una pistolita de adorno en la cintura, Jusepa se estaba atando al talle la suya, cuando oyó que la loa terminaba.

Un par de minutos después, el escenario seguía en silencio. Jusepa se asomó a la escalera y preguntó:

—¡Emilio! ¿Qué ocurre? ¿Por qué no empieza la comedia?

Ante la ausencia de respuesta, Jusepa bajó a toda velocidad a escena. No convenía dejar ni un minuto al público sin espectáculo, porque los mosqueteros, en cuanto se aburrían, gritaban, pateaban y tiraban piedras, mondas y otros desperdicios. Muchas comedias se habían arruinado por haber comenzado con retraso.

La compañía esperaba apiñada tras las cortinas del panel central.

—¿Qué pasa? —preguntó Jusepa a Viyuela, el avisador.

—Falta un cómico.

—¿Quién?

—Gabino Gayeira.

—¡Maldita sea! ¡El primer galán! No se puede hacer la función sin él. ¿Cómo no me lo has advertido antes?

—Pensé que sería como en otras ocasiones.

—¿No es la primera vez que llega tarde?

—A veces se le pegan las sábanas.

—¡Manda a alguien a su casa, y que lo traigan, aunque sea en cueros!

—Es el traje que más usa —masculló Viyuela.

Jusepa miró a través del agujero de las cortinas para averiguar cómo se estaba tomando el público la espera. Vio un apedreo de avellanas entre dos mosqueteros, que parecía más un entretenimiento que una pelea. Pero en la cazuela dos mujerucas se tiraban de los pelos con todas sus ganas por culpa de un vestido que una había desgarrado a la otra. La disputa iba jalonada de abundantes exabruptos y procacidades en las que tan rico era el lenguaje del pueblo.

—¡Viyuela, avisa al apretador, que separe a aquellas dos de la cazuela antes de que se dejen calvas! —dijo Jusepa.

El trabajo del apretador consistía en lograr, a base de empujones, que todas las mujeres cupieran en la cazuela. Lo cual era muy meritorio, porque siempre se vendían el doble de entradas que asientos disponibles.

Las dos que se estaban tirando de los pelos, al verlo entrar, se volvieron contra él.

—¡La culpa es tuya, bujarrón maloliente, que de tanto como nos aprietas, se nos sale hasta el pis! —dijo una de las contendientes.

—¡Y los que están debajo nos echan luego la culpa de la mojada! —añadió su contrincante.

—¡Cerrad el pico, putas meonas, si no queréis que os eche del corral!

—¡Lo que tienes que hacer es pagarle a esa el vestido; se lo he desgarrado por las estrecheces a las que nos obligas!

—¿Que le pague el vestido a esa cotorrera? ¡Que se lo pague ella con el coñarrón que Dios le ha dado!

—¡Págamelo tú con la almorrana!

—¡Idos todas a rascar la crica contra un madero!

Las cazueleras le tenían rencor al apretador por los formidables empujones que les propinaba y aprovecharon para vengarse. Todas a una lo arrinconaron contra la barandilla de la cazuela con intención de tirarlo al patio.

Jusepa, que lo estaba viendo desde el agujero, gritó al mozo de escena:

—¡Corre a avisar a los alguaciles, Emilio! ¡Que nos desgracian al apretador!

Este se agarró como una lapa a la barandilla y, gracias a eso, los alguaciles consiguieron llegar antes de que lo defenestraran.

«¡Hoy no es mi día, vive Dios!», se lamentó Jusepa para sí.

Viyuela, el avisador, se acercó a ella por detrás y le dijo:

—Se me ha ocurrido que podríamos adelantar el baile.* Los mosqueteros están enciscados de tanto esperar y si no les damos algo que ver, se van a poner bravos y la van a armar.

—¡Buena idea, Viyuela! Que Lisa y Marisa salgan a bailar una zarabanda. ¡Y que enseñen todo lo que puedan!

El avisador regresó junto a Jusepa un minuto después.

—Lisa y Marisa me preguntan cuánta pierna queréis que muestren. Dicen que a partir del tobillo es tarifa doble.

Jusepa respiró hondo. Los dineros, o mejor dicho la falta de ellos, iban a acabar con su salud.

—¡Que salgan a bailar Miguelito y Nando vestidos de mujeres!

—No sé si querrán hacerlo gratis.

—¿Esos mariones? ¡Estarán encantados! ¡Diles que levanten mucho la pierna!

—Se les notarán los compañones.

—¡Pues que se los fajen, Viyuela!

Las supuestas «bailarinas» le pusieron mucha vocación, y con sus movimientos lascivos consiguieron calmar a los rijosos mosqueteros.

—A buenas ganas, sobran las salsas —comentó Viyuela, divertido.

—Diles a los cómicos que, en cuanto terminen los bailes, representaremos el entremés del burro para dar tiempo a que llegue Gayeira.

—El disfraz de burro no está...

—¿Cómo que no está? Ayer lo vi.

—Durante la pelea en la cazuela Gayeira me envió un mensaje para que se lo mandara al retrete.

—¿A qué retrete?

—Al de orinar y evacuar el vientre que está a la entrada del corral.

Jusepa no salía de su asombro.

—Quiere entrar en el corral vestido de burro —aclaró Viyuela.

---

* Este baile se solía hacer entre el segundo y tercer acto.

—¿Es que no puede entrar como las personas?

—La justicia lo persigue.

—¿Por qué?

El apuntador se encogió de hombros.

—Habrá matado a algún marido cornudo.

—Ese gallina no mata ni piojos.

Jusepa dio un profundo suspiro.

Con mucho dolor, pues iba a perder la recaudación cuando más falta le hacía el dinero, apartó la cortina y salió al escenario para anunciar al público que se suspendía la función.

Era la primera vez en su dilatada carrera que hacía tal cosa; los cómicos tenían a gala no suspender una representación ni por enfermedad, ni por muerte; salvo la propia, claro.

Las «bailarinas» seguían zapateando con entusiasmo en el escenario y Jusepa tuvo que hacerles una seña para que dejaran de bailar y los músicos de tocar.

—Estimados espectadores, lamento anunciaros...

En ese instante, el burro, es decir, Gayeira, saltó desde una grada. Antes de que Jusepa pudiera reaccionar, se acercó a una de las «bailarinas» y le levantó la falda. Los mosqueteros gritaron hasta el paroxismo al ver los peludos muslos de Miguelito.

—¡Si ese es el camino cómo será el bosque! —gritó Gayeira con voz de jumento, lo que provocó innumerables risas.

Miguelito, enfadado por la interrupción del «burro», le propinó una patada en sus partes.

Gabino Gayeira, muy en su papel, rebuznó de forma espectacular, desatando un rosario de risas, que duró un par de minutos.

—¡Burro, torea a la Vaca! —se le ocurrió a una mujer de la cazuela, aludiendo al apellido de Jusepa.

«Torea a la vaca, torea a la vaca», clamó a coro todo el corral.

Gayeira, que se debía a su público, aceptó la capa que le ofrecía un espectador de la luneta, y se acercó a Jusepa con ánimo de torearla. Los músicos se arrancaron a tocar.

Jusepa, fuera de sí, cogió la pistola que llevaba al cinto, tiró del perrillo hacia atrás y disparó. Era un arma pequeña, de corto alcance y, a Dios gracias, la bala, tras hacer una curva, se clavó en las tablas del escenario.

Gayeira, aterrado, gritó:

—¡Que me matas, Jusepa!

—¿Y qué tendría eso de malo?

—¡Vaya!

—¡Vive Dios que no volverás a trabajar en mi compañía, hasta que no haga mucha, pero que mucha falta, Gayeira! —gritó al tiempo que se liaba a patadas con el «burro».

—Deja de pegarme, Jusepa, que he venido para que no tengas...

—¡Sacadlooo de aquí o lo matooo! —interrumpió ella, fuera de sí.

Los músicos se abalanzaron sobre el «burro» y lo arrastraron fuera de la escena. Las «bailarinas» aprovecharon para obsequiar al jumento con una buena ración de puntapiés. No le perdonaban que hubiera interrumpido su danza magistral.

Jusepa avanzó hasta el borde del escenario para disculparse ante el público por el lamentable espectáculo, pero...

—¡Vítor! ¡Vítor! ¡Vítor al burro y a la vaca! —le gritaron los espectadores enfebrecidos, al tiempo que se deshacían en aplausos.

Jusepa abandonó la escena más colorada que los cangrejos cocidos. De inmediato, buscó a Gabino Gayeira, que se estaba quitando el disfraz y doliéndose de las magulladuras.

—¡Ha sido un éxito! ¡Podríamos fijar esta escena y hacerla todos los días! ¡Piénsatelo, Jusepa!

—¿A qué vino el numerito de torearme? —le preguntó.

—Cuando me caliento, no puedo resistirme a las peticiones del público.

—Se te da muy bien hacer de burro, te sale de natural, así que búscate una cuadra. ¡Porque en mi compañía no trabajarás más!

—No eres justa, Jusepa. He entrado disfrazado de burro para que no tuvieras que suspender la función, pese a que sabía que los alguaciles me esperaban para detenerme.

Jusepa cayó en la cuenta de que su azoramiento le había impedido pensar con claridad. «La desaparición de Marizápalos me tiene desquiciada.»

En vez de pedirle perdón a Gayeira —a ella le costaba mucho disculparse—, se acercó a Viyuela y le dijo:

—Dile a la compañía que represente el entremés de *Los habladores* para dar tiempo a que Gabino se recupere. Y a Manuel Millán que traiga de mi camerino ungüento e hilachas para curarlo.

—¿No se irá de la lengua?

—Es de fiar.

Mientras el público se partía de risa con el entremés de los habladores, Jusepa, arrodillada junto a Gayeira, le extendía el ungüento por los lugares donde se quejaba de haber recibido golpes.

—Nunca fue caballero de dama tan bien servido —recitó.

Jusepa lo miró, burlona.

—No sé de qué me suena eso. Pero ni tú eres caballero, ni yo soy...

—Eres la dama más importante del teatro, la que más admiro. Tanto, que doy por buenas las patadas que me habéis arreado, a cambio de ser sobado por Jusepa *la Gallarda*.

—¿Me perdonas?

—Si me das un beso, sí.

—Todo sea que se me tuerzan los dientes.

Tras rozarle los labios con un beso más cariñoso que lascivo, Jusepa sonrió. ¡Ese era Gabino Gayeira, su GG, como lo llamaban en broma en la compañía! Vanidoso, cobardón, pícaro, mujeriego, pero por encima de todo, un cómico extraordinario, con corazón de oro, que amaba su oficio y estaba dispuesto a sacrificarse por él. Como ella, como su marido, como Marizápalos...

—¿Tú crees que la Calderona abandonaría el teatro así como así?

Gayeira la miró fijamente.

—¿Por qué me preguntas eso?

—Ya te lo contaré después.

—Pide que me traigan un poco de cola para el bigote, que anoche no me puse la bigotera y lo llevo a la altura de las ligas.

—Tus admiradoras te encontrarán atractivo igualmente.

—Tú hazme caso, no vaya a ser que dejen de venir.

Tras dar instrucciones al mozo de escena para que le llevara a GG la cola para el bigote, Jusepa subió al primer piso del escenario, desde donde se dominaba todo el corral. Apartó un poco la cortina del balcón central para ver sin que la vieran. Había cuatro alguaciles apostados junto a la entrada. Otros cuatro, en el patio. Y el teniente al mando de todos ellos aguardaba en la alojería, bebiendo.

«En cuanto Gayeira salga a escena y lo reconozcan, lo apresarán. Y el sacrificio que ha hecho no servirá de nada porque interrumpirán la representación», pensó Jusepa.

Bajó rápidamente a buscar al mozo de escena. Cuando lo encontró, se sacó del dedo meñique un anillo con un rubí y le dijo:

—Dale esto de mi parte al teniente que está en la alojería. Dile que le recompensaré con otro anillo de más valor si nos deja concluir la función.

—¿Vais a entregar a Gayeira? —preguntó el mozo, atónito. No esperaba tamaña insolidaridad de su patrona.

—Tú obedece.

TERCER ACTO DE LA COMEDIA
Año de 1636

Al concluir el segundo acto, los cómicos abandonaron el tablado entre aplausos y vítores. La comedia estaba resultando todo un éxito.

—Así tendríais que representarla siempre, ¡con ese brío y esa convicción! —los lisonjeó Jusepa.

—¡He sido yo quien ha calentado al público con mi escena del burro! —presumió Gayeira.

—Es fácil hacer de uno mismo —replicó, mordaz, el barba.

—Dejaos de disputas y ayudad a sacar el decorado. A ver si podemos comenzar el tercer acto antes de que se enfríe el respetable.

Para aquel acto, Jusepa había mandado construir una montaña de cartón, con sus árboles y rocas. Por desgracia, era muy dificultoso sacar el carro con la montaña por la puerta central del escenario, y la espera acababa por aburrir a los espectadores. Esto apesadumbraba a Jusepa, que se había gastado mucho dinero en aquel decorado.

Ese día, gracias a la colaboración de los actores, que se prestaron a empujar, sacaron rápidamente el carro con el monte.

El público dio un grito de asombro al verlo aparecer.

—Si todos los días lográsemos sacar el monte así de deprisa, la obra sería un éxito —comentó Jusepa a Viyuela. Se quedó helada al ver al obispo de Mondoñedo y a su hermano en lo alto del monte.

—¡Por el amor de Dios!, ¿qué hacen esos dos ahí arriba?

—Me dijeron que tenían vuestro permiso, doña Jusepa.

—¡Para ver la representación desde dentro, no para subirse al monte!

—¿Los bajamos?

Jusepa arrugó el entrecejo.

—No es posible, ya los ha visto el público.

—Se me ocurre que podríamos hacerlos pasar por cazadores. Eso daría verosimilitud a la escena.

—¡Tienes razón, vive Dios! ¿No querían estar en primera fila? ¡Pues se van a hartar! Di al mozo que suba con un arcabuz, y amenace con pegarles un tiro si se bajan del monte antes de que termine el acto.

—Te vas a meter en un lío. Son gentes poderosas —le advirtió Gayeira, acercándose.

—¡Bah! Presumirán de haber participado en la representación de una comedia. Cosa que fascina al mismísimo Felipe IV.

—Así es la vida. Él querría ser cómico y yo, rey.

—No sales a escena hasta el final del acto, ¿verdad?

—No.

—Entonces, tienes tiempo de contarme por qué te persiguen los alguaciles.

Se sentaron en un banco corrido que había detrás del escenario.

—Anoche —comenzó a relatar el cómico en voz baja— regresé tarde y preocupado a casa.

—¿Preocupado?

—No sé de qué voy a vivir la semana que viene, cuando acabe la comedia.

—Con esta has ganado buenos dineros.

—Después de pagar al casero, al peluquero, hacerme dos ropas de levantar y alquilar coches para mis amigas, ¡estoy en la ruina, Jusepa!

—No tenías que haber despilfarrado tanto.

—Esta semana solo he comido una vez al día.

—Eso te ayudará a conservar el talle. Ve al grano, y cuenta por qué te persigue la justicia.

—Al pasar bajo un balcón, una mujer, que se disponía a arrojar el contenido de un orinal a la calle, me advirtió: «¡Agua va!».

«¡Si me juráis que es vuestra, aquí me quedaré para embriagarme con ella!», repliqué.

—¡Vaya requiebro más malo, Gayeira! ¡Las musas no te han bendecido más que la bragueta!

—Pero hizo su efecto, porque ella entró a buscar una bujía para que pudiéramos vernos las caras. Era agraciada, de carnes blancas y tenía todos los dientes.

—¿Propios o comprados?

Gayeira se encogió de hombros.

—En cualquier caso, eran suyos. Llevaba un collar de oro, y un escarbador de dientes, también de oro, colgado al cuello. Con tan buenas prendas, comprenderás que me enamoré a primera vista.

—¿De ella o de sus joyas?

—De ambas, que jamás se ha quejado el oro de ser amado. Me dijo que se llamaba Dorotea Amor y que era viuda. Yo le conté que era cómico y que estaba representando una comedia en el Corral de la Cruz. Eso pareció interesarla porque me lanzó una escala para que subiera a su dormitorio.

—Y tú ya te estabas quitando las calzas mientras subías, ¿no?

—Al principio, temí que se tratara de una profesional, y ¡bueno estoy yo para endeudarme más! Ya me ha pasado en más de una ocasión que alguna me invitó a su cama y luego se empeñaba en cobrar.

—Es que te juntas con unas gentes, Gayeira...

—Así que, antes de subir, se lo dejé claro: «Si buscáis un poeta, os pagaré con versos; si un amante, con caricias, pero dinero no tengo, mi señora». «Subid, que es a vos a quien quiero», me contestó. Una vez en su dormitorio, Dorotea me confesó que hacía tiempo que estaba enamorada de mí, pues me había visto representar en el Corral del Príncipe, pero nunca se había atrevido a abordarme, porque sabía de mi fama y dineros.

—¿Dineros? La engañó esa cadena de oro falso que llevas al cuello. Por cierto, devuélvela, que la necesito para la próxima comedia.

—Me confesó que anhelaba poseerme, ¡y se ofreció a pagarme!

—¿Ella a ti?

—Sí, Jusepa. Se me encendieron candiles en las pestañas al pensar que iba a recibir dinero por gozarla.

—No me lo puedo creer.

—Nunca me había sucedido algo así. Aunque habida cuenta de mi gallardía, podría ser un oficio a tener en cuenta.

—¿El de puto?

—Tiene que haber de todo, Jusepa.

—Eso sí.

—Le pregunté cuánto estaría dispuesta a pagar. Me respondió que un doblón.

—¿Por noche?

—No, un doblón por coyunda.

—¡Sí que es rica!

—¿La coyunda?

—¡Tu pretendienta!

—El ayuno carnal al que me he visto sometido este mes por falta de dineros me hizo creer que esa noche sacaría lo suficiente para pagar dos meses de alquiler. Pero caí al tercer embate, Jusepa. Ya no soy el que era.

—No te aflijas, Gayeira; ya te recuperarás —replicó Jusepa conteniendo la risa—. ¿Por qué te denunció la tal Dorotea a la justicia?

—Después de la cópula, se negó a darme el dinero prometido. Dijo que era yo quien debía pagarle, y me amenazó con que gritaría si no le daba la cadena de oro que llevaba al cuello. Yo se la hubiera dado, porque es más falsa que los doblones de plomo...

—¡Y porque es mía!

—Pero estaba enrabietado por el engaño y me negué. Ella tiró la escala a la calle para que yo no pudiera escapar. Y comenzó a gritar por el balcón que la había deshonrado. Estuvo dando alaridos hasta que unas vecinas avisaron a la justicia.

—¡Vaya por Dios!

—Me acusó de haberla violado. Les juré a los corchetes que era mentira, que aquella tusona me debía el dinero de tres cópulas y se negaba a pagármelo. ¡Pero la creyeron a ella!

—Lógico.

—¡Y me llevaron preso!

—Porque no sabían lo mucho que comes. ¿Cómo conseguiste escapar?

—Al cruzar la Puerta del Sol, pasamos por debajo de la mancebía de Las Soleras, donde tengo buenas amigas.

—No deberías frecuentar sitios tan baratos, Gayeira, que cualquier día vas a agarrar unas bubas de cuidado.

—Nuestros más insignes poetas son asiduos.

—Por eso.

—En fin, ya sabes que las pupilas de esa mancebía tienen la costumbre de colgar de las ventanas sus sábanas y camisas para atraer a la clientela.

—¿Por el olor?

—Supongo. El caso es que me aferré a las sábanas y trepé al primer piso.

—Podías haberte descalabrado.

—Estaba enterado, por una amiga, de que las amarran bien para que no se las lleven.

—¿Y qué pasó?

—Entré en una estancia en la que había una cama, sobre la que estaban tumbadas tres bellas muchachas con las piernas abiertas.

—¡Qué entrega al oficio, vive Dios!

—La madre de la mancebía les estaba remendando el virgo con un emplaste.

—Cuando te sea posible, pregúntale de qué hace el emplaste, Gayeira, que a mis cómicas podría interesarles.

—Creo que usa cal, clara de huevo, sangre de puerco y otros mejunjes.

—¡Qué asco, por Dios! Continúa.

—Le expliqué a la madre, que es amiga mía, la trampa que me había tendido Dorotea Amor. «Eso te pasa por irte con una advenediza cualquiera, estando aquí las de toda la vida», me regañó.

—No dejaba de llevar razón —opinó Jusepa.

Gayeira ignoró ese comentario.

—En eso, los corchetes golpearon la puerta, exigiendo que les entregaran al violador. Sempronio, el padre de la mancebía, les abrió. Cuando le contaron lo que pasaba, ordenó a la madre que me entregara. Pero ella se opuso.

«El delito del que lo acusan está penado con galeras, Sempronio. Y Gayeira es un cliente de los que pagan.» «¿Y qué?» «Si se lo llevan a pasear barcos, tendremos que despedirnos de los cinco ducados que nos debe.» Este razonamiento acabó por convencer al padre.

—Tienes suerte de contar con gente que te aprecia, Gayeira.

—El padre me condujo, a través de un armario, a una habitación muy oscura. Al fondo, había una cama sobre la que un fraile muy grueso resoplaba como un condenado encima de una muchacha.

«Quítale el hábito al fraile y sal cuanto antes», me susurró al oído el padre. Y se fue.

Yo me quedé pegado a la pared, sin atreverme a acercarme a la pareja, que seguía a lo suyo.

Oí discutir al padre y a la madre con los corchetes en el pasillo.

«A esta casa acuden clientes de mucho prestigio y no vamos a permitir que se los moleste.»

«¡Registraremos la mancebía, os guste o no!»

Tenía que hacerme con el hábito antes de que los corchetes entraran, pero no me atrevía a cogerlo. Afortunadamente, la puta, deseosa de quitarse el peso del fraile de encima, comenzó a gemir y a dar alaridos para acelerar el proceso. Gracias a sus gritos, y a que el fraile puso todas sus energías y sudores en acabar la faena, pude acercarme a la cama y coger el hábito sin que se enteraran. Me lo puse en el armario. Al salir al pasillo vestido de fraile, me di de bruces con los corchetes.

—¿Y qué hiciste?

—Los bendije y abandoné tranquilamente la mancebía.

—¡Vaya sangre fría! —rio Jusepa.

—Uno está acostumbrado al tablado.

—Si no le hubieras contado a Dorotea que estabas representando una obra en el Corral de la Cruz, los corchetes no te habrían localizado.

—¿Conoces a algún cómico que no sea vanidoso?

—Es un asunto serio, Gayeira.

—Lo sé. Mi primera intención fue huir de Madrid y no aparecer por el corral. Pero te hubieras visto obligada a suspender la función. En cambio, si conseguía representar hoy la comedia, te daría tiempo a buscar un sustituto.

Jusepa le dio una palmada en el hombro.

—Gracias por pensar en mis intereses.

—Sé que las cosas no te van bien últimamente.

—¡Y que lo digas! Para colmo me he gastado mucho dinero en la tramoya del monte de cartón. Si la función no tiene éxito...

—Lo tendrá.

—Dios te oiga. Otra cosa. No puedo arriesgarme a que me quiten la licencia.

—¿Vas a entregarme?

—El teatro es lo primero.

—Lo sé —masculló él.

—Acabemos la representación, y luego, Dios dirá.

Monasterio de Valfermoso de las Monjas
Estancia de la abadesa doña María de San Gabriel
Año de 1646

—¿Dais vuestro permiso, doña María de San Gabriel? —preguntó el escribiente desde el umbral.

—Sí, entrad y acomodaos, fray Matías.

Mientras el religioso preparaba el recado de escribir, comentó:

—He consultado las notas que tomé ayer y me he percatado de que hay un salto en el relato.

—¿A qué os referís?

—Desde que Su Majestad os sorprendió con vuestro amante hasta que aparecisteis en la celda, hay un espacio de tres días.

La abadesa meditó unos instantes antes de comenzar a hablar.

—Como dije ayer, había perdido el conocimiento. Cuando lo recuperé, no me acordaba de nada, ni siquiera de quién era. Solo los que han sufrido algo así, saben la angustia que pude padecer durante los instantes que me duró la amnesia. Al fin, reconocí los dibujos del guadamecí dorado que cubría las paredes de mi dormitorio, y los recuerdos regresaron poco a poco.

Oí un carraspeo proveniente de mi cama, y farfullé:

—Ma... jestad, no es lo que creéis.

—No os esforcéis en convencerlo. Ya se ha ido.

No era el rey, sino el sargento de la voz aguardentosa quien estaba tumbado en mi cama. Devoraba el platillo de manjar blanco que había mandado preparar la tarde anterior para Ramiro. Se limpió la boca con mis sábanas de seda, y dijo:

—Vestíos.

—No delante de vos.

El sargento recorrió con la mirada mi cuerpo, que se transparentaba a través de la fina camisa de seda, húmeda todavía por las lágrimas de Ramiro.

—¡Cuánto recato para una cómica, vive Dios! —replicó con una risotada.

Enrojecí de rabia y humillación. Las mentes más preclaras del reino admiraban mi talento, como cómica y como poeta. ¡Hasta Lope había alabado mis versos en una ocasión! Sin embargo, aquel zafio sargento me trataba como si fuera una cantonera. ¿Tan bajo había caído en una sola noche?

—¿Puedo cargar con mis baúles de ropa? —le pregunté.

—El rey ha ordenado que no llevéis más que lo puesto, ya que nada vais a necesitar.

Soltó otra carcajada y abandonó la estancia dando un portazo.

Me puse el costoso vestido de seda, ribeteado de oro y perlas, que me había regalado el rey cuando estaba preñada de Juan José. Vacié las joyas de mi arquilla en una bolsa de cuero, y la oculté bajo la saya. Hacía frío y pensé en abrigarme con el manto forrado de martas cibelinas, que tenía una estufilla a juego para las manos. Pero me decidí por el manto de terciopelo, bordado con azabache y perlas ya que, si me fuera menester venderlo, sacaría más dinero por él.

En la calle nos esperaba un coche con las cortinas de cuero corridas. Los pequeños rombos de cristal incrustados en el cuero habían sido cegados con cartones. «No quieren que vea adónde me llevan», pensé.

El malencarado sargento se acomodó en el asiento de popa y me tapó los ojos con un pañuelo atado a la nuca. A continuación, dio un golpe en el techo para indicar al conductor que se pusiera en marcha. El coche inició un lento traqueteo por las calles de la Villa. No sé cuánto duró el trayecto ni la distancia que recorrimos. ¡Estaba tan desazonada! Cuando el coche se detuvo, el sargento me ordenó que bajara. Lo hice con torpeza, pues llevaba los ojos vendados.

Caminamos empujados por un viento gélido.

—¿Adónde me habéis traído? —le pregunté al sargento, cuando nos detuvimos.

Largó un gargajo antes de responder:

—Si estuviera autorizado a decíroslo, no os habría tapado los ojos.

A juzgar por el silencio que reinaba en aquel sitio, deduje que estábamos fuera de las murallas.

Oí que el sargento entraba de nuevo en el coche, supuse que a buscar algo. De pronto, se me ocurrió que podría ser una cuerda para ahorcarme. «Así el rey se ahorraría murmuraciones y problemas.»

La frente se me llenó de sudor al pensar que podría estar viviendo los últimos minutos de mi vida.

El sonido del gozne oxidado de una linterna al abrirse me tranquilizó: ¡era eso lo que el sargento buscaba dentro del coche!

Me agarró del brazo con brusquedad y me condujo a un lugar a cubierto, a juzgar por el repentino cese del viento.

A continuación, descendimos peldaños y peldaños por una escalera que parecía no tener fin. A medida que bajábamos, el aire se tornaba más viciado y húmedo.

Cuando se acabó la escalera, nos adentramos en un túnel, o eso deduje del eco de nuestras pisadas. A veces, mis zapatos chapoteaban en el agua, y creí que estábamos en uno de los numerosos viajes de agua que recorren el subsuelo de Madrid.

Por fin me quitó el pañuelo de los ojos, y comprobé que, en efecto, estábamos en un túnel muy largo, por cuyas paredes de pedernal descendían lagrimones de agua. «Tiene demasiada altura para tratarse de un viaje de agua; debe de ser el misterioso pasadizo que, dicen, hay bajo el río Manzanares», pensé. Había oído hablar de un túnel que comunicaba el Alcázar Real con la Casa de Campo por debajo del río. Siempre lo había considerado un bulo, pero por lo visto era cierto.

El sargento se detuvo delante de una puerta de metal, la única que vi en aquel largo túnel, y descorrió el cerrojo oxidado. «¿Con qué propósito me habrán traído a este lugar tan solitario?»

Me castañeteaban los dientes cuando le pregunté al sargento:

—¿Van a matarme?

Él se encogió de hombros.

—Ni lo sé ni me importa.

Me empujó al interior de la mazmorra, y se fue dejándome completamente a oscuras.

Hacía mucho frío, y tanteé el piso, palmo a palmo, por si hallaba una manta con la que cubrirme. Tan solo encontré paja, que olía a excrementos de caballo. La amontoné a tientas y me metí debajo.

Esperé a que amaneciera, pero no amaneció. Pasé muchas horas a oscuras bajo la paja, angustiada por los goteos, el ulular del viento y otros sonidos desconocidos, que parecían provenir de las entrañas de la tierra. «El rey me ha condenado a morir de inanición», pensé, cuando el hambre y la sed empezaron a torturarme.

Oí cómo alguien descorría el cerrojo.

Un hombre de ojos saltones, con el labio superior arrugado por un corte, entró con un candil de garabato. Entonces, entendí por qué en aquel calabozo nunca amanecía: no había ninguna ventana, rendija o chimenea por la que pudiese penetrar un solo rayo de luz.

El carcelero dejó un cuenco de mazamorra* en el suelo.

—¿Podríais traerme también un poco de agua? —le rogué.

Se fue sin responderme, pero al cabo de un rato regresó con una jarra de barro.

—Es vino. El agua podría soltaros el vientre.

* Guisado, potaje o comida que se daba a los galeotes.

—¿Dónde estoy?

Negó con la cabeza. Imaginé que le habrían prohibido hablar conmigo.

—Gracias, buen hombre.

El carcelero esbozó una sonrisa que su labio cortado convirtió en una mueca bobalicona.

Cuando abandonó el calabozo con el candil, se me saltaron las lágrimas.

Los primeros días de encierro aporreaba la puerta de la mazmorra gritando que me sacaran de allí, pues no había cometido ningún delito que mereciera castigo tan inhumano.

Estaba tan desquiciada, que el cloqueo constante y repetitivo de las gotas que caían del techo me desesperaba. Solo hallaba sosiego al repasar, una y otra vez, las circunstancias que me habían conducido a aquel estado miserable.

Achacaba mi desdicha al amor ciego, incondicional, que había sentido por Ramiro, el cobarde traidor. «Si en vez de hacerle caso, hubiera prestado atención a lo que me decía el sentido común, las cosas habrían sido diferentes», me decía a mí misma.

—María Inés, ¿nunca has pensado en dejar de usar la esponja con vinagre cuando yaces con el rey? —me había dicho una noche, tumbado junto a mí en la cama.

—¿Quieres que me quede preñada?

—Sería bueno que le dieras un hijo al rey.

Me reí. Aún no creía que hablase en serio.

—Si alguna vez pensara en tener un hijo, querría que fuese tuyo, Ramiro.

—Tu posición en la corte se fortalecería. ¡Y si fuese varón, mucho más! El rey te cubriría de honores y joyas.

Ramiro tendría que haber sabido que yo no ambicionaba honores ni joyas, aunque por supuesto me gustasen. Lo que hacía palpitar mi corazón era insuflar vida a los personajes que interpretaba. Amar, odiar, triunfar, sufrir y gozar como ellos lo harían. Vivir mil vidas distintas.

—Tendría que dejar la escena si me quedara preñada —le contesté—. ¡Y no estoy dispuesta a eso!

—Ser cómica está al alcance de cualquiera; pero tener un hijo del rey...

—Interpretar no es tan fácil como crees.

—Amada mía, aunque los nobles adoremos a las cómicas y nos disputemos sus favores, no las tenemos en mucho —sonrió—. ¿No te percatas de cuánto cambiaría tu situación si le dieras un hijo al rey?

—Ya tiene uno con María de Chirel.

—Mi suegro dice que es un niño débil que vivirá poco.

—Tarde o temprano la reina le dará un heredero.

—Las cuatro hijas que ha tenido Isabel de Borbón han muerto al poco de nacer. Su sangre está viciada. En cambio, tú eres fuerte, inteligente y bella. Tu hijo heredaría sin duda esas cualidades.

—Imagina que heredase las de Felipe —bromeé.

El rostro de Ramiro se tornó grave.

—¿Sabes lo que sucederá si la reina no pare pronto un hijo varón, Calderona?

—Dejo esa preocupación a tu suegro, que es quien gobierna.

—Has de tomar en serio lo que te digo, María Inés. El Rey Planeta necesita un heredero.

—Mi hijo sería un bastardo, y los bastardos no heredan el trono.

—Un hijo tuyo podría salvar al reino.

Antes de que pudiera contradecirle, me colocó sobre sus caderas y me besó lentamente, como solo él sabía hacerlo.

Esa misma semana dejé de usar la esponja, empapada en vinagre y envuelta en una suave tela de algodón, que me introducía antes de copular con el rey.

CORRAL DE LA CRUZ, MADRID
Final de la representación
Año de 1636

Quizá debido al nerviosismo, la comedia se representó con un ritmo y brillantez inusitados. Los cómicos dieron lo mejor de sí, y Gayeira se superó.

Cuando concluyó la representación, los vítores y aplausos atronaron el corral.

El escenario se llenó de garapiñas, frutas escarchadas, almendras, piñones y avellanas, que el público tiraba a los cómicos en agradecimiento a su buen hacer.

—No recuerdo un éxito así desde que estuve en Sevilla con mi marido hace veinte años —comentó Jusepa al barba—. Claro que anunciamos la función lanzando cohetes y pegamos carteles de colores por toda la ciudad.

—Entonces las cosas se preparaban bien, y salían bien —opinó el barba.

Jusepa buscó a Gayeira y le dijo en voz baja:

—Prometí al teniente de los alguaciles que te entregaría a cambio de que nos dejara concluir la comedia.

Gayeira la miró desconcertado unos instantes. Luego, asintió.

—Ha sido un gran honor trabajar contigo, Jusepa. Nunca he conocido a una mujer con tu fuerza, tu coraje...

—¡Calla, hidepu, que vas a hacerme llorar!

—Si me llevaran a galeras y no volviéramos a vernos, quiero que sepas...

—¡No digas tonterías, mentecato! Te sacaré de esta como sea, confía en mí. Pero ahora ve a entregarte a los alguaciles.

Tras asentir con sonrisa triste, el cómico se alejó, cabizbajo.

Jusepa le preguntó a Viyuela, el avisador:

—¿Dónde está la cántara de vino de San Martín que compré la semana pasada?

—En el camerino de las mujeres; porque los hombres la besuqueaban de lo lindo y si la hubiera dejado a su alcance no habría durado ni tres funciones.

—Llena una jarra, súbela a mi camerino, y dile a la Loaiza que suba también.

Jusepa tramaba sonsacarle al teniente a qué cárcel iba a llevar a Gabino Gayeira, y decidió que la hermosa y risueña Eugenia Loaiza, la tercera dama joven de la compañía, podría ayudarla en la tarea de embaucarlo.

Subió a toda prisa a su camerino. Si quería enamorar al teniente tendría que echar mano de todos sus encantos y, sabedora de que estaban algo marchitos, se disponía a recomponerlos.

Lo primero que hizo fue disimular las patas de gallo con una gruesa capa de polvos blancos. Porque como decían las cómicas: «Arrugas, señales de vejez seguras». A continuación, se tiró del vestido hacia abajo para mostrar con generosidad el nacimiento de los pechos. Por último, se puso la sarta de perlas falsas y la diadema de supuestos diamantes, que usaba para los papeles de reina. El espejo le devolvió una imagen majestuosa, que la llenó de satisfacción.

Oyó unos ligeros golpes en la puerta.

—¿Dais vuestro permiso para entrar, señora Jusepa?

—Por supuesto, pase vuestra merced, señor teniente.

Jusepa observó cómo al teniente se le dilataban las pupilas al ver su «rico» atuendo teatral.

—Os agradezco que nos hayáis permitido acabar la representación —le dijo.

—Como vuestra merced me dio su palabra de entregarme al fugitivo cuando finalizara...

—Y la he cumplido.

Eugenia entró en el camerino muy nerviosa.

—¡Jusepa, han prendido a Gayeira!

—Lo sé, Eugenia, cálmate. —Jusepa le hizo un guiño a la hermosa cómica y añadió—: Viyuela ha dejado en la puerta una jarra de buen vino de San Martín y tres vasos; éntralos, que vamos a convidar al teniente por no haber detenido a Gayeira en mitad de la representación. ¿Cómo os llamáis?

—José Martínez de Zárate.

—Sírvenos el vino, Eugenia.

La joven llenó el vaso del teniente, al tiempo que mostraba, como al descuido, sus espléndidos senos.

—¿Adónde llevaréis a Gayeira?

El teniente apartó la vista de los pechos de Eugenia y respondió:

—A la cárcel de la Villa, donde será juzgado por ultrajar a una mujer honesta.

—No puedo creer que Gayeira haya hecho tal cosa. ¿Tenéis pruebas?

—Yo mismo detuve a vuestro cómico en el dormitorio de la víctima, que tenía la camisa desgarrada y el pecho lleno de arañazos.

—¿Quién os avisó?

—Sus vecinas, al oír sus gritos.

—Habladme de la mujer a la que supuestamente forzó Gayeira.

—Es virtuosa, dulce ¡y muy bella!

—¿Qué sabéis de su pasado?

—Sus vecinas me contaron que se llama Dorotea Amor y es viuda de un carnicero llamado Mendo Risco, muerto hará unos diez meses.

—¿Era rico?

—Mucho. Su primera mujer y él hicieron una gran fortuna vendiendo carne, que compraban en los pueblos de los alrededores a bajo precio...

—Sería de burro viejo.

—... Y luego la vendían a los mayoristas de la casa de la carnicería por el quíntuple de lo que habían pagado.

—Buen negociante.

—Por lo visto, quería mucho a su primera esposa, con la que estuvo casado treinta años. Cuando se murió, pasó varios meses muy abatido. Hasta que un día, que había ido a oír misa por la salvación del alma de su difunta, se tropezó con Dorotea Amor en la pila del agua bendita. Ella, al verlo tan compungido, cogió agua bendita y se la dio de su propia mano. Mendo Risco, impresionado por la bondad de aquella bella mujer, volvió al día siguiente a la iglesia, y al otro, y al otro. No tardó en averiguar que ella era viuda y sin compromiso; salvo con Dios. Una semana después, le confesó a Dorotea que se había enamorado perdidamente de ella. La dama le contestó que le había sucedido otro tanto. Se casaron de inmediato.

—Una boda muy precipitada, sin conocer de antes a la novia.

—Dorotea acababa de llegar a Madrid, acompañada de su dueña, con intención de ingresar en un convento.

—Algunas tusonas usan el cuento del convento para subir sus tarifas.

La mirada reprobadora que le dirigió el teniente hizo que Jusepa cambiara de táctica.

—Perdonad, no tenía intención de ofender a esa dama tan virtuosa. ¿Tiene dinero?

—Su familia es rica. Pero cuando escribió a sus padres a Fuencarral, que es donde viven, para decirles que iba a casarse con Mendo, un hombre mucho más viejo que ella, amenazaron con desheredarla. Pero a Dorotea no le importó. El poder del amor es mucho.

«Y el del dinero, más», pensó Jusepa.

El teniente Zárate suspiró profundamente.

—El caso es que a la dulce Dorotea le duró poco la felicidad. Su esposo desertó de este mundo seis meses después de la boda.

—Dejándole a Dorotea todo su dinero, en edad de que lo disfrute —concluyó Jusepa.

—Las vecinas me aseguraron que la herencia fue mucho menor de lo que cabría esperar. Apareció una hija de su primera mujer y se lo quedó casi todo. A Dorotea solo le correspondió la casa, y una renta para vivir modestamente.

—¡Pobre! Tantos desvelos para nada. ¿Cuándo se celebrará la vista contra Gabino Gayeira?

—La semana que viene.

—Me gustaría asistir.

—Yo he de prestar testimonio ante el tribunal; si os place acompañarme...

—No se me ocurre compañía más gallarda que la vuestra, teniente Zárate.

El teniente besuqueó con frenesí la mano de Jusepa.

Ella la retiró húmeda.

—Eugenia, este caballero tiene muchas responsabilidades y no podemos entretenerlo por más tiempo. Acompáñalo a la salida.

Monasterio de Valfermoso de las Monjas
Estancia de la abadesa doña María de San Gabriel
Año de 1646

Cárcel: sepultura de vivos y venganza de enemigos

A la soledad, a la incertidumbre de no saber qué me depararía el destino, a la tortura de estar a oscuras, se unía la pestilencia que estaba obligada a soportar en la celda inmunda donde me habían encerrado, sin ventana ni agujero por el que pudiera penetrar el aire. La paja húmeda, putrefacta, con la que me cubría, se pegaba a mi ropa; el hedor que desprendía, mezclado con el de mi propio cuerpo, me producía arcadas.

Odiaba mi suerte, pero, sobre todo, odiaba a Ramiro.

¿Quién me hubiera podido decir que acabaría detestándolo?

Cuando lo conocí, el día del Corpus del año 1625, me pareció el hombre más bello, gallardo y elegante que había visto nunca.

Yo, que acababa de cumplir catorce años, había ido con mi hermana Juana y dos amigas suyas, también cómicas, a ver la procesión.

En la Puerta de Guadalajara encontramos el tránsito cortado y no pudimos llegar a la calle de Carretas como era nuestra intención, así que nos quedamos allí a verla. Mi hermana compró buñuelos y rosquillas para entretener la espera.

Lo que más me gustaba de la procesión del Corpus era el

paso de la tarasca y la esperaba con ansia. Aquel año fue espectacular: el enorme bicho, mitad serpiente, mitad dragón, echaba fuegos artificiales por la boca. Y la muñeca que llevaba sobre el lomo, la tarasquilla, tenía el tamaño de una moza e iba primorosamente vestida y peinada.

Yo me partía de risa viendo cómo asustaba a los niños el dragón, y golpeaba a los incautos con su cabeza y cola móviles. Pero mi hermana y sus amigas solo tenían ojos para la tarasquilla, pues su vestido y peinado marcarían la moda de ese año.

Una vez terminada la procesión, los coches detenidos en las calles adyacentes reanudaron la marcha. Llevaban las cortinas descorridas, pues los nobles y ricoshombres no querían privar al pueblo de la visión de sus deslumbrantes atuendos.

La multitud soltó un «Ohhh» que me hizo volver la cabeza. Por la calle Mayor vi que se acercaba un coche que, en lugar de cortinas, ¡llevaba vidrios en las ventanas! Nunca se había visto tal cosa en la Villa y Corte, y algunos curiosos seguían al carruaje con las ventanas de vidrio.

Mi hermana y sus amigas comentaron la utilidad de aquel invento, que permitía a los ocupantes de los coches ver —y ser vistos— sin tener que sufrir las inclemencias del tiempo. Pero yo solo tenía ojos para el apuesto joven que viajaba en su interior. Era moreno, de enormes ojos oscuros y pelo negro, ensortijado, que caía hasta sus hombros. Llevaba bigote fino, curvado hacia arriba, y perilla. Vestía jubón de tafetán verde con botonadura de esmeraldas. Nunca había visto a nadie tan elegante.

—¿Quién es? —le pregunté a mi hermana.

—Un grande de la nobleza.

—¿Cómo lo sabes?

—Porque lleva tiros largos. —Señaló los tirantes de terciopelo carmesí que unían el carruaje a los seis caballos que tiraban de él.

—¿Sabes cómo se llama?

—No, pero si tanto interés tienes, mañana preguntaré en el mentidero.

Al día siguiente, Juana me contó que el hombre del coche

con las ventanas de vidrio era Ramiro Núñez de Guzmán, marqués de Toral.

—Ha llegado a la corte hace unos meses para casarse con la única hija del conde-duque de Olivares.

—Es muy guapo.

—Y ambicioso. Dicen que en estos pocos meses se ha hecho inseparable del rey, y que lo acompaña incluso en sus lances amorosos.

—¿Para qué?

Mi inocencia hizo sonreír a mi hermana que, tras acariciarme el pelo, contestó:

—Olvídate de él, María Inés. No está a tu alcance.

Un buen consejo no tiene precio, pero yo hice caso omiso del que me dio mi hermana.

¡Me enamoré hasta los tuétanos de Ramiro! O eso creía. Me acababa de estrenar como mujer —la costumbre me había venido por primera vez esa Cuaresma—, y mi cuerpo estaba tan alborotado que confundía amor con lascivia.

Convertí a Ramiro Núñez de Guzmán en objeto de mis fantasías, y el deseo de ser poseída por él me mantenía en vela muchas noches.

¡Qué lejos estaba de imaginar que pocos meses después dormiría en sus brazos!

MADRID
Año de 1636

COSME PÉREZ SE TRANSFORMA EN JUAN RANA

El olor a especias y aguamiel que salía de la alojería situada en el Corral del Príncipe le provocó a Cosme Pérez tales náuseas que tuvo que ir a toda prisa a las letrinas, donde se alivió por arriba y por abajo.

Aunque parecía imposible que le hubiera quedado algo en el cuerpo, durante la representación notaba, cada vez que se movía, el ir y venir de los intestinos. Trató de menearse lo menos posible, y acabó recitando los versos del tercer acto junto a la salida, pues los excrementos llamaban con insistencia a la puerta de su trasero, y no quería proporcionar al público una diversión añadida.

Al finalizar la función, con la frente perlada de sudor y las posaderas prietas, se agarró a las cortinas y, preso de retortijones, gritó:

—Capa y orinaal... ¡Aaaprisa!

El mozo de escena los llevó raudo. Y el insigne Juan Rana se alivió allí mismo, con gran estruendo.

Una mujer asomó la cabeza por entre las cortinas del vestuario.

—¡Vive Dios, Cosme, parece que traes un cañón en el trasero!

Cosme enrojeció. Se trataba de Antonia Infanta, una de las damas más elegantes de la escena, que usaba sábanas de tafetán negro para que hicieran contraste con su piel, blanca como el alabastro. «Se vale de ese truco para seducir a los hombres», comentaban, no sin envidia, las linajudas damas de la corte.

—Perdonad, doña Antonia, yo no sabía...

—Estás disculpado, Cosme, que la naturaleza tiene sus servidumbres —contestó la dama, muerta de risa—. Pero has impresionado a mi amiga. Y quiere pedirte un favor.

Corrió la cortina para que Cosme pudiera verla. Era Francisca Baltasara de los Reyes, famosa por lo bien que interpretaba los papeles de hombre. «Todo lo tiene bueno la Baltasara, todo lo tiene bueno, también la cara», decían de ella.

La presencia de esta otra gran dama del teatro incrementó la vergüenza de Cosme.

—Decidme qué favor queréis, y si está en mi mano...

—Quiero que por carnestolendas vengas a mi casa y me llenes unos cuantos huevos de olor* que, con esa potencia de tiro, lo harás en un santiamén —dijo Francisca Baltasara.

—Temo que para los Carnavales ya se me haya aflojado el muelle de atrás.

—Será porque abusas de él, Cosme.

—¡Esas murmuraciones se refieren a Juan Rana, no a Cosme Pérez!

—¿No es el mismo sujeto?

—¡No! Cosme Pérez es un padre de familia, cristiano viejo y temeroso de Dios, aunque contrahecho. En cambio, Juan Rana es un pícaro ahembrado, que a nada ni a nadie guarda respeto.

—Veo que te has recuperado, Cosme —rio Antonia.

—Yo no estoy tan seguro, señoras. Voy a irme a casa de inmediato. A pedirle a mi mujer que me prepare un purgante de hierbas, que es mano de santo para los males de tripa.

Desafortunadamente, cuando acababa de quitarse la ropa de escena llegó un coche con un mensaje de Su Majestad.

«Tengo mucho interés en que el nuncio apostólico de Su

---

* Una broma de mal gusto que las mujeres gastaban en carnaval a los pretendientes molestos. Consistía en tirarles huevos rellenos de orines o excrementos, en vez de los acostumbrados huevos de perfume.

Santidad, don Lorenzo Campeggi, y sus dos sobrinos vean esta noche después de la cena el entremés de *El viejo celoso*, representado por el famoso Juan Rana», decía la nota.

Cosme no podía negarse a ir a palacio. Entre otras razones, porque quería averiguar qué le había ocurrido a la Calderona. Aunque había intentado tranquilizar a Jusepa, lo cierto era que su extraña desaparición lo tenía inquieto.

Además, le debía mucho a María Inés Calderón.

Cuatro años antes, Marizápalos había llevado al rey a presenciar un entremés que Cosme interpretaba. Desde entonces, Felipe IV se había convertido en su fiel admirador, lo que había supuesto un enorme espaldarazo para su carrera de cómico, pues a partir de ese momento le dieron papeles principales, que le permitían mostrar su talento. Y el enano contrahecho de Cosme Pérez se convirtió en el gran Juan Rana, el gracioso más popular del reino.

«De bien nacidos es ser agradecidos», se dijo. Y pese a lo mal que se sentía, subió, junto con los compañeros que actuaban en el entremés, al coche que el rey había enviado para llevarlos al Alcázar.

«Ojalá tenga ocasión de quedarme a solas con el rey. Pero lo dudo. Habrá mucha gente contemplando el entremés. Intentaré averiguar de otro modo qué le ha sucedido a Marizápalos.»

El coche se detuvo en la plaza del palacio, donde los esperaba el mayordomo mayor, que condujo a los cómicos al Salón Dorado. Allí, el rey y sus numerosos invitados masculinos hacían sobremesa charlando animadamente, a la espera de ver el entremés. Separadas de los hombres, y sentadas en mullidos cojines de brocado, la reina y sus damas aguardaban también el inicio del espectáculo.

Juan Rana interpretó el entremés con todas sus energías, pues no sabía hacerlo de otro modo, y el resto de los cómicos no le fue a la zaga.

Él público se divertía de lo lindo, pero él, cada vez que saltaba o corría, notaba que seis cuartillos de líquido se le desplazaban, con ruidoso borboteo, de un lado a otro de los intestinos.

Él apretaba el esfínter con toda la fuerza de la que todavía era capaz, temeroso de que el aire o algo más se le escapase.

Una vez finalizado el entremés, el monarca le comentó con aquella sonrisa tan peculiar que su enorme mandíbula hacía parecer bobalicona:

—Te veo hoy con el ceño apretado, Juan Rana.

Lo trataba con mucha deferencia, como a sus bufones más queridos. Juan Rana respondió con el descaro que lo haría uno de ellos.

—Tengo hipos... de culo, Majestad.

—¡Lenguaraz! —exclamó una dama, escandalizada.

El cómico se volvió hacia ella.

—¿Prefiere vuestra merced que los llame pedos?

Aquel chascarrillo provocó innumerables risas, y Felipe IV le comentó en voz baja al nuncio de Su Santidad:

—¿Veis lo agudo que es?

Un enorme retortijón obligó a Juan Rana a abandonar el salón a toda prisa, rezando para llegar a tiempo a las letrinas. Para cubrir su ausencia, la reina hizo llamar a la gente de placer, y el Salón Dorado se llenó de locos, enanos, bobos y otros seres deformes, a los que la familia real llamaba cariñosamente «sabandijas».

Cuando Juan Rana regresó al Salón Dorado, ejecutaban con mucho arte volatines, juegos de manos y otras acrobacias. Pero eran sus deformidades, y no su maestría, lo que divertía a nobles, damas y clérigos. Juan Rana se identificaba con aquellos seres contrahechos, y no soportaba que se riesen de su penosa forma de caminar, fealdad, inocencia o locura.

«¿Por qué el rey aloja en el Alcázar a tantos seres deformes? ¿Para que nuestras figuras contrahechas den más realce a su persona o a las reales personas de su familia?», se preguntó.

El yerno del conde-duque de Olivares, don Ramiro Núñez de Guzmán, señaló a un jorobado que lamía un charco de natillas.

—¡Mirad cómo sorbe aquella sabandija! —gritó.

Los invitados celebraron con carcajadas los esfuerzos del jorobado por lamer el suelo, lo que su esternón en quilla hacía muy difícil. Juan Rana apretó los dientes, indignado porque se burlasen de aquel inocente con cerebro de niño.

Ramiro se acercó al jorobado y le preguntó:

—¿Cómo te llamas?

—Baar...to...liillo —balbució él con dificultad.

Ramiro se volvió a la mesa donde estaba el rey.

—Majestad, el otro día hablasteis de encargar a Velázquez que pinte un Esopo para vuestro Pabellón de caza. ¿No os parece que Bartolillo podría servirle de modelo?

Felipe IV respondió:

—Esopo, aunque jorobado, era inteligente; y ese tiene cara de bobo. No servirá.

Juan Rana intervino:

—Majestad, yo creo que Bartolillo sí se parece a Esopo.

—¿En qué? —preguntó el rey.

—En que hace hablar a los animales. —Y señaló solapadamente a Ramiro Núñez de Guzmán.

Siguió un instante de silencio. ¡Cómo era posible que aquel enano de Juan Rana se hubiera atrevido a llamar animal nada menos que al yerno del todopoderoso conde-duque de Olivares! Todos esperaban una reacción furibunda. Pero el rey soltó una carcajada ¡que los cortesanos corearon con risotadas atronadoras! Ramiro, echando chispas por los ojos, aguantó el tipo con una sonrisa.

Cosme, que volvía a tener una riña de gatos en las tripas, le explicó al rey privadamente su mal y pidió permiso para retirarse. Pero Su Majestad contestó:

—Sal a aliviarte, Juan Rana, pero vuelve después, que tus agudezas nos complacen mucho.

Cuando Cosme estaba a punto de salir del Salón Dorado, se cruzó con Panela, el mañoso bufón que hacía juguetes al príncipe Baltasar Carlos. Arrastraba un dominguillo* sujeto de una cuerda para enseñárselo a la reina. Con las prisas, a Cosme se le

* Tentetieso.

enredó un pie en la cuerda del dominguillo y cayó, dando con la tripa en el suelo. El sonido inequívoco que salió de su cuerpo levantó formidables carcajadas.

—¡La Rana ha reventado! ¡Apartaos, que no os salpique! —gritó Ramiro Núñez de Guzmán, satisfecho de poner en ridículo al hombre que poco antes se había burlado de él.

Durante un rato, el yerno de Olivares y los nobles de su camarilla hicieron víctima a Juan Rana de burlas soeces. El rey, al ver su cara congestionada por la vergüenza, se apiadó de él.

—Tienes permiso para retirarte, Juan. Pasa antes por el cuarto de los pajes y pide que te den unas calzas de mi parte.

—Gracias, Majestad. Las devolveré cuando mi lavandera las haya limpiado.

Tras hacer una reverencia, abandonó el Salón Dorado con la frente perlada de sudor.

«¡Mil veces hijo de la grandísima puta!», iba rumiando Cosme. ¡Y no estaba pensando en el rey!

Al llegar al patio de la reina, se apoyó en una de las columnas y vomitó lo que le quedaba dentro. De inmediato se sintió mejor.

Su primer impulso fue regresar a casa a digerir la humillación que le había infligido Ramiro Núñez de Guzmán. No entendía cómo Marizápalos había podido enamorarse de aquel lindo cruel y egoísta. Pero el deseo de averiguar qué le había ocurrido a su amiga hizo que se dirigiera a la fachada norte del Alcázar, donde tenía sus habitaciones Diego de Acedo. Este hombre, conocido como «el primo», había sido llevado a palacio a temprana edad, pues su diminuta estatura lo convertía en candidato a bufón o sabandija de palacio. Pero la inteligencia de Diego de Acedo era notable y acabó alcanzando un puesto relevante en la administración: el de funcionario de la secretaría de cámara.

Cosme tuvo que dar muchas vueltas para localizar las habitaciones de don Diego. Moverse de noche por el Alcázar era como hacerlo a ciegas por un laberinto, pues en muchas zonas no había siquiera luz de pasillo.

Después de golpear repetidas veces la puerta, don Diego le

abrió en ropa de levantar, alumbrándose con un candilillo de aceite.

—¡Vive Dios, Cosme! ¿Qué se te ofrece a estas horas?

—He estado representando un entremés en el Salón Dorado, y se me ha ocurrido visitarte —mintió, pues no era prudente exponer el verdadero motivo de su visita en los pasillos del Alcázar, donde cualquiera podría oírlos.

Diego de Acedo le hizo pasar y lo condujo a un bufete que había al fondo de la estancia. Juan Rana se fijó en sus facciones correctas, y en la gracilidad y elegancia con que se movía. «Si no fuera por su corta estatura, parecería un galán. Lástima que no le interesen los hombres», pensó. El funcionario le indicó que se sentara en una de las cuatro sillas de pequeño tamaño que rodeaban la mesita-bufete.

—¡Rediez, da gusto poder apoyar los pies en el suelo! —exclamó el cómico, que rara vez tenía ocasión de sentarse en sillas adecuadas a su tamaño.

—Son muebles de los que usan las mujeres en el estrado. ¿Se puede saber qué te trae por aquí a estas horas, Cosme? Me tienes en ascuas.

El cómico no pudo evitar el reflejo de mirar a su alrededor, antes de decir:

—María Inés Calderón ha desaparecido.

—¿Para eso me has despertado? Estará representando en otra ciudad.

—No tiene representaciones pendientes. ¿Sabes dónde puede estar?

Diego de Acedo movió la cabeza de un lado a otro.

—No. —Respiró hondo y añadió—: Hace un par de días Su Majestad me ordenó que reservara una importante cantidad de dinero para ella. Quizá quiera asegurar el porvenir de su hijo.

Cosme Pérez negó con la cabeza.

—No, Diego. Algo le ha ocurrido.

Diego taladró a Juan Rana con su mirada inteligente.

—¿Hay algo que no me hayas dicho, Cosme?

—Isabel, una amiga suya, halló indicios de que se la han llevado a la fuerza de su casa.

Diego se quedó unos segundos en silencio, con la mirada perdida en la penumbra. Luego dijo:

—Ayer Juan Bautista de Sevilla me comentó que había oído una conversación entre el rey y Olivares acerca de la Calderona; pero no le presté demasiada atención. Ya sabes que no me gustan los chismes.

—¿Vive Juan Bautista en el Alcázar?

—Sí, en el ala norte.

Cosme se puso en pie.

—Vamos a preguntarle.

Los dos hombrecillos se internaron con aprensión en las oscuras galerías que conducían al lado norte del Alcázar. Se rumoreaba que algunos asesinos a sueldo ejecutaban allí a sus víctimas, por más que sus cadáveres aparecieran luego en otros lugares.

Juan Bautista de Sevilla, conocido como Bautista el del Ajedrez, se sobresaltó al oír que golpeaban su puerta de madrugada. Y emitió un «quién vive» lastimero.

—Soy Diego de Acedo. ¡Abre!

Bautista se apresuró a obedecer, pues Diego de Acedo le había hecho favores importantes, como el de conseguir que le pagasen su sueldo con menos de medio año de retraso. Cuando le contaron el motivo de su visita, Juan Bautista bajó el tono de voz y les dijo:

—Estaba jugando con Su Majestad al ajedrez, como cada tarde después de la siesta, cuando entró el conde-duque de Olivares. El rey no quería dejar la partida a medias —pues yo le había puesto a tiro un caballo para que se lo comiese, y pensaba ganar—, así que le dijo a Olivares que hablase mientras jugábamos. Tras despachar varios asuntos de estado, el rey le preguntó al valido si había averiguado quién era el hombre con el que estaba enredada Marizápalos. Olivares respondió que no. Eso fue todo.

—¿No dijeron nada más?

—El rey comentó que ella se había negado a revelar la identidad de su amante, y había ordenado que la encerraran.

—¿Dónde?

—No lo mencionaron.

A pesar de lo tarde que era y de lo mal que se sentía cuando abandonó el Alcázar, Cosme se dirigió a casa de Jusepa Vaca a decirle lo que había averiguado.

—¡Al menos sigue viva! —exclamó la cómica, dando un largo suspiro de alivio—. Ahora toca averiguar dónde la han encerrado.

—Eso va a ser difícil. Hasta que no logre hablar con el rey. Y dudo de que me lo diga.

—Tú sigue intentándolo, Cosme. Yo haré lo que pueda por mi parte.

Monasterio de Valfermoso de las Monjas
Estancia de la abadesa doña María de San Gabriel
Año de 1646

Con gentes del teatro, no tengas trato

Tendría yo ocho años la primera vez que se me pasó por la cabeza ser cómica. Mi hermana Juana me había llevado a ver una comedia en el Corral del Príncipe, y disfrutaba en la cazuela de un cucurucho de almendras garrapiñadas. De pronto, estalló un trueno terrible y, con el sobresalto, solté el cucurucho.

—No te asustes, María Inés, que no hay tormenta —me susurró Juana—. Ese ruido lo ha hecho la máquina de truenos. ¡Mira allí arriba! ¡Una aparición!

Sentada sobre una nube de cartón, bajaba desde el tejadillo una mujer de larga melena rubia, vestida con un vaquero azul. Cuando la nube tocó el suelo, la mujer se bajó, y el faldellín que llevaba debajo del vaquero se abrió. La fugaz visión de sus piernas provocó un lúbrico rugido en el corral. Pero todos enmudecieron cuando una voz masculina, aterciopelada y grave, recitó con tristeza: «Llevaba un vaquero azul, con cierres de plata y nácar».

La forma en que el cómico recitó aquella frase me produjo escalofríos. Transmitía tanto dolor que imaginé que la mujer del vaquero azul estaba muerta, y que él quería reunirse con ella.

Quedé tan impresionada por el poder de la voz para transmitir emociones y sentimientos, que me hice el propósito de hacerme cómica en cuanto fuera mayor. Y así se lo dije a mi padre. Él, que por aquellas fechas se había convertido en un rico prestamista de teatro, contestó:

—¡Jamás permitiré otra cómica en la familia! Tu hermana lo es porque no pude darle dote, pero ahora tengo dinero suficiente para conseguirte a ti un matrimonio ventajoso. Te llevaré a un convento para que las monjas te quiten esa tontería de la cabeza.

Las monjas me enseñaron a leer, a escribir e incluso a versificar. Como era una mocita aplicada, le saqué bastante provecho. Cuando salí del convento había olvidado mi deseo de ser cómica. Como otras amigas de mi edad, soñaba con vestidos de terciopelo y seda, joyas de ensueño, paseos en coche por el Prado, y fiestas en el Alcázar acompañada de algún joven noble y gallardo que, pese a las diferencias sociales, se enamorara de mí y acabara casándose conmigo.

Ni que decir tiene que después de conocer a Ramiro Núñez de Guzmán a los catorce años, en las fiestas del Corpus, él pasó a ser el galán de mis descabellados sueños. Cuando mi hermana me contó que asistía con frecuencia al teatro, retomé el deseo de ser cómica. Pues pensaba que, de ese modo, tarde o temprano, tendría oportunidad de conocerlo. Y le pedí a Jusepa Vaca, mi madrina, que me enseñara el oficio.

—No es tan fácil como crees, pequeña. Tendrás que aprender a recitar, a moverte, a recoger el tono con el que te habla el otro actor, a trabajar los sentimientos y a expresarlos con moderación. Y después de todo eso, se verá si tienes talento o no. Porque si no lo tienes, será mejor que te olvides de ser cómica.

Aunque no había sospechado que fuese tan complicado, me embarqué en la tarea con entusiasmo. Durante aquel invierno, a escondidas de mi padre, pasé muchos días y bastantes noches memorizando las comedias que Jusepa me proporcionaba. Y ensayándolas en voz alta cuando me quedaba a solas.

Después de la Pascua, Francisco Torres, un amigo de Juan Rana al que los cómicos llamaban Paco, comenzó a preparar una comedia de Tirso de Molina, titulada *De Toledo a Madrid*, y

Jusepa me llevó a ver los ensayos. Una semana después, durante un descanso del ensayo, Paco Torres me pidió, medio en broma, que recitara algo, a ver qué tal se me daba. Interpreté el fragmento de Laurencia, de *Fuenteovejuna*, cuando narra al consejo de hombres cómo la violaron. Este personaje de Lope me había impresionado mucho.

Cuando terminé de recitar, en la casa de ensayos reinaba un silencio absoluto. Temí haberlo hecho mal. Pero Jusepa se puso en pie y dijo:

—El de cómica es un oficio duro, María Inés, pero ¡a fe mía que tienes madera!

El resto de los actores comenzaron a aplaudir, al tiempo que gritaban: «¡Vítor, vítor!».

Bajé del tablado emocionada y abracé a Jusepa.

—¿Me ayudarás a convencer a mi padre de que me deje ser cómica? —le pedí.

Ella rio y dijo con aquella voz grave y sonora, que tanto admiraba el público:

—Hablaré con él, María Inés. Pero Juan Calderón es un hombre duro de pelar. Y siempre dice que con una hija cómica le basta.

Al día siguiente, Jusepa me pidió que la acompañara a la misa de once en Jesús de Medinaceli, conocida como la de las Marías, a la que acudían todas las comediantas de la corte. Y me las presentó.

Después del «creo en Dios Padre», las cómicas añadieron en un susurro: «y en Lope de Vega, en el cielo y en la tierra». Me resultó extraño, pero Jusepa me explicó que le debían a Lope su sustento, y es de bien nacidas ser agradecidas.

Juan Calderón, mi padre, nos esperaba a la salida de la iglesia, pues Jusepa lo había invitado a tomar un refrigerio en la confitería del Arco Imperial, con la intención de convencerlo para que me dejara ser cómica. Mi padre se negó en redondo. Dijo que ya había concertado mi matrimonio con un perulero* amigo suyo, que acababa de regresar de las Indias.

* El que regresaba de Perú o de las Indias, supuestamente rico.

—Y la boda será el mes que viene —añadió.

A mí se me saltaron las lágrimas, pues por nada del mundo quería casarme con un hombre más viejo que mi padre.

—Deja de lloriquear, hija. El perulero, amén de rico, es hidalgo por los cuatro costados, y cristiano viejo. Un marido que envidiarían todas tus amigas.

—María Inés aún no tiene quince años —dijo Jusepa.

—En las mancebías entran con doce.

—¡Vive Dios, Juan! No pretenderás meterla en...

—Lo que quiero decir es que ya tiene edad para ser juiciosa. El perulero es muy rico.

—¡Y cuarenta años mayor que ella!

—Eso puede ser una ventaja, a la larga. El día que yo falte, me gustaría que María Inés quedara bien colocada.

—Si es por eso, más vale que la dejes hacerse cómica. Con el talento que tiene ganará buenos dineros.

—¡Ese es un oficio de poco respeto, Jusepa!

—¿Y qué?

—Sufro porque Juana, mi hija mayor, no será enterrada en sagrado,* por ser cómica.

—¿Y no sufres al pensar que dentro de diez años María Inés estará extenuada de parir hijos?

Mi padre se quedó pensativo.

—Si prefiere ingresar en un convento, estoy dispuesto a proporcionarle la dote necesaria.

—¡No quiero ser monja! —exclamé.

—Hija, no hay más opción para una mujer que convento o casamiento.

—Juan, ¿por qué no la dejas disfrutar de la mocedad algún tiempo más? —dijo Jusepa.

Mi padre, que me adoraba, resolvió hablar con el perulero para que retrasara la boda un par de años.

A partir de entonces, iba a diario a la casa de ensayos. Las cómicas me enseñaron a moverme con gracia; a usar los afeites

---

* Los actores no podían ser enterrados en sagrado.

con mesura, sin darme demasiado colorete; a aclararme el pelo, que solía llevar recogido, y comencé a dejar que me cayera suelto por la espalda, formando una larga y ondulada melena pelirroja y a elegir los vestidos que mejor me sentaban. Gracias a sus lecciones, me convertí en una joven, no de belleza deslumbrante, pero sí seductora.

Las comediantas hablaban sin tapujos de cómo evitar la preñez. Yo procuraba alejarme de ellas cuando tenían esas conversaciones, pues sentía vergüenza. Un día, Ana Muñoz, una de las primeras mujeres en dirigir comedias, se percató de mi pudor, y dijo:

—No te vayas, María Inés. Es importante que aprendas el modo de no quedarte preñada.

—Aún no voy a casarme.

—Querida niña, el matrimonio y la coyunda nada tienen que ver.

—Pero eso es... pecado.

—Si quieres ser cómica, tendrás que casarte.

Al haber sido educada en un convento, sabía poco del mundo del teatro.

—¿Por qué? —pregunté.

—No se permite representar a las mujeres solteras.

Ana Muñoz se echó a reír al ver mi cara de sorpresa.

—En Inglaterra es aún peor: a las mujeres no las dejan subir a un escenario.

—Entonces ¿quiénes hacen los papeles femeninos?

—Mariones, imagino.

—Yo no pienso casarme, hasta que pueda hacerlo con el hombre del que me he enamorado.

—¿Ah, sí? ¿Quién es el afortunado?

—Ramiro Núñez de Guzmán, marqués de Toral y duque de Medina de las Torres.

Doña Ana soltó una carcajada.

—¡Sí que picas alto, pequeña!

Dos días después, enfermó de disentería la primera dama joven de la compañía de Paco Torres. Y como a este le había impresionado mi interpretación de Lucrecia, me ofreció su papel. Jusepa, entusiasmada con la propuesta, arregló que Pablo Sarmiento, un galán de su compañía, me raptase. Yo era renuente a darle ese disgusto a mi padre, pero mi madrina me hizo ver que no había otro modo de conseguir el permiso para que pudiera representar.

La noche siguiente, a la hora acordada, lancé una escala de cuerda por el balcón para que Pablo Sarmiento subiera a mi dormitorio. Una vez que estuvo dentro, hizo una seña a dos amigos suyos, que esperaban delante de la puerta de mi casa, y que desenvainaron las espadas y fingieron un duelo. Al oír los espadazos y gritos de los contendientes, varios vecinos, entre ellos mi padre, salieron a separarlos. Yo, siguiendo las instrucciones que me había dado Jusepa, me arrimé a la ventana, para que pudieran oírme bien desde la calle, y grité:

—¡Bellaco! ¡Ladrón! ¡Me habéis deshonrado! ¡Os habéis aprovechado de mi inocencia para forzarme!

Cuando mi padre, seguido de los vecinos, entró en mi dormitorio, Pablo Sarmiento se arrodilló a mis pies. Y aunque ni siquiera se había propasado con un beso, dijo:

—Señora, me dejé llevar por un arrebato incontenible, pero estoy dispuesto a reparar mi falta casándome con vos.

Para salvar mi honra, mi padre no tuvo más remedio que acceder a que nos casáramos. Dos días más tarde se celebró la boda sin que él asistiera, ni me diera dote alguna; tan enfadado estaba.

Después de la ceremonia fui a casa de mi flamante esposo con mucha zozobra, pues temía que fuera a exigirme el débito conyugal, al que tenía derecho. Pero mis miedos estaban injustificados, porque una semana después de la boda, seguía tan virgen como cuando me parió mi madre, que en gloria esté. A Pablo Sarmiento no le interesaban las mujeres. Había accedido a casarse conmigo para disimular su condición de marión.

—Esta clase de matrimonios son frecuentes entre cómicos —me explicó días después—. De ese modo, las comediantas no tenéis que dar cuenta de vuestras ganancias o amoríos a ningún marido celoso. Y nosotros, los mariones, evitamos que la Inquisición, tan proclive a quemar a los sospechosos de practicar el pecado nefando, se fije en nosotros.

A mediados de mayo debuté, con quince años y virgen, en el corral de comedias de Alcalá de Henares con la compañía de Paco Torres. La universidad había patrocinado la obra y al estreno asistieron casi todos los grandes de la corte.

Recuerdo que temblaba antes de salir al escenario. Temía que se me olvidara el papel, o que saltara de una escena a otra al confundir los versos. Lo peor era que mi garganta estaba tan reseca que me sentía incapaz de hablar. Cuando llegó el momento, Jusepa tuvo que darme un empujón para que saliera a escena.

Tras unos instantes de pánico, inspiré profundamente, y recité con calma los dos primeros versos de la comedia:

Jurara, Casilda, yo
que me dejé abierto aquí.

A partir de ese momento, el texto fluyó a mis labios sin pensar y me convertí en el personaje que estaba interpretando. Ni zapateros, ni mosqueteros, ni estudiantes, tan proclives a las burlas, me interrumpieron. Y al finalizar la obra, aplaudieron a rabiar. Fray Gabriel Téllez, conocido en el teatro como Tirso de Molina, y que había asistido a la representación, aseguró que mi profunda y hermosa voz junto a la convicción con la que recitaba, habían seducido al público.

Estaba recibiendo los parabienes de mis compañeros, cuando el avisador me dijo que don Ramiro Núñez de Guzmán, marqués de Toral y duque de Medina de las Torres, había visto la función y quería invitarme a su aposento. A duras penas logré farfullar que iría de inmediato. ¡Era tanta la emoción que sentía!

En aquel momento ni se me pasó por la cabeza que alguien le hubiera podido decir a Ramiro que yo era una presa fácil porque, amén de ser una niña inocente, había mostrado interés por él. Eso lo pensé mucho después.

Entonces, sin quitarme siquiera la ropa de escena, corrí a su aposento, que estaba en la parte derecha del corral. Cuando el criado me abrió, quedé deslumbrada por la apostura de Ramiro. De cerca me pareció aún más gallardo y elegante que el joven que había visto en el interior del coche con vidrios en las ventanas durante las pasadas fiestas del Corpus.

Tras despedir al criado, Ramiro me dijo con toda desfachatez que se había prendado de mí y deseaba hacerme suya.

—Tenéis una esposa a la que debéis respeto —musité, incómoda por lo descarado de su proposición.

Mi ingenuidad le hizo reír.

—Querida niña, esposa más significa comodidad que deleite.

Trató de agarrarme de la mano, pero yo la retiré.

—Pero si eso es un obstáculo, pongo en tu conocimiento que mi amada esposa, María de Guzmán y Zúñiga, falleció de parto hace un par de meses.

—Lo siento.

—Sin duda tú podrás consolarme de tan triste pérdida.

Acarició mis rizos, lo que me provocó un cosquilleo irresistible, que recorrió por entero mi columna vertebral. A continuación, me sentó en su regazo y me besó al tiempo que exploraba mi cuerpo con sus manos. Esa misma noche me entregué a él. Aunque sería más correcto decir que se apoderó de mí.

Mi estreno fue completo ese día.

SALA DE VISTAS
Juicio contra Gabino Gayeira
Madrid año 1636

Jusepa Vaca y José Martínez de Zárate, el teniente que había prendido a Gayeira, fueron los primeros en llegar a la sala donde iba a celebrarse la vista. Se acomodaron en un banco de la segunda fila, frente a la mesa del tribunal. Al poco, entraron bisbiseando cuatro comadres entradas en años, con tocas y hábitos de estameña.

—¿Quiénes son esas? —le preguntó Jusepa al teniente.

—Las beatas que avisaron a mi patrulla de que vuestro cómico intentaba forzar a Dorotea.

—¡Ah! Beatas...

—¿Os desagradan esas santas mujeres?

—Al contrario. Siempre he admirado a las que cuando ya no están en edad de dedicar su cuerpo a los hombres se lo dedican al Señor.

—Las han citado como testigos, supongo —añadió el teniente.

Cuando las chupacirios acabaron de acomodarse, entró Dorotea Amor, la denunciante, acompañada de una dueña y dos criados. Vestía un atuendo negro, de mucho respeto, que complementaba con una beatilla, y llevaba en las manos un rosario de pétalos de rosa. Jusepa reconoció, a su pesar, que parecía la viva imagen de la virtud. Al pasar por delante de las beatas, Dorotea les dedicó una sonrisa transida de tristeza:

«Esta tiene más tablas que yo», pensó Jusepa.

—¿Habéis visto qué rosa más bella? —le susurró el teniente.

—¡Lástima que no haya rosa sin espinas! —respondió la cómica.

Los alguaciles de guardia acomodaron a Dorotea en el banco de delante. Jusepa aprovechó para examinarla con detenimiento. Las mejillas se le descolgaban ligeramente y tenía arruguillas alrededor de los ojos.

«Es sin duda hermosa, pero para mí que tiene quince años más de los que dice tener», especuló Jusepa.

Consciente de que era observada, Dorotea no paró de persignarse y hacer toda clase de aspavientos mientras esperaban el comienzo del juicio.

Tras unos veinte minutos, que los presentes pasaron mirándose de reojo, entró Gabino Gayeira, escoltado por dos corchetes. Lo colocaron a la izquierda del tribunal, bajo una lumbrera. La luz cenital que entraba por ella daba un aspecto polvoriento a sus ropas oscuras. Su gesto de derrota, y su rostro macilento y comido por las ojeras, preocuparon a Jusepa.

«¡No parece Gayeira, vive Dios! ¿Cómo es posible que en tan solo una semana haya perdido la gallardía que insufla a sus personajes, y tanto gusta a las mujeres? ¡Y a los hombres! Porque también ellos se dejan seducir por su atractivo, aunque no sean mariones. ¿O tal vez sí? Tengo que reflexionar sobre esto. Es extraño que algunos solo se acerquen a las mujeres para copular y prefieran siempre la compañía de otros hombres. ¿Será porque en el fondo son mariones, aunque se lo oculten a sí mismos? ¿Se deberá a esto el embeleso que algunos sienten por las hazañas de otros varones? Claro, que con las mujeres sucede otro tanto. Yo tengo muchas admiradoras, tantas o más que hombres...»

La entrada en la sala de los miembros del tribunal sacó a Jusepa de estas reflexiones. En primer lugar, venía el juez, un hombre enjuto, de nariz prominente.

«Un aguado con cara de pájaro. Veremos qué tal se porta», pensó. El desvalimiento de Gayeira y las argucias de Dorotea Amor la inquietaban.

Una vez que el tribunal se acomodó en la mesa, el secretario, tras hacer constar que las tres partes interesadas en el proceso, demandante, reo y juez, se hallaban presentes en la sala, dijo que daba comienzo la vista.

El procurador le pasó un pliego al juez y este llamó a declarar a Dorotea Amor. Ella se acercó al estrado gimiendo, con las mejillas llenas de lágrimas.

«Buena cómica. Llora a voluntad y con soltura», pensó Jusepa.

—¿Qué querella queréis presentar ante este tribunal, señora?

Después de limpiarse las lágrimas, Dorotea relató con voz entrecortada que el acusado había escalado hasta su ventana y la había forzado. Su cinismo sacó a Gayeira del letargo en el que se hallaba sumido. Levantó la cabeza y dijo:

—¡Mentís como una bellaca! ¡Fuisteis vos quien me invitó a subir!

Jusepa sonrió al ver que el cómico salía de su sopor.

Dorotea, ahogada por los sollozos, farfulló:

—Señor... juez, ¿vais a con...sentir que mi violador me in... sulte de ese modo? Soy una viuda inde...fensa.

—¿Indefensa? —replicó Gayeira, con los ojos desorbitados—. ¡Me habéis molido a patadas, arañado y descalabrado! ¡Y todo para no pagarme el dinero que me habíais prometido por las coyundas!

Se abalanzó sobre Dorotea, y los alguaciles tuvieron que quitársela de las manos a sopapos. Su actitud le valió una dura amonestación del juez, amén de los puñetazos y empujones que le dieron los alguaciles después de haberlo reducido en el suelo.

«Parece mentira que un cómico con tanto talento no sepa ponerlo en práctica cuando más lo necesita», pensó Jusepa, inquieta por la mala impresión que Gayeira estaba produciendo en el tribunal.

Dorotea se limitó a mirar al juez con los ojos arrasados de lágrimas, y tras una tanda interminable de sollozos, masculló:

—¡Lo que ha di...cho el acu...sado es una calumnia, señor juez! Preguntad a mis vecinas... si hay alguien que pon...ga en duda mi virtud.

—¿A qué vecinas os referís, señora? —preguntó el juez.

—A estas mujeres ejemplares, que viven en la beatería de la parroquia de la Santa Cruz, al lado de mi casa.

Las beatas fueron llamadas a declarar y aseguraron al unísono que Dorotea tenía fama en la vecindad de viuda virtuosa y honesta.

—Gritaba como una desesperada cuando este hombre entró en su casa para ultrajarla —puntualizó la más anciana.

—¿Ultrajarla? ¡Eso quería esa bellaca, que la ultrajara gratis! —gritó Gayeira.

El juez volvió a amonestar severamente al acusado por insultar a aquella mujer tan honesta.

—Si tan honesta es —replicó Gayeira—, ¿cómo es que me ayudó a subir a su dormitorio, señor juez?

—¿Qué queréis decir?

—Si ella no me hubiera lanzado una escala desde el balcón, no habría podido trepar hasta el primer piso, donde está su dormitorio.

Durante unos minutos, el juez intercambió, en voz baja, confidencias con el procurador y el secretario. A continuación, este último se puso en pie y llamó a declarar al teniente que había detenido a Gayeira.

—¿Cómo os llamáis? —le preguntó el juez.

—José Martínez de Zárate, para serviros.

—Decid a este tribunal a qué distancia del suelo está el balcón de doña Dorotea.

—A unas diez varas, señor juez.

—¿Es posible que el acusado lograra subir sin ayuda de una cuerda o escala?

Contra su costumbre, el teniente reflexionó unos segundos.

—¡Pues no! —replicó, contento de haber llegado a semejante conclusión.

—¿Estáis seguro, señor teniente?

—A menos que volara, es del todo imposible que el acusado subiera sin ayuda de una escala —sonrió, cada vez más satisfecho del funcionamiento de su cerebro.

Jusepa se tragó la risa.

Tras deliberar unos minutos, el tribunal pidió a Dorotea Amor que se acercase.

—¿Conocíais al acusado de antes, señora? —preguntó el juez.

—No, señor.

—¿Tampoco lo habíais visto representar en los corrales de comedias?

—Debido a mi reciente viudez, apenas salgo de casa más que para ir a misa —explicó dolida, con la mirada baja.

—¿Cómo es que le lanzasteis a un desconocido la escala para que subiera a vuestro dormitorio?

Dorotea hizo varios mohínes que acompañó de convenientes suspiros y gimoteos, pero no dijo esta boca es mía.

El juez se impacientó:

—¡Contestad de una vez, señora!

El desconcierto de Dorotea se hizo patente. Pero era una mujer de recursos y se sobrepuso.

—Fue un impulso inexplicable. Me requebró; dijo que era actor y yo... le lancé la escala. —Se tapó la cara con las manos—. ¡Nunca pensé que fuera a violarme!

—¿El acusado os conocía?

—No. Siempre salgo a la calle tapada de medio ojo,* por pudor.

—Las tusonas, también —musitó Gayeira.

Tras fulminarlo con la mirada, el juez volvió a preguntar a Dorotea:

—¿Si no os conocía, cómo es que fue a vuestra casa a requebraros?

—Supongo que me vio en misa y se encaprichó de mí ¡para mi desdicha! —gimió.

El tono de voz que usó, desfallecido por el dolor, le pareció

---

* Tapada con el manto de forma que dejaba un solo ojo al descubierto. Unas lo hacían por pudor, otras aprovechaban el anonimato para ir a lugares vedados a las mujeres decentes.

a Jusepa magistral, y se hizo el propósito de imitarlo en el siguiente drama que representase.

—¿Creéis posible que la verdadera intención del acusado fuera robaros?

Dorotea abrió los ojos con la expresión de quien acaba de ver la luz.

—¡Así es, señor juez! ¡Entró a robar, y me forzó!

Gayeira intervino:

—¿Si entré a robar, por qué no robé nada, ni dinero ni joyas?

—¡Porque no os dio tiempo! —replicó Dorotea—. ¡El teniente podrá atestiguar que, cuando entró en mi dormitorio, yo tenía la bolsa de los dineros en la mano y vos tirabais de ella!

—¿Veis como miente, señor juez? —replicó Gayeira—. Si tuve fuerzas para violarla, menos me habría costado quitarle el dinero y salir corriendo.

—La demandante ha declarado que el teniente os sorprendió antes de que lograrais escapar con su dinero.

—No es así, ¡pasé media hora discutiendo con ella porque se negaba a pagarme según lo acordado!

Las vecinas de la beatería fueron llamadas a declarar nuevamente. Todas afirmaron que habían oído discutir a Dorotea con el acusado durante un buen rato, antes de que saliera al balcón a pedir auxilio.

—Tras escuchar a estas señoras, constato que el argumento del acusado tiene lógica —afirmó el juez.

—Señoría, pongo a Dios Nuestro Señor por testigo de que el acusado miente —farfulló Dorotea Amor, atragantada por los sollozos.

De no haber sabido tanto de interpretación, a Jusepa la hubieran conmovido sus lágrimas, que tan sinceras parecían. Temerosa de que el juez se dejase engatusar por las artes de Dorotea, la cómica se puso en pie y preguntó:

—¿Por qué tardasteis tanto en pedir auxilio?

—Señora, ¿cómo os atrevéis a intervenir sin que este tribunal os haya pedido vuestra opinión?

—Disculpadme, señor juez, me he dejado llevar.

—¿Quién sois?

—La madre del acusado —musitó Dorotea.

—No soy su madre. Me llamo Jusepa Vaca y tengo pocos años más que vos, señora.

La sonrisa bobalicona que asomó a los labios del juez al oír su nombre probó a Jusepa que sabía de su fama, ¡y no sería ella quien dejara de sacarle provecho!

—Soy la autora de la compañía donde trabaja don Gabino Gayeira. Y si lo encarceláis, me veré obligada a suspender las representaciones.

—Los negocios no siempre...

—Y las cofradías de la Pasión y la Soledad —continuó Jusepa— se quedarán sin ingresos. Como seguramente sabéis, parte de la recaudación del teatro lo emplean esas cofradías para el sostenimiento de los hospitales. Encarcelar a ese cómico podría costar la vida a muchos enfermos.

—La justicia no puede tomar en cuenta eso.

—Si vuestra merced se dignara aceptar la sugerencia de esta humilde mujer, os propondría el modo de arreglar este asunto sin que nadie salga perjudicado.

—¿Cuál es, doña Jusepa?

—Que don Gabino Gayeira de Doiras contraiga cristiano matrimonio con esta virtuosa dama.

—¿Casarme yo con tamaña cantonera? —farfulló Gayeira, pensando que su jefa había perdido la mollera.

A Dorotea, la cólera le hizo olvidarse del personaje que representaba.

—¡No pienso casarme con él, señor juez! ¡¡¡Prefiero que repare su falta con dinero!!!

Jusepa, volviéndose a Dorotea, le dijo con la voz profunda que usaba para recitar los parlamentos trágicos:

—Virtuosa señora, ese cómico desvergonzado y vil os ha quitado el tesoro más preciado que posee una mujer: ¡la honra! Y aunque purgara su delito en galeras, jamás podría restituírosla. Porque la virtud es como el vidrio, que al primer golpe se quiebra.

El juez, el procurador y el secretario se miraron, haciendo gestos de aprobación a las palabras de la cómica. Jusepa tuvo que reprimir la risa al ver la cara de estupefacción de Gayeira tras escuchar de labios de su jefa aquel discurso.

Dorotea, fuera de sí, se encaró con Jusepa:

—¿Se puede saber qué pretendéis, señora?

—Quiero que la justicia le diga al dinero: «Más que tú puedo», y este tribunal obligue a Gayeira a casarse con vos ¡para reparar vuestra honra!

—¡Así se hará! —dijo el juez con entusiasmo.

—¡Nooo! —gritó Dorotea Amor—. ¡No quiero que se case conmigo, señor juez! ¡Quiero que compense el agravio que me ha hecho con dinero!

El magistrado, que a estas alturas ya había calado a Dorotea, dijo:

—Señora, el matrimonio es la única forma de que recuperéis vuestro buen nombre.

—¡Eso me da igual! ¡De ninguna manera voy a compartir con él los dineros que me dejó mi difunto esposo, señor juez! —gritó Dorotea.

Jusepa, que estaba al quite, afirmó:

—El buen nombre vale más que toda la riqueza del hombre.

El juez se puso en pie y dijo:

—Así es. Voy a proceder a dictar sentencia. Tomad nota, señor escribano. Este tribunal condena a Gabino Gayeira a reparar su falta contrayendo cristiano matrimonio con doña Dorotea Amor antes de un mes. Si se negara a hacerlo, será condenado a remar un año en las galeras de Su Majestad. He dicho.

—¡Nooo pienso casarme con él! —gritó Dorotea fuera de sí.

—Si rehusáis a casaros, tendréis que compensar a este hombre con toda vuestra fortuna. Tomad nota de este apéndice de la sentencia, señor escribano.

El juez bajó del estrado y enfiló por el pasillo seguido del amanuense y el procurador. Al pasar junto a Jusepa, le hizo un guiño, al que ella correspondió con otro.

Dorotea Amor, rodeada de las beatas que intentaban en vano

aplacarla, salió de la sala bufando venganzas contra el juez, contra Gayeira y contra Jusepa.

Una vez que estuvieron fuera, la cómica se puso en pie y murmuró:

—Ahora, a ocuparnos de María Inés.

—¿A qué os referís, señora?

—A nada, teniente. Son cosas mías.

MENTIDERO DE CÓMICOS DE LA CALLE DEL LEÓN
Madrid, año de 1636

A primera hora del día siguiente, Cosme Pérez, o si se quiere Juan Rana, se presentó en el mentidero de cómicos o representantes de la calle del León. En uno de los corrillos, vio a Jusepa Vaca *la Gallarda*, y corrió a su encuentro.

—Después de varios intentos, anoche conseguí al fin hablar con el rey —le susurró entre dientes.

Para evitar oídos inoportunos, hicieron un aparte junto a la casa del difunto Cervantes. Jusepa evocó con cariño a aquel viejo tartamudo que en sus últimos años escuchaba desde la ventana los chismes del mentidero. Sus novelas, según Lope, no valían nada, pero ella había gozado mucho leyéndolas, especialmente la del hidalgo loco.

—¿Qué te dijo el rey, Cosme?

—Al principio, se mostró renuente a hablar de la Calderona, pero cuando le expliqué que estábamos muy preocupados por su desaparición, dijo: «Sosiégate, Juan Rana, porque va a profesar».

—¿Le preguntaste en qué convento?

—Sí, pero me contestó que dejara de inquietarme por su suerte. «María Inés gozará de todas las comodidades a las que está acostumbrada. Incluso he ordenado que se le ofrezca una representación para celebrar sus votos», dijo. Luego, movió la cabeza de un lado a otro, dando a entender que no quería seguir hablando del asunto.

Jusepa se retorció las manos.

—María Inés no soportará pasar el resto de su vida en un convento. ¡Tenemos que hacer algo, Cosme!

—¿Y si ha ido voluntariamente? Me contaron que, al poco de parir a su hijo, le dijo a Su Majestad: «Si algún día me abandonáis, ingresaré en un convento, porque después de haber sido vuestra solo puedo ser de Dios».

Jusepa soltó una carcajada.

—Una frase muy de comedianta, Cosme. No dudo de que María Inés la dijera. Pero conociéndola como la conozco, sé que nunca ha tenido intención de abandonar el teatro.

—Eso me parece a mí, pero ¿y si el rey le hubiera ofrecido ingresar en las Descalzas Reales? Las monjas de ese monasterio disfrutan de una vida regalada, con criadas, lujosos vestidos, joyas y hasta enamorados que las visitan.

—En ese convento solo entran las bastardas reales y las hijas de la nobleza. Nunca admitirían a una cómica.

—A menos que el rey lo ordenase.

Jusepa reflexionó unos instantes.

—De haber ingresado voluntariamente en las Descalzas, María Inés se habría llevado sus baúles de ropa. Y su amiga Isabel dijo que los dejó en la alcoba.

—Es verdad.

—Tenemos que averiguar a qué convento la han llevado ¡y sacarla de él cuanto antes, Cosme!

—¡Ojalá podamos!

—Tú sigue intentando averiguar dónde está. Yo haré otro tanto por mi parte.

Monasterio de Valfermoso de las Monjas
Estancia de la abadesa doña María de San Gabriel
Año de 1646

Mientras fray Matías desplegaba sobre el bufete el recado de escribir, la abadesa lo observó en silencio.

«Es sumamente cortés y educado, aunque cuando cuento algo escabroso, no puede evitar censurarme con la mirada. ¡Pero qué puede esperarse de alguien tan joven! Seguramente habrá pasado la infancia y la mocedad en un monasterio, y allí le habrán enseñado que las mujeres como yo somos pecadoras empedernidas.»

Unos golpes en la puerta la sacaron de su abstracción.

—Soy la refitolera,* ¿dais vuestro permiso, reverenda madre?

—Sí, pasad.

La monja entró portando una bandeja con una jácara humeante y dos escudillas, que dejó sobre la mesa de la abadesa.

—¿Os apetece desayunaros con un chocolate, fray Matías? —preguntó esta.

—Nunca lo he probado.

Doña María de San Gabriel enarcó las cejas.

—Vuestros modales os delatan como joven de familia noble.

El joven escribiente se sonrojó.

* Monja que se dedicaba a la cocina.

—Y así es, reverenda madre. Pero entré de muy niño en el monasterio y no he tenido ocasión de disfrutar de esos placeres mundanos.

«¿De cuántos placeres mundanos más no habrá disfrutado este pobre mancebo?», se preguntó la abadesa, enternecida. «Es un despropósito que encierren a un niño de por vida en un remoto monasterio, sin darle ocasión de vivir, de escoger.»

—El chocolate es una bebida traída de las Indias —explicó con una sonrisa al fraile—, que se mezcla con azúcar, canela y anís. En la corte es usanza consumirlo acompañado de agua de nieve. Aquí no disponemos de ese lujo, pero confío en que os guste igualmente.

El monje dio un largo sorbo al humeante líquido.

—Es delicioso y reconfortante, doña María, y más con este frío.

La abadesa agitó la campanilla que estaba sobre su mesa.

—Mandaré que enciendan el brasero. ¿Dónde dejamos ayer el relato?

Fray Matías hojeó las notas del día anterior.

—En el estreno de vuestra primera obra de teatro, cuando os convertisteis en la —carraspeó— amante de don Ramiro Núñez de Guzmán.

La abadesa cerró los ojos y echó la cabeza hacia atrás antes de proseguir.

Tras mi éxito en Alcalá de Henares, viajé con la compañía de Paco Torres a los corrales de Toledo, Valladolid, Segovia, Zaragoza, Barcelona y Valencia. Ramiro me esperaba en esta última ciudad, y regresamos juntos a la corte.

La noticia de nuestros amoríos había llegado a los mentideros de la Villa, donde se comentaba la buena pareja que hacíamos. Mi esposo, Pablo Sarmiento, me felicitó por mi elección, pues tenía a Ramiro por el lindo más gallardo del reino. Ramiro me presentó a sus amigos nobles, que se deshacían en elogios acerca de mi belleza y de mi talento, y me llevó a los saraos frecuentados por ellos. Él escuchaba estos halagos henchido de orgullo. Yo pensaba que se debía al amor que me tenía, aunque ahora sé que era vanidad por haberme conseguido.

Jusepa estaba empeñada en que me diera a conocer en Madrid con un papel potente, que demostrara mis dotes interpretativas ante los cómicos de la corte. «Son tus compañeros de gremio los que te darán de comer, no las lisonjas de los nobles», me dijo. Tras encontrar, a su parecer, una obra idónea, Jusepa me instó a que dejara de lado las fiestas y comenzara a ensayar.

—Ahora no me apetece estrenar una comedia —dije yo—. Prefiero seguir disfrutando del amor de Ramiro.

—Si sigues por ese camino acabarás llegando a donde parece que te diriges, María Inés.

—No entiendo qué me quieres decir, Jusepa.

—Que tu oficio es el de cómica, no el de buscona.

Su razonamiento me inquietó, y comencé a ensayar el papel de Elvira en *El mejor alcalde, el rey*. Puse todo mi empeño en demostrar que era capaz de insuflar vida a ese difícil personaje. Ramiro me ayudó a elegir vestidos y joyas para el estreno. Lo que me resultó muy útil, pues tenía un gusto exquisito.

A la corte había llegado la noticia de que tenía una voz muy hermosa, recitaba con maestría y me movía con gracia. Había expectación por verme actuar y, tres días antes del estreno, todas las entradas estaban vendidas. No imaginé que el mismísimo Felipe IV estuviera viendo la obra a través de la celosía de un aposento.

El éxito fue apoteósico. El público me aplaudió durante varios minutos, y los vítores se oyeron incluso en el Corral del Príncipe, que está a tres manzanas de distancia del de la Cruz.

Esa noche, exultante de alegría, compartí mi triunfo con el hombre al que amaba. En la cama, naturalmente.

El fraile escribiente bajó la cabeza, ruborizado.

«¿Por qué habrán encargado esta tarea a ese joven tan pudibundo?», se preguntó la abadesa. «¿Para avergonzarme acaso?

¿Cómo pueden creer que después de todo lo que he sufrido va a afectarme algo tan pueril?»

Tras esbozar una leve sonrisa, la religiosa prosiguió con el relato.

Después de hacerme el amor, Ramiro me contó que había invitado al rey a ver la comedia.

—Se ha quedado prendado de ti —dijo.

—¿Le ha gustado mi interpretación?

—Eso también.

—¿Qué más te dijo?

—Que había gozado mucho con la canción de Marizápalos que cantaste y bailaste en el entreacto.

—¿Sabes que los cómicos han empezado a llamarme Marizápalos porque dicen que la interpreto muy bien?

—¡No me extraña! Te llamaré así también. ¿O prefieres que te llame Calderona?

—No sé...

—El rey quiere conocerte.

—Yo no tengo ningún interés en conocerlo a él.

—Mañana lo traeré a tu casa.

—¿Que lo traerás? ¿Acaso le has insinuado que estoy dispuesta a convertirme en su amante?

—¡Es el rey!

—Por muy rey que sea, yo te quiero a ti.

—Yo también a ti, María Inés. Pero Felipe consigue siempre lo que desea.

—Le diré que...

—No podemos arriesgarnos a despertar su cólera.

—Si no se atiene a razones, nos iremos juntos a un lugar donde no pueda alcanzarnos.

Suspiró antes de contestar:

—No es tan sencillo, amada mía. Tú tendrías que renunciar al teatro y yo a la vida cortesana. Embargarían mis bienes, y acabaría sumido en la miseria, sin medios para mantenerte.

—Nada de eso me importa con tal de tenerte a mi lado, Ramiro.

—Mi pequeña Calderona, mi dulce María Inés, ¿cuánto tiempo crees que tardarías en arrepentirte?

—Estoy dispuesta a renunciar a todo por ti, Ramiro.

Me besó los párpados con dulzura antes de responder:

—Prefiero soportar tu desdén a sentirme responsable de haber provocado tu ruina, Marizápalos.

—¡No consentiré en separarme de ti, Ramiro!

Me miró con enojo.

—¿Es que no lo entiendes, María Inés? He de ceder al rey un bien que no me hallo en condiciones de disputarle.

—¿Te refieres a mí?

—Míralo por el lado bueno, Calderona. Obtendrás mucho provecho de esos amores.

—¡Eres un ingrato y un traidor a mi cariño, Ramiro!

Ciega de ira, le dije que se fuera de mi casa y no se le ocurriera volver. Pero él sabía cómo manejarme. Me alzó la camisa y me llenó el cuerpo de besos lentos, cosquilleantes. Luego, volvió a hacerme el amor con tal pasión que, como de costumbre, quebró mi voluntad. A la noche siguiente, me convertí en la amante de Felipe IV.

Ramiro dejó de visitarme. Yo, que no podía vivir sin él, le mandé una nota pidiéndole que nos viéramos en secreto. Él me contestó que, de momento, era imposible hacerlo sin despertar las sospechas del monarca.

La ocasión de reanudar nuestra relación llegó un par de meses después. El rey había formado una academia en el Alcázar, y reunía a los mejores poetas y dramaturgos de la corte para que improvisaran versos, diálogos y farsas con las que divertirse él y sus cortesanos. Yo, que versificaba bien, fui invitada en calidad tanto de intérprete como de poeta. Estos torneos de ingenio —en los que participaban Quevedo, Vélez de Guevara, Lope o Calderón— derivaban en ocasiones, sobre todo cuando había vino de por medio, en burlas y chistes desvergonzados e impíos de los que no se libraba ni siquiera Dios. Aquella medianoche, Felipe IV y sus favoritos, completamente borrachos, propusieron como tema de improvisación: «¿Por qué a las criadas de palacio las llaman mondongas si no venden mondongo?».

Todavía me asombra que mi espíritu y educación fueran más sensibles que el de personas tan elevadas, pero se me hacían insufribles aquellas chabacanerías, así que pretexté que me dolía la cabeza para retirarme. El monarca, muy borracho, le ordenó a Ramiro que me acompañara. Esa noche nos acostamos juntos. Después del coito, le dije a Ramiro que le confesaría al rey que no lo amaba.

—¡Te prohíbo tajantemente que cometas ese dislate! —replicó Ramiro asustado.

—¡No voy a fingir ni un minuto más que amo al rey! ¡Es a ti a quien quiero, y deseo gozar sin cortapisas de tu cariño!

—No seas cándida, Calderona. En vez de enemistarnos con el rey, ¿por qué no aprovechar las oportunidades que se nos presenten, al igual que hemos hecho esta noche?

—Hace dos meses que no estamos juntos. ¡No es suficiente para mí! Necesito tus besos, tus caricias, estar a tu lado, hablar contigo...

Ramiro se mordió los labios.

—¿Por qué no pruebas a imaginar, cuando estás con el rey, que soy yo quien te hace el amor?

No había entendido nada. Yo lo amaba, lo quería a mi lado. Y todo lo que me ofrecía era copular deprisa y corriendo cuando estuviéramos seguros de que el rey no podía sorprendernos. Enfurecida, le dije que se fuera de mi casa.

—¡Y no vuelvas! ¡No quiero verte nunca más, Ramiro Núñez de Guzmán!

Me quedé un par de horas sollozando junto a la ventana. Luego, cambié las sábanas de la cama y volví a acostarme. Una hora después, el sueño me venció.

Nada más salir el sol, sonó la aldaba de la puerta. Extrañada de que alguien llamara a horas tan tempranas, corrí al zaguán y abrí la puerta, pues había ordenado a los criados que se fueran para estar a solas con Ramiro.

Era el rey.

Hice una levísima reverencia y le pregunté:

—¿Qué os trae por mi casa tan temprano, mi señor?

Me miró a los ojos. Tenía la mirada turbia.

—¿Qué tal anoche con Ramiro? —farfulló con la lengua trabucada por el vino.

Me asusté, ya que la borrachera y los celos lo volvían temible.

—No... os comprendo.

—Sé que fuis...te su amante, Calderona.

—¡Cómo podéis decir eso!

—¡Júrame que no es cierto!

—Necesitáis descansar.

—¿Vas a dejarme pasar?

Me aparté para que entrara.

—Por supuesto, Majestad.

Cruzó el zaguán haciendo eses y subió a mi dormitorio.

Yo me adelanté y le pregunté en la puerta.

—¿A qué habéis venido, señor?

—No es de tu incumbencia.

Me empujó lejos de la puerta y se dirigió tambaleándose hacia la cama. Palpó las sábanas buscando calor, incluso las olió.

—Las has cambiado.

Era una precaución que me habían enseñado las cómicas viejas para evitar situaciones embarazosas.

—Os recuerdo, Majestad, que yo me lavo una vez a la semana, lo necesite o no, por eso mis sábanas no huelen.

—Cierto.

—Necesitáis descansar. ¿Queréis acostaros?

—¡No!

—Entonces, os ruego que os marchéis. Vuestra desconfianza me ha ofendido profundamente.

El rey se dirigió a la puerta con la cabeza gacha. Antes de salir, se volvió y me preguntó:

—¿No me has traicionado con Ramiro?

—¿Cómo podéis pensar eso, Majestad? Ni él ni nadie puede compararse con vos.

El rey me sostuvo la mirada durante unos instantes. Finalmente, dijo:

—Cierto.

Y se marchó.

Recuerdo que me pregunté si semejante ataque de celos sería debido al amor que el rey me profesaba. ¡Así de ingenua era! Dos días después, Ramiro se presentó en mi casa a medianoche, y me dijo:

—Se me ha ocurrido una forma para gozar de nuestro amor a nuestras anchas, Calderona.

—¿Cuál?

—Fingiré que adelanto una semana el viaje a Andalucía que tengo previsto. Y me quedaré escondido en tu casa, para que así podamos amarnos sin estorbos.

Me lancé a sus brazos llena de contento. La perspectiva de pasar una semana juntos, día y noche, me entusiasmaba.

—Eso sí, tendremos que asegurarnos de que Felipe no se entere.

—¡Al rey le van a estorbar los cuernos para ceñirse la corona! —bromeé, loca de contento.

Estaba convencida —¡estúpida enamorada!— de que Ramiro había ideado aquel plan porque me amaba y no podía vivir sin mí. ¡Ja!

A partir de entonces, Ramiro simulaba con frecuencia irse de viaje. Y yo fingía ir a representar una comedia en otra ciudad. Pero lo que en realidad hacíamos era quedarnos varios días encerrados en mi casa.

Poco a poco, nos atrevimos a más.

Ahí comenzaron los errores.

Las noches en que el rey me visitaba, Ramiro solía esperarlo en el zaguán, para acompañarlo después al Alcázar. Una vez que lo dejaba allí, volvía a mi casa y pasábamos juntos el resto de la noche. No me importaba el riesgo que corríamos. ¡Amaba tanto a Ramiro!

¡Más que a mi vida!

Aconsejada por él, tuve a mi hijo, y permití que me lo quitaran. Todo por no contrariarlo, por no darle motivo a que se alejase de mí. ¡Qué boba fui!

La abadesa enmudeció. Tras unos segundos de silencio, fray Matías volvió la cabeza, y vio que las mejillas de la religiosa estaban surcadas de lágrimas.

—¿Queréis que hagamos un descanso, reverenda madre?
—Sí, será lo mejor.

Mesón de los Huevos
Madrid
Año de 1636

En cuanto los alguaciles de Casa y Corte lo pusieron en libertad, lo primero que hizo Gabino Gayeira fue dirigirse al mesón de los Huevos, donde solía almorzar Jusepa. La encontró en una de las mesas que había al fondo del establecimiento, repasando los versos de la siguiente comedia.

—¿Cómo se te ha ocurrido sugerirle al juez que me case con esa arpía, Jusepa? —preguntó enfadado.

—¿Preferirías que te hubiera condenado a galeras?

—Sería mejor que tener que casarme con ella.

—No digas tonterías, Gayeira.

—No tienes ni idea de la clase de tarasca que es esa Dorotea Amor. ¡Con tal de no tener que suspender las funciones eres capaz de lo que sea!

—¿Qué tiene de malo contraer matrimonio con una viuda rica?

—Que a lo peor se le ocurre enviudar de nuevo.

—¿Tú crees?

—Acabará conmigo en cuanto pueda. ¡Y tú serás la responsable, Jusepa! ¡Un cómico de mi categoría no merece semejante castigo!

—No seas exagerado.

—¿Exagerado? En la cárcel coincidí con un capeador que la

conocía desde la infancia. No se llama Dorotea Amor, sino Bernarda Guzmán. A los catorce años se escapó de casa y fue a Sevilla, donde entró en la Garduña.*

«Seguro que toda la Garduña entró también en ella», pensó Jusepa.

—A los dieciséis —continuó el cómico—, abandonó Sevilla en brazos de un capitán de los tercios y de toda su compañía.

—¡Vive Dios, ya no quedan putas como las de antes; con tanta vocación!

Gayeira, que no estaba para ironías, continuó muy serio:

—Después de no sé qué derrota de los tercios, Dorotea, o Bernarda, como quieras llamarla, decidió regresar a España.

—¿Y eso?

—El negocio estaba de capa caída; ya se sabe que los soldados se vienen abajo cuando son derrotados. Al pasar por Italia conoció a un viejo comerciante de paños, que se casó con ella y la llevó a Palermo. El marido le duró poco.

—Les suele ocurrir a los que se casan con jovencitas, pero no es tu caso, Gayeira.

—Tú espera a escucharlo todo. En cuanto se gastó la fortuna del difunto, Dorotea volvió a casarse con otro más viejo y más rico, que murió también al poco tiempo.

—¡Los años son escobas que nos barren hacia la tumba!

—No se murieron de viejos, Jusepa; según me contó el capeador de la cárcel, Dorotea se los cargó con un agua de no sé qué.

—¿No sería *Acqua Toffana*?

—Sí, ¿cómo lo sabes?

—Tengo amigos en Palermo, que me han hablado de ella.

—¿Y en qué consiste?

—Es un veneno muy potente que fabrica una tal Teofania d'Adamo. Al ser incoloro, inodoro e insípido se puede añadir al vino o a la comida, sin que se note. Pero Teofania aconseja a las

---

* Sociedad secreta de delincuentes.

mujeres que quieran deshacerse de maridos indeseados, que se lo unten en los pezones, en las mejillas o ahí abajo. Muy ingenioso, ¿verdad?

—Jusepa, me estás metiendo miedo.

—Bah. Con tal de que no beses a Dorotea, ni forniques con ella, estarás a salvo.

—¡Jamás me casaré con esa arpía!

—Tendrás que hacerlo, a menos que te guste remar en galeras.

—¡Ni hablar, Jusepa! Te doy tres días para que otro cómico se aprenda mi papel.

—No seas miedoso, Gayeira.

—Precavido es lo que soy. En cuanto el otro cómico se sepa mi papel, me largo de Madrid.

—Se me acaba de ocurrir un plan para librarte de esa arpía, como tú dices.

—¿Cuál?

—Iré a visitarla mañana en son de paz, con algún regalito. Y le pediré que me acompañe a elegir los anillos de oro que voy a regalaros por vuestros esponsales.

—Tú no estás para regalar anillos de oro, Jusepa.

—¡Ni pienso hacerlo! Es una treta para llevármela de paseo por las platerías.

—Dorotea es muy lista.

—Y yo muy buena cómica.

—¡La mejor! Pero no se tragará tus embustes.

—Ya veremos. Cuando haya cogido confianza, dejaré caer que mi conciencia me atormenta desde el momento en que exhorté al juez a que dictara la sentencia que la obligaba a casarse contigo. Juraré que lo hice para no tener que suspender las representaciones, pero que estoy muy arrepentida. Con lágrimas en los ojos, le aseguraré que corre mucho peligro a tu lado.

—Te preguntará por qué, Jusepa.

—Le contaré que estuviste una temporada en Italia, y que al volver me hablaste de un veneno: el *Acqua Toffana*. Cosa a la que yo no di importancia hasta que un tío tuyo falleció súbitamente pocos días después de haber hecho un nuevo testamento en el que desheredaba a su hija monja y te dejaba a ti todo su dinero, ¡que ya has derrochado!

—¡Vive Dios, vaya mente calenturienta tienes, Jusepa!

—Si a Dorotea le quedan dudas, la llevaré al convento de la Encarnación a visitar a tu supuesta prima. Ella le confirmará que mataste a su padre después de falsificar el testamento.

Gayeira no salía de su asombro.

—¿Cómo vas a conseguir que una monja de la Encarnación se preste a testificar semejante mentira?

—Con ayuda de Pedro Calderón de la Barca.

—¿El escritor?

—Sí, tiene una amiga monja en la Encarnación, y los poetas hacen cualquier cosa con tal de que un autor estrene una de sus comedias. Favor con favor se paga.

—Ya veo.

—¿Qué te parece mi plan? ¿Crees que lograré convencer a Dorotea?

—Empiezo a pensar que sí, Jusepa. Y si como me han dicho, ha tenido contacto con el *Acqua Toffana*, con más razón.

—Le propondré mediar para que renuncies a casarte con ella, a cambio de una compensación económica.

—¡Pero si no tengo ni un maravedí!

—No me has entendido, Gayeira: una compensación económica para ti.

—Dorotea se resistirá. El dinero es su único amor verdadero.

—Yo pensaba que eras tú.

—¡Ya!

—Le contaré que eres un jugador empedernido, con muchas deudas, y que si se casa contigo la envenenarás en menos de un mes para quedarte con el dinero de su difunto. Por lo que le conviene darte esa compensación económica para que te alejes de ella cuanto antes.

—¡Eres asombrosa, Jusepa!

—A cambio, quiero que me hagas un favor. Necesito que me ayudes a liberar a alguien muy querido.

—Lo que quieras. ¡Eres como una madre para mí, Jusepa!

—¿Igual de pesada?

—Sí. —Y la besó.

—Oye, Gayeira, ¡sin confianzas!

MONASTERIO DE VALFERMOSO DE LAS MONJAS
Estancia de la abadesa doña María de San Gabriel
Año de 1646

Fray Matías, inquieto, dejó la pluma sobre el escritorio, se pasó la mano derecha por la boca, luego por la frente y dijo:

—Reverenda madre, lo que habéis contado es, sin duda, interesante. Pero hay cierto desorden.

—Tenéis razón. Me dejo llevar por los recuerdos y salto de una cosa a otra. Retomaré el relato en el calabozo en el que el rey ordenó encerrarme, ¿os parece bien?

—Por supuesto, doña María de San Gabriel.

Después de muchos días de encierro, oí descorrer el cerrojo de la puerta. Pensé que sería el carcelero. Pero entró un hombre con una linterna, que dijo:

—Poneos en pie, que hemos de irnos.

Reconocí por la voz aguardentosa al sargento que me había sacado de mi casa.

—¿Quién sois?

—Me llamo Pablo Álvarez y soy sargento de los archeros de la guardia real.

—Creo conocerlos a todos, pero nunca os he visto.

—No frecuento mucho el Alcázar —contestó con media sonrisa.

—Es raro que no lo hagáis perteneciendo a la guardia real.

—Digamos que Su Majestad me asigna tareas... especiales.

Apartó la capa hacia el hombro y palmeó la daga que llevaba en la cadera izquierda. Tuve por seguro que era un matón.

—¿Adónde me lleváis? —pregunté.

El sargento levantó la linterna a la altura de mis ojos.

—No estoy autorizado a decíroslo —replicó burlón.

Tras sacarme del calabozo a empujones, salimos al largo túnel por el que me había llevado allí días antes. Pero caminamos en dirección contraria. Su linterna, al moverse, producía sombras fluctuantes en las paredes de pedernal del pasadizo. Cien varas más adelante, nos topamos con una escalera por la que subimos hasta una puerta de hierro de dos varas y media de altura, y que el sargento abrió con una llave que llevaba detrás, sujeta en el cinto. Percibí un intenso olor a tomillo, romero y cantueso, de lo que deduje que la puerta daba al exterior.

Cuando salimos, era noche cerrada, y lo único que veía, gracias a la linterna, era el sendero por el que avanzábamos, estrecho y bordeado de jaras. Después de recorrer unas cincuenta varas, el sargento se adelantó con la linterna, dejándome a oscuras.

Una lechuza ululó, y durante unos instantes me quedé paralizada, pues es un pájaro de mal agüero que anuncia la muerte. «¡Mi muerte!», pensé.

Eché a correr por el sendero hasta que me topé con el sargento, que estaba junto a una encina con la capa echada hacia atrás. Gracias a eso, descubrí que llevaba una cuerda en la cadera, sujeta al cinto. Imaginé que se disponía a ahorcarme por orden del rey.

Me arrodillé, y rogué a Dios por la salvación de mi alma.

Me interrumpió una carcajada del sargento Álvarez.

—¡No os riais! ¡Lo que vayáis a hacer, hacedlo ya!

—Me he apartado para hacer aguas, señora. Y gracias a vuestras oraciones he concluido esa tarea satisfactoriamente.

Me puse en pie, colorada como la grana. Los nervios me habían jugado una mala pasada. Caminamos hasta llegar a una hondonada, donde crecían mimbreras, olmos y sauces, que revelaban la presencia de agua.

—¿Estamos cerca del Manzanares? —pregunté.

El sargento no me respondió. Poco después, el sonido del agua y la silueta de la Torre Dorada del Alcázar, que se recortaba contra la luna, me confirmaron que había estado encerrada en una celda situada en la misteriosa galería que une el Alcázar con la Casa de Campo, y que yo no creí que existiera. ¡Se cuentan tantas historias acerca de los pasadizos secretos de palacio!

Recorrimos la ribera del Manzanares hasta llegar al puente de Segovia. Allí, agotada por tantos días de encierro e inmovilidad, me apoyé en una de las bolas de granito que adornan la baranda. El sargento Álvarez me dio un empellón para que lo cruzara. Junto a la puerta del puente, que daba entrada a la villa, nos esperaban un coche y seis guardias a caballo. Antes de obligarme a subir al carruaje, el sargento me ató las manos con la cuerda que llevaba en la cadera, y me puso una mascarilla sin aberturas en los ojos, que sacó del interior del coche.

La puerta del puente estaba cerrada. Pero el sargento debía llevar un salvoconducto, porque los vigilantes la abrieron sin protestar. Debimos atravesar Madrid por calles muy apartadas, porque no oí más ruido que el que hacían las ruedas del carruaje. Ni tan siquiera nos tropezamos con la ronda de pan y huevo que socorre a los pobres de madrugada.

Una vez que salimos de la Villa y Corte, cosa que hicimos, como averigüé después, por la Puerta de Alcalá, el sargento ordenó al cochero que fustigara a los caballos. El carruaje avanzaba tan deprisa que, al llevar las manos atadas, me golpeaba contra los laterales del coche.

Un par de horas después, el vehículo se detuvo. El sargento Álvarez me quitó la mascarilla que me cubría el rostro y vi que había amanecido. Aparté las cortinas del coche y reconocí la venta de Viveros en Alcalá de Henares, en la que había parado muchas veces camino de Valencia. Al entrar en ella para hacer mis necesidades, se me vinieron a la cabeza los versos de *Las paredes oyen*, de Ruiz de Alarcón: «Venta de Viveros, dichoso sitio, si el ventero es cristiano y es moro el vino».

Cada vez que se nos acercaban otros viajeros, ya fuera a pie o a caballo, y pedían unirse a nosotros, el cochero les decía que no. Eso me extrañó, pues es bien sabido que viajar en grupo protege de los ataques de los bandoleros. No hicimos más paradas hasta el final del día. Al ocaso, el coche se detuvo y el sargento abrió la puerta para que bajara.

Compartí con los guardias la cena, que consistió en tasajos de carne con pan, queso y vino. Después, Álvarez me ordenó que me acostara dentro del coche. Los guardias se acomodaron alrededor de él, envueltos en mantas.

A pesar de lo mucho que temía estar embarazada, esa noche agradecí que no me hubiera bajado la costumbre, pues eso hubiera agravado el olor nauseabundo que me subía por el escote. Contra el criterio de mi confesor —siempre me reprochaba que hiciera un uso desmedido y pecaminoso del agua—, tenía el hábito de lavarme cara y manos a diario; bajos y sobacos cada tres días. Y una vez al mes me metía en la bañera. No para seducir a los hombres, como él creía, sino para oler bien. Porque frotarse todo el cuerpo con jabón de Castilla elimina olores que los perfumes, por caros que sean, son incapaces de encubrir. Os confieso que adoro el agua. Cuando llegaba el verano, hacía meter el coche en el Manzanares para mojarme en una de sus charcas. Este baño, más de arena que de agua, me ayudaba a paliar los ardientes calores del estío, y volvía a casa relajada y fresca.

En cuanto salió el sol, el sargento Álvarez ordenó que reanudáramos la marcha. Dijo a sus hombres que íbamos con retraso y no nos detendríamos en todo el día. Así que comimos sobre la marcha los panes y el queso que uno de los soldados compró en uno de los pueblos por los que pasamos.

A media tarde, golpeé el techo del coche para que el cochero parara.

—¿Qué os pasa? —me preguntó el sargento, acercándose.

—Necesito hacer aguas, no puedo aguantar más —respondí.

—¡El campo es vuestro, señora!

Me alejé del camino unas cuantas varas, pero el afán de atisbar de los guardias me incomodó, y me quejé al sargento. Este compró, en el siguiente pueblo por el que pasamos, un orinal muy tosco, una especie de tubo de barro, para que hiciera mis necesidades dentro del coche.

Así lo hice en mala hora, pues con el traqueteo, los orines salpicaron el costoso vestido que me había regalado el rey en cuanto se enteró de que iba a tener a mi hijo. Un regalo que yo aprecié sobremanera, pues un año y pico antes se había producido la bancarrota de 1627, y la corona andaba apurada de dineros. Desde que me habían encerrado en la mazmorra, el vestido se había ensuciado y descosido y, ahora, se había impregnado de orines.

Corral de la Cruz, Madrid
24 de noviembre de 1636

Mientras esperaba detrás de los paños a que le tocara el turno de salir a escena, Jusepa Vaca, preocupada, se mordió los labios. Había pasado un mes sin que hubiera logrado averiguar adónde se habían llevado a María Inés, y las cosas en el teatro le iban cada vez peor: No había recobrado el dinero invertido en el costoso decorado de la comedia anterior y la recién estrenada no estaba teniendo el éxito esperado.

«La cómica que ha sustituido a María Inés no tiene su calidad ni tampoco su tirón.»

A mitad del segundo acto, Viyuela, el avisador, se acercó a ella y le susurró:

—¿Sabéis qué acaba de decirme Domingo Antonio? ¡Que Olivares está viendo la comedia!

Jusepa dio un respingo. Llevaba varios días buscando el modo de hacerse la encontradiza con el todopoderoso don Gaspar de Guzmán y Pimentel, conde-duque de Olivares, auténtico rey de las Españas, y el destino lo traía hasta ella.

—¿Cuánto tiempo me queda para salir a escena, Viyuela?

—Un cuarto de hora, más o menos.

Jusepa cogió la mascarilla que una de las cómicas acababa de dejar sobre un banco, y dijo:

—Voy a verlo.

El regidor se asustó.

—Doña Jusepa, no creo que os dé tiempo.

—Di a los comediantes que reciten con parsimonia para estirar el acto lo más posible.

—¿Y si no volvéis a tiempo?

—Pues... que Gayeira improvise un desafío. Las peleas a espada gustan mucho al público.

Jusepa salió a la calle y giró a la izquierda, donde se hallaba la entrada a los aposentos. Estos recintos, los más caros del corral y con las ventanas cubiertas con celosías, eran alquilados por nobles, damas, gentes adineradas, e incluso por los reyes, para ver la función sin ser vistos.

Domingo Antonio, el cobrador y repartidor de aposentos, estaba sentado en la escalera que daba acceso a estos.

—¿En cuál está Olivares? —le preguntó Jusepa.

—En el más cercano al tablado.

«Este joven durará en este oficio», se dijo, satisfecha de que se le hubiera ocurrido darle al valido el mejor aposento del corral.

—Dame la llave.

—Me han advertido de que no deje entrar a nadie.

—¡Dame la llave de una vez, Domingo, que he de salir a escena y no puedo perder el tiempo!

El joven se la dio.

Jusepa subió a todo correr la escalera. Al llegar al rellano, se subió las tetas, que se le habían descolgado con la carrera, y se dirigió al aposento de Olivares con la máscara puesta.

Dos fornidos bravos hacían guardia en la puerta.

Haciendo caso omiso de ellos, introdujo la llave en la cerradura.

—No se puede entrar, y menos enmascarado —dijo el hombretón de la derecha, apartándola de la puerta.

—Su excelencia ilustrísima el conde-duque de Olivares me ha invitado a visitarlo. Prueba de ello es que me ha facilitado la llave.

El jaque se rascó el ombligo desconcertado.

—No nos ha dicho nada.

—Cuando se convida a una dama, se procura ser discreto.

—Tenemos orden de que no entre nadie.

—¡Registradme, si pensáis que llevo un arma escondida!

Jusepa se abrió el canalillo del escote.

Tras echar una mirada a los senos de la cómica, y palparla de arriba abajo, el bravo golpeó la puerta con los nudillos.

—Excelencia, una cómica quiere veros.

Jerónimo de Villanueva, la mano derecha de Olivares, abrió la puerta del aposento y Jusepa se coló deprisa.

El valido, sentado en un sillón frailuno, miraba atentamente la representación pegado a la celosía, y ni siquiera se volvió a ver quién había entrado.

—No esperamos a ninguna enmascarada —dijo secamente Jerónimo de Villanueva.

Empujó a Jusepa hasta la puerta e intentó cerrarla, pero ella la bloqueó con el pie.

—¡Necesito hablar con su excelencia!

—Déjala pasar, Jerónimo —dijo el conde-duque, que hasta ese momento la había ignorado.

Jusepa avanzó resuelta hasta el sillón del valido, sin quitarse la máscara.

—¿Dónde está María Inés? —le preguntó a bocajarro.

El conde-duque clavó sus penetrantes ojos en el rostro enmascarado de la cómica.

—Doña Jusepa, convendréis conmigo en que no es el lugar ni el momento de hablar de eso. No quiero perderme ni un solo verso de la comedia.

—Marizápalos la hubiera interpretado mejor.

—En eso estoy de acuerdo. ¿No os toca salir a escena?

—Sí. En cuanto me digáis adónde han llevado a María Inés, me iré.

El valido la miró fijamente y sonrió.

—Cuando acabe la función, mi coche os esperará en la esquina de la Carrera de San Jerónimo.

Y volvió los ojos al escenario, dando por terminada la conversación.

Jusepa regresó al corral a toda prisa, pues le tocaba salir a escena cinco minutos después.

Acabada la función, Jusepa subió a su camerino a cambiarse. Escogió para el encuentro con Olivares un vestido que se había mandado confeccionar cuando el príncipe de Gales había visitado Madrid allá por el año 1623.

Para impresionar al inglés, Felipe IV había subvencionado con seis mil reales a la compañía que Jusepa y su marido dirigían, con el propósito de que representaran tres comedias con mucho boato. Ellos habían gastado una buena cantidad de ese dinero en ricos vestidos y ornamentos. Trece años después, aquellos trajes seguían luciendo bien en escena, aunque de cerca se veían algo ajados.

«Da igual, pronto oscurecerá y de noche todos los gatos son pardos», pensó.

Se miró al espejo por ver si tenía que retocarse los afeites. El colorete de la frente, del escote y de las orejas estaba bien. Pero el de las mejillas se veía desvaído. Así que se frotó los pómulos con unos papelillos de granada hasta que volvieron a estar bien colorados. A continuación, se metió un par de avellanas en la boca para tersar los mofletes, y perfumó, generosamente, su cuerpo y su ropa con agua de ángeles.

Abandonó el corral embozada de medio ojo, para que nadie la reconociera.

Un coche con las cortinas cerradas la estaba esperando en el punto donde confluía la calle de la Cruz con la del Príncipe. A Jusepa le sorprendió que Olivares no estuviera dentro del carruaje, pero subió sin decir nada.

El cochero bajó por la Carrera de San Jerónimo hasta el prado del mismo nombre, que se hallaba muy concurrido. A medida que avanzaban por el Prado de Atocha, el paseo se iba vaciando de coches, sillas de mano y paseantes. La luz declinaba y muchos dieron la vuelta en la calle Huertas para volver a sus casas. Cuando llegaron a la Puerta de Atocha o de Vallecas, el paseo estaba completamente vacío. El coche se detuvo. Olivares subió y descorrió las cortinas.

La luz oblicua del atardecer iluminó el rostro de Jusepa.

El valido la contempló en silencio unos instantes.

«Sigue siendo hermosa, aunque haya perdido la frescura de la juventud.» Recordó con nostalgia el deseo que lo embargaba, treinta años atrás, cuando la veía salir a escena vestida de hombre. ¡Era tan bella! Hasta el mismo Lope había alabado su gallardo talle en hábito masculino.

Al igual que todos los jóvenes de su generación, había anhelado poseerla; pero era demasiado orgulloso para ponerse a la cola de sus numerosos pretendientes. Ahora, se había marchitado. «A mí me ha sucedido otro tanto», se dijo. «Aunque el atractivo de los hombres, más que en la belleza, reside en el poder y el dinero. Y de ambas cosas tengo más ahora que hace treinta años.»

Ante el prolongado silencio de Olivares, Jusepa dijo:

—Decidme adónde se han llevado a mi ahijada, María Inés Calderón.

—Yo nada tengo que ver con eso, señora.

Jusepa sintió la tentación de replicar que no había negocio en el reino con el que no tuviera que ver, pero se contuvo.

—Si sabéis dónde está, os ruego que me lo digáis.

—Dicen que el rey la descubrió con otro hombre.

—Entonces, no es justo que pague solo ella por ese pecado.

—Supongo que no.

—Imagino que el rey deseará saber quién es el amante de María Inés para castigarlo también.

—¿Adónde queréis llegar, señora?

—Decidle a Su Majestad que yo le daré su nombre, con la condición de que libere a mi ahijada.

—¿Y cómo sabrá el rey que no mentís?

—Tengo pruebas.

—¿Qué pruebas?

—La nota que el amante de María Inés le envió a esta para concertar la cita para la noche en que el rey los descubrió —mintió Jusepa.

El valido entornó los ojos. A sus labios asomó una sonrisa despectiva.

—Señora, yo me ocupo del gobierno de este reino. No me

interesa terciar en las alcahueterías de las cómicas, que considero indecentes.

Jusepa se sulfuró. Olivares había corrompido al jovencísimo Felipe IV, cuando era un tierno infante, introduciéndolo en los placeres de la carne, con propósito de ganarse su voluntad y apropiarse del gobierno. Y ahora se las daba de virtuoso. ¡Incluso publicaba pragmáticas contra la inmoralidad de la corte! Pero a ella no podía engañarla.

Resopló para contener la ira, y dijo con calma:

—Don Gaspar, sabéis tan bien como yo quién estaba esa noche con María Inés.

Los ojos de Olivares centellearon.

—Será mejor que nos dejemos de hipocresías, Jusepa. Supongamos que era mi yerno. ¿Y qué?

—¿Fuisteis vos quien envió el anónimo a Su Majestad avisándole de que María Inés se iba a reunir aquella noche con otro hombre?

—¿Me creéis capaz de hacer daño a Ramiro? Fue el esposo de mi hija. Y yo lo prohijé.

—Pero deseáis alejarlo del rey.

Olivares la miró fijamente. Ella era bastante más perspicaz que la mayoría de sus consejeros. Lástima que fuera mujer. Hubiera sido una buena colaboradora.

—Mi yerno se está volviendo ambicioso, muy ambicioso.

—Y habéis aprovechado esta ocasión para deshaceros de él y de María Inés.

—Os equivocáis.

—¡Decidme de una vez dónde está María Inés!

—¿A cambio de qué?

—Haré desaparecer la nota que implica a vuestro yerno —mintió.

—No tenéis esa nota, Jusepa. Ramiro la destruyó; él mismo me lo dijo.

—Entonces, ¿qué queréis?

Tardó unos segundos en contestar:

—A vos.

Jusepa lo miró, atónita, sin acabar de creer que le estuviese haciendo tal proposición. Claro que la mujer más deseada es aquella que nunca se consigue. En su juventud ella le había gustado, lo sabía, aunque el valido nunca se le hubiera declarado. Quizá porque estaba seguro de que lo habría rechazado. Por aquel entonces, ella era la gran Jusepa *la Gallarda* y él, un personajillo oscuro, sin poder ni atractivo. Aunque la inteligencia de Olivares era notable, nunca pensó que llegaría tan lejos. ¿Desde cuándo la inteligencia sirve en España para medrar?

«¿Quién me iba a decir que treinta años más tarde se convertiría en el hombre más poderoso del reino?»

Miró al valido con atención. Mantenía la mirada inteligente y perspicaz de la juventud, pero sus mejillas estaban fofas, descolgadas, y la nariz casi le tropezaba con la barbilla. Solo su pelo seguía igual de negro. Demasiado...

«Yo conozco caballero, / que entinta el cabello en vano, / y, por no parecer cano, / quiere parecer tintero», recitó mentalmente Jusepa.

—¿Qué me contestáis, señora?

La cómica sabía que consumar los anhelos de juventud solía ser decepcionante y Olivares debería saberlo también.

—Os esperaré esta noche en mi casa —contestó.

—Tendréis que advertir a vuestro marido de mi visita.

—Está de viaje.

El de aquella noche fue un coito deslucido y triste. El miembro de Olivares se reblandeció con los primeros embates, y Jusepa hubo de esforzarse mucho. ¡Con razón decían las cómicas que los hombres a partir de los cincuenta dan más trabajos que placeres!

Sin embargo, logró sonsacarle al valido dónde estaba el monasterio en el que el rey había recluido a la Calderona: en una pequeña villa de la Alcarria, denominada Valfermoso de las Monjas.

MONASTERIO DE VALFERMOSO DE LAS MONJAS
Bajo el mandato de la abadesa doña Bartola de Saucedo
Año de 1636

A doña Bartola de Saucedo, la abadesa del monasterio de San Juan Bautista, en Valfermoso de las Monjas, las preocupaciones le quitaban el sueño. Esa mañana, fray Pedro González de Mendoza, obispo y señor de Sigüenza, se había presentado en el monasterio acompañado de dos sacerdotes, cinco legos e innumerables baúles de viaje.

—¿A qué debemos el honor de vuestra grata visita, excelentísimo padre? —le había preguntado, escamada al verlo llegar con tanto acompañamiento y equipaje.

—Vengo a consagrar a la nueva corista —le había respondido el obispo, un tanto molesto.

La abadesa, desconcertada, había tardado en contestar:

—Debe de tratarse de un error. Ninguna hermana de este monasterio va a profesar.

El obispo la había mirado, perplejo.

—¿Acaso no os han avisado, reverenda madre?

—¿De qué, excelentísimo señor?

—Mañana llegará la mujer que va a convertirse en vuestra nueva hermana en Cristo.

La rabia, aunque sentimiento poco cristiano, había hecho enrojecer a doña Bartola. Ella era la abadesa de Valfermoso y señora de Utande, cargos de poder y prestigio. Ni el obispo ni nadie podían exigirle que admitiera a una desconocida en su comunidad.

—No permitiré la entrada en mi comunidad de esa desconocida.

—¡Claro que lo permitiréis, doña Bartola! —la había interrumpido el obispo—. El nuncio de Su Santidad vendrá a apadrinar la toma de sus votos.

La abadesa se había quedado atónita. A duras penas había balbuceado:

—¿El nuncio del Papa? —Pasmada, había hecho una pausa, hasta que, por fin, había podido preguntar—: ¿Quién es esa mujer, excelentísimo padre?

—No me está permitido revelaros su nombre. Solo sé que debéis haceros cargo de su custodia.

—¿A qué os referís?

—La alojaréis con el gran decoro que se merece, pero deberéis mantenerla bajo llave hasta después de que haya profesado.

—No entiendo.

—Cuando llegue el nuncio, recibiréis las explicaciones pertinentes.

Sor Bartola poseía una aguda inteligencia, así que pese a la rabia que la embargaba se había limitado a esbozar un prudente...

—Pero...

—La ceremonia en la que la nueva sor tomará los votos perpetuos tendrá lugar dentro de cuatro días. Y el nuncio llegará mañana. ¿Aclara esto vuestras dudas?

—Si vuestra excelencia me lo permite, solo un pequeñísimo detalle más. Para convertirse en una sor de este monasterio, es costumbre aportar una cuantiosa dote. Sin ella no podría admitirla. Iría contra nuestras reglas.

El obispo había fruncido el ceño y había resoplado:

—Este asunto viene de muy alto, reverenda madre. Os aconsejo que no pongáis inconvenientes.

—Pero sin dote...

—La traerá, no os preocupéis. —Carraspeó—. Ni que decir tiene que el nuncio del Papa hace con su visita un extraordinario honor a este humilde monasterio.

—Por supuesto, excelencia reverendísima.

—Y la ceremonia en la que apadrinará a la nueva sor ha de tener el relumbrón que se debe a tan alta jerarquía.

—Me esmeraré en que así sea, reverendísimo padre —había contestado humildemente la abadesa.

Muy a su pesar, doña Bartola había ordenado que acondicionaran las estancias del ala derecha del tercer piso, la más lujosa del monasterio, para alojar a los visitantes.

Fray Pedro González de Mendoza, obispo de Sigüenza e hijo de la princesa de Éboli, era un noble de gustos exquisitos, y su estancia acarrearía cuantiosos gastos a las arcas de la comunidad.

«A los que habrá que añadir los del nuncio del Papa, y la ceremonia de consagración de esa mujer. ¡Con lo escaso de dineros que anda el monasterio!», se lamentó doña Bartola.

Monasterio de Valfermoso de las Monjas
Estancia de la abadesa doña María de San Gabriel
Año de 1646

Como el escribiente se percató de que la abadesa estaba distraída, se puso a limpiar la pluma en la salvadera, a la espera de que ella saliera de sus reflexiones. Pasado el tiempo de rezar dos padrenuestros, carraspeó y dijo:

—Cuando queráis, podemos continuar, reverenda madre.

—Sí, perdonad, fray Matías. Me había abstraído. ¿Dónde dejamos ayer el relato?

—Viajabais escoltada por el sargento y los soldados.

La abadesa suspiró profundamente antes de proseguir.

Llevábamos mucha prisa, si bien ignoraba por qué razón. Tampoco sabía cuál era nuestro destino, aunque por la posición del sol viajábamos en dirección este.

El tercer día de viaje amaneció con niebla, lo que nos obligó a aflojar la marcha. Cuando llegó la noche, en vez de acampar, el sargento ordenó a tres de los archeros que cabalgaran delante del carruaje con hachas encendidas, para iluminar el camino.

Nos internamos en un valle frondoso, al que la niebla y la oscuridad hacían parecer fantasmagórico. Después de atravesar un río poco caudaloso, nos detuvimos ante el portón de un recinto amurallado. Se me heló el corazón al imaginar que podía ser la cárcel donde pasaría el resto de mi vida.

El sargento golpeó con fuerza la aldaba del portón, y unos minutos después alguien a quien no pude ver lo abrió. El coche penetró en un patio donde se alzaba un sombrío edificio de grandes dimensiones. La niebla, atrapada entre los muros, era allí mucho más espesa. Tanto, que apenas se veía el suelo.

—Bajad —dijo el sargento.

—¿Qué lugar es este? —pregunté.

—Un monasterio. San Juan Bautista, creo que se llama.

—¿Dónde está situado?

—En Valfermoso de las Monjas.

Tres religiosas con linternas se aproximaron al coche. La niebla, que ocultaba la parte inferior de sus hábitos, me producía la sensación de que caminaban entre nubes.

El sargento Álvarez le preguntó a la monja rechoncha que venía delante:

—¿Sois la abadesa?

—Está descansando. Soy la guarda de hombres. Os esperábamos esta mañana —añadió en tono de reproche.

—Lamento el retraso. Os hago entrega de la nueva pupila.

—¿Habéis traído la dote?

El sargento abrió un compartimento, que estaba en la parte trasera del coche, y sacó un cofrecillo.

—Aquí está.

Cuando la guarda de hombres se acercó para recoger el cofrecillo, el sargento hizo un quiebro y se lo escamoteó.

—Lo lamento, pero tengo orden de entregar la dote a la abadesa personalmente.

La guarda de hombres, con sorprendente rapidez, le arrebató el cofrecillo de las manos.

—Yo lo haré.

—Pero...

—En este monasterio no alojamos a seglares, así que será mejor que reemprendáis el viaje de inmediato.

—Estamos cansados, ¿no podríais permitirnos pasar aquí la noche?

—Nuestra orden no lo permite.

El sargento carraspeó.

—Me han ordenado que me asegure de que esta mujer queda debidamente custodiada.

—Nosotras nos ocuparemos de que así sea.

—Pero...

—No es preciso que os entretengáis más.

El sargento Álvarez escupió en el suelo, montó en su caballo y ordenó con un humor de mil demonios:

—¡Vámonos!

En cuanto abandonaron el patio, la guarda de hombres dijo a las dos monjas que la acompañaban:

—¡Llevadla dentro!

Me agarraron una de cada brazo, y me metieron en el lúgubre edificio.

Precedidas por la guarda de hombres, subimos hasta el tercer piso por una amplia escalinata de piedra. Enfilamos un largo pasillo, con puertas a ambos lados. Por la distancia que había entre ellas, no parecían celdas, sino amplias estancias. La guarda de hombres se detuvo ante una de las puertas de madera taraceada, y la abrió con una llave que llevaba atada al cíngulo, debajo del escapulario.

—Pasad —ordenó con voz terminante.

En cuanto lo hice, volvió a echar la llave y se fue con las otras dos monjas, dejándome a oscuras en aquella habitación desconocida. Eché a andar con las manos extendidas, en busca de un asiento o lugar donde acomodarme, pues estaba agotada del viaje. Tropecé con un objeto que había en el suelo, y me caí. Tras palparlo, averigüé que se trataba de un brasero. En vez de levantarme, me apoyé en él y lloré desconsoladamente. Más por desesperación que por el daño que me hubiera hecho.

«El rey me quiere enterrar en vida», pensé, convencida de que pasaría el resto de mis días en aquel tétrico monasterio.

Al igual que la noche en la que el rey me había llamado puta cómica, se me hizo un nudo en la garganta, y no podía respirar. Inhalé aire con todas mis fuerzas, pero se quedó atascado en mi pecho produciéndome un dolor insoportable. Entonces, me desmayé.

La abadesa dejó de hablar, abstraída en los acontecimientos de diez años antes.

Tras esperar el tiempo de rezar una salve, fray Matías preguntó:

—¿Cuánto tiempo permanecisteis sin sentido, reverenda madre?

Doña María de San Gabriel se sobresaltó.

—No estoy segura. Creo que no mucho.

Cerró los ojos. Y no volvió a abrirlos hasta reanudar de nuevo el relato.

Al volver en mí, estaba cubierta de sudor frío y me dolía la espinilla de la pierna derecha, donde me había golpeado con el brasero. Trataba de aliviar el dolor frotando la herida con saliva, cuando se abrió la puerta de la celda y entraron dos monjas de velo negro con sendos candiles de garabato.

La luz me reveló, para mi sorpresa, que no estaba en una celda, sino en una amplia habitación con las paredes cubiertas de tapices, en la que había un bufete con dos sillas, un armario oratorio y, lo más asombroso: ¡un enorme espejo, en el que podía verme de cuerpo entero! Pero ninguna cama.

—¿Queréis comer algo? —me preguntó la más alta de las monjas.

—No... Pero me gustaría descansar. ¿Hay alguna cama donde pueda echarme?

La monja abrió una puerta, que quedaba a la izquierda, y dijo:

—Este es vuestro dormitorio.

Como la antecámara, también la alcoba estaba ricamente

amueblada: había una cama con dosel, una mesilla de madera taraceada y un baúl de cuero repujado.

«Esta estancia provista de antecámara y dormitorio, más que una celda, parece una habitación del Alcázar», pensé.

—Quitaos el vestido para que lo lavemos —dijo la monja menos alta.

Obedecí con gusto. Mi camisa olía aún peor que el vestido.

—¿Podríais traerme agua para que me asee y una camisa limpia para cambiarme, señora?

—No me tratéis de señora. Me llamo doña Mariana y soy la ropera del monasterio.

—Perdón, madre Mariana.

—Mañana se os traerá el agua y la camisa. Ahora, acostaos. ¡Que Dios os guarde!

Las religiosas salieron de la alcoba, llevándose el vestido y los candiles.

Me metí a tientas bajo las mantas. A pesar del cansancio, no pude dormir. Ni entrar en calor. Estuve un buen rato tiritando de frío y compadeciéndome de mi suerte. Hasta que me dije que tenía algo mucho más importante que hacer: buscar a mi hijo y ponerlo a salvo.

Esta determinación hizo que me olvidara del cansancio y el desánimo.

Recordaba haber visto una ventana en el dormitorio. Como la oscuridad era absoluta, la busqué palpando las paredes. Cuando la hallé, abrí los postigos de par en par. Un chorro de luz de luna penetró en la habitación. Me asomé por la ventana. No tenía rejas, pero al estar en el tercer piso del edificio, había unos veinte pies de distancia hasta el suelo.

«Me mataré si salto, ¿pero qué alternativa tengo?»

Monasterio de Valfermoso de las Monjas
Bajo el mandato de la abadesa doña Bartola de Saucedo
Año de 1636

La dama misteriosa

Incapaz de seguir durmiendo, doña Bartola, la abadesa de Valfermoso, apartó las mantas de su cama y se puso en pie. Las preocupaciones la carcomían. Comenzó a pasear por su celda, al tiempo que se frotaba las manos. El obispo y su séquito llevaban ya tres días en el monasterio, comiendo y gastando a placer sin dar la menor muestra de querer marcharse. Menos mal que esa medianoche había llegado, al fin, la misteriosa mujer que esperaban.

El sueño de doña Bartola era muy ligero, y el ruido del carruaje la había despertado. Vio desde la ventana que uno de los hombres que escoltaban a la desconocida entregaba a la guarda de hombres un cofre. Esta se había apresurado a subirlo a la habitación de doña Bartola, tal como ella le había ordenado. Para su sorpresa, el cofre contenía diez veces la dote que el monasterio exigía a una monja de coro.

Esta generosa suma había disipado las preocupaciones económicas de doña Bartola, pero ella tenía otras ¡y no menos importantes!

«¿Quién será esa mujer?», se preguntaba una y otra vez. «Alguien importante, sin duda. Pero por muy rica y linajuda que sea, si piensa tomar el mando y hacer todo lo que se le antoje en mi monasterio, va por mal camino. Tendrá que someterse a mi autoridad. Y no le permitiré usar joyas, ni recibir a amigos, ni leer libros profanos, como he oído que sucede en algunos conventos de la corte. Si sus abadesas quieren condenarse, que se condenen, pero yo no consentiré tales comportamientos pecaminosos aquí, en mi monasterio. ¿Por qué me ocultarán el nombre de esa mujer? ¿Y cómo le permiten profesar sin guardar un mínimo periodo de noviciado?», se preguntó. «No me queda más remedio que acatar la voluntad del obispo y del nuncio, pero se equivocan si creen que van a manejarme a su voluntad.»

Para dejar claro que no iba a permitir que se menoscabase su autoridad, el día anterior, doña Bartola había anunciado a toda la orden que no recibiría a aquella mujer hasta el día en que tuviese lugar la ceremonia de consagración.

LEGA, QUE NO LELA

La hermana Camila detuvo su frenética carrera junto a la cámara de la abadesa, golpeó la puerta con los nudillos y, procurando no alzar mucho la voz, dijo:

—Reverendísima madre, soy la hermana Camila.

—¿Cómo te atreves a quebrar el silencio de la *lectio divina*? ¿No has aprendido aún a refrenar la lengua?

«Tendrían que haber enviado a una corista* a darle el recado», pensó la lega. «Yo soy una humilde conversa** y solo sé fregar y lavar ropa.»

—¡No vuelvas a corretear por los pasillos! —continuó la abadesa—. Te he explicado infinidad de veces que has de reprimir los movimientos bruscos y andar sin precipitación.

—Sí, reverenda madre. La maestra de novicias me ha enviado a daros un recado urgente.

* Coristas: Monjas de velo negro, que pasaban la mayor parte del tiempo en el coro dedicadas a la oración.

** Conversas: Llamadas también monjas de obediencia, serviciales o legas. Llevaban velo blanco y se ocupaban de las tareas manuales.

—Entonces, deja de platicar en el pasillo, y pasa.

Era la primera vez que Camila entraba en la cámara de la abadesa, y se quedó embobada al ver los coloridos tapices que cubrían las paredes y los altillos de las puertas. Representaban escenas bíblicas en las que abundaban los cuerpos desnudos. Jamás había visto nada igual. Aunque difícilmente habría tenido ocasión, pues, con apenas siete años, la habían llevado a servir al monasterio a cambio del sustento.

Doña Bartola de Saucedo estaba sentada junto a un portapaz de plata y cobre dorado, que refulgía con los primeros rayos del sol.

—No te quedes ahí parada. Acércate.

Camila avanzó unos cuantos pasos. A la derecha de la estancia, a través de la puerta entreabierta, vio una cama provista de un mullido colchón de dos pies de anchura.

«Luego dicen que los colchones blandos y buenos están reservados para las ancianas y las enfermas», pensó.

—Has de adiestrar los ojos en no mirar, sino con moderación —le recriminó la abadesa, adivinando sus pensamientos—. ¿Qué es eso tan urgente que vienes a decirme?

—¡Se ha escapado!

—¿Quién?

—La señora que llegó anoche.

Doña Bartola de Saucedo dio un respingo y se puso en pie.

—¿La han buscado bien?

—La maestra de novicias y la celadora dicen que sí.

Doña Bartola había supuesto que la desconocida era una dama de alcurnia, que buscaba refugio en el convento para eludir un matrimonio no deseado, y tanto secretismo era para protegerla, no para impedir que se escapara. El obispo no se había explicado claramente, y el nuncio, menos.

—Ve en busca de la guarda de hombres y dile que vaya a las habitaciones de esa mujer. Actúa con discreción, que no es menester alertar a todo el convento.

—Descuidad, reverendísima madre.

La abadesa corrió a las habitaciones del tercer piso, donde había ordenado alojar a la desconocida.

La maestra de novicias, la celadora y la ropera la aguardaban, con gesto consternado, ante la puerta de la estancia.

—¿No os advertí de que la vigilarais? —les reprochó la abadesa.

—Cerramos la puerta con llave, reverendísima madre —se apresuró a decir la celadora.

La ropera añadió, compungida:

—Después de los laudes volvimos para entregarle la camisa limpia que nos pidió, y ¡se había escapado!

—¿Cómo? ¿Volando? —preguntó la abadesa con aquel tono engañosamente dulce que usaba para reconvenirlas.

—No, reverendísima madre. Venid.

La celadora llevó a la abadesa al dormitorio de la desconocida y le señaló la ventana, abierta de par en par.

Atada a una pata de la cama, había una cuerda, hecha con sábanas, que colgaba por la ventana.

La abadesa se asomó.

«Hace falta mucho valor para descender desde esta altura, y más usando sábanas anudadas», pensó.

Vio que unos finos encajes asomaban entre las sábanas.

—¿Ha traído equipaje esta mujer? —preguntó.

—No, solo el vestido que llevaba puesto —contestó la ropera—. Era de seda blanca con ribetes de oro. Muy valioso. Nunca había visto nada igual.

—Sin duda.

—Pero estaba tan sucio —continuó la ropera— que le pedí que se lo quitase para lavarlo.

—¿Se quedó en camisa?

—Así es, reverenda madre.

La abadesa levantó la cuerda y aflojó la tela de los encajes.

—¿Es esta la camisa que llevaba puesta?

—Creo que sí, doña Bartola.

Los ojos de la abadesa chispearon. Si la fugitiva había usado su camisa para hacer la cuerda, entonces ¡estaba desnuda!

Se oyeron unos golpecillos en la puerta. Y entró la guarda de hombres, seguida de Camila.

—¿Queréis que dé parte al obispo de la huida de esa... dama, reverendísima madre? —preguntó, nerviosa, la guarda de hombres.

—¡Ni se os ocurra! ¡La fugitiva no ha podido ir muy lejos desnuda!

Las sores abrieron los ojos espantadas al oír tamaña palabra en boca de la abadesa.

—Es imposible que haya abandonado el monasterio —continuó doña Bartola—. Lo registraremos y, en cuanto demos con ella, la devolveremos a su celda. Sin armar escándalo, por supuesto. No es preciso que el obispo y el nuncio se enteren de que ha huido.

—¿Avisamos al resto de las hermanas para que nos ayuden a buscarla?

—No, nosotras cinco nos bastamos.

Aunque no la habían incluido en el grupo, Camila, que deseaba retrasar lo más posible el momento de lavar la ropa, pues a medida que avanzaba la mañana el agua estaría menos fría, dijo:

—¿Puedo ayudaros a buscarla, reverendísima madre?

—Por supuesto, Camila. Ve a advertir a sor Guzmana, la portera, que no deje salir a nadie del monasterio. Y después, registra el establo. Revuelve bien el estiércol, por si a la fugitiva le hubiera dado por esconderse debajo.

«¡Revolver el estiércol! Se les llena la boca de decir que todas somos iguales ante el Señor, pero siempre me encargan a mí las tareas más inmundas», pensó Camila.

—Así lo haré, doña Bartola.

—No se te ocurra irte de la lengua con las otras legas.

—Descuidad, reverendísima madre.

—El que nos ayudes a buscar a la fugitiva no te exime de lavar después la ropa —puntualizó la maestra de novicias con una sonrisa.

Tras asentir, Camila salió con la cabeza gacha para evitar que las sores vieran que se le humedecían los ojos. Desde que la habían llevado al monasterio, con siete años, había trabajado muy duro para ganarse el sustento. Las monjas, aun considerando que ese era el destino que Dios había dispuesto para ella, alababan su buena disposición para el trabajo. Y cuando cumplió doce años, le asignaron un pequeño jornal, gracias al cual había reunido la dote para poder pasar de criada a hermana lega o conversa. Al menos eso le habían contado, pues ella jamás vio dinero alguno: la madre depositaria se ocupaba de manejarlo.

Enseguida averiguó que, excepto pagar la dote, no había diferencia entre ser criada y ser lega en el monasterio. Años después, seguía realizando las tareas más duras. Una de ellas era hacer la colada en invierno, pues tenía que romper la capa de hielo que se formaba en el pilón para poder lavar la ropa. Acababa muerta de frío, y tenía que arrimarse al fuego para recuperar la movilidad de sus ateridos miembros. Las manos, los pies e incluso la cara se le llenaban de sabañones. Nunca se había quejado. Como buena cristiana aceptaba con resignación su destino, y había asumido el *ora et labora* y la obediencia debida a la Regla de San Benito.

El invierno anterior, sucedió algo que la trastornó. La superiora le ordenó limpiar un espejo azogado de la capilla, que una señora había donado para que protegiese a su vástago recién nacido de las picaduras de ortiga, la erisipela y la fiebre, males para los que san Benito era muy milagroso. Mientras limpiaba el espejo, este le devolvió la imagen de su rostro deformado por los sabañones, y algo se rompió en su interior.

«Me asemejo a un animal agotado y macilento, como los burros que llevan al matadero. Y mis sufrimientos se incrementarán a medida que envejezca.»

Una pena infinita se apoderó de ella. Deseó morir, acabar de una vez. Intentó explicárselo al padre Bienvenido, su confesor. Pero este, indignado, le dijo: «Sufrirás condenación eterna si no eres capaz de aceptar el destino que Dios Nuestro Señor te ha asignado en la tierra». Y le impuso como penitencia rezos y ayunos que debería ejecutar durante su tiempo de descanso. Camila intentó con todas sus fuerzas superar el abatimiento en el que se hallaba sumida, pero no lo consiguió. Apenas comía, ni dormía, y al llegar el verano estaba más seca que un palo, y el hábito le daba vueltas en torno al cuerpo como una peonza.

Un día de primeros de julio, la cocinera la envió al refectorio a llevar el postre a las sores. La abadesa le pidió que llevara más pan, y Camila dejó la fuente de manzanas asadas sobre la mesa para ir a buscarlo. Cuando volvió, faltaba una. La abadesa la acusó de habérsela comido, y la castigó a pan y agua durante una semana. Esta injusticia fue un revulsivo para Camila. Trocó su pena y su desesperación en odio contra la abadesa y las sores. De alguna forma, eso le hizo recuperar el ánimo. Desde entonces, aunque se mostraba sumisa y amable con las religiosas, en su fuero interno cuestionaba todo lo que estas hacían o decían.

«Si en vez de pasar el día fregando, pudiera dedicarme a rezar, como ellas, me salvaría. Ellas se ganarán el Cielo. Yo, en cambio, seguramente me condene.»

Sumida en estas reflexiones, llegó a la portería. Encontró a la tornera dormitando en un escabel, con las manos cruzadas sobre el estómago.

—¿Adónde ha ido sor Guzmana, madre Francisca?

Tras dar un respingo, la tornera abrió los ojos.

—¡Y yo qué sé, Camila! —replicó molesta por que la hubiera despertado—. ¿Crees que no tengo otra cosa que hacer que vigilarla?

—La abadesa me envía a decirle que no permita salir a nadie del monas...

—¡A mí no me des sus recaditos! Dáselos a ella cuando regrese.

—¿Tardará mucho?

—¡Vete a saber! Anda todo el día zascandileando de un lado a otro. Si piensa que voy a hacerme cargo de sus tareas, va lista.

Dos meses antes, habían derribado el murete que separaba el torno de la portería, y eso obligaba a la portera y a la tornera a convivir, sin que ninguna tuviese vocación de llevarse bien con la otra.

Camila se sentó a esperar a la portera en el banco que estaba debajo del armario de las llaves. Tras diez minutos de espera, le dijo a la tornera:

—Madre Francisca, tengo que irme. Decidle a sor Guzmana

que la abadesa ha ordenado que no se deje salir a nadie del monasterio...

—Yo bastante tengo con lo mío —gruñó la anciana, molesta porque había vuelto a coger el sueño y Camila la había despertado.

—La abadesa ha dicho que es muy importante que no salga nadie.

—De acuerdo, se lo diré.

Camila se dirigió a la cuadra para averiguar si se había escondido allí la misteriosa dama.

En cuanto llegó, cogió una horca y comenzó a remover los montones de paja. Tuvo que interrumpir esta tarea en varias ocasiones, porque el polvo se le metía en los ojos y la hacía estornudar.

Tras comprobar que la fugitiva no estaba entre la paja, Camila se subió el hábito hasta los muslos, lo ató con el cíngulo y entró en el cubículo de los cerdos, que gruñeron con fiereza.

Cogió una pala que estaba junto a la puerta de la porqueriza y revolvió con ella los excrementos.

Una vaharada cálida, pestilente y cargada de miasmas la envolvió, obligándola a contener la respiración.

Se tapó la boca y la nariz con el hábito y siguió removiendo el estiércol húmedo y pesado. Al cabo de un rato, el sudor le corría a chorros por debajo del hábito.

«Dudo de que esté escondida bajo el estiércol», pensó apoyando la barbilla en el mango de la pala. Las sores huyen de esta porquería como del demonio, y se me da que esa dama también», se dijo. «Si la abadesa y sus sores tuvieran un poco de sal en la mollera, antes de buscar a la fugitiva por todo el monasterio sin ton ni son, deberían haberse parado a pensar dónde puede haberse escondido.»

Recorrió mentalmente las dependencias del monasterio. Descartó la cocina, la despensa y la capilla, al ser lugares muy concurridos donde una mujer desnuda no pasaría desapercibida. Figurársela en cueros, recorriendo el monasterio, le provocó pensamientos libidinosos, y rezó un padrenuestro para ahuyentarlos.

A los trece años, poco después de que le bajara la costumbre, tuvo un sueño que la persiguió durante mucho tiempo. Un soldado, que acampaba cerca del monasterio, trepaba por el muro y se metía en su cama. Ella intentaba gritar, pero el soldado le tapaba la boca con una mano mientras con la otra le subía la camisa hasta el cuello. Se revolvía con todas sus fuerzas. El soldado la conminaba a que se estuviese quieta, pero no logró reducirla hasta que le mordisqueó los pezones y le susurró al oído que necesitaba su cuerpo para vaciarse en su interior antes de ir a la guerra. Un deseo ardiente, ignoto, la invadía y dejó de resistirse. Pero cuando el soldado se disponía a consumar el acto, se despertó. Puso todo su empeño en reanudar el sueño donde lo había dejado, pero fue inútil.

Tuvo otros sueños similares, pero siempre se despertaba antes de que el hombre la poseyera, sin haber logrado satisfacer su curiosidad por conocer en qué consistía aquel acto. Y daba vueltas y más vueltas en el lecho, sin poder calmar la desazón que sentía.

Para evitar las tentaciones pecaminosas, la abadesa obligaba a las religiosas a que durmieran con las manos fuera de la cama. En una ocasión, al darse la vuelta, a Camila se le quedó accidentalmente la mano entre los muslos. Y la concupiscencia la atrapó. Imaginó que el soldado del sueño la poseía. O, también, que ella era el soldado. No sabía en cuál de los dos papeles gozaba más. Llegó al éxtasis cuando una especie de rayo le recorrió el cuerpo. Volvió en sí, sudorosa y con las mejillas enrojecidas. «¿Estás bien, Camila?», le había preguntado su compañera de cama, una anciana lega. «Sí, voy a orinar», contestó al tiempo que cogía la bacinilla de barro.

Su confesor le imponía flagelaciones y ayunos cada vez más severos, cuando le hablaba de estos goces nocturnos. Dejó de confesarlos, aunque no de pecar, pues se sentía incapaz de renunciar a la única satisfacción que tenía en la vida.

Soltó la pala, no estaba dispuesta a seguir revolviendo aquella materia viscosa ni un minuto más.

«Les diré a las sores que he revuelto todo el estiércol y que esa mujer no estaba.» Desde hacía años, su vida espiritual era una mentira. Mentía al confesor, a las sores, y hasta a sí misma. «¿Qué otra cosa puedo hacer? No tengo adónde ir, ni sé cómo podría ganarme la vida», pensó mientras se alejaba de la pocilga.

Al llegar a la puerta del establo se descalzó, pues sus abarcas se habían pringado de estiércol y si entraba con ellas al monasterio la castigarían.

«Tendré que lavarlas», se dijo.

En ese momento, se le ocurrió dónde podía haberse escondido la fugitiva. Cogió la horca y se encaminó al lavadero, un cobertizo construido junto al arroyo. En un rincón, se amontonaba la ropa blanca sucia.

Camila se acercó al montón de camisas y sábanas con la horca en la mano, procurando no hacer ruido.

—Sé que estás ahí —susurró en voz muy baja para que no la oyeran las legas que cavaban en la huerta—. Sal sin miedo, no te haré nada —insistió.

Al no recibir contestación, comenzó a levantar las sábanas con la horca, hasta que unas manos delicadas y carnosas quedaron al descubierto.

—¡Sal de una vez! —masculló.

Una mujer joven, de carnes blancas y nacaradas, emergió desnuda de entre las sábanas. Mientras se apartaba del rostro la larga y ondulada melena pelirroja que le llegaba hasta la cintura, le suplicó:

—¡No me descubras, por el amor de Dios!

Camila no había imaginado que la fugitiva fuera tan hermosa. Aunque sus ojos azules estuvieran anegados de lágrimas, y su boca pequeña y bien dibujada mostrara un rictus de angustia, nunca había visto a nadie como ella. No solo era bella, sino que sus movimientos, su voz, su cuerpo, eran elegantes, armoniosos y llenos de gracia.

—¡No digas que me has visto! —volvió a rogarle la mujer—. ¡Por favor!

—Me castigarán si no lo hago. ¡Sal de entre la ropa, y camina!

Amenazó a María Inés con las puntas de la horca.

—Si me dejas escapar, te daré mis joyas. —Sus ojos estaban anegados de lágrimas—. ¡Lo que quieras!

—¿Por qué quieres escapar?

—Van a obligarme a profesar. —Se secó las lágrimas con el dorso de la mano.

—¿Y qué tiene eso de malo?

—Que yo no lo quiero.

—Las coristas de este monasterio viven bien; comen cuanto desean, rezan cuando les apetece y no tienen que trabajar.

—Quiero salir de aquí para recuperar a mi hijo. Me lo arrebataron al mes de nacer. Si no lo encuentro... —no pudo seguir. La voz se le quebró en un sollozo, profundo, estremecedor.

Camila se conmovió. ¡Tantas veces había soñado con tener entre sus brazos a un niño, un ser diminuto al que amar y acariciar! Recordaba unos niños, quizá sus hermanos, con los que hablaba en otra lengua. La llamaban Sara. Al entrar en Valfermoso, la superiora le cambió este nombre por el de Camila del Niño Jesús. Protestó, pero no la entendían. Dos años después, una sor le explicó que su padre era un judío converso portugués, al que la Inquisición había quemado en Sigüenza por infiel. Y desde entonces Camila daba todos los días gracias al Señor por haberla iniciado en la verdadera fe.

Desconcertada por su silencio, la desconocida se arrodilló a sus pies y le suplicó:

—¡Ayúdame a escapar, por lo que más quieras!

Camila reconocía el dolor, tan acostumbrada estaba a sentirlo en sus carnes, y no le cupo duda de que aquella joven era muy desgraciada.

—Si me cuentas lo que te sucede, quizá lo haga —respondió.

Después de registrar cada rincón del monasterio, doña Bartola de Saucedo, la abadesa de Valfermoso, volvió a su estancia muy preocupada. Aunque la huida de aquella mujer no era responsabilidad suya, temía la reacción del obispo.

Tras descansar unos minutos, buscó en el baúl la cogulla de terciopelo negro y anchísimas mangas que usaba para las ceremonias solemnes, y se la puso. A continuación, se calzó los chapines negros, de no más de seis dedos de alto y sin cordones como especificaban las Constituciones de Valfermoso. A su entender, la altura infundía respeto, y lo necesitaba para hacer frente al obispo cuando le comunicara la desaparición de la misteriosa dama. Antes de salir, se miró en el espejo y vio con satisfacción que la cogulla y los chapines le proporcionaban un aspecto majestuoso.

La guarda de hombres la esperaba en la puerta. Doña Bartola se apoyó en su brazo, pues no estaba acostumbrada a andar con chapines, y tenía que recorrer el largo pasillo que separaba su estancia de la del obispo.

Cuando llegaron, la guarda de hombres golpeó la puerta con los nudillos. Un fraile barbilampiño, de rostro aniñado, la abrió.

—La ilustrísima abadesa doña Bartola de Saucedo solicita una audiencia con el señor obispo —dijo con solemnidad la guarda de hombres.

—Tened la bondad de pasar, reverendas madres —dijo el fraile haciéndose a un lado. Señaló un banco corrido que había junto a la puerta de entrada—. Sentaos si os place, mientras voy a avisar a su excelencia reverendísima —añadió.

En menos del tiempo de rezar una salve, el fraile volvió y las condujo a presencia del obispo.

La estancia estaba profusamente iluminada por las numerosas hachas que ardían en tres blandones de cobre. Al ver los exquisitos tapices, alfombras y paños de espalda que el obispo había llevado consigo y colocado en la habitación, la abadesa hizo un mohín de disgusto.

«Por lo visto, los tapices del monasterio no son suficientemente lujosos para él», pensó.

A fray Pedro González de Mendoza, el obispo de Sigüenza, no le pasó desapercibido su gesto, pero lo ignoró. Era un anciano frágil y elegante, con el lustre característico del que ha llevado una vida regalada desde la cuna.

—Acercaos —dijo poniéndose en pie.

Les ofreció el anillo para que se lo besasen, cosa que las religiosas se apresuraron a hacer.

Al incorporarse, la abadesa advirtió con satisfacción que, gracias a los chapines, tenía la misma estatura que el obispo.

—¿A qué se debe el honor de esta visita, doña Bartola? Antes de contestar, ¿me haríais el honor de compartir mi humilde desayuno? —Señaló la mesa pegada a la ventana, donde humeaba una jícara.

—Excelencia reverendísima, me temo que lo que vengo a deciros...

—Sentaos y probad este excelente chocolate adobado con vainilla, canela y una pizca de pimienta.

La abadesa no aclaró que no sabía qué bebida era esa. No estaba acostumbrada a tratar con gente de tan alta alcurnia y los modales exquisitos del hijo menor de la princesa de Éboli la azoraban.

—Os agradezco mucho el ofrecimiento, monseñor, pero el asunto que me trae a vuestros aposentos es grave. Será mejor que lo tratemos a solas.

El obispo hizo una seña al joven fraile barbilampiño que estaba a su servicio, y este salió de la estancia seguido de la guarda de hombres.

—La mujer que llegó anoche se ha escapado.

La sonrisa del obispo se trocó en un gesto de disgusto.

—¿Sabéis lo que habéis hecho, mujer de Dios? ¡Se os advirtió de que debíais custodiarla!

La abadesa se solivió:

—¡De vuestras palabras deduje que debía protegerla; no impedir que se escapara! No me siento responsable de su fuga. No he sido informada de quién es esa dama ni de por qué la habéis traído a mi monasterio.

El obispo suspiró antes de decidirse a hablar.

—Se llama María Inés Calderón, aunque en la corte se la conoce como la Calderona o Marizápalos. Es la amante de Su Serenísima Majestad, Felipe IV, el rey de todas las Españas.

—¿Cómo os habéis atrevido a traer a esa clase de mujer a mi monasterio?

El obispo carraspeó. ¿Cómo hacerle comprender a aquella rústica que él no podía contrariar las órdenes del monarca?

—Lejos de ser un baldón, doña Bartola, es un honor para este monasterio recibir en él a la mujer que ha dado un hijo a Su Majestad, a quien Dios guarde muchos años.

—¿Un hijo? —exclamó la abadesa cada vez más escandalizada.

—Señora, el rey es un hombre abrumado por la pesada carga del gobierno y se le han de perdonar ciertas licencias.

—¡Pero no a ella! Esa mujer ha cometido pecado de amancebamiento y de lujuria.

—Por eso ha venido a este monasterio: ¡a expiar sus culpas!

—Entonces ¿por qué ha huido?

—Quizá no esté completamente convencida. Es labor vuestra persuadirla de las bondades de la vida religiosa.

—¿Ha sido traída a la fuerza?

—¡Por su bien! —El obispo carraspeó antes de continuar—. El nuncio de Su Santidad llegará dentro de un par de días. Si para entonces la fugitiva no ha aparecido, estaréis en un aprieto, reverenda madre.

—¿Pretendéis echarme la culpa de su huida? —La abadesa no salía de su asombro.

—Doña Bartola, os ruego que os dejéis de susceptibilidades y pongáis todo vuestro empeño en buscar a la fugitiva. ¿Cómo logró escapar?

—Esta madrugada se descolgó desde la ventana de su cuarto con ayuda de una cuerda que fabricó con su camisa y las sábanas de la cama.

—¿Por qué habéis tardado tanto en avisarme?

—Pensé que la encontraríamos, pero hemos registrado exhaustivamente el monasterio y no ha sido así.

El obispo meditó unos instantes.

—Ha tenido tiempo de salir del monasterio. Necesitaremos ayuda para buscarla.

—¿Tan importante es esa mujer? —se extrañó la abadesa.

Fray Pedro González de Mendoza asintió agobiado. Había sido partidario del duque de Lerma, el anterior valido, y cuando Olivares lo sustituyó, fue represaliado. Había llegado a ser arzobispo de Granada y Zaragoza y lo degradaron a obispo de Sigüenza, donde se veía obligado a tratar con gentes tan poco pulidas como doña Bartola, que provenía de la rústica hidalguía de aquellos lares. La desaparición de María Inés Calderón podía avivar su enfrentamiento con Olivares y el rey, y él quería evitarlo a toda costa. Era demasiado mayor para verse envuelto en otra intriga palaciega.

—Voy a escribir al Tribunal del Santo Oficio de la Inquisición de Sigüenza para solicitarles que busquen a la fugitiva.

—¿A la Inquisición? ¿No sería más pertinente pedir ayuda a los mangas verdes,* reverendísimo padre?

—Señora, ¿conocéis el refrán: «a buenas horas, mangas verdes»?

—Sí...

—Entonces sabréis que siempre llegan tarde. Necesitamos encontrar a esa dama antes de que llegue el nuncio, y la única capaz de hacerlo es la Inquisición.

—Pero tendréis que presentar una denuncia.

—Alegaré en vuestro nombre que tenéis fundadas sospechas de que es una hereje.

—¿En mi nombre? Pero si ni siquiera la conozco, monseñor. Si la Inquisición me interrogara no sabría qué decir.

—Ya nos ocuparemos de eso más adelante.

—Pero...

Monseñor puso su mano con el voluminoso anillo a disposición de la abadesa y dijo:

—Podéis retiraros, reverenda madre. ¡Ah! Aseguraos de que las religiosas mantengan la boca cerrada.

---

* Se conocía como «mangas verdes» a los miembros de la Santa Hermandad, un cuerpo policial creado por los Reyes Católicos. El apodo les venía de que llevaban las mangas de color verde.

Cuando doña Bartola se inclinó a besarle el anillo, tuvo que hacer verdaderos esfuerzos para contener la ira. ¡No solo la hacía responsable de la desaparición de aquella mujer, sino que se disponía a denunciarla en su nombre al Tribunal del Santo Oficio! ¿Acaso el obispo ignoraba que cuando la Inquisición metía la nariz en un asunto nunca se sabía cómo acababa?

MONASTERIO DE VALFERMOSO DE LAS MONJAS
Estancia de la abadesa doña María de San Gabriel
Año de 1646

Fray Matías sacó del bargueño que estaba a su derecha un cuaderno de papel y recado de escribir. Una vez desplegados ambos sobre el bufete, preguntó a la abadesa:

—Ayer interrumpisteis el relato en el momento en que dudabais si saltar o no por la ventana.

La abadesa asintió con un movimiento de cabeza.

Al final se me ocurrió fabricar, con las sábanas de la cama y la camisa que llevaba puesta, una cuerda con la que milagrosamente conseguí descender hasta el patio del monasterio sin romperme la crisma. Desnuda y tiritando de frío recorrí la valla que rodea el monasterio, pero, salvo el portón, que estaba cerrado con llave, no había lugar alguno por el que escapar al exterior. Ya desesperaba, cuando vi un cobertizo junto al arroyo que cruza el patio. Resultó ser un lavadero. Me metí bajo la montaña de sábanas sucias que había en un rincón. Allí aguardé escondida no sé cuánto tiempo, hasta que una hermana lega me descubrió. Me pareció zafia y desagradable, quizá porque su cara estaba llena de sabañones y me miraba de soslayo. Pero cuando le conté el motivo por el que quería huir del monasterio, dijo:

—Escóndete otra vez y no te muevas hasta que vuelva.

Tardó varias horas en regresar al lavadero con un hábito enrollado. Cuando lo desenvolvió, vi que dentro había un mendrugo de pan y un rosario.

—Toma, tendrás hambre —dijo dándome el mendrugo—. No lo he robado, me lo quité del almuerzo —añadió, como si yo le hubiera hecho algún reproche.

Me lo comí con ansiedad, pues llevaba muchas horas sin probar bocado.

—He pasado todo el día discurriendo la manera de sacarte del monasterio —me explicó mientras comía—. Y creo que he dado con ella: seguirás escondida en el lavadero hasta que oigas las campanas de vísperas.

—¿Cuándo tocan?

—A la puesta de sol, para avisar a la comunidad de que vaya a la capilla a rezar. Después de que suenen, deja pasar un rato. Luego, ponte el hábito y dirígete al monasterio con la cabeza gacha y el rosario entre las manos, como si fueras una sor. ¿Sabrás hacerlo?

—Por supuesto, soy cómica.

—La puerta principal solo se abre en ocasiones especiales. Pero a la izquierda, hay otra más pequeña donde están la portería y el torno.

—Sí, recuerdo que anoche me obligaron a entrar por ella. ¿No me detendrá la portera?

—No, sor Guzmana es de las primeras en ir a la capilla para tener tiempo de chismorrear antes de que comiencen los rezos de vísperas.

—¿Y no cierra la puerta cuando se va?

—La deja abierta para que entren al monasterio las hermanas que se han quedado rezagadas en la huerta. De otra forma tendría que esperarlas y se perdería el chismorreo. Cuando entres en la portería, verás un taburete cubierto con un cojín verde. Debajo he escondido la llave que abre el portón del patio.

—¡Gracias! —exclamé abrazándola. Pero ella se zafó.

—Una vez que hayas abierto el portón, regresa a la portería

y cuelga las llaves en el armario que hay encima del taburete. Es importante que hagas esto porque de otro modo...

—Descuida, antes de salir del monasterio, colgaré las llaves en el armario. ¿Y si alguna monja me viera?

—Es improbable. Todas estamos obligadas a asistir a los rezos de vísperas.

—¿Cómo te llamas?

—Camila.

—Te agradezco mucho lo que haces por mí; pero no quiero engañarte, la gente que me persigue es muy poderosa. Si descubrieran que me has ayudado...

La lega se encogió de hombros.

—A mí no puede irme peor —contestó.

A media tarde, la niebla comenzó a deslizarse desde las montañas y a la hora de vísperas apenas había visibilidad en el patio, lo que facilitó que pudiera salir del monasterio sin problemas.

En el valle que lo rodeaba, la niebla era aún más espesa. Apenas podía ver a tres varas de distancia. Como no sabía hacia dónde ir, se me ocurrió subir por la ladera de un monte, pensando que nunca me buscarían en esa dirección, pues lo lógico hubiera sido que me alejara por cualquiera de los senderos del valle.

Pasé la primera noche acurrucada entre unas matas de jara, sin más abrigo que el hábito. Amanecí moqueando. La niebla se había tornado más densa aún que la tarde anterior.

Durante todo ese día, caminé de un monte a otro, en un intento de alejarme del monasterio por una ruta inusual. Al segundo día, acuciada por el hambre, pasé la mayor parte del tiempo buscando raíces, cardos, granos de avena y frutos silvestres con los que saciarla. Incluso mastiqué una corteza tierna de abedul. Al tercer día, un fuerte viento disipó la niebla, y comprobé que había caminado en círculo. Para colmo, no paraba de moquear y sentía mucho frío. Por la tarde, me di cuenta de que tenía calentura y, consciente de que no podía seguir en la montaña, determiné bajar al valle y seguir el curso del río Badiel, en la suposición de que tarde o temprano hallaría en sus orillas algún caserío donde me socorriesen. Pero solo encontré huertas en barbecho.

Cerca ya del ocaso, ardiendo de fiebre, vi una hendidura en la que me metí a pasar la noche. Hice un enrejado de ramas y tapé con él la entrada para protegerme de las alimañas. Me desperté al cabo de un rato, tiritando de fiebre. A través de las ramas, me pareció ver luces. Aparté las ramas y me arrastré a gatas hacia ellas. Pero las fuerzas me abandonaron antes de que consiguiera alcanzarlas.

Los habitantes de Argecilla, aldea a la que pertenecían las luces, me encontraron al amanecer, desmayada en mitad de un arroyuelo de lodo y orines. Al ver el hábito que llevaba puesto, los aldeanos me tomaron por una religiosa, y me cuidaron con esmero. De no haber sido por la corteza de sauce y las flores de cárcamo que me administraron para combatir la calentura, creo que habría muerto.

Tres días después, cuando empezaba a recuperarme, se presentaron en la aldea unos hombres que dijeron ser familiares del Tribunal del Santo Oficio de la Inquisición. Al parecer, tenían orden de trasladarme a Sigüenza. Los argecillanos rogaron a los familiares del Santo Oficio que me dejasen descansar un par de días más, porque estaba tan débil que quizá no resistiera el viaje. Pero ellos se limitaron a requisarles el único burro que tenían, para que yo viajara a lomos de él.

Tras una penosa marcha de siete horas o más sobre el rucio, llegué a Sigüenza con la salud muy quebrantada.

PALACIO DEL BUEN RETIRO DE MADRID
Año de 1636

Cuando el carruaje de Isabel de Borbón llegó a la puerta del palacio, el conde-duque de Olivares se apresuró a abrir la portezuela para cumplimentar a la soberana.

—¿Para qué me habéis citado aquí, don Gaspar?

—Para mostraros la decoración del que será el salón más hermoso del Palacio del Buen Retiro, Majestad —respondió el orondo conde-duque sin aliento.

—Espero que lo sea, don Gaspar. Por cierto, Buen Retiro suena menos vulgar que el Gallinero.

El valido acusó la pulla. El pueblo de Madrid llamaba jocosamente «el gallinero» al Palacio del Buen Retiro porque Olivares lo había mandado construir en unos terrenos de su propiedad, en los que antes había una enorme pajarera.

—Publicaré una real orden prohibiendo que se le llame Gallinero al palacio, Majestad.

—Será sin duda una de vuestras órdenes más sensatas, aunque dudo de su eficacia —respondió la soberana con una sonrisa—. Conducidme al salón, que estoy deseando verlo.

Tras recorrer el largo pasillo situado a la izquierda de la entrada principal, Olivares abrió la puerta de madera taraceada que daba paso al Salón de Reinos. Ante los ojos de la reina, se abrió una enorme sala rectangular, de cuarenta y tres varas de largo por doce de ancho, que el sol iluminaba profusamente gracias a las dos filas de ventanas que se abrían en sus muros. Media docena de hombres, subidos en andamios, pintaban sobre la segunda fila de ventanas que se hallaba cerca de la bóveda los escudos de los reinos de la monarquía.

El rostro de la reina se animó, impresionada por la magnificencia del salón.

—¿Cuál es la función de esa balconada? —preguntó señalando la barandilla de hierro, situada a unos ocho pies de altura, que recorría todo el salón.

—Para que vos y mi señor, el rey, podáis contemplar los espectáculos y festejos desde arriba, Majestad.

—En verdad este Salón de Reinos es magnífico, don Gaspar.

La aprobación de la reina dio pie a que el valido se explayase:

—Será decorado con cuadros de los mejores pintores de la corte. Y mesas de jaspe y plata. Los embajadores extranjeros quedarán impresionados por su magnificencia, cuando lo uséis como Salón del Trono.

—Sin duda les impresionará.

—He comenzado a construir también un coliseo, para que Vuestras Majestades puedan disfrutar de los más grandes espectáculos teatrales que nunca se hayan visto.

—¿Cuánto está costando este palacio? —le interrumpió la soberana.

—Unos dos mil ducados... diarios.

—¿Y os parece prudente tanto dispendio? Castilla está agotada, y los restantes reinos no están dispuestos a pagar las guerras en las que os habéis embarcado mi esposo y vos.

—Hallaré el modo de obligarlos a que colaboren.

—¿No os inquieta que se subleven?

—Majestad, con todo el respeto que me inspira vuestra egregia persona, os ruego que dejéis de preocuparos por estos asuntos.

La soberana se envaró.

—Explicadme qué queréis decir.

—El fin primordial de una mujer, y más de una reina, es dar el mayor número de hijos... sanos a su señor esposo.

La soberana le lanzó una mirada gélida, pero Olivares no se dio por enterado.

—Los asuntos de estado solo conseguirán desasosegaros, Majestad. ¡Si supierais cuántas amarguras me acarrean a mí!

—¿Y no habéis pensado en dejar de sacrificaros tanto por nosotros, don Gaspar?

—Me debo a este reino y a vuestro augusto esposo, y haré por ambos lo que sea menester.

—Nunca esperé otra cosa de vos —replicó la soberana con ironía. A continuación, miró al valido a los ojos—. Y ahora, hablemos claro, ¿para qué me habéis hecho venir?

—Ayer recibí una carta del obispo de Sigüenza en la que me informa de que la Calderona escapó del monasterio la misma noche de su llegada.

El rostro de la soberana se demudó:

—Tenéis que impedir que regrese a la corte y recupere el favor del rey.

—Majestad, agua pasada no mueve molino.

—¡Qué sabréis vos!

—Vuestro esposo está muy disgustado con María Inés.

La reina tragó aire.

—Aun así. Encontradla cuanto antes.

—El obispo de Sigüenza ha pedido al Tribunal del Santo Oficio de la Inquisición que la busque.

—¿Quién es ese obispo?

—Fray Pedro González de Mendoza.

—Ah, el hijo menor de la princesa de Éboli.

—Sí.

—No nos conviene que la Inquisición meta sus narices en este asunto, don Gaspar.

—El nuncio de Su Santidad sale mañana hacia Valfermoso para apadrinar a la Calderona cuando profese.

—¡Cuánto honor para una vulgar cómica!

La soberana se apartó del valido para evitar que se diera cuenta de su desazón.

—Podéis retiraros, don Gaspar. Quiero disfrutar un rato a solas de este magnífico salón.

Habían pasado nueve años desde que el rey conoció a la Calderona. Hubo otras amantes, pero a ninguna la había querido como a ella. Aun a sabiendas de que el reino necesitaba un heredero, el rey pasó seis meses sin cumplir con sus obligaciones maritales. A finales de la primavera de 1628, el rey regresó una noche sorpresivamente a su dormitorio con toda la parafernalia que ordena el protocolo: la botella de los orines bajo el brazo derecho, la espada en la misma mano y una linterna sorda, en la izquierda.

—Permitid que os ayude a desembarazaros de esos utensilios, mi señor —le había dicho.

Felipe la llevó a la cama como si tuviera prisa por yacer con ella. Eso la llenó de gozo, pues creyó que lo había recuperado. Pero no tardó en darse cuenta de que copulaba con desgana, sin la pasión ni la ternura de antaño.

A partir de entonces, visitaba su lecho cada dos o tres días, y se iba inmediatamente después del coito. El despecho y la humillación la habían hecho llorar muchas noches, pero no se atrevió a abordar este asunto con el rey hasta el otoño.

—¿Es por culpa de esa cómica por lo que habéis dejado de amarme? —le preguntó.

Él le respondió con el tono distante que usaba en las recepciones:

—Señora esposa, llevo intentando preñaros desde la primavera, pero María Inés está preñada y vos, no.

—No entiendo —musitó atónita.

Después de unos segundos, el rey respondió:

—¿Habéis pensado en lo que podría ocurrir si no sois capaz de darme un heredero?

—No debemos perder la esperanza, mi señor. Aún soy joven.

Se quedó embarazada en enero del año 1629, tres meses antes de que naciera el hijo de la Calderona.

El dolor de aquella humillación todavía le resultaba insoportable.

MADRID
Año de 1636

LAVANDERAS DEL MANZANARES

Gayeira bajó con cuidado la resbaladiza cuesta de la Vega, pues aquella noche había llovido, y no quería que sus recién estrenadas medias de pelo se le llenasen de cascarrias. Eran las seis de la mañana, una hora intempestiva para que un cómico poco amante de madrugar como él anduviese sorteando charcos. Pero no podía negarle nada a Jusepa. Gracias a su intervención, Dorotea Amor había accedido a pagarle cinco escudos de oro para que renunciara a casarse con ella, cosa que él hubiera hecho gratis con sumo gusto.

De momento, Dorotea le había adelantado dos escudos, y con ellos se había comprado ropa nueva y pagado una deuda de juego. Porque era el juego, más que las mujeres, lo que lo había arruinado y estado a punto de acabar con su carrera de cómico. El florainero* con el que perdió a las cartas lo amenazó con cruzarle el rostro con *Dios os salve* si no le pagaba. ¿Y quién le daría papeles de galán con la cara deformada por un tajo?

Se había salvado gracias al ingenio de Jusepa, y estaba dispuesto a hacer por ella lo que fuera. Le había pedido que averiguase qué compañía de teatro había sido contratada para representar en un monasterio, situado en un lugar remoto de la

* El que hace trampas en el juego.

Alcarria llamado Valfermoso de las Monjas donde, por lo visto, habían encerrado a María Inés Calderón. Llevaba varias noches recorriendo las tabernas, mancebías y casas llanas* que solían frecuentar los comediantes, pero nadie sabía de ninguna compañía que fuese a representar en aquel monasterio.

La noche anterior, un barba le contó que hacía varios días, una farándula de poca monta había sido contratada deprisa y corriendo para representar *A secreto agravio, secreta venganza* en un convento de la Alcarria.

—¿Qué farándula es esa? —preguntó Gayeira.

—No lo sé. Pero conozco a uno de los cómicos que trabajan en ella. Vicentico Luján se llama.

—¿Dónde puedo encontrarlo?

—Ni idea. Pero su madre, Brígida *la Chova*, lava ropa en el Manzanares, cerca del puente de Segovia.

Gayeira vio a una larga hilera de lavanderas que restregaban la ropa contra las piedras clavadas en la orilla del río. Le preguntó a una de ellas por Brígida *la Chova*, y la lavandera señaló una loma situada a cinco varas de distancia.

—Es aquella, la que atiza el fuego bajo el caldero —le contestó.

Gayeira se acercó a la loma. En los matorrales de alrededor, había un bosque de sábanas puestas a blanquear al sol.

—¿Sois la madre de Vicentico Luján? —le preguntó.

La mujer cogió un palo y removió las cenizas del caldero.

—¿De qué lo conocéis? —dijo.

—Somos compañeros.

—¿De qué?

—Vuestro hijo es farandulero. —Ser cómico tenía más categoría que ser farandulero y la vanidad impulsó a Gayeira a añadir—: y yo, cómico.

—Tiene que haber de todo —replicó la mujer—. ¿Para qué buscáis a mi hijo? ¿Os debe algo?

Gayeira negó con la cabeza.

* Garitos de juego

—Hace unos días Vicentico y yo coincidimos en la taberna del Águila, de la que salimos un poco alegres.

—Será borrachos.

—Y a vuestro hijo se le olvidó el cuaderno donde llevaba escrito el papel.

—Vicentico no sabe leer.

—Pero sus compañeros se lo leerán para que se lo aprenda. —Gayeira sacó un cuaderno del bolsón de cuero—. Aquí está. Decidme dónde puedo encontrar a vuestro hijo para devolvérselo.

La lavandera se quedó mirando las atildadas ropas de Gayeira.

—¿Por qué os tomáis tantas molestias?

—Los cómicos tenemos por norma ayudarnos unos a otros.

—Mi hijo salió ayer de madrugada a recorrer los pueblos de la Alcarria con el Cicatero...

—¿Quién es el Cicatero?

—Un farandulero pelirrojo que quiere hacerse rico haciendo que los demás trabajen para él gratis, si se dejan.

—¿Os habló de si iban a representar en algún monasterio?

—Sí, dijo que los habían contratado en uno que se llamaba Val... no sé qué...

—¿Valfermoso de las Monjas?

—Sí, eso. Valfermoso de las Monjas.

—¿Sabéis cómo se llama el autor pelirrojo de la farándula?

—Primitivo Rojas. Siempre contrata a mi hijo para hacer de mujer. ¡Como si no pudiera hacer otros papeles!

«Sospecha que su hijo es marión, y lo achaca a que hace papeles de damita. Y, como soy bien parecido, la animadversión que me muestra se debe a que piensa que soy su enamorado», se dijo Gayeira.

—Las farándulas suelen llevar un par de mujeres. ¿No dirigirá ese tal Primitivo una garnacha?* —preguntó.

---

* Compañía de poca monta compuesta por cinco o seis actores. A veces llevaban una mujer aunque lo más habitual era que los papeles femeninos los interpretaran cómicos jóvenes.

Brígida se encogió de hombros.

—Y yo qué sé.

—Bueno, pues ¡Dios os guarde, buena mujer!

—Y a vos el trasero —masculló la lavandera al tiempo que volvía a la tarea de remover la cenizas del caldero.

Gayeira se mordió el labio para no responder a aquella buena tarasca.

MESÓN DE LA MIEL

Gayeira se reunió con Jusepa ese mediodía en el Mesón de la Miel a contarle lo que había averiguado. Cuando lo hubo hecho, ella dijo:

—Tengo que pedirte otro favor aún más grande.

—¿Otro más? Creo que ya he cumplido, Jusepa.

—Quiero que saques a Marizápalos de ese monasterio de la Alcarria.

—¡Como si no tuviera otra cosa que hacer!

—María Inés es una cómica, ¡una de los nuestros!

—Ha sido la amante del rey. Tendrá amigos más poderosos a los que recurrir.

—No nos tiene más que a nosotros, Gayeira, y los cómicos siempre nos hemos ayudado unos a otros. Es nuestra forma de subsistir.

—Lo sé, pero...

—Es preciso que salgas mañana mismo hacia la Alcarria.

—¡No pienso moverme de Madrid hasta que Dorotea Amor me haya dado los tres escudos de oro que restan de la indemnización! Y ha dicho que no será hasta dentro de un mes, cuando venda unas propiedades.

—Yo cobraré ese dinero y te lo guardaré hasta que regreses, Gayeira, ¡pero sal de inmediato a Valfermoso! ¡Tienes que sacarla del monasterio antes de que la obliguen a profesar!

Gayeira se mordió el labio inferior.

—No tengo ni idea de cómo hacerlo, Jusepa.

—Alcanza a la garnacha de ese tal Primitivo y únete a ella. Una vez que consigas entrar en el convento, ya se te ocurrirá algo.

El cómico suspiró.

—Después de lo mucho que me ha costado averiguar qué compañía va a representar en Valfermoso, ahora me pides que vaya a recorrer la Alcarria con una garnacha de mala muerte.

—No tengo a otro a quien recurrir. ¡Ayúdame, por lo que más quieras!

Gayeira jugueteó con la falsa cadena de oro que se había comprado unos días antes.

—Jusepa, hay gente muy poderosa implicada en este asunto.

—Te tenía por un hombre valiente.

—En la escena.

—¿Me ayudarás?

Gayeira resopló.

—Haré lo que pueda. Aunque no sé si seré capaz de sacar a la Calderona de ese convento.

—No se me ocurre nadie mejor que tú: eres avispado, audaz, y posees un ingenio extraordinario para...

—Deja de adularme. Nadie conoce mejor mis méritos que yo mismo. Eso sí: necesitaré dinero.

Jusepa sacó una abultada bolsa de su faltriquera, y se la entregó a Gayeira.

—Ayer vendí a un platero mi huevo de Núremberg y mis mejores zarcillos y sortijas de oro. Aquí está todo lo que me dieron.

—Es bastante.

—Gasta lo que sea menester, ¡pero sin derrochar!

Monasterio de Valfermoso de las Monjas
Estancia de la abadesa doña María de San Gabriel
Año de 1646

Fray Matías entró en la estancia de la abadesa calentándose las manos con el aliento.

—¿Permitís que le eche una firma al brasero, doña María de San Gabriel?

—Por supuesto, hermano.

Después de remover las ascuas con la badila, el fraile las sopló para avivar el fuego.

—Este otoño está siendo muy frío, como el de hace diez años —comentó la religiosa—. ¿Dónde dejamos ayer el relato?

Fray Matías se sentó en el bufete y consultó sus notas.

—En Sigüenza, adonde os llevaron los familiares del Tribunal del Santo Oficio de la Inquisición.

Al llegar a Sigüenza los familiares de la Inquisición me encerraron en un calabozo muy húmedo, tanto que crecía el musgo entre las piedras. No estaba del todo repuesta, y esa noche me volvió la fiebre. Sufrí una pesadilla espantosa. La Inquisición me aplicaba en el potro el tormento *ad eruendam veritatem*, para averiguar la verdad. Estaba dispuesta a decir lo que quisiesen, pero el dolor, cada vez que apretaban las cuerdas, no me dejaba articular palabra. Al fin, lograba decir por señas que estaba dispuesta a declarar. El verdugo aflojaba las cuerdas, y me daba agua para que pudiera hablar. Pero yo no acertaba con lo que querían que confesase, y comenzaban a torturarme de nuevo. Rogué a Dios que acabase con mi sufrimiento, pero la muerte no llegaba. Me desperté de esta terrible pesadilla empapada en sudor y presa de una angustia infinita. Aunque la calentura me había bajado.

Dos alguaciles me sacaron del calabozo para llevarme a una sala de grandes dimensiones. Junto a la puerta de entrada, vi un potro. «Van a darme tormento de cuerdas. El sueño ha sido premonitorio», pensé aterrada. «Pero ¿qué esperan que confiese? ¿Que soy la madre de un hijo del rey?»

Los alguaciles me empujaron para que avanzara, y eso supuso un alivio, pues el que me alejaran del potro significaba que no pensaban utilizarlo, de momento. Al fondo de la sala había una mesa rectangular de dos varas y media de longitud, a la que se sentaban tres hombres con aspecto de curas de aldea. Esto me sorprendió, porque los tribunales del Santo Oficio suelen estar compuestos por inquisidores con título de jurista o bachiller y aquellos tres no parecían muy leídos. A la derecha, había otra mesa de menor tamaño, sobre la que un individuo de carnes blandas y macilentas estiraba hojas de papel. Deduje que sería el notario del secreto.

Los alguaciles me colocaron a una vara de distancia de la mesa del tribunal. Los tres inquisidores que la ocupaban hablaban en voz baja, pero pude oír perfectamente lo que decían. El que estaba en medio, el presidente, le dijo al de la derecha:

—La carta de la abadesa no aclara qué cargos hay contra la acusada, señor procurador fiscal.

—Tendremos que darle tormento para averiguar cuáles son.

—¿Lo creéis necesario?

—Absolutamente. Conozco casos que empezaron con pocos indicios y que luego resultaron ser muy graves.

—Y así quizá nos enteremos de algo inesperado.

El inquisidor de la izquierda intervino:

—Antes de darle tormento, deberíamos interrogarla.

—¿Y qué le preguntamos, calificador?

—Pidámosle a la acusada que haga un relato de vida y, según lo que nos cuente, decidiremos.

El presidente del tribunal se puso en pie y, volviéndose al individuo natilloso que ocupaba la mesita, dijo:

—Señor notario del secreto, tomad nota de las declaraciones de la acusada. ¡Acercadla! —les ordenó a los alguaciles.

Estos me empujaron sin ningún miramiento hasta el mismo borde de la mesa del tribunal. El presidente cogió el crucifijo de un palmo de alto, que estaba a su derecha, y me lo plantó delante de la cara.

—Mujer, jura que dirás la verdad de todo cuanto se te pregunte.

—Lo juro —respondí. Y besé el crucifijo. El presidente lo apartó bruscamente, como si lo hubiera mancillado.

—Dinos tu nombre y lugar de nacimiento.

—Me llamo María Inés Calderón y nací en Madrid el año del Señor de mil seiscientos once.

—La abadesa dice en su carta que sois farandulera.

—No, soy cómica.

—¿Cuál es la diferencia?

—Siempre he trabajado en compañías de título o reales, mientras que las faranduleras lo hacen en otras menos importantes.

—Haz una relación de tus bienes, por si tuviéramos que custodiarlos.

—Poseo una casa en la calle Leganitos de Madrid, bien aderezada de muebles, tapices y alfombras. Dos baúles de ropa, joyas...

—¿Has adquirido todo eso con tu trabajo de cómica?

—Bueno, un traje y algunas joyas me fueron regaladas.

—Por supuesto. —Los miembros del tribunal intercambiaron una sonrisa de entendimiento.

Comprendí que daban por hecho que era una tusona o una puta de empanada. La rabia me hizo enrojecer, pero me abstuve de protestar para no empeorar mi situación.

—Dinos el nombre de tus posibles enemigos.

—No entiendo.

—El Tribunal del Santo Oficio tiene por costumbre investigar a los enemigos del acusado por si alguno lo ha denunciado con el propósito de quedarse con sus bienes.

¿De qué enemigos iba a hablarle? ¿Del conde-duque de Olivares, de la reina, de Ramiro, del rey?

—No tengo enemigos, que yo sepa, señorías. Tampoco sé de qué se me acusa. Si me lo dijerais...

—Este tribunal está aquí para interrogar, no para responder.

—Lo sé, pero ahorraríamos tiempo si me dijerais lo que queréis saber.

—Ya nos encargaremos nosotros de averiguarlo. Limítate a contestar a nuestras preguntas. ¿Dónde y cuándo naciste?

Decidí mostrarme locuaz, bromista, para ganarme la simpatía del tribunal.

—Nací en Madrid a finales de agosto, cuando empezaba a refrescar y según decía mi amigo Lope de Vega: «Amainaba la furia de las mujeres por meterse en las aguas del río Manzanares» —añadí a modo de broma.

No les gustó. A juzgar por el «olor de santidad» que desprendían los miembros de aquel tribunal, jamás habían sucumbido al pecado de bañarse.

—¿Las mujeres se bañan en un río? —preguntó el presidente escandalizado.

—Bueno, en verano, el Manzanares más que un río es un arroyo con más arenas que agua. Pero hombres y mujeres se revuelcan en ellas con tal de huir del calor.

—¿Hombres y mujeres? ¿Hay fornicación? —preguntó el babeante calificador.

—Pues, no suelo acercarme tanto.

—Dinos el nombre de las mujeres que acuden a ese río, por si este tribunal tuviera que proceder contra ellas por comportamiento lascivo.

Carraspeé. En otras circunstancias, las ocurrencias de aquellos tres meapilas me habrían producido risa, pero eran peligrosos, y más me valía mostrarme amable y colaboradora.

—¿No has oído la pregunta? Dinos el nombre de esas mujeres, por si hemos de acusarlas de concupiscencia.

La fiebre me impedía pensar con claridad y contesté:

—Todas las mujeres de la corte, incluidas la reina y sus damas, van al Manzanares.

Los miembros del tribunal me fulminaron con la mirada.

El notario del secreto rompió el silencio preguntando:

—¿Debo de hacer mención de Su Majestad la reina en las actas?

—¡No! No es menester involucrar a nuestra soberana —se apresuró a contestar el presidente. Volviéndose hacia mí, preguntó en tono amenazante—: ¿Sabes a lo que te arriesgas por dar falso testimonio ante este tribunal, mujer?

—No es falso. Toda la corte se baña en el Manzanares en verano.

—¿Tienes alguna prueba?

—Basta con que preguntéis a cualquiera.

—Me refiero a alguna prueba escrita.

—No. Bueno, años ha, Lope de Vega escribió una carta al duque de Sessa en la que le contaba...

—¿Quién es ese Lope?

—Ya murió. Fue un poeta de comedias de gran fama. Y también sacerdote, como vuestras señorías —añadí.

—¿Siendo sacerdote escribía comedias?

—¡Y muy buenas!

—¡Tuvo que ser un impío!

Tragué aire.

—¡Al contrario! Fue un hombre muy respetado.

—Dinos su nombre completo para que el notario tome nota.

—Don Félix Lope de Vega y Carpio.

—¿Viviste amancebada con ese clérigo?

Aquellos tres curas tenían una mente sucia y lo tergiversaban todo.

—No, Lope fue amigo de mi padre.

—¿También era escritor? ¿Eres hija de poeta?

Negué con la cabeza.

—No, pero tenía relación con el teatro. Facilitaba préstamos a los cómicos para que pudieran hacer frente a sus gastos hasta que cobraban...

—¿Qué gastos?

Me pasé la mano por la frente. La calentura me estaba subiendo y me costaba pensar.

—Los de alimentación, alojamiento y vestimenta. Una vez estrenada la comedia, los cómicos le devolvían a mi padre el dinero que les había prestado, con intereses, claro.

—Señor notario del secreto: tomad nota de que el padre de la acusada ejercía la usura. ¿Cómo se llamaba?

—Juan Calderón. Pero no era usurero.

—¿Cómo se conocieron ese tal Lope y tu padre?

Suspiré.

—El año en que nací murió la reina y el rey prohibió que se hiciera teatro. Esto provocó la ruina de cómicos y escritores de comedias. Lope fue uno de los afectados, y mi padre lo ayudó económicamente. Se hicieron amigos y desde entonces, Lope frecuentó nuestra casa. Me tomó mucho cariño. Según mi padre, se encaprichó de mí por lo graciosa y despierta que era. «De no haber estado bautizada, me hubiera gustado apadrinarla, como hizo Lerma con el japonés», le dijo un día a mi padre.

—¿Japonés? ¿Qué es eso?

Cerré los ojos, aquellos tres eran unos ignorantes supinos.

—Un hombre originario de Japón, el antiguo Cipango. Un príncipe de esas lejanas tierras viajó a Madrid.

—¿Con qué intención?

—Quería conocer al rey más grande de la cristiandad, que en ese tiempo era Felipe III, el padre de nuestro actual monarca.

—¿El rey recibió a ese infiel?

—No fue infiel por mucho tiempo. Al poco de llegar a Madrid, el japonés se convirtió a la verdadera fe. Fue bautizado con el nombre de Felipe Francisco, y el duque de Lerma lo apadrinó.

Los miembros del tribunal intercambiaron unos cuantos cuchicheos.

—Te estás desviando del tema para distraernos, mujer.

Miré hacia el techo. Dijera lo que dijera, a todo le daban la vuelta.

—No es esa mi intención, señorías. Disculpadme —respondí con humildad.

—Volvamos al tema que nos ocupa. ¿Se dedicaba tu padre a la usura por tradición familiar?

—No era judío, ni converso, si es lo que estáis insinuando. Era cristiano viejo. Prueba de ello es que fue miembro de la Cofradía de Esclavos del Santísimo Sacramento.

—¿Qué cofradía es esa?

—Su Majestad Felipe III la fundó para desagraviar unas hostias profanadas en Londres. E ingresaron en ella los cómicos y los escritores más relevantes del reino, como Góngora, Quevedo, Calderón, Lope, Cervantes, Tirso de Molina...

—Gentes todas de escasa calidad.

—Según se mire.

—¿Los conoces?

—Sí, de niña asistía a sus tertulias.

—¿Tertulias religiosas?

—Se hablaba de todo.

—¿Fueron *esas gentes estragadas en vicios y maldades* quienes te indujeron a ser cómica?

—No. Lo decidí yo misma. Mi padre intentó hacerme desistir, pero yo le pedí a Jusepa que me enseñase el oficio.

—¿Quién es esa mujer?

Me mordí los labios, contrariada por el desliz que había cometido; pues de ninguna manera deseaba implicar a Jusepa.

—Una cómica.

—Dinos su apellido para que el notario del secreto tome nota.

«Si estos necios la incriminan, podrían encerrarla durante años hasta que se deshaga el malentendido», pensé.

—Jusepa no tiene nada que ver.

—¡Llevadla al potro y dadle tormento de cuerdas hasta que diga el apellido de esa cómica! —ordenó el presidente a los alguaciles.

—Vaca, se llama Jusepa Vaca —me apresuré a contestar.

—¿Cómo es su fama?

—Mucha. La conocen en los corrales de comedias de todo el reino.

—Es decir, que no tiene fama de virtuosa.

Casi se me escapó una sonrisa al recordar los versos que el conde de Lemos había dedicado al marido de Jusepa, un día que este salió a escena ricamente vestido y enjoyado. «Con tanta felpa en la capa / y tanta cadena de oro, / el marido de la Vaca, / ¿qué puede ser sino toro?»

Insinuaba que era un cornudo. Pero yo, que había sido testigo del cariño que ambos cónyuges se profesaban, consideré que si Jusepa había traicionado a su marido habría sido por darse un gusto. O por conseguir funciones, pues muchos nobles las financiaban a cambio de los favores de las cómicas. Y ella haría lo que fuera para dar de comer a su compañía.

Mi silencio exasperó al fiscal.

—¡Llevadla al potro, a ver si contesta a lo que le preguntan!

—Perdonad mi distracción, señor; es que tengo calentura y no me siento bien.

—Comprobad si dice la verdad, alguacil.

El esbirro me puso la mano en la frente.

—Sí, tiene fiebre, señoría.

—Te preguntábamos por la virtud de esa cómica, Jusepa Vaca. Si se tratara de una mujer licenciosa, emitiríamos una orden para que se le prohibiera subir al escenario.

—¿Por qué?

—Para que no pervierta, con su ejemplo, a las doncellas honestas.

—Jusepa es la mujer más virtuosa que conozco. Ayudó a mi padre a encontrarme un esposo.

—¿Estás casada?

—Sí. Las cómicas tenemos prohibido trabajar en el teatro si no lo estamos.

—¿Cómo siendo una mujer casada pretendías profesar?

A esas alturas estaba agotada y la fiebre, que me subía por momentos, no me dejaba pensar. Sin percatarme de las consecuencias, respondí.

—Me llevaron a la fuerza a Valfermoso para que profesara.

—¿Quién te llevó y por qué?

Ante mi silencio, insistió:

—¡Te ordenamos que lo digas!

El interrogatorio estaba entrando en un terreno comprometido.

—La guardia real —contesté.

—¿Por orden de quién?

—No puedo decirlo.

—¡Nuestra paciencia se está acabando!

—Por orden del rey Felipe.

—¿Qué tiene que ver una cómica de tu calaña con Su Majestad, a quien Dios guarde muchos años?

—Soy... fui su amante. Pero le traicioné, y me envió a Valfermoso para castigarme.

Hubo un intercambio de cuchicheos entre los miembros del tribunal, que miraban desconcertados mi rostro macilento, ojeroso y sucio. Supongo que les parecía imposible que hubiese enamorado al rey.

—Notario del secreto, tomad nota: la acusada reconoce haber cometido pecado de amancebamiento.

—¿Con el rey? —preguntó el notario del secreto.

—Eso no está probado. Poned que con... alguien importante de la corte. Y fue enviada al monasterio de Valfermoso para expiar su pecado.

—¡Que fue el mismo que cometió el rey!

—¿Estás acusando a Su Majestad?

—Si el adulterio fuera pecado, sí.

—¿No consideras que lo sea?

—No.

El presidente sonrió.

—Tomad nota, notario del secreto: «La acusada reconoce haber cometido adulterio, pero no cree que sea pecado».

En ese instante, me di cuenta de la trampa en la que me había hecho caer el inquisidor. La Iglesia considera el adulterio una falta poco grave, sobre todo si es un hombre quien lo comete. Pero afirmar, como yo acababa de hacer, que el adulterio no es pecado, se considera una herejía. Y eso podía llevarme a la hoguera.

Traté de corregir mi yerro.

—No quise decir que el adulterio no sea pecado, sino que cometí el mismo pecado que el rey.

—¡Cómo te atreves a decir semejante cosa! —gritó el fiscal, con las venas de su cuello a punto de estallar—. ¡Nuestro monarca no comete adulterio!

—Tiene varios hijos fuera del matrimonio.

—Y cuando lo comete, se arrepiente.

—Yo también —me atreví a replicar.

—Sabemos que todas las noches, antes de irse a dormir, Su Majestad se confiesa.

«Siempre que su confesor esté despierto a las horas que llega a palacio», pensé.

—Y recibe la absolución a todos sus pecados. ¿Sucede eso mismo contigo, mujer?

—Yo no dispongo, como el rey, de un sacerdote a tiempo completo —repliqué mordaz. La fiebre había hecho que me olvidara de ser precavida. Traté de enmendar mi imprudencia cambiando de tema.

—Años después de nacer nuestro hijo...

Los tres hombres se miraron estupefactos.

—¿Tenéis un hijo con Su Majestad?

A pesar de la fiebre, me percaté de que el presidente había dejado de tutearme.

—Sí, nació en la madrugada del siete de abril del año mil seiscientos veintinueve.

—¿Sabe alguien de su existencia?

—Toda la corte.

—¿Vive con vos?

La pregunta me dolió como una puñalada.

—Ni siquiera sé dónde está. El rey me lo arrebató.

El calificador se puso en pie.

—¡Basta de patrañas! ¡Llevadla al potro a que diga la verdad, soldados!

Quise protestar, pero tenía la boca seca, como llena de arena. No podía tragar aire, como me había sucedido la noche en la que el rey me insultó. Me aferré con ambas manos al borde de la mesa y cerré los ojos porque la habitación me empezaba a dar vueltas.

Oí un ruido de pasos, y alguien dijo:

—Soy el obispo de Sigüenza y vengo a hacerme cargo de la prisionera. Ha habido una confusión; no es un caso para este tribunal.

—Eso lo decidiremos nosotros, señor obispo. Este tribunal está por encima de vuestra autoridad.

—¡Pero no por encima de la mía! —replicó alguien con marcado acento italiano desde el otro extremo de la sala.

—¿Quién...?

—Me llamo Lorenzo Campeggi, y soy el nuncio de Su Santidad en España.

Hice un esfuerzo y abrí los ojos a tiempo de ver que ponía sobre la mesa una acreditación, que los miembros del tribunal se apresuraron a leer.

—Perdonad, excelentísimo padre, no sabíamos...

—Entregadme a la prisionera.

—¡Por supuesto, monseñor! Señor notario del secreto, haced constar que este tribunal da por sobreseídos los delitos de fornicio, adulterio y cualquier otro que se le haya imputado a la acusada. Y que hace entrega de ella al excelentísimo nuncio de Su Santidad.

Traté de avanzar unos pasos para darle las gracias al nuncio, pero caí al suelo desmayada. Medio inconsciente, oí que el obispo ordenaba que entraran su silla de manos y que me acomodaran en ella. Lo agradecí. La calentura me subía por momentos y solo deseaba cerrar los ojos, descansar, dormir. En mi semiinconsciencia, pude entrever a los indignos miembros de aquel tribunal partiéndose la cintura para hacerle reverencias al nuncio.

Viaje a Alovera
Recuerdos de mocedad
Año de 1636

Después de todo un día cabalgando, Gayeira —poco hecho a aquellos esfuerzos— tenía el cuerpo molido y los muslos irritados, pero no podía permitirse descansar. En Azuqueca se había enterado de que la garnacha de Primitivo Rojas *el Cicatero* iba a representar al día siguiente en Alovera. Y quería alcanzarla antes de que abandonase este lugar, pues desconocía la ruta que tomaría a continuación.

El plan que Jusepa y él habían trazado consistía en que entrase a trabajar en la garnacha de Primitivo Rojas para así poder acceder al monasterio de Valfermoso, donde estaba encerrada María Inés.

«Me ofreceré a trabajar de balde y, si el Cicatero hace honor a su mote, me aceptará seguro», se dijo invadido por la nostalgia.

Con apenas doce años, había iniciado su exitosa carrera de cómico en otra garnacha, la del cojo Mordete, ¡gracias a una gallina! Gayeira no era de mucho rezar, pero a menudo le daba las gracias a Dios Nuestro Señor por haber hecho que se cruzara en su camino la gallina de Orgaz. «A saber qué hubiera sido de mí sin el encuentro con la gallina. Lo más probable es que a estas alturas ya hubiera muerto de una cuchillada o ajusticiado. Porque todos los mancebos de esa edad que van a la corte acaban mal», pensó.

Gayeira era hidalgo por haber nacido en Asturias. Y su padre lo era por partida doble. Pues amén de ser asturiano, le habían concedido el título de hidalgo de bragueta por haber tenido siete hijos varones consecutivos. Pero la hidalguía no quita el hambre, y la familia se veía obligada a trabajar duramente para ganarse el pan. Gayeira no tenía esperanza de que su situación mejorase, pues al ser un segundón, la casa y el terruño familiar, situado en Doiras, una diminuta aldea cercana al río Navia, pasarían íntegramente a su hermano mayor.

A los doce años su padre lo enroló como agavillador en una cuadrilla que bajaba todos los veranos a segar a La Mancha. En vez de limitarse a hacer gavillas, Gayeira se esforzó en aprender a manejar la hoz, y alcanzó tal maestría que lo pusieron a segar a la cabeza de los peones, detrás del mayoral. Esto provocó muchas envidias por parte de sus compañeros, como averiguó después. Viajó con la cuadrilla, segando primero el centeno, luego la cebada y la avena y, por último, el trigo. Pese a su corta edad, Gayeira trabajaba de sol a sol, bajo el calor insufrible de Castilla, soportando las picaduras de avispas, tábanos, mosquitos, cardos y arzollas, como el más curtido de los peones.

Sin embargo, despertaba no se sabe qué tipo de simpatía en algunas mozas de por allí, que le ayudaban a encontrar los mejores sitios a la sombra. A mediados de agosto llegaron a Orgaz, una importante villa de La Mancha, a recoger la cosecha en la hacienda de los Calderones de la Barca. «Cuando hayamos acabado de segar en esta hacienda, regresaremos a Asturias», les dijo el mayoral.

Gayeira se alegró de que concluyera al fin la temporada de siega, porque tenía la espalda maltrecha de tanto agacharse, y los dedos de la mano izquierda, llenos de cortes. Una vez concluida la siega, el mayoral reunió a la cuadrilla en la puerta de la casa de los Calderones, para repartir el dinero ganado durante todo el verano, que él se había cuidado de guardar para que no lo malgastasen.

Gayeira se quedó pasmado cuando le llegó el turno de cobrar su parte.

«Tú —le dijo el mayoral— date por pagado con lo que has comido, que es mucho tu apetito y escasas tus fuerzas.»

No era cierto. Había segado más que la mayoría de los peones y, de tantos esfuerzos y sudores, se había quedado más seco que un bacalao.

Al ver que le escamoteaban el dinero, Gayeira se abalanzó sobre el mayoral y le quitó la faltriquera, para coger la parte que le correspondía. Los demás peones se le echaron encima, y lo molieron a palos con la previsión de que, si él no cobraba, a más tocarían ellos. Lo dejaron maltrecho en la puerta de la mansión.

De la contrariedad, a Gayeira se le aflojó el vientre, y le pidió a una criada que le permitiese aliviarse en el corral. Mientras defecaba, una gallina empezó a picotear sus excrementos, y debió de encontrarlos muy de su gusto porque, impaciente, la emprendió con su trasero. Gayeira intentó espantarla, pero la golosa gallina no cejaba de molerle la retaguardia a picotazos. Así que huyó del corral con las calzas a medio bajar. La gallina lo perseguía con tal cacareo que Gayeira, temeroso de que lo acusaran de querer robarla, le retorció el pescuezo para que se callara. Al ver el desaguisado, salió corriendo con ella al hombro.

Mientras tanto, la criada de los Calderones había ido al gallinero a buscar huevos y, como le tenía mucha querencia a los de esa gallina, que los ponía muy sabrosos, comenzó a buscarla. En la calle preguntó a unas mozas de partido si la habían visto. Contestaron que un doncel rubicundo, de unos doce años, había salido corriendo por el camino de Madrid con una gallina al hombro. La sirvienta dio la voz de alarma, y una docena de criados de muy mal carácter, capitaneados por un alguacil, salieron a perseguir al ladrón.

Gayeira, que estaba ya a un cuarto de legua de distancia, al ver la nube de polvo que se movía en su dirección, imaginó lo que sucedía, y echó a correr como alma que lleva el diablo. Pues el castigo por robar gallinas estaba penado con galeras.

A una legua de Orgaz, se tropezó con una carreta de cómicos a quienes produjo muy buena impresión; no él, sino el apetitoso bocado que llevaba al hombro. Y se ofrecieron a esconderlo en una trampilla que habían construido en el doble suelo de la carreta en previsión de situaciones como aquella.

Esa misma noche, mientras se zampaban la gallina, el autor de la garnacha le contó a Gayeira que su mujer se había largado con un arriero, y necesitaba a alguien que hiciese los papeles de damita.

—Tú podrías hacerlos, mancebo. Con esa tez tan blanca, ese talle tan gentil y ese magnífico trasero, causarías frenesí en el público de las ventas. Y si te dejaras enrubiar los cabellos con lejía, mucho más.

Los demás miembros de la garnacha apoyaron con entusiasmo la propuesta del director, convencidos de que la incorporación de aquel bello joven incrementaría los ingresos de la compañía y apaciguaría el hambre de sus estómagos.

—¿Cuánto me pagaréis?

—¿Cobrar? ¡Encima quieres cobrar! Trabajarás por la ración. Y suerte tienes de que no te cobre por enseñarte el oficio —replicó el cojo Mordete.

A Gayeira le entraron dudas.

—No sé leer.

—Si tienes interés en aprender, yo te enseñaré. Mientras tanto, te recitaremos los papeles hasta que te los aprendas.

—¿Y si no valgo para cómico?

—Lo de robar gallinas demuestra cierto talento para la profesión de cómico.

—Perdonad, señor Mordete. Pero no entiendo qué tiene que ver.

—Ya lo entenderás. Mira, mancebo, si lo haces bien, cuando lleguemos a la corte, te pagaré cinco maravedíes por función.

—¿Es que vais a Madrid?

—Sí, he quedado allí con un memorilla* para que me pase otra comedia. ¡Ah! Te recomiendo que sigas ensayando lo de robar gallinas, para confirmar tu vocación de cómico.

Gayeira, que soñaba con ir a la corte, se enroló en la garnacha sin pensarlo más.

---

* El que hurtaba comedias de oído y las reescribía para pasarlas, a espaldas del autor, a compañías de poca monta.

La primera vez que representó, se le olvidaron los versos. Sus compañeros salieron al quite diciendo al público que la «dama» se había quedado muda a causa de un encantamiento, y recitaron ellos su papel. El público, enfadado, obsequió a Gayeira con una pedrea de huesos de aceituna y mondas.

—Cuando se te olvide el texto, levántate la falda y enseña pierna —le aconsejó el cojo Mordete.

Así lo hizo Gayeira la siguiente vez que se le olvidó el papel, y fue obsequiado con aullidos de entusiasmo por parte de los rústicos espectadores. Sufrió algunas molestias, pues algunos compañeros de trabajo no siempre se acordaban de su condición de varón, y él tenía que recordársela cada vez que se emborrachaban.

Tres meses después, aprendió a leer, lo que le permitió memorizar los papeles y recitarlos con más tino. Poco a poco fue ganando aplomo y desenvoltura.

—Gracias a mis desvelos, te estás convirtiendo en un buen cómico, mancebo —le dijo el cojo Mordete.

Y Gayeira tomó la decisión de dedicarse al teatro. Nunca se arrepintió, pese a los fríos, calores y otras incomodidades que tuvo que soportar durante los cuatro años que pasó recorriendo los polvorientos caminos del reino con la garnacha del cojo Mordete.

Las hambres, chinches, piojos, cuartanas, broncas y palizas que compartía con sus compañeros de oficio no eran nada si las comparaba con el placer de los vítores y aplausos que recibía. Y era tal la veneración con que lo trataban las sencillas gentes de las aldeas y villorrios que, una vez acabada la obra, seguían dándole tratamiento de princesa, señora o reina, pues lo confundían con el personaje femenino que interpretaba.

Lo que más añoraba de aquellos años eran las colosales celebraciones que hacían los cómicos cuando conseguían una buena recaudación. Comían, bebían, bailaban, jugaban y fornicaban según los gustos de cada cual, malgastando en una noche el dinero conseguido en un mes. «Nunca fui tan feliz como entonces, ni tan libre», pensó.

A los dieciocho años, consiguió enrolarse como galán en una compañía de título o real, y su talento interpretativo fue reconocido en la corte.

«Después de tanto esfuerzo para llegar a la cima, me dispongo a suplicar al director de una garnacha de mala muerte que me dé un papel», se dijo. «Y todo para rescatar a la Calderona, que anda siempre rodeada de aristócratas y ni siquiera me cae bien. Pero no puedo negarle nada a Jusepa. Esa sí que es una gran mujer. Lástima que haya nacido demasiado pronto. O yo demasiado tarde.»

Dejó de lado estos pensamientos al entrar en la villa de Alovera, donde esa tarde representaría la compañía de Primitivo Rojas. «Si logro que me admita en su garnacha, será como volver a los orígenes», se dijo.

Monasterio de Valfermoso de las Monjas
Estancia de la abadesa doña María de San Gabriel
Año de 1646

Cuando doña María de San Gabriel entró en la estancia, halló al joven fraile sentado en el bufete, con la mano izquierda en la mejilla y la pluma en la oreja, repasando las notas que había tomado la tarde anterior.

—Siento haberme demorado, fray Matías. Después de los rezos de laudes, hemos tenido una reunión imprevista en la sala capitular y me ha sido imposible venir antes.

Sin mirarla, el monje cogió la pluma de su oreja para comenzar la tarea.

«Se muestra distante. Seguramente le escandaliza lo que cuento. Pero, si como sospecho, ha sido el rey quien ha encargado esta historia, no pienso cambiar ni suavizar nada. Será la forma de vengarme de él», se dijo la abadesa.

—¿Dónde lo dejamos ayer? —preguntó.

—El obispo y el nuncio papal os acababan de «rescatar» de manos de la Inquisición —respondió el fraile.

Me trajeron de vuelta a este monasterio en la silla de manos del nuncio. Apenas me enteré del traslado. Tenía fiebre y la cabeza me daba vueltas, hasta el punto de que evitaba abrir los ojos.

Llegué desfallecida y sin sentido. Así pasé varios días. De vez en cuando volvía en mí, pero no recordaba quién era ni dónde estaba. En otras ocasiones, una imagen irrumpía en mi mente, pero se desvanecía de inmediato, antes de que pudiera recordar.

Días después, tras una arcada espantosa, vomité. Muchísimo. Pensé que echaba las entrañas y que no tardaría en morir. Pero, inmediatamente, me sentí mejor.

Me habían alojado en el mismo dormitorio de la noche de mi llegada al monasterio. No me pareció tan fastuoso como entonces. La luz de la mañana caía de plano sobre los tapices, cortinas y alfombras. Eran de calidad, pero el color desvaído y los bordes deshilachados por el uso delataban sus muchos años. Algo parecido les ocurría a los muebles de madera noble en los que la carcoma había hecho estragos.

Me sobresalté al ver que alguien, tumbado en el suelo a un lado de mi cama, y de cuya presencia no me había percatado, se ponía en pie y me limpiaba la cara con un paño húmedo. Tenía las mangas del hábito remendadas, como la lega o freila que me había ayudado a escapar.

—Se te ha quitado la calentura —dijo.

Sentí alivio al reconocer su voz.

—Ca...mila —farfullé.

Me acercó un cuenco a los labios.

—Bebe un poco de agua.

Cuando acabé de beber, acercó su boca a mi oído y me preguntó:

—¿Le has dicho a alguien que fui yo quien te ayudó a escapar?

Negué con la cabeza.

—Si cuentas a las coristas que te di las llaves del monasterio, te ahogaré con la almohada y diré que has muerto mientras dormías.

—No diré nada —repliqué, asustada.

—Prométemelo.

—Te lo prometo.

Eso pareció tranquilizarla. Estiró las sábanas y me arregló con mimo el embozo de la cama.

—Me he ofrecido voluntaria para cuidarte —dijo—. Ninguna lega quería.

—¿Por qué?

—La abadesa dice que eres una pecadora; que te has vestido de hombre y has violado el orden... ¿Cómo dijo? ¡Ah, sí! La orden natural que Dios Nuestro Señor nos ha impuesto. ¿Es verdad?

Esbocé una sonrisa. Aquella rústica lega parecía gozar pensando que era una libertina.

—Soy cómica. A veces me disfrazo de hombre para interpretar un papel en el teatro.

—¿Haces teatro? ¿Eso es divertido?

—Mucho.

Se quedó pensativa, tratando de imaginar un mundo que no estaba a su alcance.

Yo le estaba agradecida por haberme ayudado a escapar y traté de mostrarme afable.

—Tienes menos sabañones. —No se me ocurrió nada más agradable, pero pareció gustarle.

—La semana pasada, la cocinera me dio un nabo para que me frotara con él los sabañones tres veces al día. ¡Y se me han ido los de la nariz y los de las mejillas! Los de las manos —dijo a la vez que me las mostraba— no desaparecerán hasta que el agua deje de estar fría. ¿Quieres que te traiga una taza de caldo?

Negué con la cabeza.

—Si no comes, no te curarás —me acarició el cabello—. Has estado muy grave, ¿sabes?

Me desconcertaba el trato de aquella lega, a ratos confianzudo, a ratos arisco.

—El médico te dio por perdida y el cirujano ni siquiera quiso sangrarte.

Yo, que no tenía ninguna fe en el poder sanador de las sangrías, pensé que quizá me hubiera salvado gracias a eso.

—¿Cuántos días hace que me han traído al monasterio? —pregunté.

—Quince.

—¿Tantos?

—Desde que volviste, la abadesa nos hace rezar cada tarde un rosario para rogar a la Virgen Santísima que te recuperes cuanto antes.

—¡Cuánta piedad muestra por una desconocida! Debe de ser una buena mujer.

Camila negó con la cabeza.

—No es piadosa, sino tacaña. El obispo, el nuncio y sus respectivos séquitos llevan quince días comiendo de gorra en el monasterio, ¡y la abadesa está que echa chispas! —explicó divertida—. ¿Es cierto que te han traído aquí por culpa de un hombre?

Guardé silencio. Pero dos lágrimas se me deslizaron desde los rabillos de los ojos a las sienes.

—¿Por qué lloras? ¿Tanto lo querías?

Volví la cabeza hacia la pared. La curiosidad de aquella lega me incomodaba.

—¿Te dejó? —insistió, volviéndome el rostro para que la mirara.

Iba a dedicarle un exabrupto, pero pensé que aquella desdichada habría pasado toda su vida sirviendo en el monasterio y era normal que tuviera curiosidad por lo que sucedía fuera.

—Me cedió a otro hombre más poderoso que él —contesté.

Camila abrió los ojos espantada.

—¿Y tú lo consentiste?

Asentí.

—¿A quién te cedió?

—Al rey.

Las pupilas de la freila se dilataron con la sorpresa.

—¿Enamoraste al rey? ¿Cómo conseguiste que se fijara en ti?

Sonreí con amargura.

—Ojalá nunca lo hubiera hecho.

Me tapé los ojos para evitar que viera mis lágrimas.

Camila se dirigió a la puerta del dormitorio, y dijo:

—Voy a avisar de que se te ha pasado la calentura.

—¿A quién?

Salió sin contestarme.

Regresó media hora después con una jícara de caldo caliente que me hizo beber.

Me quedé profundamente dormida. No sé si la bebida llevaría algún narcótico, aunque más bien creo que fue a causa del agotamiento después de tantos días de fiebre. Ni siquiera me percaté de que Camila se volvió a tumbar a los pies de mi cama para velarme.

En mitad de la noche, me despertó la luz de una bujía. Vi dos monjas de velo negro, una a cada lado de la cama. Una de ellas dijo:

—Enciende la vela de la palmatoria, lamparera.

Camila se despertó sobresaltada.

—¡Sor Bernarda, no os he oído entrar!

—Después de tantos días de holgazanear con la disculpa de cuidar a la enferma, no me extraña.

Me puso la mano en la frente.

—¿Ha tenido calentura esta noche? —le preguntó a Camila.

—No, madre enfermera, no ha vuelto a tener fiebre desde ayer.

—Levántala.

Camila apartó la ropa de la cama y me ayudó a ponerme en pie.

La habitación comenzó a darme vueltas y cerré los ojos.

—Espero que no tengamos que suspender la ceremonia; a la abadesa no le gustaría —dijo sor Bernarda.

—Para mí que es un vahído provocado por el cambio de postura —opinó la lamparera.

—Seguramente. No dejes que vuelva a dormirse, Camila. La ropera y las freilas están al llegar. Ya deberían haberlo hecho. La ceremonia comenzará dentro de un rato. ¡Vamos a avisarlas!

Salieron apresuradamente del dormitorio. Iba a preguntarle a Camila de qué ceremonia hablaban, cuando la puerta volvió a abrirse y entró otra monja de velo negro, seguida de dos fornidas legas cargadas con dos arcas, que dejaron encima de la cama.

La sor se acercó a mí y frunció la nariz.

—Asead a la enferma —ordenó a las freilas.

Las dos legas me quitaron la camisa, dejándome en cueros.

A continuación, la más fornida sacó un lienzo seco de una de las arcas, y me restregó con él todo el cuerpo. Frotó con más fuerza —y empleaba mucha— en las partes que se veían: cara, cuello y manos. El vigoroso refregón me dejó el cuerpo enrojecido. No protesté. Me regocijaba la fina lluvia de mugre y piel muerta que se desprendía de mi cuerpo.

La otra freila sacó del arca una redomilla. Sorbió un buche y pulverizó el líquido sobre mi cuerpo desnudo. Un intenso olor a agua de rosas se esparció por la habitación. Yo inspiré profundamente para disfrutar de la única sensación agradable que tenía desde hacía muchos días.

Me pusieron una camisa limpia, que me cubría desde el pescuezo hasta los pies. Y me ataron al cuello una lechuguilla del tiempo de mi abuela, cuyos encajes me tapaban las orejas.

«Sí que me visten con recato», pensé.

Sentí un pinchazo muy intenso en el bajo vientre, que hizo que me encogiera. Pensé que me bajaba la costumbre, y forcé los músculos con la esperanza de que la sangre se deslizara hasta el exterior. Pero no lo hizo. «Es la misma sensación que sentí cuando estaba preñada de Juan José», pensé, abrumada.

—¿Os pasa algo? —preguntó la ropera.

Negué con la cabeza.

Las legas sacaron de uno de los arcones el vestido de seda blanca que me había regalado el rey. Lo habían limpiado a fondo, pues tanto la seda como los adornos refulgían. Noté la delectación con que alisaban la tela de seda.

Una vez que estuve vestida, me pusieron todas las joyas que había abandonado en el monasterio cuando me escapé.

Por último, me colocaron sobre la cabeza una enorme corona de plata adornada con flores de cera blancas.

Una monja con una imponente cogulla de terciopelo negro, altos chapines y un báculo en la mano derecha entró en la alcoba.

—¿Está preparada? —preguntó.

—Sí, madre abadesa —contestó la ropera—; solo resta afeitarla.

—Con que le deis un poco de colorete en las mejillas, será suficiente. Nuestras Constituciones dicen que las hermanas no han de llevar demasiados afeites.

Camila me restregó en los carrillos un papelillo de color de granada. Yo nunca me hubiera puesto tanto colorete, pues lo consideraba de mal gusto, pero no tenía fuerzas ni ganas de protestar.

La abadesa le dijo a la ropera:

—Id a avisar de que ya está lista.

—¿Para qué, señora? —me atreví a preguntar.

—Mi nombre es doña Bartola de Saucedo y soy la abadesa de este monasterio, por lo que debéis llamarme reverenda madre, o doña Bartola, como prefiráis.

A pesar de lo mal que me sentía, noté animadversión en su voz. Aun así, repetí la pregunta:

—Me gustaría saber para qué se me ha acicalado de este modo, reverenda madre.

Doña Bartola me miró como si yo fuera estúpida, y salió del dormitorio.

Camila me empujó para que la siguiera, y así lo hice.

En la antesala, la abadesa se paró junto al espejo y me dijo con sequedad:

—Miraos, estáis muy hermosa.

Obedecí. Pese a los padecimientos que había sufrido, estaba bella. Había adelgazado, y mi piel, de tan pálida, parecía de nácar. La corona de flores de cera blancas realzaba el color de mis cabellos, que me caían hasta la cintura formando una cascada de rizos rojizos. Me los ahuequé de forma maquinal, como tenía por costumbre antes de salir a escena.

La abadesa torció el gesto.

—No es decoroso que lleve el pelo así; trenzádselo —ordenó a las legas.

—Siempre lo llevo suelto —repliqué.

En menos del tiempo de rezar un padrenuestro, las freilas me hicieron dos trenzas bajo la atenta mirada de la abadesa.

—Ese peinado es más adecuado para vuestros esponsales.

—¿Con quién?

La abadesa volvió a llamarme boba con la mirada.

—Con Nuestro Señor Jesucristo.

Se me hizo un nudo en la garganta. Si profesaba, jamás me permitirían abandonar aquel monasterio. Pertenecía a la orden benedictina, y los benedictinos hacen voto de estabilidad, es decir, de permanecer siempre en el lugar donde profesan.

—No... quiero ser monja —logré articular.

—El obispo, el nuncio de Su Santidad y Dios sabe quién más así lo han dispuesto, aunque no seáis merecedora de tal honor.

—No quiero profesar. No pueden obligarme.

Tras encogerse de hombros, la abadesa se sentó en un sillón que había cerca de la entrada.

La frente se me cubrió de sudor, no sé si a causa de la rabia o de la debilidad. Me lo sequé con la mano e hice ademán de acercarme a la abadesa para decirle que no estaba dispuesta a profesar. Pero Camila me detuvo, agarrándome de la mano.

—Siéntate mientras llegan —dijo, al tiempo que me acercaba un escabel.

No sabía quiénes iban a llegar, pero obedecí.

Al cabo de unos minutos, la guarda de hombres abrió la puerta de la antesala y dijo en voz baja:

—Ya está aquí el cortejo, doña Bartola.

La abadesa se puso en pie y salió de la antesala.

Las dos fornidas freilas, que se habían quedado en la puerta del dormitorio, me agarraron, cada una de un brazo, y me sacaron de la estancia. En el pasillo, vi una procesión formada por dos filas de monjas con velas encendidas, que comenzaron a cantar nada más verme. La abadesa se puso al frente de la procesión e inició la marcha, meciéndose sobre sus altos chapines. Las dos freilas me colocaron en mitad del cortejo y, prácticamente en volandas, me condujeron hasta la escalera principal del monasterio. Mientras descendíamos los escalones, el fluctuar de la luz de las velas me recordó a un cortejo fúnebre. «El de mi entierro», pensé. Pues eso significaba para mí la ceremonia a la que me arrastraban.

CEREMONIA DE PROFESIÓN
Año de 1636

La iglesia estaba profusamente iluminada por cuatro docenas de hachas, a las que se sumaban las velas que portaba la larga procesión de monjas.

Cuando recorría el pasillo central del templo, el humo y el titilar de tantas llamas me marearon y tuve que cerrar los ojos.

Al pie del altar, nos esperaban seis sacerdotes. Delante de ellos vi, con mitra y báculo, al nuncio papal y al obispo, que días antes me habían rescatado del Tribunal de la Inquisición. Pensando que me ayudarían también esta vez, intenté acercarme a los dos prelados para explicarles que no podía profesar porque, amén de no tener vocación, estaba casada. Pero las freilas impidieron que me moviera de la fila.

La procesión, y yo con ella, nos internamos en el coro. Las legas me obligaron a sentarme en un banco, junto a la reja. Una vez que tomó asiento la abadesa en el trono abacial, situado en el centro del coro, los sacerdotes dieron comienzo a la misa solemne. Después de la homilía, el obispo, mirando hacia el coro, dijo con voz campanuda:

—Doña María Inés Calderón, acercaos.

Miré a un lado y a otro desconcertada. La abadesa bajó del trono abacial y me tomó del brazo para conducirme al altar. Nuestras pisadas rompieron el silencio sepulcral del templo. La abadesa hizo que me arrodillara a los pies del nuncio y el obispo. Pero este último me tomó de la mano, al tiempo que me preguntaba:

—Doña María Inés Calderón, ¿estáis dispuesta a asumir los votos de estabilidad, conversión de costumbres y obediencia de la Regla de San Benito?

Pese a la debilidad que sentía, repliqué con firmeza:

—No.

El obispo abrió los ojos sorprendido.

—¿Acaso no deseáis convertiros en esposa de Nuestro Señor Jesucristo?

—¡Por supuesto que quiere, fray Pedro! —replicó el nuncio con marcado acento boloñés.

—No quiero. No tengo vocación de ser monja. Ni la he tenido nunca.

—La fiebre le ha trastornado el juicio a esta mujer —dijo el nuncio—. Proseguid con la ceremonia, fray Pedro.

La abadesa se sacó un papel de la manga, y me lo dio:

—Leed la cédula de profesión —dijo.

No estaba dispuesta a dejarme amedrentar, y repliqué:

—Como ya he dicho, no puedo ni quiero profesar.

Tiré el papel al suelo. El nuncio me dio una sonora bofetada. Las monjas del coro soltaron un murmullo de aprobación.

—Leedlo vos en su nombre, reverenda madre —ordenó el nuncio papal.

La abadesa recogió el papel del suelo y leyó:

—Yo, María Inés Calderón, afirmo que es mi voluntad hacer votos de profesión perpetua en este monasterio, y convertirme en esposa de Nuestro Señor Jesucristo y tomar el nombre en religión de María de San Gabriel. Por lo que prometo estabilidad, conversión de mis costumbres y obediencia a Dios Nuestro Señor, a la Santa Madre Iglesia, y a la regla del Bienaventurado San Benito, a cuya orden pertenece este monasterio.

—¡Esa no es mi voluntad! —exclamé.

El nuncio me susurró al oído:

—Si no queréis que os devuelva al Tribunal de la Inquisición para que os quemen en la hoguera, depositad la cédula de profesión sobre el altar.

Aterrorizada, hice lo que me decía.

—Esta mujer ha mostrado su voluntad de profesar; proseguid con la ceremonia, excelentísimo padre —instó el nuncio al obispo.

—*Suscipe me, Domine, secundum eloquium tuum, et vivam,*

et non confundas me ab expectatione mea. Gloria Patri, et Filio, et Spiritui Sancto, sicut erat in principio, et nunc, et semper, et in saecula saeculorum. Amen —cantó la congregación.

Doña Bartola me instó a que me uniera a las religiosas. Yo solo logré repetir el final de algunos latinajos, siempre con lágrimas en los ojos.

Cuando concluyó el *Gloria Patri*, cuatro monjas me tumbaron a los pies del altar y, a continuación, me cubrieron con un paño negro. Después de varias oraciones interminables, las mismas monjas me ayudaron a ponerme en pie.

El obispo se acercó a mí con un anillo y un velo negro. Me quitó la corona de flores de cera blanca, y dijo:

—Os hago entrega de este anillo y de este velo, símbolos de vuestra consagración como esposa de Nuestro Señor Jesucristo.

El mundo se me cayó a los pies. ¡Cómo era posible que me hubieran obligado a profesar contra mi voluntad! Me acordé de mi padre. Él no quería que me hiciera cómica, porque no me enterrarían en sagrado. «Ya no tenéis de qué preocuparos, padre», pensé. «Ni siquiera mis huesos abandonarán este monasterio.»

Monjas y legas se arremolinaron a mi alrededor para felicitarme por haberme convertido en la nueva esposa de Cristo. Cuando acabaron los parabienes, me condujeron a la sacristía, donde me quitaron el vestido de seda, las joyas y la golilla. Sobre la camisa —entonces comprendí por qué la habían elegido tan púdica—, Camila me puso el hábito negro de la orden de San Benito, aunque sin las tocas.

—Entregad a la ropera el vestido de seda y las joyas, a la depositaria —ordenó la abadesa—. Y avisad de que la nueva sor ya está vestida.

Un par de minutos después, entraron en la sacristía el obispo y el nuncio, seguidos de un joven religioso, que portaba unas tijeras sobre una bandeja de plata.

—El de las tijeras es sobrino del nuncio —me susurró Camila al oído.

El obispo cogió las tijeras, pero el nuncio le dijo:

—Permitid que sea yo, fray Pedro, quien me ocupe de esta tarea, ya que así me lo encargó Su Majestad.

—Por supuesto, excelentísimo padre —respondió el obispo. Y le entregó las tijeras.

Retrocedí al comprender que iba a cortarme el pelo, ¡el atributo del que más orgullosa me sentía! Gracias a él, pensaba, había enamorado a Ramiro, al rey, a mi público.

Tuvieron que sujetarme entre tres monjas para que el nuncio pudiera cortarme las trenzas. Cuando terminó, se las entregó a su sobrino.

—Guárdalas en mi arca de viaje bien envueltas en un paño. Prometí al rey que se las llevaría.

Sufrí un vahído, y me tambaleé.

—¿Creéis que la nueva profesa estará en condiciones de presenciar la representación de esta tarde? —preguntó el obispo.

Doña Bartola se sobresaltó.

—¿A qué representación os referís, reverendísimo padre?

—Su Majestad tiene especial interés en celebrar los votos de la nueva profesa con una comedia. Pensé que lo sabíais.

—No se me dijo nada.

El nuncio intervino.

—Un grave olvido por mi parte, doña Bartola, atribuible a la precipitación con que se llevó a cabo este asunto. Os pido disculpas. Naturalmente, vos y el resto de la congregación estáis invitadas.

—Tengo prohibido que se representen comedias en mi convento.

—¿Vais a contrariar el deseo de vuestro rey?

La abadesa carraspeó.

—No. Pero no entiendo a qué viene representar una comedia en mi monasterio.

—No es más que un presente que vuestro monarca quiere hacer a doña María de Calde..., perdón, a doña María de San Gabriel —corrigió el nuncio—. Siguiendo las instrucciones de Su Majestad, contraté en Madrid a una compañía de comedias, que acudirá esta tarde a representar una, siempre que no tengáis inconveniente...

—No —se apresuró a responder la abadesa.

—Su Majestad insistió mucho en que doña María de San Gabriel vea la comedia. Pero me preocupa que no se halle en condiciones de disfrutarla.

—Me temo que tendremos que suspender la representación —dijo la abadesa.

—No, hablaré con los cómicos para que la retrasen, no sé, ¿quizá una semana?

La abadesa, que por nada del mundo quería que el nuncio, el obispo y sus acompañantes anduvieran una semana sueltos por el monasterio, comiéndose todo lo que encontrasen, replicó:

—No será necesario. Sor María de San Gabriel no ha tenido fiebre desde ayer y, si descansa lo suficiente, esta tarde estará bien.

La abadesa se volvió a la enfermera, que estaba apoyada en el aparador de la sacristía.

—Llevad a la nueva sor a su estancia y ocupaos de que repose.

UNA VISITA INESPERADA

La campana del Ángelus me despertó a mediodía. A contraluz, vi la silueta del nuncio, que dormitaba en un sillón frailero, junto a mi cama.

El insistente tañer de la campana lo despertó a él también.

—Déjanos solos, freila —le ordenó a Camila, que estaba sentada en un escabel, junto a la ventana por la que yo había escapado.

Mientras la lega abandonaba el dormitorio, el nuncio extendió la mano hacia mí, para que le besara el anillo, cosa que hice.

—Me llamo Lorenzo Campeggi, y soy el nuncio de Su Santidad en el reino de España. No sé si me conocéis...

—En el mentidero de las Losas de Palacio oí hablar de vos.

—¿Estáis ya repuesta?

Me encogí de hombros. Él sonrió afablemente.

—Como me habréis oído decir a la abadesa, Su Majestad me encargó que contratase la representación de una comedia para celebrar vuestros votos.

—¿Me obliga a profesar y aún quiere que lo celebre?

—Sabiendo lo mucho que amáis el teatro, quiere obsequiaros con una última...

—¡Sois un hombre de Dios, y sabéis que no es lícito que se me haya obligado a profesar sin vocación!

—No estáis aquí para cumplir vuestro gusto, sino el de Su Majestad.

Me mordí los labios para contener un exabrupto.

—A quien deberíais estar agradecida —continuó el nuncio—, pues ha dado al monasterio una generosa dote para que seáis alojada en sus mejores estancias.

—No puede obligarme.

—Puede obligaros a lo que quiera. O haceros desaparecer.

Tenía razón. La rabia me había impulsado a pelearme con el nuncio, y eso empeoraba mi situación. Me dije que tenía que cambiar de táctica, ponerlo de mi lado.

Dejé que las lágrimas asomaran a mis ojos. No me costó mucho trabajo: estaba muy afligida y era una actriz.

—Excelentísimo padre, soy víctima de una intriga urdida por mis enemigos. No sé qué embuste le habrán contado al rey, pero... —Lorenzo Campeggi me miró con frialdad.

—Si consideráis que podéis embaucar al nuncio del Papa con lágrimas y patrañas, sois una necia. Y yo no pierdo el tiempo hablando con necios.

—Yo sí, monseñor. Lo hago con vos.

Mi agudeza hizo que el nuncio soltara una carcajada.

—Reconozco que os he subestimado, señora. Pongamos las cartas sobre la mesa. El rey me ha pedido que apadrine vuestra toma del velo. El conde-duque y la reina me han encargado que no salgáis nunca de este monasterio. Vos pretendéis embaucarme para que os saque de él. Me pregunto qué provecho puedo yo sacar de todo esto.

—No entiendo.

Lorenzo Campeggi sonrió.

—¿De verdad creéis que os voy a ayudar sin recibir nada a cambio? —Soltó una carcajada—. A fe mía que sois cándida, inexperta, y...

—¿Mujer?

—Sí, claro.

—Y consideráis a las mujeres estúpidas, ¿no?

—En la misma proporción que a los hombres, querida mía.

—Me sorprende vuestra respuesta.

—¿Creéis que habría llegado a donde lo he hecho si despreciase la mitad de la inteligencia humana? Otra cosa es que me convenga ignorarla. Pero volvamos al tema que nos interesa. Si consiguiera sacaros de aquí, querría que me informarais de todo lo que ocurra en palacio.

—Ya no gozo del favor del rey.

—Podría ayudaros a recuperarlo. Bastaría con que le dijera a Su Majestad que habéis sido víctima de una intriga, dándole a entender que lo he averiguado bajo secreto de confesión.

—Jamás se me permitirá abandonar este monasterio. ¿No os acordáis de que me habéis obligado a profesar?

—Lo que se hace, se puede deshacer.

—¿Podríais anular mis votos perpetuos?

—Estáis casada, creo.

—Y preñada.

Esta vez logré sorprenderlo.

—El rey se enternecerá al saber que va a ser padre otra vez, ¿o no es así?

—Sí, el hijo que espero es suyo.

—¡Magnífico! Eso ayudará a que volváis a su lado. Y también al de Ramiro Núñez de Guzmán, aunque no podréis disfrutar mucho tiempo de este último.

Abrí los ojos desmesuradamente.

—Su Majestad acaba de nombrarlo virrey de Nápoles —continuó el nuncio—. Partirá en breve a casarse con Anna Caraffa, la princesa de Stigliano. Para aceptarlo, ella ha puesto como condición que sea virrey.

Me quedé boquiabierta.

Ramiro nunca me había hablado de su propósito de marcharse a Nápoles y menos de contraer matrimonio con una princesa. «¿Habrá sido él mismo quien le envió el anónimo al rey para romper conmigo?», me pregunté. Enseguida deseché esa idea. «Es un cobarde, no se habría arriesgado a que el rey lo sorprendiera conmigo.»

—Os habéis puesto pálida, señora. ¿Estáis bien?

—Sí.

—Quiero proponeros un trato.

—¿Cuál?

—Yo os rehabilitaría ante el rey a cambio de que trabajarais para mí.

—¿En qué?

—Sois bella, inteligente y vuestro trato es delicioso. Si os esforzaseis en trabar amistad íntima con el conde-duque...

—¿Insinuáis que me convierta en su amante?

—Eso lo dejo a vuestra discreción. Lo que me interesa es que tengáis los ojos y los oídos bien abiertos, para contarme después todo lo que sucede.

—¿A qué os referís?

—A los planes y las decisiones que tome en relación con el gobierno del reino. No me malinterpretéis, soy un gran amante de la historia.

Había oído rumores de que el nuncio ejercía de espía del cardenal Richelieu, y por lo visto eran ciertos. «Así que trabaja para Francia», pensé.

—¿Aceptáis el trato?

«Me sacrificará en cuanto le convenga, pero quizá sea el único modo de salir del monasterio», me dije. Tragué saliva antes de contestar:

—No tengo alternativa.

Me callé que estaba dispuesta a todo para recuperar a mi hijo. El nuncio sonrió.

—Haremos grandes cosas juntos, querida niña. Ahora será mejor que descanséis hasta la hora de la representación.

Salió del dormitorio, dejándome confusa y preocupada. Poco después, entró Camila con una escudilla humeante.

—El nuncio me ha dado unas hierbas para que te haga una infusión; dijo que así dormirías.

El líquido tenía un sabor muy amargo, pero me lo bebí todo.

Representación en el refectorio

Camila me despertó a eso de las tres de la tarde.

—Deprisa, levántate, que dentro de un rato empiezan a representar la comedia en tu honor —dijo, con un brillo en los ojos que me recordó la emoción que yo misma sentía de niña, cuando mi hermana me llevaba al teatro.

Mientras me ayudaba a ponerme el hábito y las tocas, me contó que habían montado un tablado en el refectorio.

—La abadesa se ha llevado un disgusto. Según ella, «las comedias van en contra de la decencia y la fe» —imitó la voz gangosa de doña Bartola—. Pero no ha tenido más remedio que acatar los deseos del rey —añadió con regocijo.

Cuando entramos en el refectorio, vi que habían arrimado contra las paredes laterales las dos largas mesas donde comían las monjas, y colocado en hileras, delante del escenario, los bancos para que se sentaran. En primera fila, había cuatro sillones fraileros. Tres de ellos los ocupaban la abadesa, el nuncio y el obispo. El cuarto estaba vacío. Las legas ocupaban las dos últimas filas de bancos. Camila se dirigió hacia allí, y yo hice ademán de seguirla, pero la abadesa me detuvo.

—Sentaos con nosotros, doña María de San Gabriel. —Recalcó lo de San Gabriel, y no me gustó, pues lo hacía por zaherirme—. El rey ha dispuesto esta representación en vuestro honor, y es justo que disfrutéis en primera fila de la que será la última comedia que veáis.

El nuncio añadió con su peculiar acento boloñés:

—Me temo, doña María Inés, que los cómicos no tengan el

nivel al que estáis acostumbrada. El feliz acontecimiento de vuestra profesión me cogió desprevenido y...

—A mí también —repliqué mordaz.

—Su Majestad —prosiguió Lorenzo Campeggi— quería obsequiaros con la representación de la comedia *A secreto agravio, secreta venganza.*

Al oír el título, comprendí de inmediato el sarcástico mensaje que el rey me enviaba.

—Pero doña Bartola ha exigido que se represente una comedia a lo Divino* y ha sido substituida por otra titulada *Marta la Piadosa* —concluyó el nuncio Lorenzo Campeggi.

Reprimí una sonrisa. «La abadesa se va a llevar una sorpresa cuando vea que esa comedia trata de un enredo amoroso», pensé.

—Escogí *Marta la piadosa* —dijo doña Bartola— porque el director me dijo que la escribió un fraile mercedario...

—Sí, Tirso de Molina —dije.

—Y al tratarse de un hombre de Dios, presumo que no habrá escrito nada pecaminoso.

Tirso de Molina había sido recluido en un monasterio de Cuenca por escribir comedias profanas «de malos incentivos y ejemplos», y fue amenazado con el destierro y la excomunión si reincidía. Pero no sería yo quien sacase a la abadesa de su error.

Vi que los cómicos colocaban una fila de candiles al borde del escenario, y lo celebré, pues yo soy partidaria de la luz de aceite y cera, tal como había manifestado un par de meses antes en una tertulia de gentes de teatro. «Algún día, todos los escenarios se iluminarán con velas y candiles», dije. «¿Por qué?», preguntó un autor que asistía a la tertulia. «Porque la oscilación de las llamas da un toque fantasmal a las representaciones y ayuda a retener la atención del público», contesté. «No creo que tal cosa se haga nunca, porque el gasto en aceite y velas encarecería las funciones», replicó el autor. La mayor parte de los asistentes a la tertulia estuvo de acuerdo con él. Pero yo creo que el tiempo me dará la razón.

* A lo Divino: comedia religiosa.

El decorado, una especie de templete de escayola con columnas jónicas, me pareció más apropiado para representar un auto sacramental que *Marta la Piadosa*. «Quizá los alquiladores de hatos no tenían otro disponible», pensé.

En ese instante comenzó la representación.

Marta, la protagonista, salió del templete vestida de luto galán, con un velo de humo tapándole el rostro. Cuando se levantó el velo, su cara me resultó vagamente conocida. Y su voz bien modulada pero excesivamente grave, también. Vi que llevaba el cuello tapado con una ancha cinta de seda negra, y no me cupo duda de que era para disimular su abultada nuez. «¡Qué dislate! Un hombre haciendo el papel de primera dama... ¡Ni que estuviéramos en Inglaterra! El nuncio ha contratado una gangarilla en vez de una compañía real»,* pensé.

Nadie más que yo parecía haberse dado cuenta de que «Marta» era un hombre. Por otro lado, él lo hacía bien: impostaba correctamente la voz y declamaba con sentimiento, sin exagerar los ademanes. Al contrario que el resto de los cómicos, que manoteaban y recitaban a grito pelado.

Me fijé en las tres grandes arcas de hatos, pegadas a la pared, donde los cómicos guardan los trajes y otros objetos para la representación, y pensé: «Aquí pasa algo raro. Una compañía de tercera categoría, como mucho una garnacha, está dotada con ropas y decorados que para sí quisieran muchas compañías de título. ¿Quién habrá engañado al nuncio para que contratara cómicos de tan poca calidad? ¿O lo habrá hecho a propósito para quedarse con parte del dinero? Porque estoy segura de que el rey ha debido de pagarle bien. Odia las compañías malas y a los cómicos pésimos».

Pese a sus reticencias iniciales, la abadesa contemplaba la representación con arrobo, y otro tanto le sucedía al resto de la congregación. «Estas infelices nunca han gozado ni volverán a

* Las compañías a las que la corte real otorgaba un título oficial para representar eran conocidas como compañías reales o de título y tenían una calidad muy superior a las que hacían teatro ambulante, como las gangarillas.

gozar de una comedia y, por mal interpretada que esté, la encuentran magnífica», pensé.

El cómico que hacía de Marta me miraba con insistencia y parecía dedicarme los versos. Supuse que me conocía de vista, aunque yo no recordaba quién era. Le hice una seña con la mano. La abadesa se percató y me susurró al oído:

—Una sor ha de guardar la compostura, so pena de ser castigada.

A partir de ese momento procuré mirar con cara de nada.

Al finalizar el primer acto, la abadesa me dijo:

—He exigido que se eliminen el entremés y los bailes de los entreactos, para que la función acabe antes de las vísperas.

Yo agradecí que hubiera acortado el espectáculo, pues, exceptuando al cómico que hacía de Marta, la torpeza con que recitaban los demás me resultaba insufrible. Las religiosas aplaudieron con entusiasmo cuando acabó la representación.

El cómico que hacía de Marta se acercó a saludarme. Aunque llevaba la cara cubierta de una capa de afeites de un dedo de grosor, recordé al fin quién era. Se trataba de Gayeira, el primer galán de la compañía de Jusepa Vaca. Mi trato con él había sido superficial, pero sabía de su fama de mujeriego y de jugador. «¿En qué lío se habrá metido para pasar de trabajar en compañías de título a hacerlo en una garnacha?», me pregunté.

Hice amago de saludarlo, pero la abadesa me lo impidió.

—¿Qué vais a hacer, sor María de San Gabriel?

—Felicitar a esa cómica por su buena actuación.

—¿Olvidáis que os habéis convertido en una benedictina y estáis sometida a las reglas de esa orden?

—Su Majestad me ha ofrecido la representación, y quiero que le transmitan mi agradecimien...

—No podéis hablar con nadie sin que yo lo autorice.

Mientras esta conversación tenía lugar, los cómicos desmontaban a toda velocidad el decorado.

La abadesa hizo una seña a la guarda de hombres para que se acercara.

—Sor Benita —le dijo—, ordenad a las legas que ayuden a

los cómicos a recoger las ropas y demás cachivaches, porque es casi la hora de vísperas y el refectorio debe quedar libre para la cena.

Las legas, entre ellas Camila, se apresuraron a obedecer, aunque solo fuera por disfrutar del contacto con los cómicos un rato más. La abadesa las vigilaba de reojo, mientras charlaba con el obispo y el nuncio. En cuanto acabaron de recoger, la portera se acercó:

—Doña Bartola, la cómica que hizo de Marta me ha dicho que solo tienen una mula y no se puede cargar más que con dos de las arcas. Pregunta si pueden volver más tarde, a buscar la tercera.

—Sor Guzmana, bien sabéis que la puerta del monasterio se cierra después de las horas completas. Y a partir de ese momento, nadie puede entrar ni salir.

—Se lo he dicho, reverendísima madre, pero como se trata de una situación excepcional...

—¡Que vuelvan mañana a recoger el arca antes de la hora prima!

Se volvió al obispo y al nuncio y les dijo:

—He dispuesto una cena especial para celebrar la profesión de nuestra nueva hermana en Cristo, y despedir a vuestras ilustrísimas reverencias.

El nuncio me pidió que me sentara junto a ellos durante la cena. Doña Bartola puntualizó que sería solo por esa vez, pues mi sitio en el refectorio era otro menos destacado.

EL TIEMPO SE MIDE CON CAMPANAS EN LOS CONVENTOS

Recuerdo que me acosté muy cansada. Y que Camila me despertó en mitad de la noche.

—Levántate. Falta poco para toquen a maitines.

—No pue...do desper...tarme —farfullé.

—Los rezos de maitines son obligatorios, así que espabílate. Apartó las mantas, y tiró de mi brazo bruscamente. No tenía a Camila por una mujer de poca sal en la mollera, como había oído comentar de ella a una corista. Al contrario, sabía que era bastante lista. Pero sus maneras dejaban mucho que desear.

Las campanas comenzaron a sonar con insistencia.

—¿Es que en este lugar no se descansa nunca? —refunfuñé, frotándome los ojos.

—Vístete, que se hace tarde.

Me alargó el hábito y las tocas que me habían dado en la ceremonia de la tarde anterior. Al ver mi gesto de contrariedad, dijo:

—¿Se te ha olvidado que eres monja?

Me toqué la cabeza con la vaga esperanza de que todo hubiera sido un mal sueño. Al notar mi pelo rapado, se me hizo un nudo en la garganta. Nunca me había tenido por una mujer hermosa, pero me sabía dotada de un encanto singular, que yo atribuía a mi larga y ondulada melena pelirroja.

Al ver que se me saltaban las lágrimas, Camila dijo:

—Las sores llevan una buena vida en el monasterio. Te acostumbrarás, ya lo verás.

—¡No me acostumbraré nunca! —grité como si ella tuviera la culpa de mi desdicha—. ¡Nunca! ¡Haré lo que sea para que anulen mis votos! Y para volver al teatro —se me quebró la voz en un sollozo.

Camila me miró en silencio.

—No sirve de nada llorar. Se te volverán a hinchar los ojos. —Sacó una diminuta cajita de cartón de debajo del escapulario—. ¿Quieres que te dé un poco de rubor en las mejillas? Las sores no se darán cuenta y volverás a estar bella.

Me sequé las lágrimas y sonreí, conmovida por su torpe manera de intentar agradarme.

—No, gracias.

Camila se quedó pensativa con la cajita en la mano. Como si quisiese decirme algo.

—¿Crees que yo podría enamorar a un hombre? —me preguntó.

Tras un instante de desconcierto, opté por darle una respuesta educada.

—Cualquier mujer puede.

Camila me agarró de los hombros y me sacudió con rabia:

—¡No me digas lo que deseo, sino la verdad! —Su voz se quebró, y me pregunté de dónde procedía tanto dolor.

«Quizá haya entrado de pequeña al monasterio y añore sentirse querida y deseada como cualquier mujer», pensé. Mientras caminábamos en dirección a la capilla, la examiné de reojo, tratando de calibrar hasta qué punto sería posible transformarla en una mujer atractiva. Sus ojos eran de un bonito color azul, pero su mirada era muy intensa, taladraba. «Habría que enseñarle a mirar con desmayo», me dije, consciente de que pocos hombres aceptarían aquella mirada desafiante. «Sus carnes carecen de la blandura que gusta a los hombres. Pero eso es más fácil de arreglar, bastaría con que engordase un poco.»

—Creo que podrías convertirte en una mujer hermosa —dije en voz alta cuando cruzábamos el claustro.

El rostro de Camila se iluminó.

—¿Me ayudarías a conseguirlo?

Me encogí de hombros.

—Ojalá pudiera.

—¡Júrame que si te escapas del monasterio, me llevarás contigo!

Su proposición era tan desconcertante que creí que desvariaba.

—Lo juro —accedí para no irritarla.

Camila me arrastró hasta una esquina del jardín donde no podían vernos las religiosas que se dirigían a la capilla. Sacó una carta de debajo del escapulario, y dijo:

—Marta me la dio para ti.

—¿Te refieres al cómico que hacía de Marta?

—¿Es un hombre? —preguntó atónita.

Le arrebaté la carta de las manos y rompí el sello de lacre. El corazón me dio un vuelco al reconocer la letra enorme y puntiaguda de Jusepa Vaca.

María Inés, mi querida niña:

La palabra «niña» estaba escrita sobre un borrón, que había sido tapado con cola y polvos de albayalde. Deduje que el borrón se debía a una lágrima de Jusepa, y me emocioné.

Espero y deseo que estés bien, pese al encierro que te han impuesto.

Gabino Gayeira, el portador de esta carta, intentará sacarte del monasterio. Puedes confiar en él, está dotado de mucho ingenio para esa clase de propósitos. Me aprecia mucho y hará cuanto esté en su mano para ayudarte. Si consigue sacarte de Valfermoso —he contratado seis misas para rogar a Dios Nuestro Señor que así sea—, usa el dinero que le he dado para ti y ocúltate en lugar seguro.

Cuídate mucho, y no desesperes ni te aflijas, pues tienes muchos amigos que te quieren y velan por ti.

Tu amantísima,

JUSEPA VACA

Se me desbordaron las lágrimas. De todos los que se decían mis amigos, eran los humildes cómicos quienes se ofrecían a ayudarme.

A continuación, Camila me dio un billete doblado por la mitad.

—Marta, bueno, como se llame, me entregó también esta nota suya.

Métete en el arca de hatos que dejamos en el refectorio, antes de que amanezca.

—¿Me llevarás contigo?

La pregunta de Camila me sobresaltó.

—¿Quién te ha dado permiso para leer la nota?

—No sé leer.

Le debía mucho a aquella arisca freila, pero no podía llevarla conmigo.

—Ese cómico va a ayudarte a huir, ¿verdad?

—No. Esa nota es de una amiga muy querida, que se la entregó a mi madrina.

Era demasiado lista como para dejarse engañar.

—El oficio de tonto se aprende pronto —dijo.

—No entiendo qué quieres decir...

—Si intentas escapar sin mí, me chivaré.

—No me iré sin ti, Camila.

—Júralo.

—Lo juro.

EL ARCA DE HATOS

Cuando Camila y yo llegamos a la capilla, la congregación había iniciado los rezos de maitines, y nos acomodamos en la última fila para pasar desapercibidas. Una vez acabadas las oraciones, la correctora de coro se acercó a nosotras con el ceño fruncido.

—Vosotras dos, estáis castigadas por llegar tarde a los maitines —dijo.

—Camila se retrasó por ayudarme a que me pusiera las tocas —contesté para excusarla.

La abadesa, que se acercaba por el pasillo, intervino:

—Como la nueva sor está ya restablecida, no necesitará más de tus cuidados, Camila. Así que regresa a tu celda inmediatamente. En cuanto a vos, sor María de San Gabriel, dejaréis la estancia que ocupáis y os trasladaréis a otra más humilde, como corresponde a vuestro rango en esta congregación.

—El nuncio me dijo que según la dote que se os ha entregado, tengo derecho a...

—El alojamiento de las madres no es atribución del nuncio, sino mía. La mayordoma os indicará mañana cuál será vuestra nueva celda.

En otras circunstancias me habría enfrentado a la abadesa, pero la nota de Gayeira me había abierto la esperanza de escapar y no quería perder el tiempo discutiendo con ella. Así que, tras hacerle una humilde reverencia, seguí a las sores que volvían a sus celdas, imitando su actitud sumisa, con la cabeza gacha y las manos bajo el escapulario.

Pese a las órdenes de la abadesa, Camila me esperaba en la puerta de mi estancia con un candilillo de aceite en la mano. Eso me contrarió, pues había planeado esconderme en el arca de hatos en cuanto las sores se durmieran, tal como me había indicado Gayeira en la nota.

—Ya oíste lo que dijo la abadesa: no quiere que duermas más en mi celda —le dije.

—Pero...

—Después de haber pasado tantas noches en vela por mi culpa, necesitas descansar, Camila. Gracias por lo bien que me has cuidado.

Tras mirarme unos instantes, me puso el candil en la mano, y se alejó por el pasillo.

Me acosté vestida, con el propósito de levantarme en cuanto el silencio me indicase que las monjas se habían dormido. Pero estaba tan agotada que me dormí.

Me desperté sobresaltada cosa de una hora después. Corrí a abrir los postigos de la ventana. Di un suspiro de alivio al ver que aún no había amanecido y que la noche era oscura, pues ni un rayo de luna traspasaba la espesa capa de nubes. Camila me había contado que en el ala contraria de aquel piso se alojaban el obispo, el nuncio y sus respectivos séquitos, y cerré la puerta procurando no hacer ruido.

Recorrí el pasillo, que estaba iluminado por un triste candil. Rogaba a Dios que la lamparera no me descubriese, pues una de sus tareas era deambular de noche por el monasterio para mantener vivas las luces. Bajé por la escalinata hasta el piso bajo. El lado derecho del pasillo, que conducía a la capilla, estaba iluminado. Sin embargo, el izquierdo, que llevaba al refectorio, estaba completamente a oscuras. Tuve que caminar palpando las paredes, hasta que di con una puerta de madera. Solo tenía una hoja, y recordaba que la del refectorio tenía dos. Así que continué hasta la siguiente, que sí era la que buscaba. Al empujarla, los goznes gimieron. Me paré en seco. Tras esperar unos segundos para asegurarme de que nadie me había oído, entré en el refectorio, que estaba igual de oscuro o más que el pasillo. Me deslicé pegada a la pared izquierda, donde los cómicos habían dejado el arca de hatos.

—¡Sabía que no podía confiar en ti! —La voz de Camila me hizo dar un respingo.

—¿Qué haces aquí? —balbuceé con el corazón dándome brincos.

Camila sacó la linterna que llevaba debajo del escapulario y abrió la portezuela. El refectorio se iluminó.

—Intentabas escapar sin mí.

—¡No! No podía dormir y se me ocurrió venir a coger un recuerdo del arca. Como nunca volveré a hacer teatro...

—A quien te engaña una vez nunca más has de creer.

—¿Vas a delatarme? —pregunté con un hilo de voz.

Apretó los dientes y negó con la cabeza.

—¿Sabes lo que me sucederá si te escapas dejándome aquí?

—No.

—Las sores no son bobas, se darán cuenta de que he tenido que ser yo quien te puso en contacto con los cómicos —se le enronqueció la voz—. Para ellas mi vida no vale nada, y para ti, tampoco, por lo que veo.

La vergüenza me encendió las mejillas. Le había reprochado a Ramiro que no pensara más que en salvarse él, y yo acababa de hacer lo mismo con aquella lega, que había arriesgado su vida por ayudarme.

Camila se frotó los ojos y añadió en tono amenazante:

—Si no me llevas contigo, ninguna de las dos saldrá de aquí.

—No puedo.

—¿Cómo piensan tus amigos sacarte del monasterio?

—Escondida en esa arca de hatos.

—¡Eso lo imagino! —replicó—. Me refería a cómo piensan sacar el arca del monasterio.

—No tengo ni idea —respondí.

Camila levantó la tapa del arca. Estaba llena hasta casi el mismo borde con jubones, capas, sayas, ropones, paños del decorado y otros utensilios que habían usado en la obra.

—¿Ves? No es que no quisiera llevarte, es que ahí no cabemos las dos.

—Tendremos que caber —replicó Camila secamente—. ¡Métete!

Obedecí. Ella hizo intención de meterse, pero desistió.

—Se me acaba de ocurrir una treta para que no nos echen en falta durante los rezos de laudes; así retrasaremos el momento en que empiecen a buscarnos.

—¿Qué treta? —pregunté.

—Iré a decirle a la correctora de coro que te ha vuelto a dar calentura y que la enfermera me ha encargado que te cuide. Y que nos dispense a las dos de asistir a los rezos de laudes.

Camila se dirigió a la capilla. Bajé la tapa del arca mientras esperaba a que volviese. Tardó tanto en regresar que me puse muy nerviosa, pero no me atreví a salir del arca a buscarla.

Al fin, oí pasos.

Alguien abrió el arca.

La claridad del alba se filtraba por las ventanas del refectorio y, a contraluz, vi a Camila con un hatillo en la mano.

—¿Se puede saber por qué has tardado tanto? —le reproché nerviosa—. Y encima traes otro bulto, ¡con el poco espacio que hay!

—Todo lo que llevo dentro del hatillo es tuyo: el vestido de seda y las joyas que traías cuando llegaste. Pensé que te gustaría llevártelos.

—¿Cómo has conseguido hacerte con ellos?

—El vestido lo saqué sin problemas de la ropería. Recuperar las joyas fue más difícil, porque las guardaba la depositaria bajo llave y tuve que quitársela. ¡Por eso me demoré tanto!

Camila intentó meterse en el arca con el hatillo, pero no pudimos cerrar la tapa. Yo propuse que sacáramos parte de la ropa de la función para hacer sitio. Pero ella dijo:

—Las sores verían la ropa cuando vinieran al refectorio a desayunar. No tardarían en deducir que nos han sacado dentro del arca. Y cuanto más tarde se enteren de nuestra desaparición, mejor.

Aquella freila pensaba en todo. Además, aquellos pobres cómicos no andarían tan sobrados de dinero como para que yo les hiciera perder esos trajes.

—Tienes razón, Camila, entra.

Camila se puso sobre mí, y tras empujarme hacia abajo con todas sus fuerzas, logró cerrar la tapa del arca. Yo nunca había tenido los pechos aplastados contra los de otra mujer, y me produjo cierto reparo.

El joven fraile carraspeó:

—Si lo deseáis podemos dejar la escritura por hoy, doña María de San Gabriel. Parecéis fatigada.

La abadesa reprimió una sonrisa.

«Cada vez que digo a su entender algo lascivo, me interrumpe. ¡Será mojigato!»

—Sí, estoy cansada. Ha sido una jornada larga —contestó en voz alta—. Podéis retiraros, fray Matías. Hasta mañana.

Campamento de los cómicos

Tal como se había propuesto, Gayeira se despertó antes del alba. Sacó una mano de debajo de las mantas. Corría un cierzo de los que amojaman los chorizos, y la volvió a meter de inmediato. Mientras reunía las fuerzas necesarias para abandonar el lecho, pensó: «Hasta ahora todo ha ido bien. A cambio de cuatro doblones que, ya se sabe, ablandan los corazones, Primitivo Rojas me admitió en la garnacha. Y ayer conseguí darle la nota a la lega que cuida a María Inés. Espero que las cosas no se tuerzan».

Tirando de su bolsón de cuero, se deslizó de entre los cómicos que, como él, se habían guarecido del frío bajo el carro de la garnacha. Al salir, vio a tres compañeros que dormían apretujados en un hoyo que habían tapado con capas y mantas.

«Por santa Catalina, el frío afina», se dijo frotándose las manos para entrar en calor.

Del interior del carro, llegó un largo y sonoro ronquido. Pertenecía al único cómico con derecho a dormir a cubierto: Primitivo Rojas *el Cicatero*, como le apodaban los cómicos a sus espaldas. Gayeira se encaramó al pescante de un salto, y apartó la cortina de cuero que cerraba la carreta. Vio un bulto enorme, como de tres hombres puestos uno encima de otro. Cuando sus ojos se hicieron a la oscuridad, comprobó que Primitivo se había echado encima los paños de la función para defenderse del frío.

—¡Eh, Primitivo! Despierta.

Siguió roncando.

«Desde debajo de tanta ropa es imposible que me oiga.» Se agachó y lo zarandeó. Primitivo lo agarró de la cintura y lo obligó a tumbarse encima de él.

—¿Vienes a calentarte, moza?

—¡Suéltame, bellaco, que soy Gayeira!

—¡Serás marión! ¿Por qué te metes en mi cama?

—¡Yo no me he metido en tu cama! Has sido tú el que...

—¡Vive Dios, Gayeira, estás tan borracho que no distingues la carne del pescado! Os he dicho mil veces que, al alba, los vinos y los aceros han de estar en sus cueros.

—¡Ni soy marión ni estoy borracho, Primitivo! Te he despertado porque hay que ir a buscar el arca de hatos que dejamos ayer en el monasterio.

—¿Tan temprano?

—La portera dejó bien claro que, si no estamos allí a la *hora prima*, no nos dejará entrar. Será mejor que te levantes y me acompañes.

—Bien me puede el rey matar, pero no forzar. ¡Estoy molido!

—Si quieres puedo ir yo a recoger el arca.

—¿Harías eso por mí?

—Sí.

—Llévate a dos cómicos para que carguen con ella.

—Eso pensaba hacer.

Primitivo volvió a arrebujarse bajo la montaña de paños y reanudó los ronquidos.

Nada más bajar de la carreta, Gayeira buscó entre los bultos que almacenaban debajo de esta, la arquilla donde guardaban las barbas, guedejas, pelucas y otros postizos y aderezos para la escena. Al no encontrarla, cogió un candil y volvió a subir al carro a ver si estaba allí la arquilla de los postizos. Estaba a los pies de Primitivo, medio tapada por los paños. La agarró y tiró del asa con cuidado.

Primitivo se incorporó súbitamente y lo enganchó del cuello con la mano izquierda mientras le amenazaba los bajos con una daga que llevaba en la derecha.

—Así que quieres garfiñarme los dineros, ¿eh, malandrín?

—Quítame esa daga de la entrepierna, Primitivo, que no vengo a robar. Busco una barba.

—¿Para qué?

—¡Para ponérmela, vive Dios! Que me he tenido que rapar la cara para hacer de mujer y parezco ahembrado.

—Ah... Esa es la arquilla de los dineros, la de los postizos está en el pescante, debajo de mi capa de fieltro para la lluvia. ¡Si no quieres acabar capón, no vuelvas a meter mano en mis cosas!

—Descuida.

Gayeira halló la arquilla en el pescante. Sacó de ella un mostacho, una barbita y la cola para pegarlas. Se las colocó a tientas. Afortunadamente el teatro le había proporcionado experiencia en esa tarea.

Antes de devolver el arca a su sitio, metió en su bolsón de cuero una cabellera, otra barba y otro mostacho, además de la cola necesaria. «Puede que los necesite para disfrazar a la Calderona», se dijo.

Vicentico Luján y Antoñico del Pino, los dos cómicos más jóvenes de la garnacha, dormían a unos veinte pies de distancia, abrigados bajo el saliente de una roca. Gayeira hizo tintinear la bolsa de los dineros sobre sus cabezas. Movimiento eficaz, porque ambos eran sensibles a este sonido y abrieron los ojos de inmediato.

—Si me ayudáis, os daré un escudo a cada uno.

—Sacó dos de la bolsa, y se los mostró.

—¿A quién hay que matar? —bromeó Antoñico incorporándose.

—Quiero que me ayudéis a traer el arca que se quedó ayer en el refectorio.

—¿Qué es lo que vas a rapiñar en el monasterio? —preguntó Vicentico receloso.

Gayeira se arrepintió de haberse mostrado tan espléndido. Aquellos dos cómicos trabajaban por la ración y era lógico que tanto dinero despertara sus sospechas.

—No voy a robar nada. Necesito que me ayudéis a traer el baúl y seáis discretos.

—Quien confía, ahorra preguntas —replicó Antoñico, cogiendo las monedas.

Gayeira y los dos cómicos emprendieron camino hacia el monasterio de Valfermoso, del que habían acampado a una legua de distancia, como mandan las ordenanzas.*

—El hideputa de Primitivo tiene motivos para estar satisfecho. Ayer las monjas aplaudieron la comedia a rabiar —comentó Antoñico.

—No entienden de teatro —dijo Gayeira.

—¡Y el nuncio le pagó cien ducados por la representación!

—¿Estás seguro?

—Lo vi con mis propios ojos. ¡Cien ducados! Y a Vicentico y a mí nos da cinco maravedíes de ración.

—Os prefiere flacos para hace las damitas —bromeó Gayeira. Y se puso a hacer cuentas mentalmente.

«Si, como se decía en el mentidero, el rey le ha dado al nuncio seiscientos ducados para la representación, y este le ha pagado cien a Primitivo, se ha quedado con quinientos. ¡Vaya con el nuncio! ¡Uno en el papo y cinco en el saco!», se dijo.

Lo sacó de esta reflexión la queja de Antoñico:

—Primitivo le quitó a Vicentico el papel de Marta para dártelo a ti. ¡Con lo bien que lo hacía!

«Si supieran que le he pagado al Cicatero cuatro doblones para que me permitiese hacer ese papel.» Y añadió en voz alta:

—Os juro por mi honra que no volveré a quitaros ningún otro papel.

—Quien juró no me engañó —replicó Antoñico sarcástico.

Cuando avistaron el monasterio, el alba asomaba por detrás de las montañas.

Mientras golpeaba con todas sus fuerzas la aldaba, Gayeira cayó en la cuenta de que, si lo cogían raptando a una monja, la Inquisición lo convertiría en chicharrones. Tentado estuvo de darse la vuelta, pero su lealtad a Jusepa pudo más.

Al oír los golpes de la aldaba, sor Guzmana, la portera, atra-

* De ahí el nombre de cómicos de la legua.

vesó el patio y abrió el portón. Gayeira le dedicó una sonrisa, que sus dientes blancos, sin picaduras, hicieron lucir espléndida.

—Buenos días os dé Dios, reverenda madre. Somos los cómicos que actuamos ayer...

—Ya me he dado cuenta.

—Venimos a buscar el baúl que se quedó en el refectorio.

—Lo sé. Seguidme.

Después de atravesar el patio, Sor Guzmana les hizo entrar en la portería, un cuarto rectangular con dos puertas.

—Esperad aquí mientras voy a buscar a la guarda de hombres para que os acompañe al refectorio —dijo.

—No hace falta que la molestéis a estas horas tan tempranas, nos sabemos el camino, reverenda madre.

—Ningún varón cruza la puerta de clausura, si no es acompañado de la guarda de hombres —replicó sor Guzmana secamente.

Una vez que estuvo al otro lado de la puerta de clausura, echó la llave.

—Nos ha dejado encerrados en la portería del convento, ¡con el pánico que me dan a mí las mujeres! —comentó Vicentico.

—A mí no —replicó Gayeira.

—Ni a mí tampoco —añadió Antoñico.

—¡Pues os vais a hartar!

Monasterio de Valfermoso de las Monjas
Estancia de la abadesa doña María de San Gabriel
Año de 1646

Dos en vez de una

Camila y yo llevábamos apretujadas en el interior del arca de hatos un tiempo angustioso, cuando oímos pasos en el refectorio.

—Daos prisa en sacar el baúl, que hemos de servir el desayuno antes de una hora —oímos decir a la guarda de hombres.

—No os preocupéis, madre. Lo sacaremos de inmediato.

Reconocí la voz de Gayeira, la auténtica, no la que había usado para interpretar el papel de Marta.

Poco después, noté que alzaban el arca de hatos.

—¡Vive Dios! ¡Cuánto pesa este baúl! ¿Acaso has metido dentro los candelabros de plata del monasterio, Gayeira?

—No bromeéis que, con la fama de ladrones que tenemos los cómicos, la madre va a pensar que es verdad. No es que el arca pese mucho, es que os fallan las piernas por culpa del vino que trasegasteis anoche. Y, como a todos los cómicos, os falta la costumbre de hacer esfuerzos físicos.

Camila y yo soportamos en silencio infinidad de golpes y cabezazos contra las paredes del arca hasta que, al fin, depositaron el baúl en el suelo.

—Yo me quedo aquí, en la puerta de clausura —dijo la guarda de hombres—. Sor Guzmana, la portera, os atenderá. ¡Que Dios os guarde!

Unos instantes después, oímos decir a la portera:

—¡Abrid el arca! ¡Quiero ver qué lleváis dentro!

Camila y yo apretamos los dientes.

—¿Acaso no os fiais de nosotros, reverenda madre? —Gayeira imprimió a su voz un toque de dignidad ofendida.

—No me fío de nadie y de los cómicos, menos. ¡Abrid el arca!

Siguieron unos instantes de silencio, hasta que Gayeira emitió un chasquido de fastidio.

—¿Dónde demonios habré puesto la llave? No la encuentro.

—Pues ya podéis buscarla. Porque el arca no sale de aquí hasta que yo la haya registrado.

—He debido de perderla.

—¿No tenéis otra?

—Sí, en el campamento.

—Pues id a buscarla.

—Nos llevaría una hora ir y otra volver.

—Eso a mí ni me va ni me viene.

—Dentro del arca están los decorados para la función que vamos a representar esta tarde en Ledanca. Si nos demoramos dos horas, no podríamos montarlos a tiempo y tendríamos que suspender la función.

—¿Y qué?

—Representarla es muy importante para nosotros, pues de otro modo nos quedaríamos sin salario. ¿No podríamos sacar el arca sin registrarla? Os juro que...

—¡No!

—Somos una compañía de mucho prestigio, contratada por el nuncio de Su Santidad. Él responderá por nosotros. ¡Pedidle que venga!

—¡No pienso molestar a su excelencia reverendísima a estas horas tan tempranas! Id a buscar la llave de una vez, porque el arca no sale de aquí hasta que yo la haya registrado.

Tras unos instantes de silencio, que me resultaron eternos, oí que Gayeira replicaba:

—Acabo de recordar que ayer, después de recoger, cerré las arcas en el refectorio. La llave ha debido de caérseme allí, seguro. Si me permitís entrar a buscarla...

—Ya os dije que ningún hombre puede atravesar la puerta de clausura si no va acompañado por la guarda de hombres. Iré yo.

Después de salir, la portera cerró con llave la puerta de clausura.

Gayeira se apresuró a abrir el arca. Ambas estábamos sudadas como pollos. Y salimos del arca abriendo la boca como leonas para recoger una bocanada de aire. Nuestro amigo el cómico, al ver a dos mujeres dentro en vez de una, dio un respingo.

—¡Vive Dios, Marizápalos! ¿Quién es esa?

Camila estaba bocabajo, encima de mí, y no la reconoció.

—La freila que me ha cuidado desde que llegué. Puede decirse que estoy viva gracias a ella.

Gayeira torció la boca. El mostacho se le descolocó.

—¿Pretendes que nos llevemos también a la lega?

—Si la dejara en el monasterio, la harían responsable de mi huida.

Camila y yo nos ayudamos mutuamente a salir del arca, pues Gayeira parecía paralizado por la sorpresa. Me dirigí hacia la puerta de salida. Y entonces me fijé en los dos jóvenes y sudorosos mancebos, que resoplaban y nos miraban con los ojos muy abiertos.

—¿Quiénes son estos?

—Vicentico y Antoñico. Los viste ayer en la función, aunque con pelucas —contestó Gayeira.

Estaba tan ansiosa por salir cuanto antes del monasterio que aparté a los mancebos para abrir la puerta.

—¡Está cerrada con llave! ¿Cómo vamos a salir?

Gayeira se encogió de hombros.

—No contaba con que la portera quisiera registrar el arca.

Los nervios se apoderaron de mí. Creía estar a salvo y...

—¡Tendrías que haberlo averiguado! —le reproché.

Él sonrió con cinismo.

—¡Cierra el pico, que no dejas que me concentre! ¡Para hallar el modo de salir de aquí, necesito pensar!

Estuvo unos minutos en silencio, con los párpados apretados. Iba a decirle que espabilara, cuando musitó:

—Ya está.

Se echó la capa hacia atrás, y levantó el brazo izquierdo. Vi que llevaba escondida bajo el sobaco la bolsa de los dineros. Sacó cuatro ducados y nos dio uno a cada uno.

—¿Para qué nos das este dinero? —pregunté, irritada.

—No tengo tiempo de explicar nada. La portera está al llegar. Haced lo que os diga sin rechistar. Vicentico y Antoñico, quitaos la ropa y dádsela a las monjas para que se la pongan. ¡Deprisa!

Los dos cómicos obedecieron sin protestar, quedándose en camisa. Por dinero baila el perro. Pues creyeron que el ducado que les había dado Gayeira era para ellos.

Una vez que Camila y yo nos hubimos puesto sus ropas, Gabino sacó del bolsón de cuero los postizos y la cola.

—A la de los sabañones, pégale la cabellera y la barba, que la portera la tiene muy vista y cuanto más la tapemos, mejor. A la otra, bastará con el mostacho —les ordenó a los cómicos.

—¿Qué va a pasar cuando la portera regrese y vea que somos cinco en vez de tres?

—Ya me ocuparé yo de eso, Antoñico. ¡Date prisa en ponerles los postizos!

En menos tiempo del que se tarda en rezar una salve, Antoñico nos los pegó a Camila y a mí.

—¿Nos quedamos en camisa o nos ponemos sus hábitos de monjas? —preguntó Vicentico.

En ese instante, oímos unos pasos que se acercaban a la puerta de clausura. Gayeira empujó a Antoñito y Vicentico dentro del baúl, y echó encima nuestros hábitos.

—¡Que nos aplastas! —gimió Antoñico mientras cerraba la tapa del arca.

—Silencio —susurró Gayeira.

Cuando oyó que la portera metía la llave en la puerta, desenvainó la espada y comenzó a dar mandobles al aire al tiempo que gritaba:

—¡Mala landre os mate, bribones! ¿A quién se le ocurrió la idea? —Gayeira nos empujó con la espada hacia la zona menos iluminada de la portería—. ¡¡¡Hablad!!!

Camila y yo lo miramos atónitas, sin saber qué decir.

La portera abrió en ese instante la puerta de clausura.

—¿A qué vienen esos juramentos? —preguntó, enfadada.

—Cosas de cómicos, reverenda madre —replicó Gayeira.

Sor Guzmana lo miró con suspicacia.

—He buscado la llave del baúl por todo el refectorio, y no está.

—Lo sé, reverendísima madre, lo sé. Me avergüenza haberos hecho ir a buscarla sin necesidad.

—Con vergüenza o sin ella, el baúl se queda en el monasterio hasta que encontréis la llave para abrirlo. ¡Largaos!

—¡La llave del arca me la quitaron ayer estos dos cómicos desaprensivos! —Gayeira se lio a cintarazos con Camila y conmigo, que comenzamos a dar gritos.

—¡Dejad de pegarlos y decidme para qué os quitaron la llave!

—Acercaos, madre.

Gayeira levantó la tapa del arca. La monja retrocedió espantada al ver a Antoñico y Vicentico en camisa.

—Aquellos dos que se esconden en la oscuridad robaron las llaves para que este par de granujas que veis ahí dentro pasaran la noche calentitos en el refectorio —explicó Gayeira—. ¡Pero los cuatro pagarán por ello, vive Dios!

Arreó un par de cintarazos a Vicentico y Antoñico, que seguían dentro del baúl. Lo que fue una torpeza por su parte, ya que comenzaron a agitar las piernas, mostrando sus sucias vergüenzas.

La religiosa gritó, desaforada:

—¡Guardaaaa de hombres, venid!

Gayeira estuvo en un tris de taparle la boca. Pero se limitó a ponerse delante de la puerta de clausura.

—Calmaos, madre reverendísima. El único pecado de estos

desgraciados ha sido querer pasar la noche bajo techo. Porque desde hace dos noches el agua amanece congelada en el campamento.

—¡Apartaos! ¡Voy a dar parte de este sacrilegio!

—¡No es menester, madre! Ya me encargaré yo de que estos impíos sean castigados como se merecen. ¡Salid del arca y donad vuestra paga a esta santa mujer!

Vicentico y Antoñico entregaron a la monja los dos escudos que les había dado Gayeira un rato antes.

—¡Vosotros dos también! —nos dijo a Camila y a mí.

Así lo hicimos y sor Guzmana se guardó los cuatro escudos bajo el escapulario.

Camila me dijo más tarde que seguramente los usaría para costearse los honorarios de médicos, barberos o cirujanos, pues el monasterio no se hacía cargo de esos gastos.

—Ahora que estos malandrines han compensado con su sueldo la contrariedad que os han causado...

—Han de rezar diez rosarios para que Dios Nuestro Señor los perdone por haber violado anoche la clausura.

—Me ocuparé de que así sea, reverendísima madre portera. Os ruego que nos permitáis abandonar el monasterio sin dar parte de la falta que han cometido. Porque de otro modo, tendríamos que suspender la función y pagaríamos...

—De acuerdo. Pero que no se les ocurra salir del arca hasta que se hayan alejado lo suficiente del monasterio. Porque hay mucha fisgona en los pisos altos y si alguna ve entrar a tres y salir a cinco...

—Descuidad, madre. Esos dos no saldrán del arca hasta que nos hayamos alejado cien varas.

Y para confirmar que esa era su intención, le largó una manguzada en el colodrillo al que tenía más cerca que, afortunadamente, no fui yo.

Sor Guzmana nos abrió amablemente la puerta del monasterio al tiempo que decía:

—Descorred vosotros mismos el cerrojo del portón. Ya lo cerraré yo después de los laudes.

Gayeira, muy en su papel, atravesó el patio del monasterio en pose de galán de comedia, con la mano derecha en la empuñadura de la espada y la izquierda en la cadera.

Camila y yo lo seguíamos jadeantes, pues a duras penas lográbamos arrastrar el arca con los dos cómicos dentro.

Yo, molesta porque Gayeira no hacía el menor esfuerzo por ayudarnos, le lanzaba miradas furibundas, que no le hacían mella alguna. Antes al contrario, nos riñó a Camila y a mí en voz lo bastante alta para que lo oyeran desde el monasterio.

—¡Daos prisa, inútiles, que a ese paso no llegamos ni mañana!

Camila, más hecha a la obediencia, hizo un esfuerzo titánico para tirar del arca. Pero yo solté el asa, me acerqué a Gayeira y le dije en voz baja:

—¡Déjate de pantomimas y ayúdanos a cargar el baúl!

—Quien manda en trabajos no se anda —contestó burlón.

—Mando quiero, aunque sea en un gallinero —repliqué.

Gayeira me arreó un cintarazo en las pantorrillas, no muy fuerte, pero que me hizo aullar, más de rabia que de dolor.

—Muy convincente, Marizápalos —susurró—. Siempre he dicho que no hay nada como interpretar con verdad. —A continuación, añadió en voz alta—: ¡Voy a echaros una mano, atochados, porque a este paso no llegamos nunca al campamento! ¡Y esta tarde tenemos función, ineptos!

Una vez traspasamos el portón, arrastramos entre los tres el baúl hasta un bosquecillo de abedules, que crecía frente al monasterio y que nos ocultaba de las miradas de las monjas.

—¿Y ahora qué, Gayeira? ¿Tienes algún plan? ¿O piensas seguir haciendo tonterías? —le pregunté.

En vez de contestarme, Gayeira nos cogió a Camila y a mí de la cintura y nos apartó del arca. Camila se ruborizó. Debía de ser la primera vez que un hombre la tocaba.

—Cuando menos sepan los dos que van ahí dentro, mejor —susurró señalando el arca.

—¿Dónde vamos a escondernos? No tardarán mucho en percatarse de que hemos huido.

—Lo creas o no, Calderona, he buscado un lugar donde esconderte.

—¿Cuál? —La impaciencia me corroía.

—Anteayer me hablaron de un ermitaño que vive en una cueva a media legua de aquí con dos discípulos. Fui a visitarlo y le conté que eres un joven virtuoso y devoto, que quieres consagrar tu vida al Señor. Pero tu poderosa familia no te lo permite porque ha concertado tu casamiento con una rica heredera. Por eso has resuelto huir.

—¡Eh! —gritó Antoñico desde el interior del arca—. ¿Se puede saber qué estáis haciendo ahí fuera?

Gayeira, sin hacerle caso, prosiguió:

—Le he rogado al ermitaño que te oculte en la cueva mientras voy a negociar con tus padres para que deshagan el compromiso de matrimonio, y te permitan profesar.

—¿Aceptó?

—Le ofrecí dos escudos de oro, que rechazó porque detesta el vil metal. Así que prometí darle el doble para una capilla que quiere construir.

—¿Y accedió?

—Dijo que no podía negarse a ayudar a seguir el camino del Señor a un joven tan piadoso. Le advertí que, si alguien aparecía por la cueva preguntando, le contestara que eres su discípulo y llevas un año haciendo penitencia con él.

—¿Qué haré yo? —preguntó Camila.

—Diremos que eres su criado y tienes una devoción frailuna comparable a la de tu amo.

—¿No se dará cuenta ese eremita de que somos mujeres? —pregunté.

—Es un hombre santo y el poco contacto que tiene con el mundo es a través de sus discípulos, que son medio ahembrados.

—¿Cuánto tiempo tendremos que quedarnos en la cueva del eremita ese?

Se oyeron golpes apremiantes dentro del baúl.

—¡Nos estamos helando aquí! ¿Qué hacéis? —se impacientó Antoñico.

—¡Una necesidaaaad! —gritó Gayeira.

—¿Los tres?

—Sí. Nos da dado una diarrea contagiosa.

Camila se rio. Pero yo tenía otras preocupaciones.

—¿Qué haremos después?

—Pediré a Primitivo Rojas, el director de la garnacha, que os contrate.

—Yo no sé representar —balbuceó Camila.

—¿Querrá contratarnos? —pregunté.

—Si le sale gratis, supongo que sí. Además, necesita mujeres, también para la escena. Ayer me comentó que quiere poner en pie una comedia titulada *La hermosa fea*, que un memorilla le robó a Lope años ha.

—¿Qué es un memorilla? —preguntó Camila.

—Un individuo que, después de escuchar una función varias veces, la recompone con los versos que recuerda y con los que se inventa. Luego la vende por cuatro cuartos a compañías de mala muerte.

—¿Y no paga al que la escribió?

—¡En eso consiste su negocio!

—¡No es motivo de risa, Gabino! —repliqué, dolida por el mucho quebranto que los memorillas hacían a mis amigos escritores.

—¡Bah! Todo el mundo tiene que comer. —Gayeira no era tan crítico como yo con la apropiación del talento ajeno.

«Jamás se quitará de encima la cutrez de la farándula», pensé.

—Después de representar por la Alcarria, la garnacha irá a Valencia y allí podrás embarcar en el primer navío que salga para Nápoles.

—No pienso hacer tal cosa; en cuando dejen de buscarme, regresaré a la corte.

—¿Has perdido el juicio, Calderona?

—Jusepa te pagó para que me sacaras del monasterio y me pusieras a salvo, lo demás es cosa mía.

Gayeira dio media vuelta y se dirigió al baúl con los puños apretados.

Imagino que creía que si yo deseaba volver a la corte era para recuperar el favor del rey. Como muchos otros, me tenía por una joven caprichosa y frívola, mimada por los gentileshombres de Madrid.

Vicentico y Antoñico salieron protestando del baúl.

—¡Os vais y nos dejáis aquí encerrados, sin darnos explicaciones! —dijo Antoñico.

—Para el comer y el cagar, el hombre se ha de apartar.

—¿Piensas que somos bobos? —preguntó Vicentico.

—Nadie sabe que lo es.

—Muy gracioso.

Gayeira sacó la bolsa de debajo del sobaco y les dio cuatro reales de plata a cada uno.

—Llevad el arca de vuelta al campamento y no digáis a nadie nada de lo que habéis visto u oído.

—Diles a esas dos que nos devuelvan la ropa.

—No puede ser. Van a necesitarla —dijo Gayeira.

—Nosotros más. ¿O quieres que volvamos al campamento en camisa?

Gayeira sacó otros dos reales de plata de la bolsa y se los dio.

—¿Qué explicación vamos a dar cuando nos vean llegar en camisa? —preguntó Antoñico.

—Decid que habéis perdido la ropa jugando a los dados con unos arrieros.

Mientras esta conversación tenía lugar, yo me acerqué al arca para sacar el hatillo en el que Camila había envuelto mi vestido de seda y mis joyas.

—Si el Cicatero pregunta dónde estás, ¿qué le decimos, Gayeira? —insistió Antoñico.

—Que me he quedado a enamorar a una pastora. Pero que regresaré antes de mediodía, a tiempo para hacer la función.

Los dos cómicos se alejaron con el baúl a cuestas hacia el campamento de la garnacha, y nosotros tres lo hicimos en dirección contraria. Tras media hora de caminata, divisamos la cueva del eremita en mitad de la ladera de un monte.

—Antes de que subamos, voy a enterrar el hatillo —dije.

—¿Qué contiene? —preguntó Gayeira.

—Mis pertenencias —repliqué con sequedad.

Entre los tres cavamos un hueco poco profundo. Una vez que enterramos el hatillo, cubrimos el lugar con ramas para localizarlo más adelante. Hecho esto, subimos a la cueva.

Al llegar, Gayeira dijo con voz meliflua desde la entrada:

—¡Alabado sea Dios Nuestro Señor!

—¡Alabado sea! —respondió el ermitaño.

Salió seguido de dos mancebos muy jóvenes que, al igual que él, vestían hábitos de cáñamo. Aquel santo varón rechazaba los lascivos hábitos higiénicos y tanto él como sus discípulos apestaban a olor de humanidad, por lo que nos mantuvimos a una prudente distancia.

—Padre, este es el joven del que os hablé: don Manuel... Riquelme de Montemayor. Y el que lo acompaña es Camilo, su criado.

Tras taparme la nariz, me arrodillé a los pies del anciano y ahuecando la voz, dije:

—¡Os ruego que nos deis refugio, beatísimo padre! ¡Mi familia quiere apartarme del camino del Señor!

—Aquí estaréis a salvo —respondió el hombre santo, bendiciéndome.

DIÓCESIS DE SIGÜENZA
Residencia del obispo, año de 1636

Una vez que regresó a Sigüenza, fray Pedro González de Mendoza sacó del bufete las dos cartas que había recibido antes de partir a Valfermoso.

Primero releyó la carta del rey, en la que se le ordenaba que consagrase a doña María Inés Calderón, la mujer con la que Su Majestad había tenido un hijo, como religiosa en el monasterio benedictino de Valfermoso de las Monjas. Se le decía también que la futura sor llegaría unos días después con la dote correspondiente, y que el nuncio del Papa la apadrinaría.

La segunda carta, que había llegado tres días después de la primera, le había resultado desconcertante. Una mujer, que decía llamarse Virginia del Valle, le escribía en nombre de la reina, pidiéndole que en caso de que María Inés de Calderón se escapase u ocurriera cualquier otro percance, le escribiera a la dirección que figuraba en la carta, para así poder informar discretamente a la reina, y que ella pudiera actuar en consecuencia.

«Esto es un sinsentido. ¿Por qué va a querer escaparse una mujer que ha escogido profesar?», se había preguntado el obispo la primera vez que leyó la carta. Ahora que esa mujer había huido no una, sino dos veces, la carta cobraba lógica. «¿Qué sabrá María Inés para que el rey, Olivares, el nuncio y la reina quieran recluirla a cal y canto en un monasterio lejos de la corte?»

«Tengo más de sesenta años; ya no estoy en edad de participar en intrigas palaciegas», se dijo mientras emitía un largo suspiro. «Ya fui represaliado cuando Lerma cayó en desgracia y no estoy dispuesto a que eso se repita.» Resignado, sacó del escritorio un papel para informar a la tal Virginia del Valle de lo acaecido a María Inés de Calderón: de su primera escapada, de cómo el nuncio y él la habían rescatado de manos de la Inquisición, y de su segunda y definitiva huida.

Monasterio de Valfermoso de las Monjas
Estancia de la abadesa doña María de San Gabriel
Año de 1646

Dos ermitañas

Tres días después, Gayeira regresó a la cueva del eremita, a eso del mediodía.

El anciano tejía una cesta de mimbre en la pequeña explanada, delante de la gruta, y yo estaba dentro, cerca de la entrada, prendiendo unas astillas para calentar un pucherillo de gachas, nuestra modesta comida de ese día.

—Desde que os fuisteis no han parado de llegar gentes a estorbar nuestro recogimiento. —Oí que se lamentaba el eremita al ver a Gayeira.

—Ya os advertí que la familia de ese joven es muy poderosa, y que removería cielo y tierra para encontrarlo.

—Primero subieron a la cueva cuatro mangas verdes a preguntarme si había visto a dos fugitivas.

—Les diríais que no.

—Por supuesto. Pero al día siguiente, subieron dos esbirros del Santo Oficio a indagar si había mujeres en mi gruta. Tanto insistieron que tuve que jurarles que esta cueva jamás ha sido pisada por mujer alguna.

—Y no habéis mentido.

—¡Así es! Ni he permitido ni permitiré que una mujer traspase el umbral de la cueva —bajó la voz y añadió en tono confidencial—. Aunque a veces el demonio ha venido a tentarme en forma de hembra.

—¿A vuestra edad?

El ermitaño asintió.

—Por eso, cuando alguna campesina de los alrededores sube a traernos alimentos, le pido que los deje en la cuesta.

—Una medida muy prudente. Las mujeres son la perdición del hombre.

—Algunas no son malas. Si nos incitan a pecar es porque no pueden evitarlo. Son criaturas débiles y veleidosas. ¡Dios se apiade de ellas!

—*Fiat voluntas tua* —apostilló Gayeira persignándose.

Al oírle este latinajo, me mordí los labios para no soltar una carcajada.

—El motivo de mi visita, padre, es para deciros que Dios Nuestro Señor ha iluminado a la familia del mancebo que os confié hace tres días, y va a permitirle profesar.

—¡Alabado sea Dios! ¿Dónde?

—Su familia me ha pedido que lo escolte al monasterio de... Vaya, se me ha olvidado el nombre.

—¿El monasterio de Santa María de Sopetrán?

—Sí, eso. Su criado ingresará como lego en el mismo monasterio para servirlo.

—Es sorprendente que la familia haya cambiado de parecer tan pronto.

—¡Un milagro, que vuestras oraciones han propiciado, padre! Decidle que salga, es preciso que partamos cuanto antes, para que inicie el noviciado mañana mismo.

Gayeira se sorprendió al verme salir con el hábito de estameña, tieso de roña, que me había proporcionado el eremita.

Este dijo con voz bondadosa:

—Vuestra familia ha desistido de casaros, don Manuel, y accede a que entréis en el monasterio de Sopetrán para iniciar el noviciado.

Yo, desviando la nariz, me arrodillé a sus pies.

—Gracias a Dios. ¡Y también a vos, padre, porque de no haber sido por vuestra ayuda...

—Ha sido obra de la Divina Providencia que os ha amparado. Recemos juntos un rosario para dar gracias al santísimo.

Gayeira le interrumpió:

—Nada nos placería más, padre, pero hemos de partir de inmediato. —Sacó de su bolsón de cuero un saquillo de higos secos, otro de harina y un trozo de membrillo, y los puso en manos del eremita—. Tomad estas provisiones, en agradecimiento por la ayuda que nos habéis prestado.

El ermitaño las dejó en el suelo y extendió la mano. Gayeira sacó cuatro ducados que llevaba escondidos en el cinturón y se los dio también.

—Y este es el donativo para la capilla que pensáis construir.

—¡Dios os bendiga! Recemos al menos un padrenuestro.

—No tenemos tiempo. Tendremos que conformarnos con vuestra bendición.

Se arrodilló a los pies del eremita.

Yo me arrodillé también.

Y otro tanto hizo Camila, que estaba escuchando y salió en ese momento de la cueva.

El bondadoso ermitaño nos bendijo a los tres emocionado.

Mientras bajábamos por la ladera de la montaña, Gayeira comentó, burlón:

—¿Qué ha sido de las ropas de Vicentico y Antoñico?

—Los discípulos del ermitaño las vendieron para darles el dinero a los pobres, dijeron. A cambio, nos proporcionaron estos hábitos que se sostienen de pie.

—Y no desmerecen con la roña de vuestra piel —se burló Gayeira.

No le faltaba razón. El ermitaño nos había encargado a Camila y a mí de cuidar del fuego y estábamos renegridas por el hollín.

—No nos ha permitido lavarnos, ni tampoco que lavemos estas míseras ropas.

Me fijé en que un hilillo de sangre se abría paso a través del tizne de los tobillos de Camila. Supuse que era de la costumbre y sentí envidia. ¡Qué daría yo porque me bajara a mí también!

—¿Es seguro que nos unamos a la garnacha del Cicatero? —pregunté a Gayeira.

—Anteayer registraron nuestro campamento los vasallos de la abadesa, y los mangas verdes. Y ayer tarde, los esbirros de la Inquisición —contestó—. Ya se han convencido de que no os tenemos escondidas. Así que podréis viajar tranquilamente con la garnacha hasta Valencia.

—Yo volveré a Madrid.

Gayeira se indignó ante lo que consideraba una tozudez.

—¡He arriesgado la vida para sacarte del convento y tú quieres volver a meterte en la boca del lobo! ¿Por qué, vive Dios?

—No puedo decírtelo.

—¿Tan enamorada estás del rey?

—¡Nooo!

—Ya me parecía a mí. Escribe unas comedias malísimas. Entonces ¿lo haces para recuperar su favor?

Negué con la cabeza.

—Nunca te perdonará, María Inés. No te humilles más. Eres una comedianta, no su puta.

Le di una bofetada.

—Viajaré con la garnacha una semana o dos. Luego, regresaré a la corte. Tú no tienes por qué acompañarme. Ni Camila tampoco.

—¿Crees que los que te persiguen se olvidarán de ti así como así? Con la garnacha tienes posibilidades de pasar desapercibida.

Camila se acercó tímidamente a Gayeira y le dijo:

—¿No podrías convencer a ese tal Primitivo para que vuelva a Madrid cuando acaben las representaciones en la Alcarria?

—¡Es lista la lega! —replicó Gayeira, mirándola de frente—. Será difícil persuadir a Primitivo, pero ¡poderoso caballero es don dinero! Aunque vamos a necesitar mucho.

—Dentro del hatillo que enterramos antes de subir a la cueva hay joyas muy valiosas. Cuenta con ellas.

Al llegar al valle, buscamos el lugar donde tres días antes habíamos ocultado el hatillo y lo desenterramos.

Gayeira se guardó el collar de perlas que me había regalado el rey.

—Lo necesitaré para negociar con Primitivo. En cuanto al vestido, póntelo. Y procura enseñar bien la pechera.

—Ni hablar —contesté desafiante, pues me molestaba su forma de tratarme.

—Le diré a Primitivo que eres una puta y yo tu protector.

En pocas semanas había pasado de ser la puta del rey a serlo de aquel cómico.

—¿Y yo? —preguntó Camila.

—Serás la criada de María Inés.

—¿Con este traje de ermitaño?

Gayeira sacó la daga y cortó el hábito de Camila por el escote, dejando al descubierto el sucio comienzo de sus abundantes senos nacarados.

—Muy tersos, y sin sabañones —dijo.

Camila enrojeció como si le hubieran restregado arrebol en las mejillas.

La hermosa fea

Cuando llegamos al campamento de la garnacha, Vicentico y Antoñico, tocados con cabelleras hechas de rabo de buey, recitaban su papel sobre un escenario que consistía en un tablón apoyado sobre dos barriles.

El autor de la garnacha los dirigía de forma muy torpe. Su único afán era que gritaran su papel al borde del tablado lo más alto posible y que no se tropezasen entre sí. Sin importarle que braquearan, hablaran sin mirarse y, lo que era peor, que los versos que recitaban, arruinados por los «refritos» de algún memorilla, no rimasen.

Un rato después, salió a escena el barba, es decir, el que interpretaba los papeles de carácter. «Es un clérigo fugitivo», me susurró al oído Gayeira.

Hacía de gobernador de Lorena y, en su afán de mostrarse altivo, dio un paso de más y se salió del escenario, es decir, del tablón. El formidable grito que pegó al estrellarse contra el suelo hizo exclamar a Gayeira:

—¡Al fin articula algo bien ese comicastro!

Ni a los componentes de la garnacha ni a nosotras nos fue posible contener la risa después de la salida de Gayeira. El autor se percató de nuestra presencia y dijo acercándose hacia donde estábamos:

—Deja de reírte del mal ajeno, Gayeira, ¡y preocúpate de llegar al ensayo a tu hora!

—Si no he venido antes es porque he estado trabajando para ti.

—Me gusta que me mientan —replicó con sorna.

—No te miento, Primitivo, he traído a estas dos mujeres para que actúen en la *La hermosa fea*.

—Ya tengo quien haga esos papeles: Vicentico, Antoñico, ¡y tú!

—¿Yo? Ya te dije que no iba a hacer más de mujer. Me produce dolor de garganta.

—¡Pero te gusta, baranda!* Además, lo haces muy bien. Interpretarás a la bella duquesa Estela.

—Para ese papel no valgo, Primitivo.

—No veo por qué.

—Porque le saco una cabeza a Juanelo, el que hace de galán, y tengo voz de bravo. Una cosa es engañar a las monjitas y otra, a los arrieros de las ventas. ¡Ellos quieren otra cosa!

Gayeira se volvió hacia mí, y me empujó para ponerme delante de Primitivo.

—Mira el talle de esta mujer! —me tiró del hábito hacia abajo—. ¡Y qué pechos tiene! ¡Al público le va a encantar!

* En lenguaje de germanía: presumido, creído.

—Mucho interés tienes en que contrate a esas dos despeluchadas. ¿Por qué las han rapado?

—Iban siguiendo a los tercios y las acusaron de quedarse con unos dineros. Injustamente, claro.

—¡En mi compañía no quiero ladronas!

—Vamos a ver, Primitivo, que son rameras, pero honradas.

El director de la garnacha soltó una carcajada.

—No me vengas con embustes, Gayeira, quieres que las admita para yogar de balde.

—¡Ahí me has cogido, Primitivo! Pero también a ti te conviene que se incorporen a la garnacha. Te harán ganar buenos dineros.

—La de los sabañones no vale nada.

—Para hacer de criada, servirá.

—¿Por qué llevan esas ropas tan mugrientas?

—Se vieron obligadas a huir en cueros.

—Dirás en ropa de trabajo.

—Y un anacoreta les dio esos hábitos para que se tapasen.

Primitivo se pasó la mano por delante de la boca un par de veces, mientras nos miraba a Camila y a mí. Al fin, dijo:

—Ayer vinieron dos veces a registrar el campamento. Repartieron manguzadas y puñadas a quien les pareció. Preguntaban por dos monjas —añadió mirándonos a Camila y a mí.

—¿Tienen estas cara de monja?

—No, pero...

—¡Son putas, Primitivo, putas! ¡No hay más que verlas! Si las contratas harás un buen negocio. —A continuación, añadió en voz más baja—: La pelirroja es muy agraciada, y a su criada, en cuanto se le quiten los sabañones, se la verá apetecible. Además, está huyendo de su rufián, que ha jurado matarla por haberlo dejado plantado, y me ha dicho que está dispuesta a pagarte para que las dejes viajar con nosotros...

—¿Cuánto? —le interrumpió el Cicatero.

—Diez ducados —respondí.

Gayeira soltó una carcajada.

—¿Ves, Primitivo? Nunca es mal año de putas.

—¿Sabes interpretar? —me preguntó el Cicatero.

—Un poco.

—¿Y tu criada?

—No, pero puede aprender.

—Con que quiera enseñar, me conformo.

Y así fue como el Cicatero nos contrató, sin sueldo, naturalmente.

Torre Dorada del Real Alcázar de Madrid
Mediados de diciembre del año de 1636

El coche de Lorenzo Campeggi, nuncio de Su Santidad en el reino de España, se detuvo en la plaza del palacio, junto a las cocheras. El nuncio apartó la cortina y miró el Alcázar envuelto en sombras.

—Se ve muy tétrico de noche —murmuró. Y huele bastante mal.

—¿Queréis que os alumbre el camino, no vayáis a pisar algo inconveniente, excelencia reverendísima? —le preguntó el cochero.

—No, he de ir solo, Javier. No creo que tarde mucho. Espera aquí a que salga.

Tras ayudarle a bajar, el cochero le dio una de las linternas que colgaban a ambos lados del carruaje. Alumbrándose con ella el nuncio cruzó la plaza, sin apartar la vista del suelo. No se dirigió a la entrada principal del Alcázar, sino a la que estaba a la izquierda. La golpeó con los nudillos. Un servidor le franqueó la entrada al Alcázar.

—Su Majestad me espera.

—Lo sé, monseñor reverendísimo. En el Patio del Rey os aguarda un aposentador para conduciros a presencia de Su Majestad —contestó.

El nuncio buscó en el pasillo una puerta que saliera al Patio del Rey, que a esas horas estaba desierto.

«Lástima que esa cómica se haya escapado. Su colaboración

me hubiera sido muy útil. Le importa más al rey Felipe de lo que él está dispuesto a admitir. ¿A qué se debe si no hacerme venir al Alcázar a estas horas de la noche? Dicen que el hijo que tuvo con la cómica es muy avispado. Herencia materna, sin duda», pensó.

El aposentador lo condujo a la Torre Dorada. La luz que iluminaba el patio, pese a ser escasa, lograba arrancar algún que otro fulgor a los dorados balcones, veletas y bolas que decoraban la torre. El nuncio se detuvo en el piso donde se hallaba el despacho del monarca, pensando que la entrevista tendría lugar allí como en anteriores ocasiones. Pero el aposentador le indicó que continuara subiendo.

En el piso siguiente, el aposentador señaló una puerta, en cuyo dintel se leía: *Animi Medicamentum.* «Medicina para el alma», tradujo mentalmente Lorenzo Campeggi.

—Su Majestad os espera dentro, excelencia reverendísima.

Las paredes de la estancia estaban llenas de libros lujosamente encuadernados, que reposaban sobre estantes dorados. «Así que la medicina para el alma es una biblioteca», pensó Lorenzo Campeggi.

El rey leía un libro a la luz de un velón, con los pies apoyados en el canto de un enorme brasero de bronce con dibujos calados.

—Acercaos y tomad asiento frente a mí, excelencia.

El religioso, consciente de la deferencia que le hacía el soberano, se sentó en la silla que estaba al otro lado del brasero.

—¿Qué noticias me traéis de Valfermoso? ¿Ha profesado María Inés? ¿Le gustó la obra?

Tras unos instantes de silencio, el monarca insistió:

—¿No habéis oído mis preguntas, monseñor?

—Perdonad, Majestad, me había abstraído mirando el libro que leéis. Veo que os gusta la historia.

El monarca cerró el libro.

—¿Decid, ha profesado?

—Sí, Majestad. Aquí os traigo sus trenzas como me pedisteis. —Sacó de su bolso el pañuelo en el que estaban envueltas, y se lo dio.

El rey miró las trenzas en silencio. Luego, comenzó a deshacerlas con los dedos.

—¿Se representó *A secreto agravio, secreta venganza*, como os encargué?

—Todo se hizo siguiendo vuestras instrucciones, Majestad.

—¿Cómo reaccionó Marizápalos al ver la comedia? Perdón, quería decir María Inés Calderón.

El nuncio carraspeó.

—Al profesar, tomó el nombre de doña María de San Gabriel. La abadesa y las monjas quedaron embelesadas por la magnificencia de la representación.

—¿Qué dijo María Inés?

—Naturalmente le informé de que la comedia había sido costeada por vos.

—¿Se mostró disgustada?

—Ahora que lo decís, sí, mucho. Perder el favor de Vuestra Majestad ha debido de ser un duro golpe para ella.

—¡Bien merecido se lo tiene! —exclamó el monarca poniéndose en pie. Se sentó de inmediato, pues gustaba de mostrarse en público hierático, distante y altivo, sin que su semblante trasluciese emoción alguna.

«Parece que esa mujer saca de quicio al rey poeta, aunque sería más propio llamarlo rey bragueta», se dijo el nuncio. Y le dedicó al monarca una sonrisa beatífica.

—¿Qué os dijo María Inés de la obra?

Lorenzo Campeggi carraspeó. No podía retrasar más la noticia.

—No tuve ocasión de hablar con ella después de la representación. Y a la mañana siguiente, cuando fui a despedirme, no estaba.

—¿Cómo que no estaba?

—Se había escapado del monasterio.

El rey dejó caer al suelo las trenzas pelirrojas de Marizápalos.

—¿Cómo es posible?

—Alguien debió de ayudarla a escapar, Majestad. Mi consejo es que meditéis quién pudo ser. Me falta información.

El nuncio se puso en pie.

—Esperad, monseñor. ¿Enviasteis a alguien en su persecución?

—Sí, Majestad, a todos los mangas verdes disponibles, a la Inquisición e incluso a los vasallos de la abadesa. Pero no la encontraron. Como os dije antes, alguien la ayudó. Tampoco era la primera vez que se fugaba.

—¿No era la primera vez?

—No, Majestad. Se escapó del monasterio la misma noche de su llegada. El obispo de Sigüenza avisó a la Inquisición y fueron sus esbirros quienes la encontraron. El obispo y yo la llevamos de vuelta a Valfermoso, pero después de profesar volvió a escaparse.

—¡Ordené que se la retuviera allí encerrada!

—Eso me dijo el obispo. En fin, contad con mi colaboración para lo que sea menester, Majestad.

—Así lo haré. He recibido sobradas pruebas de vuestra... ¿Podríamos llamarla «eficiencia», monseñor?

El nuncio, como buen diplomático, ignoró la puya.

—¿Deseáis algo más, Majestad?

—Podéis retiraros, monseñor. Id con Dios.

—Que Él guarde a Su Serenísima Majestad muchos años.

Una vez que hubo traspuesto la puerta de la biblioteca, Lorenzo Campeggi sonrió.

«De una forma u otra he de conseguir que mi estancia en esta corte sea provechosa. Esta intriga podría ayudarme, siempre que María Inés aparezca, claro.»

Monasterio de Valfermoso de las Monjas
Estancia de la abadesa doña María de San Gabriel
Año de 1646

Además de la coima de diez ducados que le había dado al Cicatero para que nos admitiese a Camila y a mí en la garnacha, Gayeira le ofreció otros tres más para que nos dejara viajar en la carreta. Ni que decir tiene que Primitivo aceptó, cosa que agradecí, pues, por aquellos días, vomitaba con frecuencia y me sentía débil. Para que no sospecharan que estaba preñada, atribuía los vómitos a un mal de estómago.

Dado el hábito que tenía de estudiar, tardé pocos días en aprender el papel de la protagonista de *La hermosa fea*. Para mi sorpresa, en los ensayos descubrí que mi forma de interpretar no gustaba al Cicatero.

—¡Grita más, o harás que el público se duerma! ¡Y anda con más prosopopeya y empaque, que no pareces una dama! —me reprochaba; él, que solo había tratado con mulas.

—¡Los versos ni siquiera riman! —protesté en una ocasión.

—¡Qué vas a saber tú! ¡Son rimas «asinantes»!

—¿De asno?

—No, de Lope de Vega. ¡Que no sabrás ni quién es!

Gayeira me hizo un gesto para que me contuviese.

—No...

—Fue un poeta de mucha fama, que murió el año pasado.

Así que recita como Dios manda, aunque solo sea por honrarle. ¡Y menéate más, que parece que estás pintada!

En cambio, Camila, que ya había tenido ocasión de lavarse, gustó a Primitivo desde el primer día que se subió al tablón. Aunque no sabía leer, había aprendido con rapidez los versos, gracias a que Gayeira se los repetía con una paciencia loable. Y los recitó con mucho garbo. Tenía tal talento innato para hacer de «graciosa» que me dejó atónita. También debió de ayudarle la dedicación de Gayeira en intensos ensayos en privado. La joven caminaba ahora con esa luz en la mirada de los que han descubierto una cualidad cuya existencia no sospechaban.

El mismo Primitivo parecía más joven.

Como aún no nos había crecido el pelo, hubimos de ponernos unas pelucas que no estaban limpias del todo. Los picores no me abandonaron en todo el tiempo que usé la mía. Rezaba cada noche, sin dejar de rascarme, rogando que me creciese pronto el cabello.

Días después, estrenamos *La hermosa fea* en el atrio de la iglesia de Padilla. Para sorpresa de Primitivo, mi voz, mi porte y la verdad con que recitaba los versos subyugaron al público. Después del entremés, canté y bailé la canción de la Marizápalos, que tan famosa me había hecho en Madrid, y los espectadores rugieron de entusiasmo.

El Cicatero se rascaba la cabeza sin salir de su asombro.

Como quería estar a bien con él, en cuanto terminó la función, fui a su encuentro y le dije:

—Nunca habría logrado este éxito de no haber sido por vuestra sabia dirección, don Primitivo.

Recibió el halago con una sonrisa que no le cabía en la cara.

—Llevo muchos años en este oficio.

—Y tenéis mucho talento para dirigir.

—Me alegra que te hayas dado cuenta. Siento haberte maltratado en los ensayos.

—Con razón. ¡Y os estaré siempre inmensamente agradecida por lo mucho que me habéis enseñado!

—Ahora podrás cambiar tu oficio por el de cómica, si así lo deseas.

—Podría ser; aunque las putas ganan más.

El Cicatero soltó una carcajada. A estas alturas, me lo había ganado.

—Cuando vayas a Madrid, te percatarás de que mi garnacha es mejor que muchas compañías de título.

—No me cabe duda. He aprendido mucho trabajando en ella.

En parte era cierto. Antes, atribuía a mi belleza y a los ricos vestidos que sacaba a escena gran parte de mi éxito. Durante las representaciones con la garnacha, fui consciente de que era mi talento interpretativo, no mi físico, lo que encandilaba al público. Porque, con aquella espantosa peluca, ¡debía de tener un aspecto horrible!

Pronto se corrió la voz de mi buen hacer en el escenario, y de la gracia de Camila. Y nos salieron representaciones de *La hermosa fea* en los pueblos y ventas de los alrededores.

Primitivo le pidió a Camila que se aprendiese los tres entremeses que llevaba en su repertorio, y que se repintase los sabañones con colorete, pues hacían reír mucho al público.

Después de representar en Jadraque, retrocedimos hasta Espinosa de Henares y luego bajamos a Brihuega. Ni que decir tiene que Primitivo atribuía el éxito a su talento como director. Y hacía planes para el futuro. Gayeira no desaprovechaba la ocasión de usar la retranca y, no con buena fe, le decía:

—Don Primitivo, ojalá ganemos mucho dinerito para que podáis montar una buena compañía.

—Así es. A no mucho tardar, formaré una compañía de título o real. Y representaré obras de Lope, de Calderón, de Guillén de Castro, de Tirso de Molina...

—¿Vas a contratar comedias a esos poetas tan caros? —le preguntó Gayeira socarrón.

—Hombre, para eso están los memorillas. Tampoco es cosa de tirar el dinero.

—Claro. Habiendo talento para no pagar —murmuré yo sin que me oyera.

A la semana siguiente, el Cicatero nos dijo entusiasmado que le habían contratado para representar nada menos que en el crucero de la catedral de Sigüenza, la plaza más importante de la comarca.

—¿Cuándo? —pregunté inquieta, pues el obispo que me había consagrado tenía sus diócesis en Sigüenza.

—Mañana.

Al día siguiente, poco antes de que comenzara la representación, vi que las autoridades eclesiásticas se estaban acomodando en los bancos de la primera fila y temí que el obispo o alguien de su séquito pudieran reconocerme. Así que busqué al Cicatero, y le dije:

—No voy a poder hacer la función porque se me ha agravado el mal de estómago y no paro de vomitar.

—Si fueras de este oficio, sabrías que las funciones no se suspenden más que por muerte justificada. Así que aguántate las náuseas y sal a escena.

Agarré a Primitivo del jubón y le vomité encima, no una sino dos veces, pues en aquellos primeros meses de preñez tenía mucha facilidad para ello. Naturalmente, me deshice en disculpas al tiempo que le limpiaba la barba y el jubón con mi pañuelo.

El Cicatero, convencido de que no podía actuar, decidió a toda prisa que la garnacha representara *Marta la piadosa*.

—Si a las monjitas de Valfermoso les gustó, seguro que a los curas de Sigüenza también. Y hasta puede que más que *La hermosa fea*, porque los decorados de Marta son espléndidos.

—¡Y tanto! ¿Te los regalaron en Jauja?

—Déjate de sarcasmos, Gayeira, y vístete de Marta, que falta poco para que empiece la función.

—¿Puedo ir con María Inés para cuidarla? —preguntó Camila.

—No, aunque no tengas papel en esa obra, te quedarás detrás de los paños para ayudarnos a sacar las cosas a escena. ¡Y a recogerlas cuando acabe la función!

Regresé andando al campamento de la garnacha, que como mandan las ordenanzas, habíamos montado a una legua de distancia de Sigüenza. Cuatro horas después, aparecieron Camila y Gayeira sudorosos y jadeando.

—¿Qué ocurre? —les pregunté.

Camila me contó que, después de la representación, se le acercó un hombre, que dijo ser el criado del obispo, y le preguntó por mí.

—Fingí no saber de qué me hablaba, pero estoy segura de que me reconoció. Así que, en cuanto se fue, corrí a la taberna que hay en la Plazuela de la Cárcel donde estaban reunidos los cómicos hablando de sí mismos. Se lo conté todo a Gayeira y vinimos de inmediato a...

—Ya se lo contarás luego con más detalle —la interrumpió Gayeira—. Ahora, vámonos, ¡deprisa!

—¿Adónde? —pregunté desalentada.

Gayeira frunció el ceño pensativo.

—En Aragón no dejan entrar a los mangas verdes.

—Pero sí a la Inquisición.

—En cualquier caso, si conseguimos llegar a Aragón habremos dejado atrás a la mitad de tus perseguidores.

—No será fácil, mandarán gente a vigilar los caminos.

—Viajaremos por lugares deshabitados. De joven, cuando trabajaba en la gangarilla* del cojo Mordete transité mucho por esa zona y la conozco bien.

Abandonamos el campamento con tanta precipitación que solo cogí el hatillo donde guardaba el vestido de seda y mis joyas.

No paramos de caminar hasta que, al anochecer, llegamos a una villa llamada Saúca, donde nos vendieron pan, queso y cebollas, que devoramos con ansia, pues no habíamos cogido ni un mendrugo de pan con el que quitarnos el hambre.

Cuando acabamos de cenar, le rogué a Gayeira que comprara una mula para que yo viajase con más comodidad.

—No me parece prudente malgastar los dineros que me dio Jusepa en una mula, cuando puedes ir a pie como nosotros.

—Págala entonces con las perlas que me quitaste.

* Compañía ambulante compuesta por tres o cuatro cómicos y un mancebo que interpretaba los papeles femeninos.

—Se las di al Cicatero para que accediera a volver a Madrid, una vez que concluyéramos las representaciones en la Alcarria.

—Ayer mismo, Primitivo me comentó que iríamos a Valencia.

—Mintió para no tener que indemnizar a los cómicos por acabar la temporada antes de lo acordado.

A Primitivo nunca se le pasaría por la cabeza indemnizar a nadie, y menos a sus cómicos. Pero me callé por no discutir.

A la salida de Saúca había una pequeña venta y acordamos pasar la noche en ella. Como no tenían habitaciones, tuvimos que dormir en la cuadra, entre las mulas. El embarazo me producía muchas náuseas y, a media noche, me levanté a vomitar.

—El olor a estiércol me provoca náuseas —le dije.

—Es lo que tiene no estar acostumbrada a codearse con bestias, salvo que sean de la real cuadra —ironizó Gayeira.

—Desde luego no me he codeado nunca con ninguna de tu calaña —repliqué molesta.

Cuando Camila y Gayeira volvieron a coger el sueño, fui a la cocina y desperté a la mujer del ventero, que dormía en un catre arrimada al fuego, porque hacía un frío espantoso. Aunque valían mucho más, le ofrecí los naipes de plata que me había regalado Ramiro a cambio de una mula. Como es natural, ella aceptó encantada.

—¿Tendrías también un parasol? —le pregunté.

Cambié un viejo parasol por un pijante de oro. Era un trueque desproporcionado, pero no me resignaba a que se me ennegreciese la piel como a una campesina.

Gayeira se enfadó al enterarse.

—¡Has sido una insensata! Esos canjes podrían poner a tus perseguidores tras nuestra pista.

No hice caso. Estaba harta de discutir con él y con Camila, que cada vez se ponía más de su parte.

Tras comprar provisiones para varios días, abandonamos Saúca. Ellos a pie, y yo a lomos de la mula. Recorrimos muchas leguas sin tropezarnos con una sola venta o casa. Lo que nos obligaba a dormir al aire libre, al abrigo de las hogueras que encendíamos para evitar morir de frío. La quinta noche, encontramos una paridera infestada de piojos, garrapatas y pulgas. Y pasamos allí la Nochebuena del año de 1636. La más triste de mi vida...

La abadesa enmudeció. Fray Matías vio que tenía los ojos encharcados.

—No deberíais recrearos en vuestros sufrimientos pasados, reverenda madre, sino aceptarlos como un castigo a cuenta de la redención de vuestros pecados.

La religiosa estuvo a punto de contestar un exabrupto, pero se limitó a resoplar.

—Creo que deberíamos dejarlo por hoy —contestó.

El fraile limpió la pluma en la salvadera.

—Como gustéis, aunque, con vuestra venia, he de advertiros que el tiempo se nos acaba y deberíamos hacer jornadas más largas si queremos acabar el relato.

—Hablaremos de eso mañana. Podéis retiraros.

MOLINA DE ARAGÓN
Enero del año de 1637

Al amanecer del cuarto día, llegamos a Molina de Aragón, una población bañada por el río Gallo y coronada por un magnífico castillo.

Con gusto hubiéramos pasado de largo, pero se nos habían acabado las provisiones y necesitábamos comprar más. Era día de mercado y, desde la distancia, vimos una fila de campesinos cargados con cestas que esperaban a que les abrieran la puerta de la ciudad.

Gayeira dijo:

—Sería mejor que entrásemos por separado.

—¿Por qué?

—Podrían haber mandado aviso para que nos detuvieran en la puerta. Hemos dado un gran rodeo para evitar los lugares poblados, y han tenido tiempo de sobra para enviar un emisario.

Acordamos que Camila y él entraran juntos, fingiendo ser un matrimonio, y que, una hora más tarde, lo hiciese yo a lomos de la mula.

—Si los guardias de la puerta te preguntaran, diles que tu marido tiene un puesto de embutidos en el mercado, y le llevas la mula para cargar de vuelta lo que no haya vendido —me dijo Gayeira.

—¿Dónde me reuniré con vosotros?

—En la iglesia de San Gil, a mediodía.

—No conozco la ciudad.

—Cualquiera te dirá dónde está; es muy conocida. Si no vemos nada sospechoso, iremos a comer a un figón que conozco en el que hacen un morteruelo muy gustoso.

Una hora después, me adentré en la ciudad a lomos de la mula, sin que los guardias mostrasen ningún interés por mí. Descabalgué junto al río, para que mi caballería pudiera alimentarse de la hierba fresca que crecía en la ribera.

Junto a un puente muy antiguo, una lavandera restregaba la ropa en una piedra, y me acerqué a hablar con ella para hacer tiempo hasta que llegara la hora de reunirme con Gayeira y Camila.

—¿Cómo se llama este río? —le pregunté.

—Gallo, y yo, Soledad Fernández, para serviros.

—Mi nombre es Daniela del Pino —mentí—. ¿Hay algún platero en la ciudad?

—Sí, uno muy cerca de aquí, al otro lado del Puente Viejo.

Parecía una buena mujer y le pedí que cuidara de la mula mientras iba a la tienda del platero. Tenía intención de vender las alhajas que me quedaban, pues iba a necesitar dinero.

El platero fue muy amable, pero por más que regateé, solo logré sacarle por las joyas menos de un tercio de su valor. Aun así, consideré que sería suficiente para lo que me proponía y guardé la bolsa en el fondo de la faltriquera, bajo la saya.

Las pulgas, garrapatas y piojos que había cogido en la paridera me atormentaban de tal modo que, cuando regresé a recoger a la mula, me metí hasta las pantorrillas en el río para librarme de los parásitos que me asaeteaban las piernas. El agua estaba helada y salí de inmediato temblando.

—Yo podría proporcionaros un baño de agua caliente —dijo la lavandera.

Su proposición me sorprendió porque el de bañarse no es hábito muy extendido entre los cristianos.

Como si hubiese adivinado mi pensamiento, la lavandera añadió:

—El concejo de Molina me ha dado permiso para ofrecer baños en mi casa, siempre que sean con fines medicinales.

—¿Ah, sí?

—Mis baños curan llagas, purulencias, libran de parásitos...

—¿Cuánto me costaría?

—Veinte maravedíes, y os lavaría también la ropa. En el sótano de mi casa hay una mikvé,* que mis antepasadas usaban para purificarse. —Mis sospechas de que se trataba de una conversa se confirmaron—. Pero desde que se convirtieron a la verdadera fe, la utilizamos para almacenar agua.

—No sé dónde dejar la mula.

—Tengo cuadra en casa, la guardaremos en ella.

Cuando vi el arco que daba entrada a la morada de la lavandera y el patio porticado, alrededor del cual se distribuían las habitaciones, comprendí que había sido en otros tiempos una mansión. Pero ahora había por doquier vigas caídas, muebles rotos, y de las paredes desconchadas no colgaba ni un solo tapiz.

Después de acomodar la mula en la cuadra, Soledad me condujo a la cocina, caldeada por una amplia chimenea, lo que era muy de agradecer en aquella ciudad tan fría.

Tras hacerme sentar en un taburete junto a la lumbre, me empapó la cabeza con vinagre caliente y, después, la envolvió en un paño.

—Tendrás que tenerla envuelta el tiempo de rezar un rosario para matar los piojos.

Me pidió que la ayudara a arrastrar un enorme barreño hasta la chimenea.

---

* Aljibe donde los judíos hacían sus baños de purificación.

—Así no pasaréis frío mientras os bañáis —dijo.

Vació en el barreño el caldero de agua que hervía sobre el fuego sostenido por los llares.

—Esperad aquí mientras bajo a la mikvé a coger agua fría.

Tenía curiosidad por conocer cómo era, y le pregunté si podía acompañarla, a lo que accedió. Tras descender por una escalera de piedra con un balde cada una, desembocamos en un aljibe subterráneo de forma rectangular. Soledad llenó los cubos. De vuelta en la cocina, vació uno en el barreño y llenó con el otro el caldero, que volvió a colgar sobre la lumbre.

—Así tendremos agua caliente para cuando se enfríe la del baño —me explicó.

Tras echar en el agua unos puñados de hierba luisa, tomillo, romero y otras hierbas aromáticas, dijo:

—Ya podéis meteros.

Después de tres meses sin bañarme, sentí un placer inmenso al sumergirme en aquel líquido cálido y perfumado. A buen seguro algo de razón tienen los que tildan de lujuriosos este tipo de placeres.

—No había disfrutado así desde que fui a los Baños del Cura.

—¿Pertenecen a un cura? —se extrañó Soledad.

—No, a un italiano llamado Domingo Lapuente. Los abrió hace siete años, en la calle de los Jardines de Madrid. Y toda la corte los frecuenta.

—¿Esos baños son para recrearse? —preguntó al tiempo que me frotaba con esparto la espalda.

Me reí.

—Oficialmente solo se autorizan para el alivio de achaques y enfermedades. Yo tuve que conseguir una carta de mi médico para que me permitieran entrar. ¡Como toda la corte! ¡Hecha la ley, inventada la malicia!

—Ya me parecía a mí.

Soledad vació el caldero de agua, que ya se había calentado, en el barreño y me dejó sola para que me relajase. Y bien que lo hice, porque me dormí.

Al cabo de una hora me despertó.

—Deberíais salir u os enfriaréis.

—Este baño me ha proporcionado mucho sosiego.

—Digan lo que digan, del baño se saca más provecho que daño.

—¡Eso creo yo! ¿Sabías que el rey Alfonso VI mandó cerrar los baños de Toledo para que sus hombres no se afeminasen?

—Muchos bobos nacen, pero son más los que se hacen —rio Soledad.

Me acercó una toalla de lienzo y, una vez que estuve seca, me masajeó el cuerpo y el cabello con aceite de lavanda.

—Sirve para ahuyentar a los piojos y garrapatas.

Tan satisfecha quedé del baño y el tratamiento, que le entregué a Soledad un real de plata, en vez de los veinte maravedíes acordados.

—Voy a lavar vuestra ropa ahora mismo para que no volváis a infestaros de pulgas y piojos.

—No puedo esperar. He quedado con mi marido a mediodía, y ya pasa de esa hora.

—Os prestaré algunas prendas mías, que me devolveréis cuando vengáis a buscar vuestra ropa.

—¿Y si no se seca a tiempo?

—Descuidad, la pondré a secar al fuego y esta tarde estará lista.

Soledad me facilitó camisa y medias, saya y corpiño y un grueso manto de estameña, todos ellos zurcidos, pero limpios.

Llegué a eso de la una a la iglesia de San Gil, en cuya puerta me esperaba Gayeira con gesto huraño.

—¿Por qué te has demorado tanto? —me preguntó con acritud.

—Estuve tomando un baño; las pulgas y los piojos me tenían martirizada.

—¡Y por esa menudencia te has retrasado, vive Dios! —dijo cogiéndome del brazo.

Me solté.

—¿Se puede saber por qué criticas todo cuanto hago?

Tras mirar a un lado y a otro, Gayeira masculló:

—¡Tenemos que salir de la ciudad cuanto antes!

—¿Qué ocurre?

Señaló hacia el templo.

—Dentro te lo contaré —masculló.

La iglesia estaba vacía. Solo había una anciana en los bancos delanteros y Camila, que estaba arrodillada en uno de los últimos.

Gabino se paró en la pila y me ofreció agua bendita.

—Después de comprar las provisiones —siseó—, dejé a Camila en la iglesia y fui a la taberna del Ros...

—¿A quitarte la sed con vino?

No podía evitar ser sarcástica con Gayeira.

—A averiguar si habían mandado a alguien a perseguirnos. Un hombre, ataviado con un rico capote galán de grueso paño entró detrás de mí. Pregunté al tabernero quién era, y me contestó que el secretario del cabildo. Le invité a beber para sonsacarle si había alguna orden de búsqueda contra nosotros. A la sexta ronda, fingiéndome ebrio...

—No te habrá hecho falta fingir mucho.

—Le dije: «Soy un familiar del Santo Oficio y he venido a Molina en busca de dos monjas».

»—¡Qué casualidad! —me contestó—. Precisamente esta mañana hemos recibido una carta de Sigüenza en la que nos piden que las prendamos.

»—¿Han llegado ya esas monjas a Molina?

»—Lo ignoro. Si queréis, podéis acompañarme a la puerta de la ciudad a preguntar. Si no han llegado, daré instrucciones para que las apresen en cuanto intenten entrar o salir de la ciudad.

»—Me placerá mucho acompañaros, pero antes he de hacer un recado urgente, que no me llevará más de una hora. Os ruego que me esperéis aquí hasta que vuelva.

»—No puedo entretenerme tanto.

»—Es importante que vayamos juntos porque tengo datos que ayudarán a identificar a las fugitivas. Os pagaré el vino que bebáis hasta que regrese.

Abandonamos aprisa y corriendo Molina de Aragón. Sentí

no haberle devuelto su ropa a Soledad, la lavandera; aunque me consoló pensar que la mula la compensaría con creces.

CELLA

Al poco de salir de Molina de Aragón, nos internamos en una sierra bellísima, de tierras rojizas y bastante vegetación.

Cargábamos tres mochilas con los víveres que Camila y Gayeira habían comprado en esa ciudad y que esperábamos fueran suficientes para los cinco o seis días que, calculaba Gabino, tardaríamos en llegar a Valencia. Y así hubiera sido de haber circulado por los caminos reales o los de herradura. Pero lo hacíamos por senderos de pastores, que nos obligaban a dar rodeos interminables y con frecuencia nos perdíamos.

Pese a que hacíamos jornadas de muchas horas, sin apenas descansar, el viaje se prolongó más de lo esperado. El leve momento de voluptuosidad que había supuesto el baño ya estaba olvidado, y volví a sufrir el agotamiento, el miedo, los piojos, el hambre y las miserias que nos acompañaron durante aquella interminable huida.

Al séptimo día nos quedamos sin provisiones, y Gayeira decidió volver al camino a buscar un pueblo en el que comprar víveres.

A la mañana siguiente, divisamos un canal que Gabino dijo era un acueducto construido por los romanos. Lo seguimos hasta que desapareció bajo tierra. Pero continuamos por el mismo camino, hasta que divisamos un pueblo. Gayeira nos dijo a Camila y a mí que esperáramos ocultas en una acequia, mientras él iba a comprar provisiones.

Según nos contó después Gayeira, al poco de dejarnos, se encontró con un fraile dominico, que le comentó que se dirigía a Cella. Gayeira le preguntó si ese pueblo pertenecía a Aragón, porque en ese reino los mangas verdes no tienen autoridad y nos veríamos libres de una parte de nuestros perseguidores.

—Así es —contestó el dominico—. ¿Conocéis ese pueblo?

—No, pero he oído hablar de él.

—Es muy antiguo, y yo le profeso particular afecto, pues hace más de cien años dio cobijo a Pedro de Arbués, que pertenecía al Santo Oficio, como yo.

Al ver que se trataba de un inquisidor, a Gayeira le dio un vuelco el corazón, pero logró mantener la serenidad y le preguntó:

—¿Y qué os trae a Cella?

—Me han encargado que entregue la orden de capturar a dos monjas y a un cómico.

—Al cómico, puedo entenderlo, pero a las monjas, ¿por qué?

—No me está permitido hablar de ello. ¿Tanto os interesa?

—Olvidadlo. Era simple curiosidad. Por entretener el trayecto.

En cuanto vio ocasión de separarse del inquisidor, Gayeira regresó a todo correr a la acequia donde lo esperábamos sin haber comprado los víveres.

Teruel estaba solo a unas cinco leguas de distancia de Cella. Así que, desfallecidos de hambre, nos dirigimos a esa ciudad monte a través. Gayeira, como comicastro veterano que era, estaba hecho a pasar hambre y miseria, pero no era mi caso. La mala suerte, que nunca viene sola, hizo que nos perdiéramos y las cinco leguas se convirtieron en ocho o nueve.

Camila y yo masticábamos juncos y otros hierbajos que arrancábamos por el monte. Después de muchas vueltas, decidimos tomar el camino real, porque de otro modo pereceríamos de hambre. A mediodía, tuvimos la suerte de toparnos con un matrimonio de granjeros que empujaba una carretilla con embutidos para vender en el mercado de Teruel. Les compramos huevos, chorizos y tocino. Cocinamos con ellos, al borde del camino, unos «duelos y quebrantos» que nos supieron a gloria.

TERUEL

El sol declinaba cuando, ateridos de frío, entramos en Teruel por el portal de Zaragoza. Nada más traspasar la muralla, vimos el cartel de una posada que decía llamarse Del Rincón y decidimos alojarnos en ella, pues el frío y el cansancio nos tenían lacerados. Junto al portalón de entrada a la posada, una mocita de unos doce años, piel oscura y cabellos rizados, pelaba un pichón sentada en una banqueta.

—¿Buscan vuestras mercedes alojamiento? —nos preguntó. Su voz era cantarina y su mirada, vivaz.

—Sí, necesitamos cama y lumbre —respondió Gayeira, frotándose las manos bajo la capa—. ¿Es tu padre el dueño?

—No, se llama Agustín Cegarra y es mi amo. Os llevaré con él.

Al traspasar el portalón, vimos un patio enorme con el suelo de cantos rodados al que daban varias puertas. Por el rastro de excrementos, dedujimos cuál era la de la cuadra. Pero lo que nos llamó la atención a los tres fue la algarabía de risas, cantos y música que salía de la otra, situada al lado de esta.

—Parece que hay fiesta ahí dentro —dijo Gayeira.

—Sí —contestó la mozuela—. Esta tarde han llegado de Valencia unos músicos moriscos y dos bailarinas. Y están tocando y bailando xhotas.

—¿Qué son xhotas? —pregunté temblando de frío.

—Unos cantos y danzas de muchos saltos y zarandeo, que mi amo dice animan a los huéspedes a beber, a jugar y a no sé qué más.

—¡A fornicar! —concluyó Gayeira, e hizo un guiño a las dos rameras apoyadas en la pared. Una de ellas putañona, y la otra, joven—. Veo que tu amo no descuida ninguna rama del negocio.

—Él siempre dice que el dinero no tiene «pero» —contestó la mozuela con picardía.

Me irritó que Gayeira se detuviese en mitad del patio, pues creí que lo hacía para cortejar a las rameras. Pero por lo que preguntó a la niña, vi que estaba equivocada:

—¿Nunca se le ha ocurrido a tu amo contratar una función de teatro? Este patio es adecuado para representar.

—El año pasado estuvo a punto de hacerlo, pero los cómicos querían cobrar la manutención por adelantado, y desistió. Es muy sentimental.

—Querrás decir avaro.

—El dinero es su único amor verdadero y no quiere separarse de él.

La agudeza de la joven nos hizo soltar una carcajada.

—¿Cómo te llamas? —le pregunté.

—Aurora Pardiñas.

—¡Pues llévanos dentro, Aurorilla, que nos estamos helando!

La criadita nos hizo entrar a la estancia de donde procedía la música, que estaba al otro lado del patio. En la pared derecha, ardía una chimenea enorme con bancos a los lados. Y sobre un tablado, apoyado en la pared izquierda, estaban los músicos que habíamos oído desde el patio. Delante de ellos bailaban dos moriscas acompañándose de panderetas, castañuelas y cascabeles de tobillo. El resto del espacio, que era muy amplio, estaba ocupado por mesas con bancos corridos, donde los huéspedes bebían o jugaban a los naipes, aunque sin perder de vista los libidinosos movimientos de las bailarinas.

—Maese Agustín ha debido de bajar a la bodega. Iré a buscarlo.

La niña desapareció por una puerta que había cerca de la chimenea.

Camila se acercó al tablado a mirar a las bailarinas, fascinada por sus gráciles movimientos. Gayeira fijó su atención en una mesa en la que se jugaba a los naipes.

—Después de cenar, echaré unas manitas —dijo.

—¿Quieres que te desplumen? —le pregunté.

—¡Qué me van a desplumar! ¿No ves que son arrieros? Esos solo practican juegos de sangría, en los que se gana y se pierde de poco en poco.

—Sé lo que son los juegos de sangría, Gayeira, y tú deberías saber que los tahúres se disfrazan de gañanes para engañar a los incautos. Estás avisado.

En esto, concluyó la xhota y los músicos atacaron una zarabanda.

—«Zarabanda ven aventura, Zarabanda ven y dura» —cantó uno de ellos.

Los lúbricos meneos de las bailarinas, que se frotaban barriga con barriga, enfervorecieron a los huéspedes, que aullaron como posesos.

Camila regresó a nuestro lado.

—Esa danza es muy pecaminosa —masculló.

—¿Qué interés tendría si no? —replicó Gayeira

En medio de la algarabía no habíamos oído que alguien se acercaba a nosotros por detrás.

—Soy Agustín Cegarra, el propietario del Mesón del Rincón. ¿Van sus señorías a alquilar una cama o prefieren dormir en la cuadra? —Era un hombre grueso, de sonrisa meliflua, que no paraba de secarse las manos en el mandil.

—En la cuadra —se apresuró a contestar Gayeira, que elegía siempre lo más barato, costara lo que costase; nunca supe si por administrar bien el dinero que le había dado Jusepa o porque tenía pensado quedarse con el que sobrase.

—Tú duerme en la cuadra con quien quieras, pero yo alquilaré a mi costa una habitación para Camila y para mí.

El mesonero echó un vistazo a las remendadas ropas de lavandera que yo llevaba puestas.

—La habitación se paga por adelantado.

—¿Cuánto cuesta?

—Doce reales.

—¿Tanto?

—Es la última que me queda. Si no os decidís a cogerla, se la daré a un arriero que acaba de llegar.

Era un abuso, pero después de tantos días de dormir en el campo estaba ansiosa por hacerlo en una cama; así que saqué de debajo de la basquiña la bolsa donde llevaba los dineros que el platero de Molina de Aragón me había dado por mis joyas.

—Tomad, ahí van vuestros doce reales.

—El vil correo lleva buen dinero —dijo el mesonero aludiendo a mis humildes ropas, que no se correspondían con mi abultada bolsa.

—Cambiarás de mesón, pero no de ladrón —repliqué.

Después de soltar una carcajada, maese Agustín dijo:

—Cuando subáis al dormitorio, comprobaréis que bien vale los doce reales que habéis pagado. Tiene una cama tan amplia que caben incluso tres.

Gayeira, que no quería desaprovechar la ocasión de dormir en blando, dijo:

—No sería ningún desdoro que durmiéramos juntos, pues somos hermanos.

—Ya notaba yo cierto parecido —dijo sarcástico—. Procurad que no parezca incesto.

Como no me gustaba aquel derrotero, por cambiar de tema, pregunté:

—¿Podrías prepararnos la cena?

—Este mesón solo está autorizado a vender vino. Así que, si vuestras mercedes desean que les cocine algo, han de salir a comprarlo a la tienda de al lado.

Mientras Gayeira iba a por las viandas, maese Agustín nos ofreció a Camila y a mí que nos sentáramos en los bancos de la chimenea, junto a su familia, a lo que accedimos gustosas, ya que estábamos muertas de frío. Su mujer hizo esfuerzos ímprobos para sonsacarnos de dónde veníamos y adónde nos dirigíamos, pero no soltamos prenda.

Gayeira regresó con un queso y una hogaza de pan, que según nos contó había comprado a precio de oro en la tienda de al lado, que, ¡oh, casualidad!, regentaba la hija de maese Agustín.

—¿Cuánto vino queréis para acompañar la cena? —preguntó el mesonero.

—¿Nos podríais preparar una sopa de vino bien caliente? —respondió Gayeira, soplándose los dedos para que le entraran en calor.

—¿Con cuánto vino?

—Con dos azumbres y medio.

—Va a ser mucho.

—Usad lo que sea menester para la sopa, que el resto ya nos lo beberemos.

Imaginé que Gayeira quería emborracharnos a Camila y a mí. Y, sospechando la razón, tomé la determinación de evitarlo.

La sopa de vino estaba deliciosa, y tomé dos cuencos. Luego, bebí medio cuartillo para acompañar el pan con queso, que pusimos a derretir a la lumbre. Aturdida, que no borracha, decidí irme a la cama.

Dejé a Gayeira jugando a las cartas y a Camila viendo bailar a las moriscas, y fui en busca del posadero para que me dijera cuál era nuestra habitación. En la cocina hallé a su mujer fregando los platos con un estropajo de esparto y cenizas. A su lado, Aurora, la criadita, los aclaraba en un barreño de barro.

—¿Podéis decirme cuál es mi habitación? —le pregunté.

—Eso es cosa de mi marido. Preguntádselo a él. Está ahí al lado, en la bodega. —Señaló una puertecilla que quedaba a la derecha.

Estaba entornada y, cuando la empujé, sorprendí a maese Agustín Cegarra echando un líquido al vino, que imaginé era agua.

—Veo que imitáis el milagro de Nuestro Señor Jesucristo, pero al revés —me mofé.

Tras el correspondiente sobresalto, el mesonero respondió con aplomo:

—Este vino es de tan buena calidad, que he de aligerarlo para evitar que los huéspedes se embriaguen. ¿Qué se os ofrece?

—Quiero que me indiquéis dónde está mi alcoba.

Maese Agustín gritó:

—Auroraaa.

La mozuela acudió de inmediato.

—Coge un candil y acompaña a esta señora al mejor cuarto del mesón.

—¿Cuál?

—El del rellano del primer piso. Antes mete unas ascuas en el calientacamas, para caldearle las sábanas.

—Gracias —dije complacida, pues hacía mucho frío, y me barruntaba que la cama estaría helada.

—En este mesón cuidamos bien de los huéspedes.

—Según les cobráis, no me extraña.

—No os quejéis, señora. Tomad esta jarra de vino y disfrutadla con vuestros amigos mientras Aurorilla llena de brasas el calientacamas.

La jarra contenía al menos dos azumbres de vino y, pensando que era un truco para exprimirnos, pregunté al posadero:

—¿Cuánto nos vas a cobrar por la jarra?

—Nada: es un regalo de la casa.

Volví con Gayeira y Camila y degusté con ellos un vaso del vino que nos había regalado el mesonero. Aurorilla tardó menos de quince minutos en ir a buscarme.

Me condujo por una escalera muy empinada hasta el rellano del primer piso, de donde partía un pasillo con seis puertas. La criadita metió la llave y abrió la que quedaba frente a la escalera.

Del «mejor cuarto del mesón», como había dicho el posadero, salió un tufo a ganado que tiraba de espaldas. Mientras Aurorilla, la criadita, pasaba el calientacamas por las sábanas, abrí la ventana. Como sospechaba, daba a la pocilga.

—Así que este es el mejor cuarto del mesón.

—El amo dice que sí, porque se puede vaciar el orinal directamente desde la ventana.

—¡Qué comodidad, vive Dios!

—Y por eso maese Agustín pone este cuarto más caro.

Iba a contestar con un improperio, cuando me fijé en la enorme cruz que había colgada en la pared encima de la cama.

—¿Esa cruz la ha puesto aquí tu amo para crucificar a los huéspedes que no paguen?

—No, señora, la puso para honrar la memoria de los que perecieron en esa cama, devorados por las chinches.

Solté una carcajada a cuenta de la agudeza de la criadita, y le di medio real de propina.

—Buenas noches os dé Dios, señora —dijo al tiempo que me hacía una graciosa reverencia.

Tras quedarme en camisa, me metí en el lecho, que, gracias al calientacamas, encontré agradable. Enseguida me dormí. Pero un rato después, me despertó un intenso picor en las piernas, los muslos y las manos, es decir, las partes de mi cuerpo que quedaban fuera de la camisa. Al apartar las mantas, vi en las sábanas minúsculas manchas oscuras, como de sangre. Enfurecida, me vestí y bajé a exigir al ventero que me cambiara de habitación porque aquella estaba infestada de chinches. A mitad de la escalera, noté un vahído, y tuve que agarrarme al pasamano para no caerme. Sorprendí a maese Agustín junto a la puerta de la cuadra, quitándole a Aurora la propina que yo le había dado un rato antes. Iba a protestar, pero la cabeza me empezó a dar vueltas y todo se oscureció.

Me desperté de amanecida en la cuadra, entre las dos rameras que ejercían en el patio la tarde anterior. La putañona roncaba como un pollino acatarrado sobre mi brazo derecho, y la joven ninfa del toma y daca dormía a mi izquierda, despatarrada de tanto jugar al choclón.*

Me tenté la ropa para averiguar si la bolsa, con el dinero que me había dado el platero de Molina por mis joyas, seguía en mi poder; pero había desaparecido. Enloquecida, me puse a registrar a las rameras. La ninfa del toma y daca ni se enteró. Pero la putañona se puso hecha una furia.

—¡Aparta las manos de mi cuchiclaque,** mentecata, que no lo doy de balde!

—Estoy buscando mi bolsa —traté de explicarle. Pero no me escuchó.

—¡Como no dejes de palparme los bajos, te dejo más calva que un conejo desollado!

No hablaba en vano porque me arrancó varios mechones de los pocos pelos que me había dejado el nuncio.

—¡Suéltame! ¡Estaba buscando mi bolsa! ¡Me la han robado! —gemí.

—Pero yo no he sido, hermana. Que no le hago ascos a quitarle la bolsa a un rufián, pero jamás le robaría a una colega —dio un empujón a la ramera joven para despertarla—. ¿A que no, Sanchica?

---

 * Jugar al choclón: Acto sexual en lenguaje de germanía.
 ** Órgano sexual femenino en lenguaje de germanía.

Me eché a llorar desconsoladamente.

—¡Me han dejado sin nada! Sin nada.

La putañona se apiadó de mí. Entre ella y Sanchica me ayudaron a registrar la cuadra y a los arrieros que en ella dormían. Pero la bolsa no apareció.

Si nací en cueros y estoy vestido, más he ganado que perdido

Una vez que me calmé, se me ocurrió que mis amigos quizá hubieran cogido mi bolsa para evitar que me la robaran. Subí a toda prisa a nuestra habitación.

Al abrir la puerta, encontré a Gayeira y Camila durmiendo en cueros sobre la cama.

—Vive Dios, ¡qué poca vergüenza! —exclamé.

Gayeira siguió roncando, pero Camila abrió los ojos. Dio un respingo al ver a Gayeira a su lado desnudo.

—¿Qué es esto? —balbuceó.

—Tú sabrás.

Salí del dormitorio dando un portazo. Camila me siguió. En el rellano, me di la vuelta y le pregunté:

—¿Se puede saber adónde vas en cueros?

Se miró y, al verse desnuda, dio tal grito que los huéspedes que ocupaban las habitaciones del rellano se asomaron. Entre ellos el cura que ocupaba la contigua a la nuestra.

—No sé quién me ha quitado la ropa —farfulló Camila conmocionada.

—¿El Espíritu Santo, quizá? —repliqué con sarcasmo.

—No me acuerdo de nada. ¡De nada! Te lo juro, María Inés.

Un huésped se acercó, rijoso, a Camila.

—Verás como de lo que yo te haga sí te acuerdas.

Lo aparté de un empujón.

—¡Largo de aquí!

Camila comenzó a gemir, y se arrodilló tratando de hacerse un ovillo en el suelo para tapar su desnudez.

—¿Alguien podría prestarme una capa para cubrirla? —pregunté.

El cura entró en su habitación y regresó al instante arrastrando la colcha y una manta de la cama. Entre los dos, cubrimos a Camila y la ayudamos a levantarse.

—¿Qué me disteis a beber anoche, María Inés?

Sus ojos azules, grandes como charcos, chispeaban de ira.

—¡Nada, Camila! ¡Lo juro! Me desperté hace un rato en la cuadra, entre dos rameras. ¡Ese hi de pu de Gayeira ha debido de echarnos a las dos un narcótico en el vino! ¡Lo voy a matar!

En ese instante, Gayeira salió del dormitorio hecho un basilisco.

—¡Nos han robado, vive Dios! ¡Le voy a arrancar los compañones a quien haya sido!

Se quedó atónito al ver la cantidad de gente que había en el rellano. Y aún más cuando Camila se acercó a él y le dio una sonora bofetada.

Mientras discutían, entré en la habitación. Gayeira había dicho la verdad, se habían llevado nuestras ropas, el dinero, las mochilas, todo.

—¿Qué ocurre? ¿A qué vienen esos gritos? —oí que preguntaba el mesonero mientras subía la escalera.

—¡Nos han robado! ¡Un ladrón ha entrado en nuestro dormitorio mientras dormíamos!

—En mi mesón no entran ladrones.

—Será porque ya están dentro —replicó Gayeira.

—¡Vive Dios que tenéis poca vergüenza! ¡Cubríos antes de hablar! ¡Que esta es una posada decente y no permito que los huéspedes anden en cueros por los pasillos!

Salí del dormitorio en ese momento.

—No comprendo por qué estoy desnudo —farfulló Gayeira—. Anoche me acosté...

—Borracho —concluyó el posadero.

—Sí, pero con la camisa puesta. Me acuerdo perfectamente.

En ese instante, recordé que la noche anterior había sorprendido a maese Agustín echando un líquido en el vino.

—¡Fuisteis vos quien nos puso un narcótico en la bebida! —exclamé.

—¿Para qué iba yo a malgastar mi dinero en narcóticos?

—¡Para robarnos!

Gayeira, con los ojos inyectados en sangre, se abalanzó sobre el ventero y comenzó a apretarle el pescuezo.

—¡Ladrón! ¡Devolvednos todo!

—¡Socorro!

Varios huéspedes acudieron en auxilio de maese Agustín y, tras mucho forcejear, consiguieron rescatarlo de las garras de Gayeira.

—Os denunciaré a la justicia —dijo el mesonero en cuanto recuperó el resuello.

—Sí, llamadla, ¡que seré yo quien os denuncie por habernos robado!

—Y daré parte a la Inquisición ¡de que estáis amancebados!

—¿Quién está amancebado, estafador?

—¡Vosotros dos! —maese Agustín señaló a Camila y a Gayeira con los dedos índices de ambas manos—. Este sacerdote testificará que os ha visto salir del dormitorio en cueros, a vos y a esa a la que llamáis vuestra hermana.

—¡Lo es!

—Más a mi favor si es incesto. ¡Aurorilla, ve a avisar al Santo Oficio!

El pánico se apoderó de mí: si el mesonero avisaba al Santo Oficio, estábamos perdidos. Miré a Gayeira. Él hizo un gesto de impotencia. La única que no perdió los nervios fue Camila. Sujetándose la colcha con las manos, se colocó entre el mesonero y Gayeira. Y con el tono dulce y servil con que se dirigía a las coristas de Valfermoso, le dijo al primero:

—Maese Agustín, disculpad a mis hermanos; han perdido los nervios al ver que nos han robado, y la han pagado con vos.

—¡Injustamente! Pues soy un ventero honrado donde los haya.

—Que es en ninguna parte —masculló Gayeira.

Camila le dio un pisotón para que se callase.

—Os creo, y estoy segura de que vos no tenéis culpa de este desaguisado, maese Agustín.

—¡Así es! ¡Pagadme el vino que os bebisteis anoche, y largaos de mi mesón cuanto antes!

—No sé con qué —replicó Gayeira—. Nos han dejado sin blanca.

—¡Pues poned a rendir a vuestras coimas!

—¡Cómo osáis llamar coimas a mis hermanas! ¡Dos honestas doncellas!

—¿Doncellas? Más dinero sacaréis si es cierto que lo son.

—¿Qué insinuáis? ¡No son rameras, sino cómicas!

—Una pena, porque están de muy buen ver.

Varios huéspedes sancionaron las palabras del mesonero con murmullos de aprobación.

Camila dijo:

—Maese Agustín, mis hermanos y yo nos ganamos la vida representando entremeses en villorrios y ventas. Esta tarde podríamos actuar en el mesón, y con lo que ganáramos...

Gayeira, comprendiendo al fin lo que pretendía Camila, se apresuró a añadir:

—¡Interpretaríamos un entremés muy divertido!

El cura, que se las daba de entendido en teatro, preguntó:

—¿Cuál?

—Pues ¡el de *Los habladores* del ilustre Miguel de Cervantes!

—A ese no le conoce nadie. Representad mejor uno de Lope.

—Cervantes escribió una novela muy famosa sobre un caballero andante...

—¿Uno que estaba loco?

—Sí.

—Lo conocí.

—¿A Cervantes?

—No, al loco. Era muy gracioso. Quizá el entremés también lo sea.

—Os lo puedo asegurar, señor cura.

Los huéspedes del rellano empezaron a comentar que les

gustaría ver el entremés. En vista del interés que mostraban, maese Agustín dijo:

—Accedo a que lo representéis, siempre que yo me quede la recaudación, en pago de lo que me debéis.

—¿Os vais a quedar con toda la recaudación por dos azumbres de vino? ¡Eso es...!

—¡Justo! —intervino Camila—. Todo el dinero que se recaude con la función será para vos, señor ventero. Tan solo os ruego que nos prestéis algo de ropa.

—De acuerdo, le diré a Aurorilla que os la suba. Siempre que accedáis a representar en las condiciones que hemos dicho.

—Por supuesto, maese Agustín.

—Entonces, ya está todo hablado. Así que, vuelvan vuestras vuecencias a sus dormitorios, que no son horas de alborotar. ¡Buenas noches os dé Dios, señores!

Una vez que Gayeira, Camila y yo entramos en el dormitorio, el mesonero tomó la precaución de echar la llave, dejándonos encerrados.

—¿Por qué habrá hecho eso? —preguntó Camila.

—Para impedir que nos escapemos. Pensará sacar un buen dinero de la representación —contesté dejándome caer en la cama.

Gayeira seguía de pie, pensativo.

—Anoche entré muy mareado...

—Fue por el narcótico que ese rufián nos puso en el vino.

—Pero creo recordar —continuó Gayeira— que escondí el bolso debajo del colchón.

Me puse en pie y, ayudada por Camila y Gayeira, levanté el colchón. ¡El bolso de cuero de Gayeira estaba allí!

Gayeira lo vació.

—Está todo. Ahora solo nos falta conseguir ropa para poder escaparnos —masculló aliviado.

Una hora después, oímos que alguien hacía girar la llave de la puerta de nuestro dormitorio. Cuando se abrió, vimos que era Aurora, la criadita, que traía una brazada de ropa al hombro y un pucherillo humeante en la mano.

—Buenos días os dé Dios —dijo con voz cantarina, al tiempo que entraba.

—Buenos días, Aurorilla —contesté.

La criadita puso sobre la mesilla el puchero, que olía a gachas.

—Para que os desayunéis.

A continuación, dejó sobre la cama las ropas que llevaba al hombro. Por lo zarrapastrosas que se veían imaginé que habrían pertenecido a un arriero y a una fregona.

—Mi amo me ha dado también estas ropas para que os vistáis.

—¡Dile que estamos abrumados por tanta generosidad! —ironizó Gayeira.

—¡Está muy contento! Se ha corrido la voz por Teruel de que esta tarde va a haber una representación, y no paran de venir gentes de toda la ciudad a preguntar a qué hora empieza y cuánto cuesta. Mi amo piensa que habrá lleno.

—Dile a maese Agustín que, para poder representar con brío, necesitamos comer algo más contundente que ese pucherillo de gachas aguadas.

La perspectiva de una buena recaudación debió de ablandar a maese Agustín porque, un par de horas después, se presentó él mismo en nuestro dormitorio con una cazuela de torreznos y una hogaza de pan.

—¿Vais a necesitar algo especial para la representación? —nos preguntó con una sonrisa más falsa que un maravedí de cartón.

—Sí, un tablado —contestó Gayeira.

—¿Servirá el de la taberna?

Se refería al tablado sobre el que, la noche anterior, tocaban y bailaban los músicos y las bailarinas moriscas.

—Sí —contestó Gayeira—. También necesitaremos mantas. ¡Bastantes!

—¿Para qué? —preguntó el ventero receloso.

—Para hacer con ellas un camerino, que nos sirva tanto para salir y entrar a escena sin que el público nos vea, como para cambiarnos de ropa durante la representación.

—¿Nada más?

—Sí, tres trajes de domingo, pues la obra requiere que vayamos elegantes.

—El público de aquí no merece tanto.

—Cuanto más lujo ve, menos le cuesta soltar el dinero.

El mesonero se rascó la cabeza.

—Las mantas y los trajes os los proporcionaré yo, siempre que me aseguréis...

—Descuidad, todo se os devolverá al final de la representación. Vos mismo os encargaréis.

—Sí, claro.

Maese Agustín se quedó parado en la puerta, con la llave en la mano.

—Creo que sería mejor que preparaseis vosotros todo lo necesario para la representación.

—Pues sí.

—Bajad conmigo entonces.

Ayudados por la criadita y un mozo de mulas, sacamos el tablado de la taberna.

—¿Dónde lo colocamos? —preguntó la niña.

Gayeira echó un vistazo al patio.

—Delante de la puerta de la cuadra —dijo—. De ese modo, impediremos que a algún arriero se le ocurra sacar a sus bestias en mitad de la representación.

—No es buena idea —dijo Camila.

—¿Por qué?

—Si alguno tiene prisa por marcharse, se liará a gritos y será peor.

—La cuadra tiene otra salida que da directamente a la calle —aclaró Aurorilla.

Así que colocamos el tablado delante de la cuadra.

Luego, fabricamos una especie de camerino, que tapaba la puerta de la cuadra, con las mantas que nos había dado maese Agustín.

—Así podremos salir a escena sin que nos vean —dijo Gayeira mirando a Camila. Creo que quería impresionarla.

Se nos acercaron los dos músicos moriscos que tocaban xhotas la noche anterior.

—¿Os importaría dejarnos interpretar una jácara en el descanso del entremés? —nos pidió el más alto.

—La tenemos ensayada pero nunca la hemos interpretado con público —añadió el otro—. Si funciona, la incorporaríamos al repertorio, ¡que buena falta nos hace!

—Sí, porque el negocio va de mal en peor —añadió su compañero.

Gayeira, que sabía de las muchas necesidades que músicos y cómicos padecen, contestó:

—Quedaos junto al escenario que, si el público está de buenas, os avisaremos para que subáis a interpretar la jácara durante el descanso.

A las dos de la tarde, comenzamos a representar *Los habladores*, con el patio del mesón lleno hasta los topes. Habíamos interpretado ese entremés con la garnacha, pero no nos acordábamos bien del texto. Gayeira y yo no nos arredramos por eso, pues teníamos tablas para inventar lo que hiciera falta. A Camila, que hacía de Inés, la criada, no la dejamos hablar —de eso iba el entremés—, pero ella hacía unas muecas que hacían desternillarse al público. Y los espectadores gritaban a cada paso: «Vítor, vítor».

De reojo veíamos a maese Agustín correr de un lado a otro del patio vendiendo vino, hidromiel, aloja, frutas escarchadas, almendras garrapiñadas, higos secos, nueces, avellanas y bellotas.

—¡Ese bellaco se va a hacer rico a nuestra costa! —farfullé entre dientes.

Casi a mitad del entremés, salí de escena y esperé entre las mantas del improvisado camerino mi turno para intervenir de nuevo.

—Tenéis que iros cuanto antes —oí que susurraban.

Era Aurora, la criadita, que me esperaba escondida entre las mantas.

—¿Por qué? ¿Qué ocurre?

—Acaban de llegar unos hombres de Cella; han dicho que son de la Inquisición y vienen a prenderos. Maese Agustín les ha sobornado para que esperen a que acabe la función, pues de otro modo tendría que devolver al público el dinero que ha pagado.

Noté que me faltaba el aire, como cuando el rey asaltó mi casa. Tuve que hacer acopio de mi oficio de cómica para lograr tranquilizarme. Tras respirar profundamente un par de veces, salí a escena de nuevo y le susurré a Gayeira, entre risas, lo que ocurría. Él acabó su párrafo y, a continuación, les hizo una seña a los xhoteros para que subieran al escenario. Una vez que estuvieron arriba, Gayeira dijo a los espectadores:

—Respetable público, hemos llegado a la mitad del entremés y, como es costumbre, vamos a hacer un descanso, que estos magníficos músicos os amenizarán con una divertida jácara. ¡Un aplauso para ellos!

Mientras el público aplaudía, Camila, Gayeira y yo nos apresuramos a meternos detrás de las mantas.

El músico más alto cantó con voz potente:

—«Ya está guardado en la trena, tu querido Escarramán, que unos alfileres vivos me prendieron sin pensar. Andaba a caza de gangas, y grillos vine a "cazar"».

Aurora, mientras, nos daba instrucciones:

—Escondeos en el carro de estiércol, que está en la puerta de la cuadra que da a la calle y que está a punto de partir.

—¿Adónde? —preguntó Gayeira.

—A Albarracín, creo.

Aurora cogió del suelo el bolsón de cuero de Gayeira y se lo dio.

—Dentro he metido una hogaza de pan y vuestro vestido de seda blanca.

—¿Mi vestido? ¿Cómo lo has encontrado?

—Vi a maese Agustín esconderlo dentro de una olla, y lo he cogido.

—¿Y si descubre que has sido tú?

—No sabía que yo estaba en la despensa cuando lo escondió. ¡Daos prisa, el carretero ha ido a coger vino y no tardará en volver! ¡Que tengáis mucha suerte!

—¡Gracias por lo que has hecho por nosotros! ¡Dios te bendiga, Aurora!

Antes de irnos, Gayeira cogió tres mantas de la parte de atrás del camerino.

—Las necesitaremos para protegernos del frío —dijo.

Tal como Aurora nos había dicho, el carro lleno de estiércol y paja estaba listo para partir en la puerta de la cuadra que daba a la calle.

Antes de abandonar la cuadra, Gayeira cogió una pala que colgaba de la pared y dijo:

—Subid las dos a la parte trasera del carro.

Camila se encaramó con decisión sobre el estiércol. Gayeira le echó una manta encima, y arrojó sobre ella dos paladas de excrementos y paja para disimular la forma de su cuerpo.

Era mi turno de subir al carro, pero el asco me hizo recular.

—¡Vive Dios! ¡Si nos pilla el Santo Oficio, tragarás más mierda de la que te cabe en el carro! ¡Sube de una vez, Marizápalos!

Como seguía renuente a subirme, Gayeira me empujó sin miramientos. Tras taparme con otra de las mantas, me echó estiércol encima, como había hecho con Camila. Verme envuelta en aquella materia húmeda y viscosa me provocó unas náuseas terribles y vomité.

La música y cantos de la jácara impidieron que se oyeran mis arcadas en el patio, pero Gayeira farfulló desde debajo del estiércol:

—¡Vaya con doña Melindres! ¡Parece que solo ha pisado la real cuadra!

—Me tomaba por una linda caprichosa y mimada, y quizá

tuviera algo de razón. Me era imposible explicarle que mis náuseas estaban más provocadas por la preñez que por el asco.

Cuando la jácara estaba a punto de terminar, el carretero subió al pescante.

—¡Arre, Lucinda! ¡Arre! —azuzó a la mula, añadiendo unas cuantas blasfemias.

El animal intentó arrastrar el carro, pero este pesaba más de lo acostumbrado.

—Pero ¿qué te pasa, Lucinda, que andas tan despatarrada? ¡Tira del carro, vive Dios, si no quieres que te deslome!

El carretero se lio a latigazos con la mula. Por fin, el animal consiguió mover el carro, que comenzó a avanzar a trompicones sobre los cantos rodados.

Unos minutos después, oímos que alguien preguntaba:

—¿Adónde vas, Cleto?

El carretero tiró de las riendas para detener el carro.

—A llevar este estiércol a la venta de mi hermano. ¿Hasta cuándo vas a estar de guardia, Bras?

—¡Hasta que cierre la Torre del Rincón!

—¡Pues te vas a helar con este frío!

—Peor sería que me tocase de noche.

De esta conversación deduje que el carretero hablaba con un guarda de la puerta de la muralla, al parecer, amigo suyo.

—Bájate para que pueda registrar el carro, Cleto.

—¿A santo de qué?

—El Santo Oficio está buscando a tres fugitivos, y nos han ordenado registrar todos los carros y coches que salen de la ciudad por si intentaran escapar.

—Si registras el carro, me obligarás a hacer noche en el camino. Porque la mula va sin fuerzas hoy, vete a saber por qué.

—Lo siento, Cleto, tengo orden de registrarlo...

—Si no llevo más que estiércol, Bras, ¡te lo juro por el alma de mi madre, que en gloria esté!

Tras unos instantes de silencio, que se me hicieron eternos, el guarda de la puerta respondió:

—Sigue pues, Cleto. Y da recuerdos de mi parte a tu hermano.

Fuera de las murallas hacía mucho frío. Tanto que, de no haber sido por el calor que desprendía el estiércol, creo que nos habríamos congelado.

El olor de los excrementos me producía arcadas de cuando en cuando y tenía que taparme la boca con las manos para ahogarlas. Durante todo ese viaje maldije al rey por haberme hundido literalmente en la mierda.

—Perdonad que os interrumpa, reverenda madre.

—¿Qué ocurre?

—No me parece pertinente poner por escrito esa... expresión referida a nuestro soberano. No creo que deba transcribirla.

—¿Lo de que me hundió en la mierda?

—Su Majestad no intentaba perjudicaros.

—¿Ah, no?

—No os recluyó en Valfermoso por venganza, como creéis.

La abadesa sonrió mordaz.

—Como me creo lo que cuento, no me parece que miento. Escribid lo que os parezca pertinente, fray Matías. A mí me tiene sin cuidado. Mañana continuaremos. Necesito descansar.

Alábate estiércol, que el río te lleva

Tras dos horas de «perfumado» viaje, el carro se detuvo. Oímos bajar al carretero y sus pasos, que se alejaban.

Minutos después, ante el silencio reinante, hicimos un agujero en el estiércol para averiguar qué pasaba. El carro estaba detenido al borde de un camino solitario. Como el arriero parecía haber desaparecido, decidimos bajar de la carreta.

El carretero, un hombre pudoroso, se había escondido detrás de un peñasco a exonerar el vientre y, al oír ruido, se asomó. Cuando vio a tres bultos amorfos y cubiertos de estiércol avanzando en dirección a donde estaba, debió de pensar que éramos demonios o almas en pena y echó a correr despavorido.

Nosotros hicimos otro tanto, pero en dirección contraria.

En cuanto perdimos de vista al arriero, Gayeira rectificó el rumbo, pues según él teníamos que tomar la dirección sureste para llegar a Valencia. A mí me daba igual adónde fuéramos, con tal de librarme cuanto antes de la repugnante capa de estiércol que, al contacto con el aire, se había endurecido y lo llevaba, a modo de costras, pegado a la piel.

—Si te las quitas, tendrás más frío —me advirtió Gayeira—. Déjatelas hasta que se vayan cayendo.

Yo no le hice caso, me sumergí en el primer arroyo que encontré. Al salir, me castañeteaban los dientes.

—Tenemos que encender una hoguera para que se seque —dijo Camila.

—Podrían avistar el humo desde lejos y descubrirnos. Lo mejor es que camine deprisa para entrar en calor —contestó Gabino.

Media hora después, tenía los labios azulados y tiritaba sin parar.

Gayeira, a regañadientes, le dijo a Camila:

—Ve a buscar leña seca antes de que se nos hiele tu amiga, mientras yo busco un lugar apropiado para hacer fuego.

Eligió una zona despejada, bajo el saliente de una roca, que nos protegería del frío. Después de acomodarme contra la pared y cubrirme con todas las mantas, se fue a buscar hojas secas para usarlas como yesca. Al regresar, sacó de la bolsa de cuero aceitada, que siempre llevaba en la cintura, un eslabón de cadena, una piedrecita de pedernal, un poco de estopa y unos trocitos minúsculos de hongo yesquero. Mientras golpeaba el pedernal, me reprochó:

—Si sigues haciendo simplezas como la de bañarte conseguirás que nos cojan, Marizápalos.

No contesté. La tiritona me lo impedía.

Cuando acabó de encender el fuego había oscurecido y la temperatura era gélida. Gayeira cortó unos cuantos helechos, que colocó entre la hoguera y la pared de roca, y luego cubrió con las mantas pringadas de estiércol.

—Acostaos —nos dijo a Camila y a mí.

En cuanto lo hicimos, él se metió en medio, alegando que era para darnos calor. Estaba tan fatigada que ni protesté. Al rato, noté que Gayeira se arrimaba a Camila, que era la que más lejos había quedado de la hoguera.

—¿Andas rijoso? —le pregunté.

—Le estoy calentado los pies a la freila, que los tiene helados.

El cansancio me rindió, y no me enteré de si Gayeira siguió calentándole más cosas a Camila. Supongo que no, porque ella se habría quejado. O quizá no, quién sabe.

En cuanto amaneció, reanudamos la marcha ateridos de frío. Para evitar los caminos de herradura, donde seguramente nos buscarían, Gayeira nos condujo por estrechos senderos, algunos tan cerrados de maleza que teníamos que abrirnos paso con varas. Eso nos hacía dar vueltas innecesarias y nos retrasaba mucho, pero nos pareció conveniente hacerlo así, porque nuestros perseguidores ya habrían averiguado a esas alturas que habíamos huido en el carro de estiércol y nos estarían buscando.

Al segundo día se nos acabó el pan que nos había dado Aurora. Y tuvimos que matar el hambre con berros, raíces, espárragos silvestres y otras plantas comestibles que Gayeira conocía de sus tiempos de cómico ambulante. Tantos hierbajos solo nos sirvieron para aplacar las ansias de comer, pero esa noche, después de tanto caminar, estábamos tan hambrientos que apenas pudimos conciliar el sueño.

A la mañana siguiente, se nos ocurrió que podríamos cazar conejos. Encontramos varias madrigueras, pero nuestra habilidad era nula y casi siempre se nos escapaban. Pese al tiempo y el esfuerzo que dedicamos a esta tarea durante los días que siguieron, solo logramos capturar tres conejos en una semana. Aunque buenos fueron porque nos ayudaron a sobrevivir.

A medida que avanzábamos hacia el sureste, la temperatura se suavizaba y dejamos de sufrir el frío despiadado de los primeros días. Durante el amanecer del octavo día, al atravesar un desfiladero, oímos ladridos. Pensamos que eran de perros pastores. Pero cuando los ladridos se acercaron, Gayeira dijo:

—Voy a subir a aquel cerro para averiguar si nos siguen.

Como tenía que trepar por unos bloques de piedra superpuestos que formaban una especie de escalera natural, se desembarazó de la capa y el bolsón de cuero para hacerlo con más comodidad.

Yo, por distraerme, abrí la bolsa de cuero.

—¡Mira, Camila! ¡Nosotras muriéndonos de hambre, y este hi de pu lleva un saquillo de nueces dentro del bolsón!

Cogí un puñado de nueces y las abrí. Mi sorpresa fue mayúscula al ver que, dentro de cada cáscara había dos o tres perlas.

—¡Son las de mi collar! Gayeira me las ha robado.

—Antes de juzgarle deberías...

—¿Lo defiendes? ¿Acaso te has amancebado con él?

Camila bufó.

—Ha arriesgado su vida por sacarte del monasterio, y tú desconfías de él y lo tratas como a un sirviente. Al igual que a mí. ¿En tan poco nos tienes?

Iba a replicar que estaba equivocada, pero en mi fuero interno comprendí que alguna razón llevaba ella.

—No era mi intención ofenderos. Y menos a ti, Camila. Te estoy muy agradecida por lo que has hecho.

—Sé que no me parezco a las gentes distinguidas con las que tratas.

—¡Eres mejor que todos ellos!

La abracé. Seguramente nunca había recibido una muestra de cariño semejante, porque se le saltaron las lágrimas. Comprendí lo desamparada y sola que se sentía, y me hice el propósito de cuidarla, de protegerla. Incluso de conseguir que Gayeira se enamorara de ella, si es que él le gustaba como me parecía.

Acababa de devolver las perlas a su sitio, cuando vimos a Gayeira bajar a todo correr por las lajas de piedra.

—Hay dos grupos de hombres registrando la sierra —dijo sin aliento—. Uno de ellos es de soldados porque llevan un pañuelo rojo en la manga.

—¿Crees que nos buscan a nosotros? —pregunté.

Se encogió de hombros.

—No nos conviene esperar a averiguarlo. En la confianza está el peligro. Más vale que huyamos.

Corrimos a toda la velocidad por entre la maleza sin dejar de oír los ladridos. Llegamos a un collado muy estrecho, y nos metimos por él. Al otro lado de las montañas, dejamos de oír los ladridos y, pensando que los habíamos despistado, nos paramos a descansar. No llevábamos sentados ni el tiempo de rezar una Salve cuando oímos de nuevo a los perros.

—Me temo que sí nos persiguen, Calderona —masculló Gabino—. Ya están al otro lado del collado. A la velocidad que caminan, no tardarán en alcanzarnos.

—¿Por qué no nos ocultamos entre las ramas de un árbol a esperar a que pasen? —se me ocurrió.

—No es buena idea —dijo Camila.

—¿Tienes otra mejor? —le pregunté con acritud. Tan solo un rato antes, me había prometido a mí misma controlar mis modales arrogantes, y ya había vuelto a las andadas.

Camila se alejó sin contestarme. Y yo le dije a Gayeira:

—Ayúdame a buscar un árbol frondoso donde ocultarnos.

Gayeira me llevó hasta un almez de ramas muy tupidas. Pero cuando intenté subir por el liso tronco, me resbalé.

—Dame tu cinturón y empújame.

—¿No será mejor que suba yo primero, Calderona?

—Yo peso menos y, si me empujas hasta esa rama gruesa, ataré a ella el cinturón y podrás agarrarte a él para subir. ¿Dónde se ha metido Camila?

—Ha ido a aquella peña, a mirar no sé qué.

Empujada por Gayeira, gateé por el tronco y, tras varios resbalones, logré alcanzar una rama gruesa. Estaba atando a ella el cinturón, cuando Camila regresó.

—No es buena idea la de esconderse en ese árbol. Aunque los soldados no nos vieran, los perros olfatearían nuestro rastro.

—¿Por qué no lo dijiste antes? —le pregunté.

—Nunca te interesa mi opinión.

Me mordí el labio inferior.

—La única forma de que los perros pierdan nuestro rastro es

caminando por el agua —continuó Camila—. Me subí a aquella peña para averiguar si hay algún río en los alrededores, ¡y lo hay!

—Como dijo Pitágoras, hubiera podido encontrar mujer más bella, pero no mejor —exclamó Gayeira.

—¿Pitágoras dijo eso?

—¡Yo qué sé!

Guiados por Camila, llegamos al río, que estaba a unas quinientas varas de distancia.

—Tenemos que sumergirnos por completo —dijo Camila.

—¿Con lo fría que está el agua? —pregunté con aprensión. Camila asintió.

—Así los perros, además de perder nuestro rastro en el suelo, lo perderán también en el aire.

Una vez mojados de pies a cabeza, caminamos por el río a favor de la corriente. No tan deprisa como nos hubiera gustado porque nuestras ropas mojadas pesaban sobremanera.

Volvimos a oír ladridos, esta vez más cercanos.

Gayeira señaló un árbol que crecía en la orilla, cuyas enormes raíces se sumergían en el agua.

—Escondámonos entre esas raíces, y confiemos en que pasen de largo sin descubrirnos —dijo.

Así lo hicimos. Gayeira tapó con ramas los huecos entre las raíces para que no se nos viera.

Nuestros perseguidores tardaron unos veinte minutos en llegar a la parte del río donde estábamos. Cuando oímos los perros y los caballos acercarse, Gayeira cortó tres cañas y nos dio una a Camila y otra a mí.

—Meted la cabeza dentro del agua y respirad por la caña. ¡Y no os mováis ni el negro de una uña! ¡Porque las ondas en el agua podrían delatar nuestra presencia!

Pasamos media hora angustiosa sumergidos en el río, con los músculos tensos y las mandíbulas apretadas, para evitar que el castañeteo de los dientes nos descubriera.

Al salir, la brisa nos congeló hasta la sangre. Aunque nuestras piernas entumecidas por el frío se negaban a obedecernos, caminamos todo lo deprisa que pudimos en dirección contraria a la que habían tomado los soldados. Media hora después, dejamos de oír los ladridos. Encontramos una pradera, rodeada de árboles y Gayeira se recostó en uno para quitarse la ropa.

—Yo que vosotras me desnudaría también —dijo.

Me costó mucho desatarme las agujetas porque tenía los dedos entumecidos. Cuando lo conseguí, la falda y la sayeta empapadas cayeron al suelo por su propio peso.

Me fijé en que a Gayeira se le transparentaban las vergüenzas a través de la camisa mojada.

—Puedes mirar, pero no catar —me dijo sarcástico al percatarse de que lo miraba.

—Descuida. No eres mi tipo. Y tampoco parece gran cosa.

Me aparté la camisa de los muslos por si se me transparentaban las vergüenzas a mí también, y le pregunté a Camila si quería que la ayudase a quitarse el vestido.

—No pien...so desnudar...me delan...te de él —farfulló temblando de frío.

Gayeira recitó burlón:

—«Para qué mirar la luna, si no la puedo tocar, para qué mirar tus labios, si no los puedo besar».

Hice un esfuerzo para no reírme. Parecía que Camila le gustaba. ¡Quién me lo iba a decir!

Tras poner nuestras ropas a secar en la hierba, nos tumbamos al sol. Pronto, su calorcillo nos sumió en un profundo sueño.

Me despertó el chasquido de un arma. Abrí los ojos y vi que veinte hombres armados con pistolas y arcabuces nos rodeaban. Un hombre a caballo, con coleto de cuero negro y medias rojas, entró en la pradera y se acercó a mí.

—¿Quién eres?

Era alto, moreno, gallardo, y llevaba dos pistolas de rueda al cinto.

Gayeira se puso en pie, al igual que Camila. Yo, convencida de que aquellos hombres eran soldados, traté de protegerlos.

—Esos dos no tienen nada que ver —farfullé—. Fueron otros los que me ayudaron a escapar del convento.

El hombre a caballo me miró de arriba abajo con descaro.

—¿Así que te has escapado de un convento?

—¿No sois soldados?

Se oyó un coro de carcajadas.

—¿Pertenecéis entonces a la Santa Hermandad?

—Se nos podría llamar hermanos, pero no santos.

Otro coro de carcajadas.

—Borni, ¡regístrala! —dijo el hombre a caballo.

El tal Borni, al que le faltaba el ojo izquierdo, se acercó y me palpó de arriba abajo. Se detuvo en mis pechos, y le di una bofetada. Quiso devolvérmela, pero el hombre a caballo le agarró la mano.

—Dije registrar, no palpar. ¿No has oído que se ha escapado de un convento?

—Entonces, ya va siendo hora de que se estrene, Perandreu.

—¡A las mujeres se les paga o se las respeta, vive Dios!

—Sí, capitán —respondió mansamente el Borni.

—¡Trae a aquellos dos y regístralos!

Cuando el Borni acabó de registrar a Camila y Gayeira, hizo otro tanto con las ropas que habíamos puesto a secar.

—No llevan dinero, Perandreu, ni una blanca tan siquiera.

—¿Has mirado en la talega de cuero?

—Solo hay un saco de nueces y un vestido de seda.

—Es extraño...

El capitán se acercó a caballo a los trajes de domingo que nos había prestado el ventero para la función, y que habíamos puesto a secar.

—Esas ropas indican que son gentes de posibles.

—Quizá se nos hayan adelantado otros *roders*, Perandreu.

—Son bandidos. *Roders* significa «bandidos» —le susurré a Gayeira, que estaba a mi lado.

Él me hizo una seña con los ojos para indicarme que el capitán había dado la vuelta con su caballo y estaba detrás de mí.

—¿Qué le decías a tu amigo?

—Nada.

Su fiera mirada me taladró.

—¿Quién eres y de qué huyes?

—De nadie.

—¡No mientas! —Descabalgó y me bajó de un tirón la camisa, dejando mis pechos al descubierto.

La vergüenza y la rabia me encendieron las mejillas.

Gayeira se puso delante de mí para taparme.

—¡Déjala, cobarde!

El *roder* lo miró burlón.

—¡Vaya! ¿Quieres una espada para defender a tu dama?

—No será necesario.

—¿Te faltan agallas?

—Soy cómico. No necesito tener valor, me basta con aparentarlo.

El capitán soltó una carcajada.

—Me gusta tu sinceridad. Quizá os deje ir. Si antes ella me aclara algunas cosas.

—Os aclararemos lo que sea menester.

El capitán de los *roders* apartó a Gayeira, y me colocó la camisa en su sitio.

—¿Quién te persigue y por qué?

—Un hombre poderoso se enamoró de ella —se me adelantó Gayeira.

El bandido le puso la daga en la garganta.

—Hace un rato capturamos a un soldado, y nos contó que el rey ha enviado una cuadrilla a perseguir a una mujer. ¿Es ella?

Oímos ladridos. El capitán apartó su daga del cuello de Gayeira y se dirigió a un *roder* flaco, de piernas larguísimas.

—Perniles, averigua por dónde andan los soldados.

El bandido atravesó la pradera de unas cuantas zancadas y se encaramó a un árbol con la agilidad de un felino.

—Han dado la vuelta y se dirigen hacia aquí, Perandreu.

—¡Todos a la cueva, rápido! ¡Llevaos a esos dos! —señaló a Camila y Gayeira—. ¡Y también sus ropas!

—¿Tú no vienes, Perandreu? —preguntó el Borni.

—Iré después, antes quiero confundir a los perros. Para que pierdan nuestro rastro.

—¿Nos la llevamos a ella también?

—No, se queda conmigo.

El Borni soltó una carcajada.

—¡Imagino para qué!

LA COVA DELS LLADRES

Los bandoleros abandonaron la pradera, llevándose a Gayeira y a Camila junto con nuestras ropas. Perandreu me subió a su caballo y me inmovilizó entre sus brazos, duros como el granito. Cabalgamos por la sierra dejando infinidad de señales de herradura, que pisoteábamos al pasar por el mismo lugar un rato después. Luego, Perandreu hizo entrar al caballo en el río, y avanzamos por el agua media hora. Al llegar a una zona pedregosa, salió del río y me bajó del caballo.

—Camina por las piedras para no dejar huellas, ¡y date prisa! —me ordenó.

Él iba detrás vigilándome. En una ocasión en la que me salí del sendero y metí un pie en el barro, colocó una piedra encima para borrar la huella que había dejado.

Subimos a todo correr por el sendero pedregoso que finalizaba delante de unas rocas. Al acercarme, vi que se trataba de la entrada de una cueva cegada por una gran piedra. Perandreu se arrimó, y dijo:

—¡Abrid!

La piedra rodó lentamente, dejando libre el acceso a la gruta. La oquedad era sorprendentemente amplia por dentro, y estaba iluminada por numerosas antorchas y candiles. Distinguí, acurrucados en una cavidad de la pared izquierda, a Camila y a Gayeira. Los *roders* jugaban berreando groseramente a los dados y a la baraja cerca de la entrada.

—¿Has tenido algún contratiempo, Perandreu? —preguntó el Borni.

—No. Di bastantes vueltas para confundir a los perros, por eso tardé.

—Pensé que había sido por otra cosa —me señaló.

—Diles a los hombres que se aparten de la entrada no vaya a ser que envíen a algún soldado a explorar, y los oiga.

Perandreu se quitó el jubón y la camisa. Su piel, cubierta de sudor, refulgió a la luz de las antorchas. A pesar del pánico que me inspiraba, tuve que reconocer lo gallardo y atractivo que era. A continuación, el *roder* se sentó en una mesa que estaba a la derecha y bebió de una jarra que había encima.

Gayeira se acercó sigilosamente a mí. Perandreu debió de verlo con el rabillo del ojo, porque gritó:

—¡Vuelve a tu sitio, cómico! ¡Y tú, ven conmigo, que tenemos que hablar!

Cogió un candil y me empujó hasta el fondo de la cueva, desde donde partían varias galerías. Tomó la más ancha, y avanzamos por ella unas veinte varas. Se paró junto a una oquedad tapada con una cortina. Dentro había una cama con dosel y sábanas de Holanda.

—Es mi dormitorio —dijo mientras colocaba el candil en un saliente de la roca.

Yo reculé para huir, pero él me tiró sobre la cama.

—Dime quién eres y por qué te persiguen los soldados.

Fingí sorpresa.

—No me persiguen.

Se sacó la pistola del cinto y me apuntó.

—Habla —dijo.

Me estrujé la mollera para idear una historia que resultara convincente.

—Robé un collar a una mujer, que resultó ser... la amante de un noble amigo del rey. Él ha debido de convencer a Su Majestad para que enviara a los soldados a recuperarlo.

No debí de ser muy convincente porque me zarandeó irritado.

—Tu presencia en esta sierra nos ha puesto en peligro a mis hombres y a mí. ¡Como me digas una mentira más, te retuerzo el gañote! ¿Has entendido?

Aterrorizada, asentí con la cabeza.

—¿Cómo te llamas?

Tragué saliva.

—María Inés Calderón. En los corrales de comedias se me conoce como la Calderona o Marizápalos.

—Así que eres una cómica, como ese amigo tuyo. ¿Cómo dijo que se llama?

—Gabino Gayeira.

Clavó sus oscuros ojos en los míos.

—¿Por qué razón el rey ha mandado a tantos soldados a perseguir a una vulgar cómica?

—Soy... Fui su amante.

Me miró de arriba abajo, con incredulidad. No debí de parecerle una belleza.

—He sido más hermosa y el rey admiraba mi talento.

—¿Por qué te persigue entonces?

—Me sorprendió en brazos de otro hombre.

—¿Traicionaste al rey Felipe?

Noté en su voz cierta sorna.

—Sí, aunque menos veces que él a mí.

Soltó una carcajada.

—Si eso es verdad, comprendo que tenga tanto interés en capturarte. No querrá que hundas su reputación.

Me miró en silencio, con la mano derecha en la boca. Creí que estaba calculando cuánto podría sacar por entregarme. Y me hice el propósito de salvar a Gayeira y a Camila; se lo debía.

—Conseguirás por mí una buena recompensa. En cambio, por mis amigos no te darán nada. Si los dejas libres, haré lo que tú quieras.

Tardó en volver a hablar:

—¿Qué piensas que quiero?

Agaché la cabeza.

—Podrás hacer conmigo lo que te plazca. No me resistiré.

Soltó una carcajada.

—¿Qué diría el rey si se enterara?

—¡Deja libres a mis amigos y seré tuya!

—¿Tanto lo quieres?

—¿A quién?

—A ese cómico. ¿Es el hombre con el que traicionaste al rey, no?

—¿Gayeira? No, fue con otro mil veces más vil, egoísta y mezquino, que se aprovechó de mí. ¡Que me utilizó!

El dolor y la rabia me atenazaron la garganta, y no pude seguir hablando.

Perandreu me miraba con cinismo, creyendo que fingía. Pero cuando vio que sollozaba, me abrazó. Y acabé llorando a lágrima viva entre los musculosos brazos del *roder*.

Un rato después, más calmada, le pregunté:

—¿Dejarás libres a mis amigos?

Me apartó bruscamente.

—A mí tampoco me gusta que me utilicen —replicó con desprecio.

Y se alejó por la galería. Aguardé a que volviese. Pero no lo hizo. Como estaba tan agotada, me arrebujé con la colcha y me dormí.

Al levantar la cabeza, la abadesa sorprendió una media sonrisa en la boca del fraile.

—¿Qué os hace reír, fray Matías?

—Una nadería sin importancia, doña María de San Gabriel —replicó el religioso, cohibido.

—Insisto en que me la contéis.

—Creo que ese *roder* adivinó vuestra... liviandad desde el primer momento.

María Inés Calderón se puso en pie indignada.

—¡Marchaos ahora mismo!

El fraile enrojeció hasta las orejas.

—¡Disculpadme, doña María! Quise decir debilidad, no liviandad.

—¿Esperáis que me lo crea?

—Estoy convencido de que el ofrecimiento que hicisteis al *roder* de entregaros a él se debió al deseo de proteger a vuestros amigos.

La abadesa lo miró fríamente durante unos instantes. Luego inspiró aire y lo soltó por la nariz.

—¿Sabéis una cosa, fray Matías? Ese hombre me gustó desde que lo vi por primera vez. ¡Como nunca me había gustado ningún otro! Ni Ramiro ni el rey.

—¡Reverenda madre!

—Podéis retiraros. Mañana seguiremos. —La abadesa tocó la campanilla para llamar a la guarda de hombres.

LA EMBOSCADA

Horas después, luego supe que bastantes, me desperté en la cama del jefe de los *roders,* situada en la cavidad de la gruta.

Me sentía descansada y de mejor ánimo, pero al ponerme en pie percibí un cosquilleo fugaz en el vientre, como el aleteo de una mariposa. Era la primera vez que sentía moverse al niño. Siempre había considerado a este segundo hijo como un estorbo, como otra carga que añadir a las múltiples preocupaciones que me asediaban. Pero al notarlo dentro de mí, me emocioné. A pesar de las penalidades que habíamos pasado juntos, había logrado sobrevivir. Y ese hijo se merecía que lo quisiese, que luchase por él.

Cogí el candil y me dirigí a la sala central de la cueva. A mitad del pasadizo vi una puerta con cerrojo. Lo descorrí. Daba a otra galería más estrecha en la que se apilaban gran cantidad de mantas, velas, sacos de grano y legumbres, carne seca, bacalao, pellejos de vino y barriles de aceite y vinagre.

«Con todos estos suministros los *roders* pueden permanecer semanas escondidos en esta cueva sin que los encuentren. A menos que alguien se chive, claro», me dije. Resolví, por seguridad, no mencionar ni a mis amigos ni a nadie lo que acababa de descubrir. Después de cerrar la puerta, me encaminé por la galería a la sala central de la cueva.

Camila y Gayeira dormían juntos en una oquedad. Él la protegía con su brazo.

La luz del día se filtraba a raudales por entre los resquicios de la roca que tapaba la entrada de la cueva. Habría dormido unas diez horas.

Los *roders* estaban sentados en círculo alrededor de Perandreu y me acerqué a oír lo que decían, sin que repararan en mi presencia.

—Vosotros dos, Abili y Carrós, dad una batida por la sierra para averiguar si los soldados ya se han ido.

—¿Y si no fuera así, Perandreu?

—Nos avisaréis con señales de humo.

—¿Adónde?

—Al collado que queda entre las peñas de Guaita y Espartel, donde estaremos emboscados esperando el paso de los viajeros que van a Valencia.

La curiosidad siempre me ha jugado malas pasadas. Sin reflexionar, pregunté:

—¿Para qué los esperáis?

Todos los bandidos se volvieron a mirarme.

—¡Para robarles! —replicó Perandreu.

Hice un gesto reprobatorio.

—¿Te escandalizas? ¿Acaso tu rey Felipe es menos ladrón? Al menos, nosotros robamos a los ricos...

—Para dárselo a los pobres, que sois vosotros —dije con sorna.

Perandreu soltó una risotada.

—Veo que lo has entendido.

—¿De qué conoce esta mujer al rey, Perandreu? —preguntó el Borni.

—Asegura que ha sido su amante.

Las carcajadas del Borni, multiplicadas por el eco, despertaron a Camila y Gayeira.

—No me parece suficientemente guapa para ser la amante del rey. Aunque puede que gane en cueros.

El Borni me desgarró la camisa con su daga y yo le mordí en el brazo con saña. Perandreu me dio un manotazo para que lo soltara.

—Ve con tus amigos. ¡Y como vuelvas a intervenir en nuestras conversaciones, te cortaré la lengua!

Gayeira y Camila me hicieron un sitio a su lado. Poco después, los *roders* abandonaron la cueva, dejando a un cojo de mirada aviesa para que nos vigilase. El accidentado y laberíntico viaje desde Teruel a Valencia nos había dejado exhaustos, así que volvimos a dormirnos.

REAL ALCÁZAR DE MADRID, GALERÍA DEL CIERZO
Febrero del año de 1636

La reina Isabel de Borbón llevaba media hora esperando en la Galería del Cierzo, el corredor más frío del Alcázar, a que Olivares pasase, pues era el camino que solía tomar a diario el valido para dirigirse al despacho del rey. «De haber sabido que iba a tardar tanto, me hubiera traído la estufilla de martas. Aquí hace un frío espantoso», se dijo.

Para entrar en calor, comenzó a recorrer la galería, mirando de refilón los cuadros que colgaban de las paredes. Hizo un mohín de desagrado al llegar al tríptico del *Carro del heno*. «Qué cosas más inquietantes pintaba este Bosco», pensó. Cerró el tríptico, pues la figura del vendedor ambulante con su cesta a la espalda, que estaba pintada en las puertas del tríptico, le resultaba más agradable.

Oyó pasos provenientes del extremo opuesto de la galería, y caminó en esa dirección para hacerse la encontradiza con don Gaspar de Guzmán y Pimentel, el conde-duque de Olivares.

—¿Acaso me estabais esperando, Majestad? —preguntó el valido.

La soberana resopló.

—Es evidente que sí, don Gaspar.

—¿En este lugar tan frío y tan de mañana? Si me hubierais mandado aviso de que queríais verme, me hubiera desplazado a vuestros apo...

La reina decidió que no tenía ganas de oírle hacerse el estúpido.

—¡La Calderona se ha escapado del convento!

Los suspiros del valido eran auténticos resoplidos.

—¿Cómo os habéis enterado?

—Al igual que vos, tengo gentes que me informan. ¿La huida de Marizápalos es cosa vuestra?

—Por supuesto que no, Majestad. Me contraría tanto como a vos. El rey se ha ocupado de enviar una partida de soldados en su persecución. A Valencia, que es a donde parece que se dirige, con intención de embarcar desde allí a Nápoles.

—¿Y qué habéis hecho vos?

—Yo no puedo ni debo entrometerme en sus asuntos.

—¡No seáis hipócrita, don Gaspar! ¡Mangoneáis este reino a vuestro antojo!

—Sería contraproducente que yo interviniese, y os aconsejo que también vos dejéis de hacerlo, señora.

—¿Qué insinuáis, don Gaspar?

—He sido informado de que una cómica de poca monta, Virginia del Valle se llama, ha contratado a un grupo de jaques sin escrúpulos para que busquen a la Calderona en Valencia. Y ha ofrecido una pingüe recompensa a quién la capture, viva o muerta.

—¿Y eso qué tiene que ver conmigo?

—Ninguna farandulera dispone de tanto dinero, a menos que actúe en nombre de alguien importante. Y ese «alguien» debería abstenerse de intervenir en los asuntos que conciernen a nuestro monarca.

—¡Es preciso que María Inés Calderón vuelva al monasterio!

—El rey ya ha tomado medidas para que así sea, Majestad.

—¿Y si los incompetentes que se encargan de buscarla no la encuentran? ¿Y si logra embarcar hacia Nápoles?

—Nápoles queda bastante lejos. ¿No queríais apartarla de vuestro esposo?

—Queda el niño.

—Con respecto a eso, nada podemos hacer.

—Es un peligro para el reino.

—Exageráis, señora. Ese niño es del todo inofensivo.

La reina respiró profundamente.

—Con vuestro empeño de hacer la Unión de Armas habéis enfurecido a los reinos de Portugal, Andalucía y Valencia, y al condado de Barcelona.

—Es justo que todos ellos contribuyan a las guerras que nos vemos obligados a afrontar. Castilla está agotada.

—¿Os habéis parado a pensar qué pasaría si a alguno de esos reinos se le ocurriera utilizar a ese bastardo?

—¿Para qué?

—Para nombrarlo rey y legitimar de ese modo su separación de la corona.

El conde-duque arrugó el entrecejo ante esta reflexión insensata de la soberana. Isabel de Borbón era inteligente, pero estaba cegada por los celos.

—Majestad, agradezco que compartáis conmigo vuestra preocupación por los problemas del reino, pero estad tranquila, vuestro augusto esposo se ocupará de solucionarlos.

Tras un leve ¡ja!, la reina añadió:

—Con vuestra ayuda.

—Así será mientras vuestro esposo lo considere oportuno. Soy su más fiel servidor.

La reina hizo una pausa para no dejarse arrastrar por la ira. Al fin, más calmada, preguntó:

—¿Dónde está el niño?

El conde-duque no quería poner a su disposición aquel secreto, que aumentaría el poder de ella y menoscabaría el suyo. Movió la cabeza de un lado al otro y respondió:

—Solo Su Majestad conoce el paradero de su hijo.

La soberana contuvo una carcajada.

—¡A otro perro con ese hueso, don Gaspar! Si no me ayudáis, tendré que ocuparme yo misma de resolver este asunto.

«¿Hasta dónde llevará el rencor a esta mujer?», se preguntó el valido. Por primera vez percibió que la soberana suponía una amenaza para la influencia que él ejercía sobre el rey.

—Señora, Su Majestad no...

—Lograré que encuentren a la Calderona y la aparten para siempre de la corte por el medio que sea. ¡Al igual que a su hijo! ¡Dios os guarde, don Gaspar!

La soberana se alejó por la galería, dejando preocupado al valido.

Unos minutos después, cuando llegó al solitario Patio de la Reina, que estaba obligada a atravesar para llegar a sus aposentos, Isabel de Borbón se recostó en una de las columnas. Los sollozos no la dejaban respirar. «¿Por qué nadie se apiada de mí? ¡Estoy agotada de parir hijos que se mueren! ¡De guardar respeto a un esposo que no me tiene la menor consideración, que me ha convertido en el hazmerreír de la corte exhibiéndose en público con sus amantes, incluso estando yo presente! ¿No se le ocurre pensar que, aunque sea mujer, sus desdenes me hacen sufrir? ¿Que me siento humillada, menospreciada y sola en este inmenso alcázar?»

Tras secarse bruscamente las lágrimas con las palmas de las manos, la soberana se dirigió a sus estancias cojeando levemente.

Monasterio de Valfermoso de las Monjas
Estancia de la abadesa doña María de San Gabriel
Año de 1646

El botín

A eso del mediodía, los *roders* regresaron a la gruta con un cofrecillo lleno de monedas. Estaban muy contentos, felicitándose por el botín conseguido, sin prestarnos la menor atención a Gayeira, a Camila y a mí, que contemplábamos la escena sentados en una roca al fondo de la cueva. Pero en un momento determinado, Perandreu se volvió y me hizo una seña con la mano para que me acercara.

—Le hemos arrebatado a un furriel más de doscientos escudos. —Señaló el cofre—. Nos contó que eran para pagar a los soldados que te persiguen. Una cantidad muy generosa. ¿Cómo es que le interesas tanto al rey?

—Lo que le interesa es enterrarme viva en un convento —mascullé.

No oyó o no le interesó mi respuesta, pues sus hombres le urgieron a repartir el botín. Vi que hacían tres partes: ciento sesenta escudos para repartirse entre ellos; veinte para gastos de manutención, armas y pólvora; y los veinte escudos que restaban, Perandreu ordenó que se distribuyeran entre las familias más necesitadas de los pueblos vecinos.

Que aquellos bandidos dedicaran tal cantidad de dinero a

socorrer a sus vecinos me sorprendió mucho y, cuando Perandreu se quedó solo, le pregunté:

—¿Distribuyes dinero entre esas familias para comprar su silencio?

—¡Por supuesto! ¿Qué te habías creído? —replicó sarcástico.

Se alejó hacia la mesa, hecha con borriquetas, que los bandidos acababan de montar en el otro extremo de la cueva, y sobre la que estaban colocando panes, quesos, chorizos y, por supuesto, vino.

Mientras los bandidos se disponían a celebrar el botín que acababan de conseguir, yo regresé junto a Camila y Gayeira.

Al cabo de un rato, Perandreu ordenó a un *roder* que nos acercase un queso y una jarra de vino, que nosotros aceptamos de buen grado.

Una vez que acabaron de comer, todos buscaron en la cueva rincones para sestear. Menos Perandreu, que se acercó a mí.

—Tú y yo tenemos algo pendiente desde ayer —me dijo con una sonrisa cínica, al tiempo que tiraba de mí para que me pusiera en pie.

Imaginé a lo que se refería y no me resistí a acompañarle, pues la tarde anterior me había ofrecido a él a cambio de que dejara en libertad a mis amigos. Pero Gayeira me cogió del otro brazo para impedir que me llevara.

—Déjame. Voy de buen grado —le dije.

Después de lanzarme una mirada reprobatoria, Gayeira se encogió de hombros.

—Tú sabrás —dijo.

Creí que la intención de Perandreu era llevarme al dormitorio, que tenía en la galería. Pero en vez de eso, me condujo a la salida de la cueva.

—Apartad la roca —les dijo a los dos bandidos que hacían guardia.

Bajamos hasta el río por el sendero pedregoso, que habíamos recorrido el día anterior para llegar a la cueva. Perandreu silbó y su caballo apareció enseguida, al trote.

—¿Adónde me llevas? —pregunté.

El bandido me tomó de la cintura y me subió a lomos del caballo. Luego subió él. Sujetándome con fuerza entre sus brazos, cabalgó por la sierra hasta llegar a una casa ruinosa, más bien una paridera, medio enterrada y tan oculta por la vegetación que era imposible verla hasta que no estabas encima.

—Bienvenida a mi escondite secreto —dijo con mal contenido orgullo.

No me pareció que aquella paridera de vacas fuese para estar orgulloso. Pero en cuanto traspasé el umbral de la destartalada puerta, me quedé atónita. No esperaba encontrarme aquella habitación tan bien amueblada, con las paredes y los suelos cubiertos de tapices y alfombras de calidad. Cerca de la chimenea había una cama cubierta por una colcha de rico brocado azul y una mesa con dos sillas. No había estrado ni espejo alguno, de lo que deduje que ninguna mujer habitaba, al menos regularmente, el escondite secreto del bandido.

—Siéntate —señaló la mesa, junto a la cama—, y cuéntame por qué te persigue el rey.

—Lo engañé con otro hombre, ya te lo dije.

—¡Quiero la verdad!

—¡Es la verdad!

—¿Me crees tan bobo como para creer que el rey ha enviado a una compañía de soldados a perseguir a una de sus putas?

Se me hizo un nudo en la garganta.

—No... soy su pu...ta —balbuceé tratando de tragar aire, pues notaba que la garganta se me cerraba.

—¡Claro que sí! ¿No conoces el refrán? «Si con el rey te echaste, puta del rey debes llamarte.» ¡Eso es lo que eres!

Aquel *roder* tenía razón. ¿Qué otra cosa más que una puta había sido para el rey y para Ramiro? Cuando los conocí era una inocente mozuela de tan solo quince años que ansiaba ser autora, escribir comedias, ser reconocida en todo el reino por mi talento. Ellos, que decían amarme, me habían engañado, usado, aplastado, hundido. ¡Incluso el rey había querido encerrarme de por vida en un convento! La estima que en otro tiempo había sentido por mí misma se había disuelto como la miel en el vino caliente. Me habían arrebatado la esperanza, la ilusión... Tan solo me quedaba ayudar a mi hijo.

Me volvió el ahogo que había sufrido cuando el rey me llamó «puta cómica». El corazón se me aceleró al tiempo que un sudor frío me recorría el cuerpo. Me estaba ahogando, me moría. Gargajeé tratando de buscar el aire que me faltaba. Pero fue inútil. Por más que intentaba respirar, no podía.

—¿Qué te ocurre?

No podía contestarle. Me asfixiaba. Perandreu me levantó de la silla.

—Coge aire y suéltalo despacio.

—No puedo —farfullé a punto de ahogarme.

—¡Sí puedes!

Me abrió los labios y lanzó aire dentro de mi garganta.

—Suéltalo con calma.

Le hice caso. Repitió la operación.

—Otra vez, más despacio.

Volvió a insuflarme aire.

—Una vez más.

Me apoyó la cabeza en su pecho, al tiempo que me acariciaba el pelo muy despacio, con una delicadeza inesperada en un hombre tan duro.

—Ahora tú sola. Coge aire y suéltalo.

Obedecí. Con la cabeza apoyada en su coleto de cuero, logré coger una bocanada de aire. Luego otra y otra más. El nudo del pecho se me deshizo lentamente. Comencé a gemir. Al principio, entrecortadamente; luego mis sollozos se volvieron más continuos hasta que, al fin, rompí a llorar desconsoladamente. Lloré durante una hora o más. Hacía tiempo que lo estaba necesitando.

Cuando me calmé, Perandreu fue a la alacena y sacó una jarra de vino, un vaso y una torta de miel. Me dio a beber un vaso de vino, y partió en trozos pequeños la torta de miel.

—Cómetela y bébete el vino, te sentirás mejor.

Obedecí, aunque no tenía hambre. El bandido estaba en lo cierto, la torta dulce y el vino me levantaron el ánimo.

—Te ha vuelto la color.

Me ayudó a sentarme.

—Háblame ahora de lo que te atormenta.

Agaché la cabeza. No podía confiarle a aquel bandido el secreto que me había revelado Ramiro antes de huir y que ni siquiera había referido a Camila y a Gayeira.

Perandreu me cogió de la barbilla y me obligó a mirarle. Su mirada era enérgica y limpia. Transmitía la fuerza y la confianza de la que yo estaba tan necesitada. Porque lo que me proponía hacer, lo que consideraba que tenía que hacer, era muy difícil, peligroso y seguramente inalcanzable. Y no contaba con nadie. No quería comprometer a Camila, ni a Gayeira, ni a Jusepa, ni a ninguno de mis amigos cómicos en algo tan arriesgado.

No sé qué me llevó a confiar en aquel bandido; un perfecto desconocido para mí.

Se lo conté todo. El secreto que me había revelado Ramiro antes de huir, el encierro y la persecución que había sufrido desde la noche en la que el rey me había sacado de mi casa. Todo.

CUENTA TUS PENAS, A QUIEN SABE DE ELLAS

—Ahora es mi turno de contarte cómo me convertí en un *roder* —dijo Perandreu al tiempo que colocaba su silla frente a la mía.

En ese instante caí en la cuenta de que, a veces, usaba palabras cultas, propias de un hombre instruido.

—Me llamo Pere Andreu Auad Roig. Mi abuelo era un morisco rico.

Di un respingo involuntario pues, como cristiana vieja, recelaba de los infieles. Afortunadamente, Perandreu no pareció darse cuenta.

—Uno de los *velluters* más prósperos de Valencia en los años en los que el negocio de la seda era floreciente —continuó diciendo—. De joven, mi abuelo se convirtió al cristianismo, nunca supe si por convicción o por el bien del negocio.

—Poderoso caballero es don dinero.

Perandreu sonrió.

Así es. Muy poderoso. El caso es que su hijo, mi padre, era un creyente devoto, que nos educó a mis hermanos y a mí en la fe de la Iglesia católica. En el año de 1609, el rey Felipe III, instado por su valido el duque de Lerma, publicó un decreto ordenando la expulsión de los moriscos del reino de Valencia. Mi padre alegó que él era cristiano y guardaba los mandamientos de la Santa Madre Iglesia. Pero recibió la orden de expulsión igualmente, tanto para él como para sus hijos. Mi madre, como cristiana vieja, podría haberse quedado en Valencia, pero amaba a su marido y resolvió acompañarlo.

Tras malvender precipitadamente nuestra hacienda, emprendimos el viaje a Denia, donde teníamos que embarcar con destino a la costa de Berbería. Pues allí, decían, nos habían destinado tierras para compensar las que íbamos a perder al expulsarnos del lugar que nos vio nacer.

Pero era mentira. De camino a Denia, encontramos a unos moriscos que acababan de regresar de la Berbería y nos contaron que, no solo no había tierras allí para nosotros, sino que, al llegar, las familias eran vendidas como esclavas y despojadas de lo poco que habían logrado sacar de España. Ante estas noticias, mis padres trataron de regresar al que había sido nuestro hogar, pero no nos fue posible. El rey había enviado un tercio a la costa levantina para impedir que los moriscos volvieran a sus casas. A la mayoría, los soldados los embarcaron a la fuerza hacia la costa de la Berbería. A los que se negaban a embarcar, los mataban. Aquellos que consiguieron huir fue porque pudieron esconderse en casas de amigos o conocidos.

Nosotros fuimos afortunados porque un campesino cristiano, amigo de mi padre, nos dio refugio en su casa durante varios meses. Aunque, cuando se enteró de que los soldados estaban registrando las aldeas, nos rogó con lágrimas en los ojos que nos fuéramos para no perjudicarle ni a él ni a su familia. Y así lo hicimos.

Deambulamos de un lugar a otro, sin saber adónde dirigirnos. Nos tropezamos con una banda de cristianos viejos —así se llamaban a sí mismos aquellos infames— que se dedicaban a robar a los moriscos que vagábamos por los caminos. Nos arrebataron todo lo que llevábamos de valor: dineros, joyas, vestidos y hasta la comida. Aquel invierno pasamos un hambre espantosa y sobrevivimos gracias a la caridad de algunas almas buenas. Mi madre murió una noche. Padre dijo que a causa de un mal aire, que es lo que se dice cuando no se tiene la menor idea de por qué, pero yo siempre creí que fue de pena.

Al ver mi padre que tarde o temprano los soldados nos capturarían para llevarnos a la Berbería, donde vendían a los niños moriscos como esclavos, decidió regalarnos. A mi hermana Blanca, de un año, la entregó a unos campesinos sin hijos. Rodrigo, de tres, a un pastor. Vicentica, de cuatro, a una lavandera. Ángela, de seis, a un guantero para que le enseñase el oficio. Y a mí, que estaba a punto de cumplir los ocho, me soltó en una calle próxima a la universidad.

—Siempre te ha gustado el estudio, hijo mío —me dijo—. Así que busca entre los estudiantes un amo que te permita acompañarle en sus lecciones, y quizá logres licenciarte.

Dio media vuelta y se fue.

—¡No me dejes, padre!

—No lo haría si tuviera otra salida. —Tenía la cara llena de lágrimas—. Sé bueno, caritativo y decente, y nunca dejes de amar al prójimo, como te he enseñado. Vete ya; que cuanto más nos demoremos, más dolorosa será la despedida.

Fueron las últimas palabras que oí de su boca. Nunca más volví a verlo. Cuando se me pasó el llanto, busqué entre los jóvenes que acudían a la universidad algún estudiante que quisiera tomarme como criado. No lo hallé. Al atardecer, muerto de hambre y de miedo, me senté a llorar en los escalones del colegio mayor de Corpus Christi. Un clérigo se apiadó de mí y me aceptó como criado. En los cuatro años que estuve con él, me enseñó latín, gramática, aritmética, retórica, poética, mitología y demás saberes que impartía a los bachilleres. Y lo que es más importante, educó mi carácter en el esfuerzo y la perseverancia.

Gracias a él, me convertí en un mancebo cultivado y sensato. Le tomé tanto aprecio, que no me hubiera separado de él de no ser por algo que todavía me atormenta. Una noche regresó a casa muy tarde y algo borracho, cosa inusual en él. Yo le esperaba en la puerta del colegio mayor con el candil para alumbrarle los escalones.

—El rector acaba de despedirme porque no he accedido a dar el grado de bachiller a un recomendado suyo —dijo.

—Amo, no os disgustéis. Todo tiene solución.

—Esto no, Pere, esto no. Ya ni siquiera podré mantenerte.

—Da igual, seguiré con vos de todas formas.

Mis palabras lo emocionaron y me abrazó. Yo, conmovido, estreché el abrazo. Entonces, me besó en la mejilla. Yo, que lo quería como a un padre, lo besé también. Su boca se deslizó hasta la mía, y me aparté asqueado.

En ese preciso instante decidí abandonar al clérigo. Y así lo hice. Pero, por más que busqué, no hallé otro amo, y me vi obligado a subsistir mendigando. Cuando no recibía limosnas suficientes, robaba algún panecillo o alguna pieza de fruta en los mercados. Una mañana que había sustraído un tasajo de carne seca, los alguaciles cayeron sobre mí. Tuve suerte, en vez de llevarme a la cárcel, me pusieron bajo la custodia de un padre de huérfanos, cuyo cometido era tutelar a los niños desamparados para que aprendieran un oficio y se apartaran de la gallofería.

Aquel «padre de huérfanos» resultó ser el mayor gallofero de la ciudad, pues nos obligaba a mendigar o nos alquilaba para hacer trabajos y se quedaba con todo el dinero. Pasábamos un hambre espantosa, pero si descubría que nos habíamos guardado alguna moneda, aunque fuese tan solo una blanca, para comprar pan, nos azotaba con uno de los látigos o vergas que colgaba junto a la puerta de entrada a su casa. Para «delitos» más graves, como coger un mendrugo de pan sin permiso, tenía cepos de diversos tamaños, apropiados a la edad de sus pupilos —que tenían de tres a trece años— y, llegado el caso, nos aprisionaba de manos y pies durante una semana. Los dos primeros días no nos daba de comer y, a partir del tercero, solo pan y agua.

Los pupilos vivíamos aterrorizados. Una noche, emborrachamos al «padre de huérfanos», lo metimos en uno de los cepos y nos escapamos. Cuando unos vecinos lo liberaron, él nos denunció a la justicia. Huyendo de los corchetes, unos cuantos niños y yo llegamos a esta sierra donde nos ampararon los *roders*. Algunos de aquellos niños forman hoy parte de mi banda.

Conmovida por su historia, aún más triste que la mía, acaricié las manos de Perandreu. La mirada ardiente que me devolvió hizo que me ruborizara. Después de los desengaños sufridos, pensé que no volvería a interesarme ningún hombre. Pero la fuerza, el atractivo animal que desprendía Perandreu, me subyugaron. Comparados con él, Ramiro y el rey me parecieron barbilindos caprichosos y malcriados, sin más propósitos en la vida que divertirse y lucirse en la corte.

Perandreu se acercó y me besó. Nadie lo había hecho con tanta pasión. Además, había pasado tanto tiempo... Un cosquilleo recorrió mi cuerpo, dejándome sin fuerzas.

Nos interrumpieron unos golpes insistentes.

—¿Estáis ahí? —reconocí la voz del Borni.

—Sí —contestó el *roder.*

—¡Abre, deprisa!

Perandreu abrió la puerta.

—¿Qué ocurre?

—Después de que te fueras, Moltafel y el Gos regresaron al collado a ver si robaban a algún otro incauto —explicó el Borni precipitadamente.

—¡Necios! ¡Dejé dicho que nadie abandonara la cueva porque los soldados estarían al acecho, después de haberle robado a su furrier!

—Y así fue. Los soldados los estaban esperando y capturaron al Gos —continuó el Borni—. Moltafel logró huir y regresó a avisarnos. Ordené a los hombres que abandonaran la cueva de inmediato y se dirigieran al Pic del Mort.

—Bien pensado, Borni. Vayamos todos allí antes de que los soldados hagan hablar al Gos.

El Pic del Mort

El Pic del Mort o Pico del Muerto estaba situado a una legua de distancia de la morada secreta de Perandreu, y era el monte más alto de los alrededores. Cuando llegamos, Perandreu y el Borni dejaron los caballos atados a un árbol que crecía en una hondonada al pie de esa montaña. A continuación, ascendimos a la cima por un sendero escarpado, lleno de piedras, que provocaron que me resbalara en un par de ocasiones, despellejándome las manos.

Después de un penoso ascenso, llegamos a una pequeña meseta en uno de cuyos extremos se alzaba una cresta de granito de diez varas de altura, es decir, la cumbre de la montaña. Los veinte *roders* que formaban la banda estaban diseminados por la meseta, poniendo a punto sus arcabuces, pedreñales y pistoletes. Al no ver ni a Gayeira ni a Camila, pregunté:

—¿Dónde están mis amigos?

El Borni señaló el pico de granito.

—En un escondite que hay detrás de esas rocas —dijo.

—Ve junto a ellos —me indicó Perandreu—. En ese lugar estarás más protegida cuando lleguen los soldados.

En la base de la cresta de granito había unas rocas dispuestas de tal forma que ocultaban una oquedad. Era un escondite perfecto, pues no vi ni a Gayeira y ni a Camila hasta que entré. En cambio, desde el interior se divisaba tanto la meseta donde estaban acampados los *roders,* como la bella e inmensa sierra que rodeaba la montaña.

Después de abrazar a mis amigos y contarles lo ocurrido desde que me había separado de ellos, me asomé entre las rocas para averiguar qué hacían los *roders.* Perandreu charlaba, rodeado de varios hombres, alrededor de un túmulo de piedras con una cruz encima. «Debe de ser la tumba de algún *roder* importante. Por eso llaman "Pic del Mort" a esta montaña», pensé.

Di media vuelta para ver qué ocurría en la sierra. Vi en la lejanía a una fila de hombres, unos a caballo y otros a pie, que se acercaban.

—Han conseguido hacer hablar al Gos —masculle.

—¿Quién es el Gos? —preguntó Camila.

—Uno de los hombres de Perandreu. Los soldados lo han capturado y él ha debido de contarles dónde estamos.

Gayeira se asomó por donde yo me encontraba.

—Son muchos —dijo preocupado.

Los conté a bulto. Serían unos cien, quizá más, y los *roders* tan solo veinte.

—A fe mía que la cosa se está poniendo difícil —masculló Gayeira.

—Nunca creí que el rey pusiera tanto empeño en capturarme.

—Yo tampoco. De haberlo sabido le hubiera exigido a Jusepa que, a cambio de venir a rescatarte, me diera el papel de galán en todas sus comedias.

—Siempre podrás hacer el difunto.

—Me temo que ese es el papel que haremos todos dentro de un rato, si es cierto que esa compañía viene a buscarnos. Voy a hablar con los *roders,* por si desean que les eche una mano.

—Diles que nosotras también podemos disparar.

Gayeira salió de entre las rocas y se acercó a Perandreu, pero volvió enseguida.

—Me ha dicho que me quede con vosotras y que procuremos que no nos vean los soldados.

Vi que los bandidos colocaban rocas al borde de la meseta, supuse que con intención de arrojarlas a los soldados cuando trataran de subir. Luego, los *roders* se desplegaron por los senderos, ocultándose detrás de las rocas.

Perandreu y cinco de sus hombres se quedaron en la meseta. Encendieron una fogata junto a la tumba, lo que me pareció un despropósito, pues los soldados nos localizarían por el humo, si es que el Gos no les había dicho dónde nos escondíamos.

Salí de la oquedad y le dije a Perandreu:

—Entrégame a los soldados.

—¡No!

—Si no lo haces, os matarán a todos —insistí.

—Esa mujer está en lo cierto. Son demasiados, Perandreu.

—¡Cierra el pico si no quieres que te chirle, Alcaparrilla! —tronó Perandreu—. Y tú, Calderona, ¡regresa al escondite y no vuelvas a salir hasta que yo lo diga!

Obedecí sin rechistar, impresionada por la autoridad del *roder*. Desde la oquedad vi que Perandreu y los cinco hombres que se habían quedado con él apartaban las piedras que cubrían la tumba, y sacaban de ella un ataúd de madera. Estuve a punto de volver a salir y preguntarle por qué se entretenían en esa absurda tarea, cuando los soldados estaban a punto de llegar. Pero, visto lo visto, no me atreví.

A todo esto, los soldados dejaron el camino y giraron hacia la izquierda para acercarse al Pic del Mort. Ya no cabía duda de que venían a por nosotros. Al llegar, la mitad del batallón rodeó la montaña, supongo que para impedir que huyéramos. Los demás soldados comenzaron a ascender por los muchos senderos que conducían a la meseta donde nos encontrábamos.

Los *roders*, que los aguardaban apostados tras las rocas, empezaron a disparar en cuanto los tuvieron a tiro. Y les causaron quince bajas. Otros siete soldados perecieron aplastados por las rocas que los *roders* de Perandreu hacían caer desde lo alto de la meseta. El sonido de sus cuerpos al ser estrujados por las rocas o al despeñarse me provocaba un dolor insufrible, pues de alguna forma me consideraba responsable de aquella carnicería.

Los soldados que habían conseguido sobrevivir huyeron despavoridos, ladera abajo de la montaña, entre los gritos de júbilo e insultos que proferían los bandidos.

Yo sabía que los soldados volverían, y eran muchos más que

nosotros, a pesar de los que habían muerto. Así que, salí de la hendidura y me acerqué a Perandreu, que estaba agachado junto al ataúd.

—¡Entrégame! ¡No quiero que se derrame más sangre por mi culpa! —le dije.

—¡Vuelve a tu sitio! —contestó con tal fiereza que hizo que me estremeciera.

Perandreu levantó la tapa del ataúd. Me quedé atónita al ver que dentro no había un muerto, sino ¡vasijas de barro!

Perandreu cogió una, y les dijo a sus hombres:

—Colocad todas las que hay dentro del ataúd al borde de la meseta. —Al ver que yo seguía allí, añadió—: ¡Y tú lárgate de aquí, que es peligroso!

Cuando llegué junto a Camila y Gayeira, este me preguntó, intrigado:

—¿Para qué diantres están poniendo esas vasijas al borde del barranco?

—No lo sé —contesté, al tiempo que me encogía de hombros.

Nos asomamos entre las rocas para ver qué hacían los soldados. Se habían reagrupado y, uno que parecía ser el jefe, señalaba hacia arriba.

—Creo que están deliberando la forma de volver a subir —masculló Gayeira sombrío.

Efectivamente, un rato después, los soldados reanudaron el ascenso. Esta vez lo hicieron todos, en grupos de diez, sin dejar a ninguno abajo. Los que iban delante se protegían con rodelas de las piedras y disparos de los *roders*. Aun así, los bandidos, parapetados tras las rocas, abatieron a bastantes soldados, gracias a sus mosquetes de chispa.

—Tienen armas modernas estos *roders* —comentó Gayeira con admiración.

Pese a las bajas, los soldados siguieron subiendo. Cuando estaban a mitad de camino, Perandreu gritó a los bandidos:

—¡Subid todos a la meseta, deprisa!

Ni Gayeira, ni Camila, ni yo entendimos el porqué de aquella absurda orden, pues al no tener que hacer frente a los disparos los soldados avanzarían con más rapidez.

Perandreu y sus hombres esperaban impávidos al borde de la meseta.

—¿Qué hacen? ¿Es que no piensan defenderse? —preguntó Camila con un hilo de voz.

—Quizá hayan decidido entregarnos —siseé.

—Los soldados estarán rabiosos después de tantas bajas y querrán vengarse —dijo Gayeira.

—Toca morir —musité.

Gayeira asintió y agarró a Camila de la mano.

La potente voz de Perandreu, multiplicada por el eco, me hizo dar un respingo.

—¡Encended las mechas! —ordenó a sus hombres.

Nosotros tres nos miramos, preguntándonos a qué mechas se referiría. Los *roders* cogieron tizones de la hoguera que habían encendido un rato antes y los acercaron a las vasijas como si quisieran prenderlas.

—¡Arrojadlas por el barranco! —gritó Perandreu.

Camila, Gayeira y yo intercambiamos otra mirada de desconcierto. Pero, al ver que las vasijas estallaban al chocar contra las rocas, el suelo o los cuerpos de los soldados, no nos fue difícil comprender que estaban llenas de pólvora. Poco después las laderas del Pic del Mort se llenaron de fragmentos humanos y regatos de sangre. Fue un espectáculo espeluznante, cuyo recuerdo aún me sobrecoge.

Los soldados huían enloquecidos despeñándose muchos de ellos. Los *roders* los persiguieron ladera abajo, dando alaridos de júbilo. Los mataron a todos o a casi todos, ignoro si alguno consiguió huir porque me tapé los ojos para evitar ver la carnicería. Lo que sí vi fue cómo se apoderaban de las pertenencias de los soldados: dineros, armas, joyas, ropas, provisiones y caballos.

Media hora después, los *roders* regresaron exultantes a la meseta en lo alto de la montaña, donde los esperaba Perandreu.

Camila, Gayeira y yo salimos del escondite para escuchar lo que decían.

Los bandidos informaron a Perandreu de que el botín había sido cuantioso y sus bajas, pocas: dos muertos y ocho heridos; cinco de pierna, tres de cabeza y uno de brazo.

Después de la celebración, Perandreu dijo a sus hombres:

—Más pronto que tarde enviarán más soldados. Así que lo mejor será desaparecer. Encerraos en la cueva y no salgáis de ella más que para lo que sea absolutamente imprescindible. Llevaos a esos dos —señaló a Gayeira y Camila.

—¿Tú no piensas venir con nosotros, Perandreu? —preguntó un hombre nervudo de mirada siniestra.

—No, Matalotodo.

—¿Te vas a quedar con la comedianta?

—Sí.

—Ese no es el acuerdo que tenemos.

—A cambio renunciaré a mi parte del botín de hoy.

—¡Entonces, que la disfrutes! —Matalotodo soltó una carcajada, que fue coreada por el resto de los bandidos.

Perandreu me llevó de vuelta a su escondite secreto, y...

—¿Os forzó...? —la interrumpió fray Matías.

La abadesa se puso en pie y, mientras se dirigía a la ventana, respondió:

—Perandreu nunca haría tal cosa. Ni sus hombres, tampoco. Aunque yo entonces no lo sabía, los *roders* tienen por lema proteger a las mujeres perseguidas por la justicia. Además, se había enamorado de mí. Y yo de él.

La religiosa fijó la vista en los prados blanquecinos por la escarcha que se extendían más allá del monasterio.

—Me resulta incomprensible que, después de haber sido amada por el rey más poderoso de la tierra, os enamoraseis de un vulgar bandido.

—Se ve a las claras que nunca habéis estado enamorado, fray Matías. ¡Ningún bandido es vulgar!

La abadesa esbozó una sonrisa y añadió:

—Perandreu era completamente distinto a los barbilindos

que yo había tratado en la corte. Era valeroso, inteligente, culto, indómito, ¡y tan masculino! El tiempo que pasé a su lado fue el más feliz de mi vida.

—Me duele oíros decir eso, reverenda madre. Se resiente la imagen que me había formado de vos.

—Sois demasiado joven para entender.

—¿Sabía ese bandido que estabais preñada?

—Aquella noche se lo conté todo. Incluso lo que no había confiado a mis amigos. Tenía una confianza ciega en él.

—Hacía poco tiempo que lo conocíais.

—Sí, pero acababa de descubrir el auténtico amor, la pasión, el deseo...

El fraile carraspeó.

—Os sugiero que volváis al relato, reverenda madre. He de irme antes de una semana y, si os extendéis en calificaciones, no lograremos concluir.

La abadesa lo miró burlona.

—Si me explayo en ciertos detalles es para que se entienda por qué actué como lo hice. No obstante, procuraré abreviar. Pero será a partir de mañana. Prefiero dejar la escritura por hoy.

—Como gustéis, doña María Inés.

—Doña María de San Gabriel en religión —le corrigió la abadesa poniéndose en pie.

A QUIEN BIEN SE QUIERE, SE LE DICE LO QUE SE SABE
Y SE LE DA LO QUE SE TIENE

El día amaneció todo lo espléndido que le puede parecer a una mujer enamorada. Las cumbres rocosas de aquella bella sierra refulgían con los primeros rayos de sol.

Después de nuestra primera noche de amor, Perandreu me llevó a desayunar a una cristalina fuente que manaba cerca de su casa. Cuando acabamos de comernos las gachas que él había preparado, me dijo muy serio:

—Quiero que pasemos juntos el resto de nuestra vida, Calderona.

Nunca nadie me había tratado con tanto cariño, y su mirada mostraba tanto amor que se me encogió el corazón cuando tuve que responderle:

—Nada me gustaría más que quedarme a tu lado, pero debo volver a la corte a recuperar a mi hijo.

—Quizá sea tiempo de que lo olvides y empieces a mi lado una nueva vida con ese hijo que esperas, que ya siento como propio, si tú me lo permites.

—Se trata de mi otro hijo, de Juan José. ¡De mi pequeño!

—Durante años has podido vivir sin él.

—¡Lo busqué con desesperación! Tras muchas pesquisas, tres años después logré averiguar que lo habían entregado a una nodriza llamada Magdalena que se lo llevó a León. Allí me contaron que la tal Magdalena había muerto y nadie supo —o no quiso— decirme nada acerca de mi hijo. Un poco más adelante, me llegó el rumor de que el niño no había superado la puericia y había muerto también. Desesperada, le pregunté al rey por nuestro hijo. Desmintió con desgana que Juan José hubiera muerto, pero tampoco me aclaró dónde se encontraba, dejándome con la duda de si era cierto o no que había muerto. Antes de huir, Ramiro me confirmó que estaba vivo y la razón por la que me lo habían arrebatado. ¡Tengo que ir a la corte a recuperarlo, Perandreu! ¡Es mi hijo! ¡Y podría estar en peligro!

Perandreu se pasó la mano por la boca.

—¿Y si Ramiro te hubiera engañado, María Inés?

—No lo creo. Lo que me contó explica el secretismo con que se llevó todo el asunto.

—Aun así, no tienes pruebas.

—Ninguna de las hijas que la reina había tenido antes de Baltasar Carlos había logrado sobrevivir más allá de año y medio. Y Baltasar Carlos sí lo ha hecho. Ya tiene siete años. ¡Es mi hijo! ¡El príncipe Baltasar Carlos es mi hijo, es Juan José! ¡Tiene que serlo, Perandreu!

—Si eso es cierto nunca te lo devolverán, María Inés. Sería mejor que renunciaras a él.

—No puedo. Debo protegerlo.

—¿De qué?

—Después de seis años de infertilidad, la reina tuvo en enero del pasado año una niña muy débil. Cuando me apresaron estaba muy enferma, puede que haya muerto. ¡Dios la tenga en su seno si así ha sido! —respiré para coger aire. La pasión con la que hablaba hacía que me sofocase—. El problema es que ese nuevo parto demuestra que la reina sigue siendo fértil. Si tuviera un hijo varón, mi Juan José, o Baltasar Carlos como quiera que lo llamen, estaría en peligro.

—¿Por qué iba a estar en peligro, Calderona?

—¡Porque se desharían del bastardo! ¡Lo harían desaparecer! ¡Tarde o temprano moriría en un accidente o de una enfermedad súbita!

—Me resisto a creer que sean capaces de tal cosa.

—¡Cómo van a permitir que un bastardo herede el trono habiendo un heredero legítimo! ¿Entiendes por qué debo regresar cuanto antes a la corte?

Perandreu asintió pensativo.

—Iré contigo —dijo.

—No, Perandreu. Lo que me propongo es muy peligroso.

—Razón de más para acompañarte.

Aquel hombre me importaba mucho e insistí tratando de disuadirlo:

—Si todo sale bien, te prometo que regresaré a tu lado con mi hijo, Perandreu. ¡Y no volveré a separarme de ti, lo juro por Dios Nuestro Señor! Pero no quiero que me acompañes. Tú no significas nada para el rey ni para Olivares. Te matarían sin pensárselo.

—He estado a punto de ser colgado en la picota en dos ocasiones. No temo a la muerte, María Inés. Solo a vivir sin ti.

Mis ojos se humedecieron.

—Así que, quieras o no, te acompañaré, Calderona. Eso sí, creo que deberíamos quedarnos en Valencia un par de meses para dar tiempo a que la noticia de tu «muerte» llegue a Madrid. Así estarán más descuidados, y...

—No puedo quedarme dos meses en Valencia —le interrumpí—. Entre otras razones, porque no tengo suficiente dinero.

Perandreu me condujo de la mano hasta un árbol muy alto, que crecía a pocas varas de la fuente. Desde él, caminó treinta pasos en dirección este hasta tropezarse con una piedra del tamaño de una cabeza de niño. Debajo, enterrada a seis pies de profundidad, había una caja de madera. La abrió. Estaba repleta de escudos de oro.

«El botín de sus robos», pensé.

—Con este dinero tendremos suficiente para rescatar a tu hijo y, después de que nazca el otro, viajar los cuatro a un lugar donde no puedan encontrarnos.

—Si todo saliera bien... —musité con voz inaudible, tanto que Perandreu no se enteró.

—Tengo una pregunta que hacerte: ¿vas a permitir que tus amigos nos acompañen?

—No. Ellos desconocen la razón por la que voy a Madrid, y no quisiera ponerlos en peligro. Bastante han hecho ya por mí.

—Insistirán en ir de todos modos.

—Lo sé. Gayeira prometió a Jusepa que me cuidaría y no faltará a su palabra. En cuanto a Camila, sospecho que no querrá separarse de mí, y menos de Gayeira. Pero hemos de evitar como sea que nos acompañen.

—Ya se nos ocurrirá algo —replicó Perandreu.

Cogió un puñado de escudos del cofrecillo y llenó con ellos su bolsa. Se la ató a continuación debajo del sobaco, cosa que no me extrañó, pues en Madrid había visto a muchos hombres proteger de ese modo su dinero de los cortabolsas. Lo que sí me sorprendió fue verle meter doscientos escudos en el dobladillo, cubierto con un galón, que recorría el vuelo de su capa. Y otros cien más en los compartimentos secretos que había en los tacones y en las suelas de sus zapatos.

—¿Vas a llevar toda esa fortuna encima? ¿No temes que te roben?

—Sería un desdoro que tal cosa sucediese a un experto del mangue —replicó riendo.

Volvió a enterrar el cofrecillo, ya medio vacío, en el mismo lugar donde estaba. Mientras colocaba la piedra encima, dijo:

—Si me sucediera algo, ya sabes dónde está el dinero.

Se me partió el corazón solo de pensar que Perandreu pudiera morir. Pero, ¡a qué mentir! Ambos sabíamos cuán peligroso era rescatar a mi hijo.

Faltaba poco para el mediodía, cuando regresamos a caballo a la cueva de los bandidos. Nada más entrar, Perandreu reunió a sus hombres, y les dijo:

—Voy a ausentarme durante tres meses, quizá cuatro. El Borni me sustituirá hasta que vuelva.

—Es facultad nuestra elegir a un nuevo jefe cuando otro deja su puesto —replicó Matalotodo desafiante.

Perandreu lo miró con fiereza. Luego, para mi sorpresa, sonrió y le palmeó la espalda.

—Así se hará cuando yo muera, Matalatodo. Pero no tengo ninguna prisa en que eso ocurra. ¿La tienes tú?

—Nooo, jefe.

—Entonces, el Borni quedará al mando.

Después de almorzar, Camila, Gayeira y yo emprendimos a pie el viaje a Valencia escoltados por Perandreu. No llevábamos más equipaje que el bolsón de cuero de Gayeira en el que iban las perlas y el vestido de seda que me había regalado el rey.

A mis amigos les alivió alejarse de la cueva y de la compañía de los bandidos. Pero trataban a Perandreu con recelo. Por más que les aseguré que podían fiarse de él, no me creyeron.

La abadesa hizo una pausa, ensimismada en sus recuerdos. La estancia quedó en completo silencio, sin que el rasgar de la pluma en el papel lo rompiese. Cuando la religiosa dirigió la mirada hacia el fraile, vio que este había dejado la pluma en el tintero y la contemplaba con expresión de asombro.

—Veo que lo que acabo de revelar os ha dejado pasmado, fray Matías.

El religioso carraspeó.

—No es eso, reverenda madre.

—¿De qué se trata entonces?

—Pensaba que no es de extrañar que vuestros amigos no se fiaran de ese bandido.

La abadesa soltó una carcajada.

—Os aseguro, fray Matías, que Perandreu era más de fiar que la mayoría de la gente que conocéis, incluyendo a los hermanos de vuestra congregación.

—¡Señora!

—Sois demasiado joven para conocer cuánto engañan las apariencias. En fin, seguiremos mañana, si no os importa.

—Como gustéis, sor María de San Gabriel.

VALENCIA

Llegamos a Valencia al atardecer del día siguiente, y nos alojamos en casa de un maestro de esgrima entrado en años —andaría por la cincuentena— llamado Joanot Gisbert. De camino a la ciudad, Perandreu me había contado que el maestro le había enseñado el manejo de la espada y lo quería como a un hijo.

La vivienda del maestro de esgrima, situada en el primer piso de una corrala, constaba de dos habitaciones: una sala y una alcoba con una única cama. Mientras el maestro Gisbert buscaba viandas para la cena, Perandreu me susurró que iba a contarle que nos habíamos amancebado la noche anterior y estábamos ansiosos de disfrutar de nuestro amor, para que nos cediera el dormitorio. Pero Gayeira se nos adelantó.

Cuando acabamos de cenar, se puso en pie y haciéndole una reverencia a Camila, dijo:

—Delante de todos estos testigos, te ofrezco mi mano, amada mía.

Camila lo miró turbada de emoción, y comprendí que se había enamorado de él.

—Si aceptas mi mano —continuó Gayeira—, esta misma noche compartiremos lecho. Pues amándonos como lo hacemos, no hay razón alguna para demorar el momento de gozarnos.

Por más que me cayera bien, Gayeira era un pícaro incorregible. O eso me pareció cuando le hizo a Camila aquella descarada proposición. Durante unos instantes dudé si advertir a Camila de que quería aprovecharse de ella. Pero me dije: «Después de haber pasado toda la vida encerrada en el convento, no le vendrá mal disfrutar un poco, si lo desea, claro».

No tardé en salir de dudas. Camila avanzó hacia Gayeira decidida a aceptar su mano. Pero a mitad de camino tropezó con una loseta suelta y se abalanzó sobre él, derribándolo. En el suelo, sellaron su compromiso dándose la mano.*

Joanot Gisbert se apresuró a ofrecerles la única alcoba de la casa.

Yo le pedí al maestro que me consiguiera vinagre y un trozo de lino. Cuando me los dio, llevé a Camila al dormitorio y la instruí sobre cómo usar el paño empapado en vinagre para evitar quedarse preñada. También le presté el vestido de seda blanca que me había regalado el rey cuando estaba embarazada de Juan José. Le hizo mucha ilusión. Temblaba cuando la ayudé a ponérselo. Después, se tumbó en el lecho a esperar a que entrara el que iba a convertirse en su esposo a los ojos de Dios, según me dijo. Para mí era solamente darse un gusto, pues tenía serias dudas de que Gayeira se convirtiera en su esposo ante los hombres. Pero no la desengañé. Era una lega en todo y no cometería semejante pecado sin la coartada del matrimonio.

Antes de que Gayeira entrara en el dormitorio, le advertí:

—Pórtate bien con Camila.

—Por quién me tomas, Calderona.

—Por lo que eres: un putero.

* Ofrecer la mano o darse la mano era sinónimo de promesa de matrimonio y, a partir de ese momento, no estaban mal vistas las relaciones sexuales.

—La quiero, María Inés.

—¿Ah, sí? ¡Y yo me lo creo!

—En serio. Nunca me había topado con una mujer como ella. A excepción de Jusepa, claro.

—¿Jusepa? Pero si te lleva más de veinte años.

—Por eso me enamoró Camila. Tiene su agudeza, su talento. ¡Y es mucho más joven!

—Te tenía por más frívolo.

—Si quieres conocer a una persona, no te fijes en lo que dice, sino en lo que ama.

—Me asombras, Gayeira.

—A mí me pasa otro tanto contigo: te tenía por una real puta. ¡Y eres una real cómica!

El halago me hizo reír. Pero mi risa se tornó en un rictus al pensar que nunca volvería a subirme a un escenario. Gayeira malinterpretó mi gesto.

—No temas por Camila. No la abandonaré. Es la mujer con la que siempre he soñado: lista, sagaz, valiente ¡y una gran cómica!

—Pues ¡que seáis felices! —musité emocionada. Ya que, de algún modo y por increíble que me pareciese, se había enamorado de Camila.

Lo abracé. Pese a mis reticencias iniciales, Gayeira se había revelado como un amigo leal, y lo quería. Jusepa sabía lo que hacía cuando lo envió a rescatarme.

Perandreu y yo dormimos esa noche en la sala, en compañía del maestro.

A la mañana siguiente, el maestro Joanot nos despertó muy temprano.

—Tengo que irme, mis lecciones de esgrima empiezan antes de las nueve. Os he dejado unas gachas en la cocina para que desayunéis. Encended una piña para calentarlas —le puso una llave en la mano a Perandreu—. Es la llave de la arqueta donde guardo las viandas. Dentro hay queso, chorizo, manzanas y naranjas. Coged lo que queráis si os quedáis con hambre.

—Con las gachas nos bastará, maestro —respondí.

—A nosotros, sí —dijo Perandreu—. Pero a saber con qué apetito se despiertan los de la alcoba. Habrán hecho mucho ejercicio.

Una hora después de que el maestro se hubiera ido, Perandreu golpeó con los nudillos la puerta del dormitorio donde Camila y Gayeira habían pasado su primera noche de amor. Gayeira entreabrió la puerta en camisa. Al ver a Perandreu, sonrió. Tras haber comprobado que no nos había entregado a las autoridades al llegar a Valencia, lo miraba con simpatía.

—¿Queréis desayunar?

—Sí, enseguida nos levantamos.

—¿Te gustaría acompañarme después al Grao, Gayeira?

—¿Qué es eso?

—El Grao es como llaman al puerto de Valencia.

—¿Qué se nos ha perdido allí?

—Tenemos que encargar los pasajes en la primera nao que salga de Valencia.

—Tiene que ser una que vaya a Nápoles —dijo Gayeira.

—¿No os sirve cualquier otro destino?

—No, queremos ir a Nápoles porque allí hay muchos españoles y podremos ganarnos la vida haciendo teatro en nuestra lengua.

—Así es —afirmé sin convicción. Perandreu y yo habíamos urdido aquel engaño el día anterior junto a la fuente, pero me resultaba doloroso tener que mentir a aquellos dos amigos tan leales.

En ese momento Camila salió del dormitorio. Cuando pasó por mi lado, le apreté la mano con disimulo. Por la forma en que sonrió, comprendí que todo había ido bien, y me alegré de corazón. El cariño que me inspiraba Camila era sincero y profundo, pese a que nos separara un mundo de educación y costumbres. Lo mismo me sucedía con Gayeira. Pese a lo distintos que éramos, los quería a los dos y confiaba en ellos. Nada une tanto como el infortunio compartido. ¡Qué diferencia con mis anteriores amistades cortesanas dominadas por la vanidad, los celos y el egoísmo!

Mientras desayunábamos, me percaté de que Gayeira y Perandreu congeniaban. De alguna forma ambos eran hombres acostumbrados a sortear toda clase de dificultades, y eso les hacía tenerse respeto y hasta admiración. Sonreí al ver que abandonaban bromeando la casa del maestro de esgrima.

El Grao de Valencia

Al atardecer, cuando regresaron, Gayeira y Perandreu nos contaron que por la mañana habían alquilado una barca y remado hasta la desembocadura del Turia, para llegar al Grao o puerto de Valencia.

Una vez que estuvieron en el muelle, preguntaron a los marineros por alguna nao que se dirigiera a Nápoles.

—Hace una semana que zarpó una flotilla de tres barcos con ese destino —nos dijeron que respondió uno—. Y no volverá a salir otra antes de tres o cuatro meses.

—¿Y hacia Francia? ¿Zarpa algún barco próximamente? —le preguntó Perandreu.

Gayeira dijo que no nos convenía ir a Francia, a lo que Perandreu había replicado:

—Cuanto antes abandonemos Valencia, mejor.

El marinero, oliéndose lo que pasaba, dijo:

—¿Tenéis permisos de embarque? Porque tanto para viajar a Francia como a Nápoles van a haceros falta.

Perandreu y Gayeira se miraron desconcertados.

—Yo podría conseguíroslos —prosiguió el marinero—. Falsos, naturalmente. Pero se tarda tiempo en hacerlos, por lo que convendría encargarlos cuanto antes.

—¿Cuánto costarían? —preguntó Gayeira.

—Son caros, pero no hace falta que me deis todo el dinero ahora. Si me adelantáis dos escudos mañana mismo los encargaré, y...

Perandreu, que se olió la engañifa, dijo:

—Tenemos permisos de embarque, gracias de todas formas.

Perandreu le explicó a Gayeira que el Grao estaba lleno de gentes de poco fiar y que, cuanta menos información dieran, mejor.

—De cualquier modo, si lo que ha dicho es cierto, necesitaremos permisos de embarque.

—Tengo un amigo que quizá pueda conseguirlos. Pero es preferible que me entreviste a solas con él. La gente de la carda* es muy desconfiada —respondió el *roder*.

Después de dejar a Gayeira en una taberna que había frente al crucero del Grao, Perandreu se dirigió al Cabanyal en busca de Joan Romaní, un hampón que había sido compañero suyo en casa del «padre de huérfanos». Lo encontró en la acequia del Riuet, donde su gabasa, una manceba escuálida y desgreñada, ejercía su oficio con desgana.

—Necesito dos falsos permisos de embarque. ¿Puedes conseguírmelos, Joan?

—Serán caros.

—No importa. Aquí tienes tres reales de plata como adelanto. El resto te lo pagaré cuando tengas los permisos.

Le alargó el dinero al hampón, pero este, en vez de cogerlo, se pasó la mano por la boca dubitativo.

—¿Qué ocurre?

—Ayer aparecieron unos jaques por el Grao. Ofrecían una recompensa al que les diera información sobre una monja pelirroja de pelo corto y un cómico que la acompaña. Los permisos no serán para ellos, ¿verdad, Perandreu?

—No los conozco, Joan. Pero dime cómo son.

—¿Para qué?

—Si por casualidad los viera, me gustaría cobrar la recompensa.

Joan Romaní soltó una carcajada.

—Prefiero hacerlo yo, si se diera el caso, malandrín.

—Habrá otro real para ti por encargarte de los permisos, Joan.

* Rufianes, gente del hampa.

—De acuerdo, dame la descripción de tus amigos para que los encargue.

—Uno es un mancebo joven, más bien bajo, de ojos azules, pelo castaño y facciones delicadas. El otro es un hidalgo alto, de treinta años, pelo oscuro y ojos grises.

—Pásate a verme dentro de veinte días, a ver si para entonces están hechos.

—¿No podría ser antes, Joan? Mis amigos tienen prisa.

—Es difícil conseguir papel sellado para falsificarlos, date con un canto en los dientes si no tardan más —nos contó Perandreu que había dicho el rufo.

A continuación, volvió a la taberna del Grao a recoger a Gayeira y juntos regresaron a Valencia.

ESPADAS NEGRAS CON ZAPATILLAS

Joanot Gisbert se ganaba la vida impartiendo lecciones de esgrima en la plaza de San Francisco de Valencia. Para evitar que sus alumnos se hiriesen, el maestro usaba para los adiestramientos seis espadas negras —es decir, sin filo— y con zapatillas, que es como se llama a los botones de cuero que se ponen en la punta de los aceros para no lastimar al adversario.

Perandreu me explicó que, además de impartir lecciones de esgrima, el maestro Gisbert alquilaba las espadas negras a los que hacían duelos de exhibición. El público apostaba cuál de los contendientes saldría vencedor. Y una parte del dinero de esas apuestas las recibía el maestro en pago por el alquiler de las espadas y por el arbitraje de los combates.

Una semana después de haber llegado a Valencia, aburrida de estar encerrada —pues no me permitían salir, después de que el tal Romaní dijera que unos jaques andaban buscándome—, le pregunté una tarde al maestro Gisbert:

—¿Podría pelear con vos a espada?

—¿Habéis perdido el juicio, señora? La esgrima no es un juego para damas aburridas, sino un arte serio y peligroso.

—Por cómo habláis, presumo que sois seguidor de *La verdadera destreza*.

—Así es. ¡No hay método de esgrima mejor en el mundo! Todas las naciones nos lo intentan copiar.

—Pues sabed que yo tomé lecciones con don Luis Pacheco de Narváez, la figura primordial de esa escuela.

Abrió los ojos, atónito.

—¿Es eso cierto?

—Sí.

—¡Luis Pacheco de Narváez es el mayor maestro de esgrima del reino! Incluso ha dado clases a Su Majestad.

—¡Y a mí también!

—¿Cómo es eso?

—Se ha puesto de moda en el teatro que las mujeres hagan duelos. Para no desmerecer cuando me tocara escenificar alguno, le pedí al maestro Pacheco que me enseñara esgrima.

—¿Y aceptó daros lecciones siendo vos mujer? —Su incredulidad iba en aumento.

—El rey se lo pidió...

—Entiendo.

—Me impartió clases durante tres años. Opinaba que me había convertido en una esgrimista hábil.

—Una lisonja que no debería engañaros, señora. Las mujeres no están dotadas para este arte.

—Permitidme demostraros que sí.

Ante mi obstinación, el maestro Joanot Gisbert descolgó dos espadas negras del astillero, que estaba junto a la puerta de entrada, y me dio una.

—Mantened el brazo y la espada estirados, y moveos siempre hacia la izquierda —me dijo.

Fui consciente de que me trataba como a una novata, y decidí mostrarme como tal para que se confiara.

—Os ruego que no me ataquéis con demasiado ímpetu, maestro —dije, fingiéndome asustada—. Recordad que no tengo tanta fuerza como vos.

—Tener menos fuerza que vuestro adversario no debe asustaros, señora. La espada es como una palanca. Cuanta más distancia haya entre vuestro hombro y el punto de choque, más fuerza imprimiréis al golpe. ¿Estáis preparada para empezar?

—Sí.

—¡En guardia, entonces!

Durante un rato, me limité a parar sus golpes con torpeza, fingiendo saber menos esgrima de la que en realidad sabía. Cuando se confió, hice un atajo, y le lancé una estocada al cuello, de la que se zafó a duras penas.

—¡Bien hecho! —exclamó sorprendido—. Dios Nuestro Señor no creó a la mujer para la esgrima, pero con vos ha hecho una excepción, doña María Inés.

—¿Lo decís en serio?

—Sí, tenéis talento con la ropera. A menos que sea la suerte del principiante.

Crucé mi acero por encima del suyo para hacerle otro atajo. Pero él ya estaba en guardia y se zafó. A continuación, me hizo una línea en cruz, de la que me libré por los pelos.

—¡Buena salida!

—He practicado muchas horas.

El maestro colocó su espada sobre la mía. Yo la hice girar varias veces y la bajé de golpe para embestirle. Pero él adivinó mi intención y se apartó de un salto.

—¡Habéis ejecutado un ataque soberbio, señora! Pocos de mis alumnos lo igualarían.

El sudor me resbalaba hasta los ojos y me lo sequé con la manga. Joanot Gisbert aprovechó ese descuido para desplazar de un certero golpe mi espada hacia la derecha, agarrar la cazoleta de la misma con la mano izquierda y desarmarme.

—Durante un duelo, un solo instante de distracción podría costaros la vida, señora. ¡Recordadlo siempre!

Al ver mi cara de desolación, el maestro añadió:

—No os entristezcáis, sois una esgrimista muy hábil, capaz de anticipar los movimientos de vuestro oponente.

—Pero me habéis vencido.

—Me he tenido que emplear a fondo para conseguirlo. ¡Palabra de honor!

Reconfortada por sus halagos, le pregunté:

—¿Creéis que estoy preparada para disputar un duelo?

Joanot Gisbert se pasó la mano por delante de la boca.

—Para un duelo cortesano, sí, puesto que domináis las reglas de la verdadera destreza. Pero para disputar un duelo callejero es imprescindible conocer la esgrima vulgar y sus tretas, que son muy efectivas.

—Eso asegura Quevedo.

—¿Quién es Quevedo? ¿Un maestro de esgrima?

—No, es un escritor cojo, de lengua viperina y gran ingenio. Se enfrentó en duelo con don Luis Pacheco de Narváez. ¡Y lo venció!

—¿De verdad?

—Eso me han dicho.

—Eso confirma la conveniencia de que aprendáis las tretas de la esgrima vulgar.

—Enseñádmelas, os lo ruego. En la situación en la que estoy, probablemente tenga que usarlas.

El maestro sonrió al tiempo que asentía con la cabeza.

—La treta más frecuente es la encapada. Os mostraré en qué consiste. ¡Poneos en guardia!

Enrolló su capa en la mano izquierda a modo de escudo. Y en cuanto cruzamos las espadas, me la arrojó sobre la cara.

—¡Cegar al adversario con la capa es una treta sucia! —exclamé enojada.

—La esgrima vulgar está llena de ellas.

A continuación, el maestro Joanot me mostró otras variantes de la encapada: arrojar la capa sobre la espada del oponente; tirarle del sombrero hacia abajo para impedirle ver; darle una patada en los bajos...

—No son acciones muy caballerosas —opiné.

—En las peleas callejeras todo vale, doña María Inés. Lo importante es ganar. ¿Sabéis manejar la misericordia?

Se refería a la daga de mano izquierda, llamada también

quitapenas, que los bravos llevan en la espalda, oculta bajo la capa.

—No, maestro —contesté.

Joanot Gisbert se ofreció a enseñarme a pelear a dos manos, con espada y daga. Aseguró que en cuanto dominara la esgrima vulgar y la técnica de la pelea a dos manos, tendría muchas probabilidades de salir victoriosa en cualquier duelo. Yo acepté. Pues, como le había dicho, esas lecciones podrían serme muy útiles.

A partir de entonces, todas las tardes, después de que regresara de impartir sus lecciones en la plaza de San Francisco, el maestro me daba clase de esgrima.

Camila nos miraba pelear con curiosidad, sentada en un escabel que había junto a la ventana. Una mañana en la que estábamos solas, le propuse que practicáramos juntas los movimientos y trucos que me enseñaba el maestro. Me dijo que no. Yo la consideraba una mujer inteligente, de mente abierta. Pero los años pasados en el convento pesaban lo suyo y debió de parecerle una chifladura mi proposición.

—Saber esgrima podría serte útil —le dije.

—¿Para qué?

—Las compañías de teatro prefieren contratar a comediantas que sepan manejar la espada.

Este razonamiento decidió a Camila pues, como yo sospechaba, el teatro la había deslumbrado.

El maestro Gisbert la aceptó encantado como alumna. Ya no le parecía un dislate impartir clases de esgrima a mujeres.

Perandreu y Gayeira solían salir todas las mañanas a hacer compras, a pasear, o quizá más bien, a visitar la taberna. Mientras, nosotras dedicábamos las tres o cuatro horas que nos quedábamos solas a practicar los movimientos que el maestro nos había enseñado la tarde anterior. Camila, a quien la naturaleza había dotado de buenos reflejos, no tardó en adquirir bastante habilidad en el manejo del acero.

El maestro no salía de su asombro al ver que las dos únicas mujeres a las que impartía lecciones mostraran tanta o más aptitud que sus pupilos varones. ¡No sospechaba el mucho tiempo que Camila y yo dedicábamos a practicar movimientos y fintas!

CAMBIO DE DESTINO

Llegó el mes de marzo sin que Joan Romaní, el hampón amigo de Perandreu, nos hubiera conseguido los permisos de embarque. Nunca supimos si fue porque se había quedado con nuestro dinero, o porque no encontró a nadie lo suficientemente habilidoso como para falsificarlos.

Yo estaba a punto de entrar en el quinto mes de embarazo, y cada vez me costaba más disimularlo. No quería confesarles ni a Camila y ni a Gayeira que estaba preñada, para no hacerles partícipes de un secreto que podría ponerlos en peligro. Le pedí a Perandreu que fuera en secreto al Grao y contratase una nave que zarpase en los próximos días a donde fuese. Perandreu salió hacia el Grao al alba del día siguiente y regresó antes del mediodía.

—Me he encontrado a un amigo, y me ha contado que se ha enrolado en una nave que zarpa pasado mañana hacia Cádiz. Dijo que podría hablar con el capitán para que aceptara llevarnos.

—Queremos ir a Nápoles —objetó Gayeira.

—Mi amigo cree que el capitán nos admitiría sin permisos de embarque.

—Ya, pero no nos sirve.

Yo intervine:

—Es probable que nuestros perseguidores imaginen que queremos ir a Nápoles.

—No hay mejor lugar para un cómico —argumentó Gayeira.

—Y por esa razón —continué—, quizá, hayan mandado aviso para que nos apresen en cuanto desembarquemos. Lo que nunca se les ocurriría es que vayamos a Cádiz.

—¿Para qué demonios vamos a ir a esa ciudad?

—Cádiz está cerca de Sevilla y, desde Sevilla, se puede embarcar hacia el Nuevo Mundo, donde nunca nos encontrarían —contesté.

Gayeira, dubitativo, se pasó la mano derecha por la boca.

—¿Se hace teatro en el Nuevo Mundo? —preguntó.

—¡Por supuesto! Dicen que hay ciudades muy ricas, cuyos habitantes están deseosos de ver comedias.

—A saber si es verdad, María Inés. ¡Se exagera tanto con las cosas del Nuevo Mundo! ¿No has oído decir que las calles de Jauja están empedradas con piñones, y que corren por ellas arroyos de leche y miel?

—Lo de Jauja es un bulo, Gayeira, tenlo por seguro. Pero Paco Torres me contó...

—¿Quién es ese?

—Un cómico, amigo de Juan Rana.

—Si es amigo de Juan Rana, es de fiar. Pero ¿por qué tiene nombre de esclavo?

—En realidad se llama Francisco Torres, pero en Perú le dieron el apodo de Paco vete a saber por qué y, cuando regresó a España, los cómicos siguieron llamándolo así. Me contó que había hecho fortuna en Potosí, pues a los vecinos de esa ciudad les enloquecen las comedias y pagan lo que sea por verlas. ¡Y bien pueden hacerlo porque en Potosí hay una montaña de plata, que hace ricos a todos los españoles que llegan a esa ciudad!

—¿Entonces, ese tal Paco Torres volvió rico de Potosí?

—Hecho un perulero. Gracias a eso pudo montar una compañía de título en España.

Gayeira meditó unos instantes.

—En mi mocedad soñaba con viajar al Nuevo Mundo. Pero así, tan de repente, me cuesta tomar la decisión.

Perandreu intervino:

—El capitán del barco me dijo que, por llevaros a Cádiz, cobraría tres escudos por cabeza.

—¿Tú no vendrás? —se sorprendió Gayeira.

—Les prometí a mis *roders* que solo me ausentaría tres meses, ya lo sabes.

—Pensé que no querrías separarte de María Inés.

—Vosotros la cuidaréis.

—Por supuesto, pero se os ve tan enamorados...

Gayeira agachó el cabeza. La idea de que Perandreu y yo nos separáramos le disgustaba.

—En Sevilla tendríamos el mismo problema que aquí: conseguir licencias de embarque —dijo a continuación—. La Casa de Contratación vigila con mucho celo a los que pretenden viajar al Nuevo Mundo.

Me apresuré a decir:

—En la corte oí hablar de una mujer que heredó de su madre, Francisca Brava, el negocio de fabricar licencias falsas. Una vez que lleguéis a Sevilla, preguntad por ella en el camino de Tudela.

Camila enarcó las cejas:

—¿Es que tú no vas a venir con nosotros, María Inés?

Me mordí los labios, contrariada por haberles revelado que no iría con ellos.

—No puedo.

—¿Por qué nos has engañado?

—Os dije que tenía que volver a la corte. He de averiguar algo que me importa mucho.

—¿Más que tu vida?

—Sí.

—En ese caso, iré contigo.

—Yo también —se apresuró a decir Gayeira—. Prometí a Jusepa que cuidaría de ti, y hasta que no estés a salvo no te dejaré.

Me emocionaba la lealtad de mis amigos, pero no podía permitir que me acompañaran. Tampoco se me ocurría la forma de impedirlo.

Perandreu intervino en mi ayuda:

—Tampoco pasaría nada porque retrasaras por un tiempo esa averiguación que tienes que hacer en la corte, Calderona.

Me guiñó un ojo sin que lo vieran ni Gayeira ni Camila. Dándome cuenta de lo que pretendía, dije:

—Supongo que podría retrasarla un par de años.

—Pues entonces, ¡vete con ellos al Nuevo Mundo! Cuando

regreses a España, en la corte se habrán olvidado de ti y podrás averiguar lo que quieres con más facilidad.

—Sea. Os acompañaré al Nuevo Mundo. Pero volveré a España dentro de dos años a más tardar.

El entusiasmo que mostraron mis amigos al saber que iría con ellos me produjo remordimiento.

Joanot Gisbert abrió en ese momento la puerta, y se sorprendió de vernos reunidos en la sala.

—¿A qué viene tanto alborozo? —preguntó.

—A que dentro de dos días zarparemos para Cádiz. ¡Y podréis gozar de vuestra casa a solas!

Noté un velo de tristeza en su mirada.

—Os echaré de menos —dijo con voz queda.

Después de almorzar, comenzamos a organizar el viaje. Acordamos que Gayeira se haría pasar por un hidalgo rico, y Camila y yo, vestidas de hombres, por sus criados.

A la mañana siguiente, Perandreu salió muy temprano hacia el Grao a pagar los pasajes para Cádiz. En cuanto abandonó la casa, me encaré con Gayeira.

—¿Vas a consentir que Perandreu pague los pasajes?

—Si ese es su deseo.

—¿Y las perlas que escondiste dentro de las nueces?

—¿Cómo sabes lo de...?

—Da igual. Ve a venderlas a un platero, y págale los pasajes a Perandreu cuando regrese. Luego, dame el resto del dinero para que vaya con Camila a comprar ropas y víveres para el viaje.

—Será mejor que te quedes en casa, no vaya a ser que alguien te reconozca. Iré yo con Camila a hacer las compras.

—De acuerdo. Dame dos perlas.

—¿Para qué?

—No te importa. Son mías.

Después de dármelas, se fue con Camila de compras. Y yo me quedé sola en casa.

El maestro Joanot Gisbert regresó más temprano que de costumbre, y me puso en las manos una cajita de cartón.

—Para que no olvidéis a vuestro maestro de esgrima.

Abrí la cajita. Dentro había una ropera de plata, del tamaño de un dedo meñique, con una cadena para llevarla colgada del cuello.

—Llevaré esta espadita siempre, maestro. —Se me saltaron las lágrimas—. En agradecimiento por lo mucho que me habéis ayudado.

—Ha sido un placer teneros en mi casa.

No es decoroso que una mujer abrace a un hombre, y menos a solas, pero el maestro Gisbert había sido para mí como un padre, y me eché en sus brazos. Cuando nos separamos, vi que tenía los ojos húmedos.

—Quisiera pediros un favor más, maestro.

—Lo que necesitéis.

Saqué las dos perlas de la faltriquera y se las di.

—Compradme dos buenas mulas y un par de vestidos de mujer elegantes.

—Esas perlas valen mucho, señora.

—Quedaos con el dinero que sobre, a cuenta del alojamiento y las lecciones de esgrima que nos habéis impartido.

Hizo un gesto de protesta. Tenía los ojos húmedos.

—No voy a aceptar que me devolváis dinero alguno, maestro.

—Haré lo que me pedís. Lo que no entiendo es para qué queréis las mulas si vais a embarcar. ¿No sería mejor que las comprarais en Cádiz?

—Mañana sabréis para qué las quiero. No digáis nada de esto a mis amigos, ¡os lo ruego!

—Descuidad.

EL FUERTE DEL GRAO

Abandonamos la casa del maestro de esgrima a eso de las siete de la tarde con intención de pasar la noche en la playa, pues el barco hacia Cádiz zarparía al amanecer.

Perandreu y Gayeira se veían muy apuestos con los trajes de

hidalgos recién comprados, pues ambos eran altos, esbeltos y gallardos. Camila y yo, vestidas de criados, los seguíamos arrastrando el pesado matalotaje* por las calles de Valencia. Al ver que nos retrasábamos, Perandreu se acercó a mí y me susurró:

—¿Estás bien?

—Sí, pero me cuesta tirar de tanto peso.

—En cuanto salgamos de la muralla, nosotros llevaremos el equipaje.

Gayeira, ignorando que estaba preñada, añadió sarcástico:

—Llamaría la atención que los amos fuéramos cargados y los criados, mano sobre mano.

Cerca de la puerta de la muralla, Camila se paró a secarse el sudor. También a ella le pesaba el equipaje.

—¿Para qué necesitamos tantos víveres? —preguntó señalando el matalotaje—. ¿No decís que el viaje a Cádiz dura solo una semana?

—En los viajes por mar hay que llevar siempre comida de sobra, por si una tormenta nos desviara de la ruta —le contestó Perandreu.

—No quiero ni imaginar lo que habrá que llevar para la travesía al Nuevo Mundo.

—Víveres para cuatro meses, o más —dije.

Camila me miró intrigada. Había vivido fuera del mundo y los viajes por mar le producían mucha curiosidad.

—¿Qué clase de víveres? —preguntó.

—Aquellos que sean resistentes a la humedad del mar: bizcochos, salazones, carne seca, legumbres, aceitunas, vino, limones, aceite, sal y vinagre. Ah, ¡también animales vivos! Gallinas, cerdos, pichones, conejos...

Camila se quedó pensativa, con la mirada perdida en las huertas que se divisaban al otro lado del Turia.

—Cruzar el océano ha de ser una aventura increíble.

Sus ojos chispeaban de ilusión, y eso sosegó mi conciencia.

Después de atravesar el Turia, nos internamos en un sinfín de

* Equipaje y previsión de comida para un viaje en barco.

huertos flanqueados de naranjos y moreras blancas dorados por el sol del atardecer. Al fin, tras media legua de caminata, avistamos el mar. Camila se subió a una duna para contemplar aquella masa de agua enrojecida por el ocaso.

—¡Es inmenso! ¡Y se mueve! —balbuceó impresionada por el espectáculo de las olas rompiendo en la arena.

—¿Nunca antes lo habías visto? —le preguntó Gayeira.

—No.

La cogió de la mano y le susurró:

—¡Pues en los próximos días te vas a hartar, pequeña!

Antes de llegar a la playa, vimos una fortificación de gran tamaño, y le pregunté a Perandreu qué era.

—El fuerte del Grao —contestó—. Dentro de sus murallas están las Reales Atarazanas y un pequeño pueblo denominado Vilanova Maris Valentiae, en castellano, Villanueva de la Mar de Valencia.

—No veo la entrada al fuerte.

—Está al otro lado, en la playa.

Efectivamente, casi al borde del agua estaba la entrada principal al fuerte del Grao, flanqueada por dos formidables torres. Y, enfrente, el puerto, que consistía en un largo embarcadero de madera que se introducía en el mar, a cuyos dos lados atracaban los buques.

—La penúltima nao es la vuestra, en la que embarcaréis de madrugada —dijo Perandreu señalándola.

Nos acomodamos para pasar la noche en la playa, a unas doscientas varas de distancia del fuerte y del embarcadero. Apenas sacamos el pan y los chorizos que llevábamos para cenar, nos vimos rodeados por una legión de pordioseros, pícaros y otras gentes de la carda. Así que abandonamos aquel lugar a toda velocidad. Teníamos intención de volver a las huertas a pasar la noche, pues aunque quedaban algo lejos del embarcadero, parecía un lugar más seguro.

Al pasar de nuevo frente a la entrada del fuerte, Perandreu reconoció a un gallofero con las orejas cortadas, que mendigaba en los escalones de un crucero de piedra:

—Aquel hombre fue mi hermano en casa del «padre de huérfanos». Se llama Pere, aunque todo el mundo lo conoce como Bocatorta.

El apodo le venía pintiparado a aquel pedigüeño, pues tenía la boca desfigurada por un tajo.

—Voy a saludarlo.

—¿Quieres que te esperemos aquí? —preguntó Gayeira.

—No hace falta, podéis venir conmigo si os apetece.

Los tres seguimos a Perandreu, que se acercó al mendigo y le preguntó:

—Pere, ¿te acuerdas de mí?

—Voto a Dios, ¡cómo no voy a acordarme, Perandreu! —El mendigo lo abrazó con gran cariño—. ¡No sabes la alegría que me da verte vivo y coleando, lagartón!

—¿Acaso me creías muerto?

—Hará cosa de un mes oí contar que una partida de soldados había dado una batida por tu..., llamémosle, coto de caza, y se dijo que la habías espichado.

—Ya ves que la noticia era exagerada. Dejé la sierra porque he cambiado de negocio.

—¿Ah, sí?

—Ahora me dedico al comercio.

El mendigo examinó las elegantes ropas de Perandreu.

—Ya veo que ha sido para bien.

—¿Qué tal te va a ti, Pere?

—Yo sigo como siempre: del apedreadero a las cuchilladas.

—¡Vive Dios! ¿Quién te ha rebanado las orejas?

—Unos tahúres, por culpa de una pesquería que salió mal.

—Deberías dejar de frecuentar a las gentes de la carda, Pere.

—¿De qué viviría entonces?

—¿No te habían dado una licencia para mendigar?

—Las limosnas solo dan para comer, Perandreu. Y yo tengo otros vicios: el vino, la baraja y darme una vez por semana un verde con una ramera de buen ver.

Perandreu sacó un escudo de oro de su bolsa, se lo dio.

—Pues que sea hoy.

El mendigo miró la moneda con incredulidad. Luego, la mordió y, al comprobar que era auténtica, exclamó:

—¡Dios te bendiga, Perandreu! ¡Siempre has sido un hermano para mí!

—Me ayudaste a escapar de casa del «padre de huérfanos», y eso no lo olvidaré nunca.

—Calla, o vas a hacerme llorar, jaquetón. ¿Qué te ha traído al Grao?

—Mejor será que no lo sepas.

—Cuenta conmigo para lo que sea menester: apedrear, dar cuchilladas...

—Me conformo con que nos busques un lugar seguro donde podamos pasar la noche, Pere.

—¿También a salvo de los guardias? —le guiñó un ojo a Perandreu.

—Claro. ¿Se te ocurre dónde?

Después de pensar unos instantes, el gallofero respondió:

—A veces, los favores cuestan dinero. No para mí, que soy tu amigo...

—El dinero no es problema, Pere.

—Seguidme entonces.

El mendigo nos condujo al interior del fuerte, que estaba dividido en dos zonas: al sur, se hallaba la pequeña villa de Vilanova, y al norte, las Reales Atarazanas. Según nos explicó Bocatorta, ambas estaban separadas por una muralla interior y se comunicaban con una puerta.

Lo primero que hicimos al entrar en Vilanova, a instancias de Bocatorta, fue ir a un mesón a comer las viandas que llevábamos para la cena, de las que el mendigo se embauló la mayor parte, pues pese a su cuerpo raquítico tenía unas tragaderas asombrosas. Después, Bocatorta nos llevó a la puerta que comunicaba Vilanova con las Reales Atarazanas.

—El guarda de este acceso es amigo mío. Si le sobornáis con unos cuantos maravedíes os dejará dormir dentro de las Atarazanas. ¡Y no hallaréis escondite mejor ni más seguro porque a nadie le está permitido entrar durante la noche!

Tras reflexionar un instante, Perandreu dijo:

—El problema está en salir. ¿A qué hora abren las puertas de las Atarazanas?

—Al amanecer, para que entren a trabajar los estibadores y carpinteros —replicó Bocatorta.

—Nuestra nao zarpará antes.

—Entonces, tendréis que buscaros otro sitio.

—¿Y si le ofreciéramos a tu amigo el guarda dos escudos?

—¿Dos escudos de oro? —preguntó el gallofero abriendo los ojos desorbitadamente.

—Se los daríamos a condición de que colocara una escala en el muro que da a la playa para que pudiéramos salir de las Atarazanas antes del amanecer, que es cuando zarpa nuestro barco. ¿Crees que tu amigo se avendrá a ese trato?

—¡No lo dudes, Perandreu! ¡Por dinero baila el perro!

LAS ATARAZANAS

En cuanto llegamos a la puerta que comunicaba la villa de Vilanova con las Atarazanas, el gallofero dio seis golpes con la aldaba. Dejó pasar el tiempo de rezar un padrenuestro y dio otros seis golpes, pero esta vez más espaciados. Tuve claro que era una señal convenida de antemano, porque el guarda que estaba al otro lado nos abrió la puerta enseguida. Era un individuo alto, de mirada penetrante y pelo oscuro. Nos examinó en silencio, con los párpados a medio cerrar, no sé si a causa del vino o la desidia.

—Estos amigos buscan un lugar seguro donde pasar la noche, Fercho —dijo Bocatorta—. Te darán dos escudos si, además de dejarles dormir aquí dentro, colocas una escala en el muro que da a la playa.

—¿Para qué?

—Su barco zarpa antes del amanecer y como las puertas las abren más tarde...

—De acuerdo, pasad —dijo el tal Fercho apartándose.

Me sorprendió comprobar que las Reales Atarazanas no eran un solo edificio, sino un espacio dedicado a la construcción de barcos y almacenamiento de mercancías, en el que había jardines, huertos, estanques para tratar la madera, y hasta un palacio muy hermoso de estilo italiano.

Fercho, el guarda amigo de Bocatorta, nos condujo hasta el edificio de las Atarazanas, que estaba formado por cinco naves de ladrillo unidas entre sí, lo que daba lugar a una construcción muy elegante. Dejó atrás la primera de las naves, donde vimos una galera a medio construir. Y la siguiente, llena de tablones de madera y herramientas de carpintero. Tampoco se paró en la tercera nave, llena de barricas y cajas de mercancías. Sí lo hizo en la cuarta, que contenía enormes rollos de calabrote.*

—Podéis pasar la noche dentro de esos rollos de cuerda, pero procurad abandonar el edificio antes de que lleguen los carpinteros y estibadores —nos advirtió el tal Fercho.

—Ya os hemos dicho que nuestra nave zarpa antes del amanecer.

—Entonces no habrá problema, pagadme.

—¿Colocaréis la escala junto al muro que da al muelle como os dijimos?

—Sí. Dadme el dinero de una vez.

Perandreu le dio un escudo de oro.

—Bocatorta dijo que serían dos.

—¿Veis aquel rollo de cuerda, el que está junto a la pared?

—Sí, ciego no estoy.

—Pues mañana, cuando hayamos comprobado que la escala está donde os hemos pedido, dejaremos el otro escudo dentro del rollo de cuerda.

—La escala estará, no os preocupéis.

—¡Buenas noches os dé Dios! —dijo Bocatorta agarrando del brazo al guarda.

Mientras se alejaban, imaginé que Bocatorta le pediría al tal Fercho una comisión por su mediación en aquel asunto.

* Maroma muy gruesa.

Cada uno buscamos un rollo de calabrote, acorde a nuestro tamaño, y nos metimos en él para pasar la noche acuclillados en su interior. Pese a la incomodidad de la postura, logré dormir varias horas, al igual que Camila y Gayeira.

Perandreu nos despertó antes del alba, y los cuatro nos dirigimos medio a tientas al muro de las Atarazanas que daba a la playa. El guarda había cumplido su palabra: allí estaba la escala que le habíamos pedido. En cuanto Perandreu la vio, regresó al almacén de las cuerdas a dejar, dentro del rollo, el otro escudo que le habíamos prometido a Fercho.

Gracias a la escala, que tenía escalones de madera, saltamos con facilidad al otro lado de la muralla.

Pese a lo temprano que era, la playa estaba llena de marineros, y Camila y yo nos vimos obligadas a retomar nuestro papel de criados y arrastrar el matalotaje por la arena, seguidas por Gayeira y Perandreu, que caminaban detrás de nosotras fingiéndose hidalgos ricos. Recorrimos el muelle de madera que penetraba en el agua hasta llegar a la penúltima nao, que Perandreu dijo era la nuestra.

Era evidente que se estaba preparando para zarpar, porque en los portones abiertos de estribor habían colocado rampas por las que los estibadores introducían en la bodega: cajas, barriles, bobinas de cuerdas, rollos de tela, aparejos y toda clase de bultos.

Perandreu le hizo una seña al capitán, que estaba en la proa hablando con el piloto. Al reconocerlo, el capitán ordenó a los estibadores que introdujeran nuestro equipaje en la bodega, y dijo a uno de los marineros:

—¡Gavo, echa una escala por la borda a esos viajeros para que puedan subir!

—¿No sería mejor que esperaran a que pongamos la rampa para los pasajeros, capitán?

—¡Vive Dios, son hombres, no damiselas! ¡Y estarán mejor aquí arriba que pasando frío en el muelle!

La escala que nos echaron por la borda no paraba de oscilar y tuve que pararme en varias ocasiones, pues el balanceo me producía arcadas. Camila, en cambio, subió con facilidad, pese a que era la primera vez que pisaba un barco.

El capitán, desde el cabestrante, hizo una seña a Perandreu y Gayeira para que se acercaran, y nosotras los seguimos. La cubierta estaba repleta de rollos de cuerda, maderas, barriles, jaulas con gallinas y palomas, tres cerdos y seis cabras que mordisqueaban todo cuanto encontraban. Nos costó bastante trabajo abrirnos paso entre aquella maraña de bultos, bípedos y semovientes.

Cuando llegamos junto al capitán, oí que este les decía a Gayeira y a Perandreu:

—Antes de que zarpemos, ordenad a vuestros criados que bajen a la bodega y aten bien el equipaje. Mientras, decidles que se quiten de en medio.

—¿Dónde pueden esperar? —preguntó Perandreu.

—En la toldilla —señaló una escalera que conducía a la cubierta que estaba encima de la popa.

Camila y yo subimos a la toldilla, que era la parte más alta del barco. Justo debajo, dos calafates alumbrados por un candil sujeto a una pértiga daban la última mano de alquitrán al casco. Camila se asomó por la barandilla a verlos trabajar, pues nunca había estado en un barco y todo le producía curiosidad.

Unos minutos después, el capitán ordenó levar el ancla. Camila bajó de la toldilla a ver cómo hacían girar el cabestrante los marineros. Sus músculos se hinchaban por el esfuerzo y brillaban a causa del sudor. A dos varas de la escalera había un cabo y Camila, distraída como estaba, tropezó con él. Al caerse profirió un grito demasiado agudo para un mancebo. Yo la había adiestrado para que hablase con voz grave y se moviese con brusquedad, a fin de que nadie sospechara que era una mujer. Pero al caerse, se le olvidó.

Un fornido marinero de piel color cuero corrió a ayudarla a ponerse en pie.

—¿Estás bien, mozuelo? —Tenía la voz grave y autoritaria.

—Sí, señor.

—¿Cómo te llamas?

—Camilo.

—¿Eres el nuevo grumete?

Yo, que llegaba en ese momento, respondí por ella:

—No, señor. No pertenecemos a la tripulación. Viajamos a Cádiz con nuestros amos.

El marinero nos miró alternativamente. Luego se acercó a Camila y le susurró:

—¿Sois amigos de atrás?

—Sí, señor. Somos amigos de hace años.

El marinero soltó una carcajada.

—Me refiero a otra cosa.

Yo capté de inmediato lo que insinuaba aquel marinero, pues había oído que algunos grumetes ejercen de putillos en los barcos. Agravando la voz todo lo que pude, dije:

—Camilo y yo servimos a aquellos dos hidalgos que están en la proa con el capitán. Y nos hemos criado juntos en un monasterio.

El marinero escupió, y se dio media vuelta para volver a sus tareas.

—¡Putos frailes! —masculló mientras se alejaba.

Cogí a Camila del brazo y la llevé a proa donde Gayeira y Perandreu hablaban con el capitán. Justo cuando llegamos a su lado, oímos que el contramaestre gritaba:

—¡Que los visitantes abandonen la nao!

Perandreu abrazó a Gayeira.

—¡Que tengáis un buen viaje y hagáis fortuna en el Nuevo Mundo!

—Con que podamos ganarnos la vida representando comedias será suficiente, amigo Perandreu —contestó Gayeira estrechando el abrazo. Se habían cogido mucho aprecio.

Yo tragué saliva consternada. Había llegado el momento de decirles a mis amigos que me quedaba en Valencia. Y me faltaba el valor. Me acerqué a Gayeira. Quise hablar, pero no me salían las palabras. Solo me temblaban los labios. Gayeira me miró fijamente a los ojos, y sonrió con un deje de amargura:

—Calderón, lo que sea que vayas a hacer en la corte, deseo

con toda mi alma que te salga bien. —Se había dado cuenta de que me quedaba.

Abrió su zurrón de cuero y me dio el saquillo de nueces.

—Solo quedan cinco. Las demás las he gastado... en ti.

—Lo sé, Gayeira.

—Quiero que sepas que siempre tuve intención de devolverte las que sobraran.

—Quedáoslas como regalo de boda —farfullé con la voz rota.

—No, Calderón. Las necesitarás para viajar a la corte.

—Yo tengo dinero suficiente —intervino Perandreu—. Y a vosotros os vendrán bien para comenzar en el Nuevo Mundo.

Me acerqué a Camila. La mirada de reproche que me dirigió me hizo daño.

—Lo siento. Me hubiera gustado acompañaros, pero no puedo. ¡Perdóname, Camilo!

Traté de abrazarla, pero ella se dio media vuelta.

—No tenías por qué habernos engañado —masculló de espaldas.

Me quedé quieta, en silencio, esperando que dijera algo, que me perdonara.

Los visitantes estaban bajando a tierra. Perandreu me cogió de la mano y me ayudó a descender por la rampa que los marineros habían colocado en la barandilla de la nao.

Yo iba llorando...

La despedida

Cuando Perandreu y yo llegamos al muelle, tuve que apoyarme en el costado del buque porque me temblaban las piernas. ¡Tan compungida estaba!

—¡Listos para zarpar! —oí que gritaba el capitán.

—¡Que tengáis una vida feliz! —farfullé mirando a mis amigos con los ojos anegados de lágrimas.

Camila seguía vuelta de espaldas. No me había perdonado.

La nave dio un bandazo y comenzó a moverse. Entonces, ella se volvió y dijo:

—¡Nunca te olvidaré, *amigo*!

—Ni yo a ti. ¡El mejor *amigo* que he tenido! —Y añadí *sottovoce*—: Y el más auténtico.

Estallé en sollozos. Varios marineros y familiares, que habían ido a despedir a los que viajaban en el barco, se acercaron a ver qué me ocurría. Para que no se dieran cuenta de que era una mujer, Perandreu dijo en voz alta:

—¡Dejaos de lloriqueos, mozos, que ya sois mayorcitos! ¡Gayeira, ordena a tu criado que baje a la bodega a atar el equipaje como dijo el capitán!

—¡Vive Dios! ¡Se me había olvidado! Gracias, Perandreu. —Volviéndose a la joven, añadió—: Camilo, baja a la bodega a atar el matalotaje.

Camila se quedó inmóvil, mirándome, con las manos agarradas a la borda y los ojos inundados de lágrimas. Gayeira, viendo que llamaba la atención de la gente del muelle, le dio un empujón.

—¡Muévete, mancebo, que pareces lelo! ¡Date prisa en atar el matalotaje, que el capitán dijo que hay que hacerlo antes de que zarpe la nave!

Cuando Camila se separó de la borda, se me partió el corazón al pensar que nunca más volvería a verla. Pese al poco tiempo transcurrido desde que la conocí, llegué a estimarla mucho, como a pocas de mis amigas. Admiraba su franqueza, valentía e ingenio. Aquella lega, que tan ruda me había parecido al principio, me había demostrado que valía por lo menos lo que un hombre. ¡Incluso lo que dos!

Me pegué todo lo que pude al costado de la nao, y susurré:

—¡Gayeira, júrame que la cuidarás siempre!

—Lo haré, Calderón. Te lo prometo.

—Incluso si dejas de quererla, ¡protégela!

—Eso no sucederá, al menos por mi parte. Y tú, Perandreu, cuida de esa... de ese comediante, que vale su peso en oro.

—Lo sé, Gabino.

Se me hizo un nudo en el pecho. En menos de cuatro meses, lo había perdido todo. Incluso a aquellos dos amigos.

La nao se separó lentamente del muelle. Se me llenaron los ojos de lágrimas y comencé a sollozar otra vez. Perandreu me agarró del hombro y me empujó para que caminara por el muelle.

—Vámonos, mozo, que tengo negocios urgentes que atender en Valencia.

Recorrí el muelle de madera cabizbaja, con el corazón encogido. Al desconsuelo por separarme de aquellos dos seres entrañables, a los que tanto debía y tanto cariño había tomado, se unía la certeza de que, con aquel adiós, se iba también el último nexo con mi profesión de cómica. «El rey se ha salido con la suya: ha conseguido separarme de todo lo que amo», pensé.

Como si hubiera adivinado mis cavilaciones, Perandreu susurró:

—Yo nunca me separaré de ti, comedianta. En lo bueno y en lo malo, estaré siempre a tu lado.

Su declaración de amor me conmovió.

Las huertas de Valencia

Regresamos a Valencia por el mismo sendero que habíamos tomado la tarde anterior para ir al Grao. Transcurría entre naranjales, que desprendían un delicioso olor a azahar del que yo era incapaz de disfrutar. ¡Nunca en todas mis idas y venidas de cómica había caminado tanto! Ni con tanto dolor: Afectada por la separación de mis amigos, caminaba en silencio, con la mirada clavada en el suelo.

—¿Qué te ocurre? —me preguntó Perandreu.

—Siento haber dejado a mis amigos.

—¡Me tienes a mí!

—Lo sé, Perandreu, pero...

—¿Sabes qué te digo, Calderona? ¡Necesitas un poco de diversión! ¡Sígueme!

Corrió hacia el naranjal que estaba a unas doscientas varas de distancia, se encaramó a un árbol y comenzó a tirarme naranjas. Yo las esquivaba y le tiraba a mi vez todas las que podía. Acabamos muertos de risa. Este juego me trajo a la memoria la estrofa de un verso de Lope de Vega.

Naranjitas me tira la niña
en Valencia por Navidad...

Mi última Navidad la había pasado huyendo por la sierra, en compañía de Camila y Gayeira. Poco que ver con las divertidas fiestas navideñas que había disfrutado en la corte. «Nada volverá a ser como antes», me dije. Perandreu sonrió. Su sonrisa, de dientes blancos y bien alineados, refulgía en su rostro moreno. «Aunque algunas cosas son ahora mejores.»

Nunca había tenido un hombre como aquel.

Cerca del naranjal había un canal de riego por el que apenas circulaba agua.

—¿Quieres que nos sentemos dentro de aquella acequia a comernos las naranjas? —me preguntó Perandreu.

—Sí, me vendrá bien descansar un rato. Esta noche he dormido poco.

Cuando acabamos de comernos las naranjas, oímos unas risotadas lejanas. Perandreu arrancó unas matas de hierba, y se las puso delante de la cara para asomarse por encima de la acequia sin que le vieran.

—Se acercan seis bravos —dijo. A continuación, sacó las dos pistolas de rueda del cinto y las cargó—. Hemos de ser precavidos.

Yo pensaba que los jaques pasarían de largo, y me quedé tranquilamente sentada en la acequia a esperar a que se fueran. Perandreu seguía vigilando. Yo arranqué otra mata de hierba y me la puse delante para asomarme también.

Los jaques estaban a unas trescientas varas de distancia y parecían buscar algo porque avanzaban muy despacio, inspeccionando todas las hondonadas o lugares donde pudiera esconderse alguien y mirando a cada paso detrás de las rocas y de los árboles.

—¿Crees que nos buscan a nosotros? —pregunté cada vez más preocupada.

—No tardaremos en averiguarlo —contestó Perandreu.

Un par de urracas se metieron en la acequia a beber del hilo de agua que corría en su interior. Al rato, los pájaros comenzaron a pelearse a picotazos, emitiendo su característico pica pica. El revuelo que armaron llamó la atención de los bravos. Perandreu amartilló las pistolas.

—¡Id a inspeccionar aquella acequia, por si se han escondido dentro! —dijo uno de los jaques, seguramente el jefe.

Dos de los bravos se adelantaron a registrar la acequia, mientras los otros cuatro seguían inspeccionando la zona.

—¡Nos encontrarán! —exclamé aterrada.

—Voy a salir a hacerles frente —respondió Perandreu con calma—. Tú, corre y, pase lo que pase, no te detengas. ¡Ponte a salvo, Calderona!

Metió una de las pistolas al cinto, tocó su espada, para asegurarse de que seguía en su sitio, y luego me besó en los labios. A continuación, salió de la acequia dando alaridos con la espada en una mano y la pistola de rueda en la otra. Antes de que los jaques pudieran reaccionar, disparó al que venía en cabeza, que cayó fulminado.

Confieso que mi primer impulso fue echar a correr. Pero no podía permitir que Perandreu se enfrentase solo a los seis jaques para que yo pudiera salvarme. Cosa que era muy incierta.

Desenvainé la espada.

Me temblaba la mano.

Recordé la frase que me había dicho en una ocasión el maestro Gisbert, cuando le comenté el miedo que me daba enfrentarme a un rival: «Ser valiente, amiga mía, no es no tener miedo, sino saber vencerlo». Respiré profundamente, salí de la acequia y avancé hacia los jaques con la espada por delante.

Perandreu arrojó un puñado de tierra a los ojos del otro jaque, y lo derribó de una patada. Al caer al suelo, el matón se golpeó contra una piedra. Por el sonido que hizo su cráneo, no me cupo duda de que había muerto.

Otros dos matones llegaron corriendo y acometieron a Perandreu espada en mano. Me acerqué a ayudarlo.

—¡Vete de aquí! —me gritó.

Sacó la daga de mano izquierda e hizo frente a los dos matones a la vez. Me quedé pasmada al ver la agilidad con que Perandreu giraba y saltaba para zafarse de sus oponentes. Nunca había visto a nadie pelear con tal habilidad y energía. Tras hacerle una torneada al jaque que estaba a su izquierda, Perandreu lo remató de una estocada. Pero otro jaque le propinó una fuerte patada en la cadera y lo derribó. Dirigió su acero al corazón de Perandreu.

—¡Apártateee! —grité desaforada.

Perandreu se dio media vuelta, y el jaque solo le alcanzó en el brazo derecho. Yo aproveché para ensartar mi espada en la espalda del matón, y cayó fulminado. Nunca había matado a nadie, y una náusea de repugnancia y remordimiento me paralizó.

—¡Bien hecho, Calderona!

—¿Estás bien?

—Sí, solo me ha hecho un rasguño —dijo tocándose el brazo derecho.

Los dos matones que se habían quedado atrás llegaron en ese instante. Uno era bajo y corpulento. El otro, largo como un eructo de burro, o, para decirlo mejor, como un día sin pan. Perandreu difícilmente podría hacerles frente, porque seguía en el suelo, con el brazo derecho herido. Al ver que se disponían a atacarlo, me puse delante. Debí de parecerles un contrincante despreciable, dada mi baja estatura y poca corpulencia, porque los jaques se echaron a reír. Que me tuvieran en tan poco me dio ventaja. Fingí retroceder asustada. Y cuando estaban confiados, avancé como un rayo, golpeé la cazoleta del jaque grueso y le hice soltar la espada. Rápidamente, me volví hacia el jaque delgado y le clavé mi daga de mano izquierda en el brazo.

El jaque grueso recogió su espada del suelo y vino hacia mí enfurecido. Me hizo una garatusa de la que conseguí zafarme gracias a un hábil movimiento que me había enseñado el maestro Gisbert. A continuación, hice girar su espada con la mía, cosa que el fornido bravo se tomó a broma. ¡Tan seguro estaba de vencerme! Pero rápidamente avancé hacia delante y le di una estocada en el ojo que le atravesó la cabeza y cayó al suelo fulminado.

No me percaté de que el jaque delgado, al que había atravesado el brazo con la daga, se había puesto en pie y estaba a punto de ensartarme su espada en la espalda. Afortunadamente, Perandreu se dio cuenta y, disparando desde el suelo la pistola de rueda, lo mató.

—¡Peleas bien, Calderona! Creo que voy a admitirte en mi banda —dijo al tiempo que se levantaba—; pero, visto lo visto, no sé si me conviene amancebarme contigo.

—¿Estás bien? —le pregunté.

—Ya te dije que ha sido un pinchazo sin importancia; ni siquiera ha tocado hueso. De no ser por ti, me hubiera matado.

—¡Y a mí también, de no ser por ti, Perandreu!

Me dio una palmada en la espalda, como había visto que hacía a sus *roders*, lo que me llenó de orgullo.

—Formamos un buen equipo. Ahora volvamos a Valencia, compañera —dijo.

—Antes deja que te vende la herida.

—Lo harás más tarde. Podría haber más gente buscándonos.

Apenas nos habíamos alejado unos pasos de la acequia, cuando oímos gritar:

—¡Perandreuuu!

Era Bocatorta, que venía corriendo, sin aliento.

Al llegar donde estábamos, se fijó en los cadáveres de los jaques dispersos en el suelo.

—¡No he llegado a tiempo de avisaros, vive Dios! ¡Menos mal que no os han matado!

—Entre los dos les hemos dado su merecido.

—En Valencia os esperan más.

—¿Más jaques?

—Sí. Por lo visto, proteges a una dama muy importante.

—Me dedico a menesteres más provechosos que cuidar de damas, Pere.

—No me mientas, hermano, que me he dejado los hígados para venir a avisarte.

—¡Y te lo agradezco de corazón, Pere! ¿Cómo te has enterado de que nos buscaban a nosotros?

—Esta mañana he oído comentar en un corrillo del Grao que un grupo de jaques había venido al puerto en busca de una mujer disfrazada de hombre, que iba acompañada de tres más y que se disponían a embarcar. Me di cuenta de que se referían a vosotros y corrí a avisaros.

—¡Eres un amigo leal, Pere! ¡Gracias otra vez!

—Llámame Bocatorta, como todo el mundo. Ya no me suena bien Pere. Tus dos amigos que faltan habrán embarcado, supongo.

—Supones bien, Bocatorta.

—¿Dónde os alojáis?

—No acostumbro dar esa información.

—Pero yo soy tu amigo, tu hermano —replicó ofendido el gallofero.

—Ni aun así.

—Los matones comentaron que, si no os daban caza en el Grao, esta noche asaltarían la casa donde os ocultáis.

Perandreu enarcó las cejas extrañado.

—No me explico cómo han podido averiguar dónde estamos.

El mendigo se encogió de hombros.

Yo, sin molestarme en disimular la voz, pregunté al gallofero:

—¿Sabes quién ha contratado a esos jaques?

—Corren rumores, pero no me atrevo a repetirlos.

—Estás muy misterioso —dijo Perandreu.

—Ha de ser alguien muy importante y rico. Porque ofrece cien ducados al que entregue a la dama, ¡viva o muerta!

—¿Tanto? Si la encuentro, nos repartiremos la recompensa.

—¡No me tomes por bobo, Perandreu! Sé de sobra que la dama es tu criado. Escuchadme, no debéis volver a la casa donde os escondéis porque los jaques la conocen.

—No me explico cómo...

—¡Da igual! Conozco una posada donde los dos podréis pasar la noche a salvo. El dueño es amigo mío. Se llama Quim Faus.

—¿Es de fiar?

Bocatorta asintió.

—Él y yo garrafamos a medias a los huéspedes que se olvidan de echar el candado a sus maletas.

—No es muy tranquilizador.

—Yendo de mi parte, no corréis peligro de que os robe.

—¿Dónde está esa posada?

—En el barrio de la Xerea, en la calle d'En Gordó. Dile a Quim Faus que vas de mi parte.

—Gracias. Es la segunda vez que me salvas la vida.

El mendigo abrazó emocionado a Perandreu.

—Y te la salvaría mil veces, hermano.

Vuelta a Valencia

Después de despedir a Bocatorta, Perandreu y yo nos encaminamos a Valencia, mirando de continuo hacia atrás para comprobar si nos seguían. Pero no vimos que nadie lo hiciera.

Una vez que traspasamos la puerta de la muralla, nos dirigimos a la plaza de San Francisco donde el maestro Joanot Gisbert impartía sus lecciones de esgrima, para advertir a este de lo que ocurría. Pero no estaba. Solía almorzar en una taberna cercana al convento de San Francisco, y hacia allí nos dirigimos, pero tampoco lo hallamos.

—Más vale que vayamos a su casa a avisarle —dije a Perandreu.

—¿Y si la están vigilando los jaques?

—Aun así nos arriesgaremos. No quiero ser responsable de que le ocurra algo malo.

—¿Acaso se te han reblandecido los sesos, Calderona? No son soldados ni mangas verdes los que te persiguen, sino matones sin escrúpulos. Ya has oído a Bocatorta, ofrecen cien ducados a quien te entregue viva o muerta.

En ese instante, comenzaron a sonar las campanas de la iglesia del convento de San Francisco. Perandreu recargó las pistolas y echó a andar hacia el templo.

—Vamos dentro —me susurró.

La iglesia estaba vacía y sumida en tinieblas. Perandreu se metió en un confesionario que había a la derecha, y me hizo una seña para que lo siguiera, cosa que hice. Tuvimos que apretarnos para poder cerrar la puerta del confesionario.

—¿Qué es lo que pretendes? —pregunté en un susurro.

No me contestó porque en ese instante oímos que entraban los fieles. Unos diez minutos después, a través de la celosía del confesonario, vimos salir de la sacristía a dos frailes vestidos para celebrar la misa.

Nos quedamos encerrados en el confesionario durante toda la ceremonia. Yo estaba entumecida de estar tanto tiempo en la misma postura. Pero Perandreu no consintió en que saliéramos hasta que vio que el último de los fieles había abandonado el templo. Los frailes que acababan de oficiar la misa seguían en el altar. El de más edad, un hombre bajo y barrigón, limpiaba con un paño blanco la patena, el cáliz y el copón. El otro, más joven y delgado, apagaba las velas.

—Yo me encargaré del viejo, y tú, del joven —siseó Perandreu.

—Pero...

—No te andes con contemplaciones: si grita, mátalo.

Sacó las pistolas de rueda del cinto y de unas cuantas zancadas se presentó en el altar. Puso una pistola en la nuca del fraile grueso.

—¡Si gritas, te volaré la cabeza! —dijo con fiereza—. ¡Entra en la sacristía, deprisa!

Yo, que jamás había amenazado de muerte a nadie y menos a un religioso, pinché el trasero del fraile más joven con la toledana, y le dije:

—¡Tú también, rápido!

Una vez que estuvimos dentro de la sacristía, Perandreu obligó a los asustados frailes a quitarse la ropa.

—Ponte el hábito del bajo —me dijo.

Cuando lo tuve puesto, Perandreu me dio las pistolas para que apuntase a los religiosos, mientras él se vestía el hábito del otro fraile.

—Ahora, dadnos la ropa y los utensilios necesarios para la extremaunción —les ordenó a los frailes.

—Pero ¡eso es un sacrilegio! —comenzó a decir el joven.

Bastó con que Perandreu moviese la pistola para que se callase.

El fraile más joven se apresuró a sacar de los cajones de la sacristía una sobrepelliz y una estola, que Perandreu se puso sobre el hábito. El grueso cogió del armario la copa de los óleos. Perandreu la cogió y dijo señalándome:

—Dame una campanilla para este.

El fraile joven abrió el armario y me dio la campanilla.

Tras advertir a los religiosos que no nos siguieran —cosa improbable porque los habíamos dejado en cueros—, abandonamos el templo. Perandreu con los óleos, como si fuera a dar la extremaunción a un moribundo, y yo, tocando la campanilla.

La gente, al vernos, agachaba la cabeza y se persignaba.

En las calles concurridas, yo hacía repicar la campanilla para que nos abrieran paso.

Mi sorpresa fue mayúscula al ver que Perandreu se dirigía a casa del maestro Gisbert. Antes de entrar a la corrala, dio una vuelta alrededor de la manzana para comprobar si nos estaban esperando.

—Es extraño que no haya nadie vigilando —musité.

—Si, como dijo Bocatorta, conocen nuestro paradero, ¿para qué van a arriesgarse a venir antes de la noche? —contestó Perandreu.

Nada más entrar en casa del maestro, nos dirigimos al dormitorio. Perandreu sacó de debajo de la cama la maleta que habíamos dejado preparada el día anterior, porque nuestra intención era emprender, esa misma tarde, el viaje a Madrid a lomos de las mulas que yo le había encargado al maestro que comprase.

—No parece que hayan tocado nada —dijo Perandreu.

Aun así, abrí la maleta. Estaba todo: el vestido que me había regalado el rey, dos trajes masculinos: uno para Perandreu y otro para mí. Y los dos elegantes vestidos de mujer que había comprado para usar en cuanto llegara a la corte.

—En vez de quedarnos aquí a esperar al maestro, podríamos ir a la posada que nos recomendó tu amigo Bocatorta.

—Es pronto.

—Mejor. Así podremos alquilar la habitación, dejar en ella el equipaje y regresar después a buscar al maestro.

—Tienes razón. Pediremos al mesonero que nos alquile una alcoba del piso bajo que dé a la calle.

—¿Por qué del piso bajo?

—Por si tuviéramos que huir, Calderona.

BARRIO DE LA XEREA.
POSADA DE LA CALLE D'EN GORDÓ

Vestidos de frailes y cargados con el equipaje, nos dirigimos a la posada de Quim Faus, el amigo de Bocatorta.

El aspecto del posadero no me resultó tranquilizador. Tenía las mejillas santiguadas a espadazos y un párpado medio cerrado, seguramente a causa de un chirlo.

—Id con Dios, hermanos, que aquí no damos limosnas —dijo al ver nuestros gastados hábitos frailunos.

—Salimos de Cullera antes del alba...

—El mesón está lleno.

—Solo queremos una habitación para descansar esta noche —continuó Perandreu con voz de pedigüeño. ¡Era un cómico de primera!

—Ya os he dicho que no tengo sitio, y menos para frailes.

—Venimos de parte de Bocatorta.

Al oír este nombre, Quim Faus nos hizo pasar al patio. Bajo su pórtico de vigas de madera corroídas por la carcoma se solazaban jornaleros, arrieros y coimas, aunados con gentes de la carda. El suelo estaba lleno de cáscaras, huesos y otros desperdicios, como si jamás lo hubieran barrido. Y a juzgar por el poco estimulante olor que salía de la cuadra, tampoco parecía que la hubieran limpiado nunca.

—¿Tenéis dinero, frailes? Porque por muy amigos que seáis de Bocatorta no pienso alojaros de balde.

Perandreu sacó la bolsa de debajo del escapulario. Quim Faus sonrió al ver lo abultada que estaba.

—¿Qué habitación les gustaría a vuestras mercedes?

—Una en el piso bajo y que tenga una ventana que dé a la calle —respondió Perandreu.

—Las del primer piso son mejores. No les llegan los olores de la cuadra.

Perandreu me agarró del hombro y dijo:

—Este hermano lego ha dormido toda su vida entre cuadrúpedos, y no quiero que los eche de menos. En serio, le dan miedo las alturas.

—Me queda una habitación libre junto a la cuadra. Pero no penséis que por eso os la dejaré más barata.

—No se me ocurriría. ¿Tiene alguna ventana que dé a la calle?

—Sí, una que da al callejón de la derecha.

—Nos la quedamos entonces.

Quim Faus se pasó la lengua por los labios.

—Cuesta diez reales que debéis abonar por adelantado.

Aunque el precio era abusivo, Perandreu le entregó el dinero sin protestar.

El posadero nos condujo a un cuarto que, como había dicho, estaba pared con pared con la cuadra. Era rectangular, bastante estrecho, y tenía por únicos muebles un catre con jergón de paja y un orinal. Para colmo, en la pared derecha había una puerta, clausurada con tablones, que debía de dar a la cuadra porque, por las rendijas, penetraban hedores a estiércol y semovientes. Perandreu se acercó a la ventana y la abrió. Tal como había dicho el posadero daba al callejón que quedaba a la derecha de la posada.

—¿Qué os parece el cuarto, hermanos? —preguntó Quim Faus.

—Caro.

—¿Caro? Sabed que lo alquilo a doce reales cuando lo comparten dos huéspedes, como es vuestro caso. Pero, en consideración a Bocatorta...

—Os estamos muy agradecidos por la rebaja. Podéis retiraros.

—¿No se os ofrece nada más? ¿No queréis encargar la cena?

—No, maese Quim. Encargaos de que no entre nadie a molestarnos. Mi hermano y yo vamos a hacer penitencia y orar hasta la hora de la cena —contestó Perandreu.

—¿Tanto habéis pecado?

—¡Lo hacemos por devoción! —replicó Perandreu de mal humor.

—¿Queréis que os traiga un azumbre de vino para que la devoción se os haga más llevadera?

—No, dejadnos solos.

En cuanto el posadero salió, Perandreu y yo sacamos de la maleta los dos vestidos de mujer que yo había comprado para usar en la corte y nos los pusimos. Dejé, a mi pesar, el vestido de seda blanca que me había regalado el rey, pues era demasiado elegante para andar a pie por las calles de Valencia.

—¿No deberías afeitarte?

—No, me embozaré bien con el manto y como sé poner voz de mujer no habrá problema.

Metimos los hábitos en un hatillo para poder llevárnoslos y, después de comprobar que no había nadie en el callejón, saltamos por la ventana.

Tapadas de medio ojo, como dos recatadas mujeres, nos dirigimos a casa del maestro Gisbert para advertirle de lo que ocurría.

Llegamos sin ningún contratiempo. Joanot Gisbert, que ya había regresado, al oír que metíamos la llave en la cerradura, nos salió al encuentro. Le dio un ataque de risa al ver a Perandreu vestido de mujer. Cuando se le pasó, le preguntamos por qué razón no había impartido esa mañana sus lecciones de esgrima en la plaza de San Francisco como tenía por costumbre, pues temíamos que los jaques nos hubieran descubierto a través de él.

—La mujer de un amigo muy querido me mandó aviso esta mañana de que estaba muy enfermo y de que, si me era posible, fuera a visitarlo cuanto antes, porque quería despedirse de mí —nos explicó el maestro Gisbert. Perandreu y yo suspiramos de alivio al comprobar que su retraso no se debía a que los jaques lo hubieran atacado—. Así que despedí a mis alumnos —continuó diciendo el maestro—, y fui rápidamente a casa de mi amigo. Había empeorado mucho y tuve que esperar a que recibiera la extremaunción y a que dictara testamento antes de poder despedirme de él.

Aliviados, Perandreu y yo pusimos al maestro al corriente de la información que nos había dado el mendigo.

—No sé cómo demonios han averiguado dónde nos escondemos, maestro. Pero según Bocatorta los jaques piensan quemar vuestra casa esta noche. Es peligroso que os quedéis aquí. Debéis venir con nosotros a la posada de Quim Faus —dijo Perandreu.

—No creo que sea necesario. Cuando esos jaques comprueben que no estáis en la casa, seguramente desistirán de quemarla.

—Son matones sin escrúpulos —le interrumpió Perandreu—. Incendiarán la casa sin averiguar quién hay dentro.

El maestro Gisbert se rascó la cabeza.

—Bien. Os acompañaré —contestó al cabo de unos segundos.

—Recoged todo lo que consideréis importante. Podría ser que no pudierais regresar —dijo Perandreu.

—Siento que os veáis en esta situación por ayudarme, maestro —añadí apenada.

—No os preocupéis por mí, amiga mía. No tengo mujer, ni hijos, ni familia de la que ocuparme. Podré impartir clases de esgrima en cualquier otro lugar.

—Entonces, venid con nosotros a la corte. Sois un maestro de esgrima excelente y allí medraréis sin duda.

—Nunca he estado en Madrid.

—Razón de más para acompañarnos —dijo Perandreu—. ¿Dónde están las mulas que María Inés os encargó que comprarais ayer?

—En las cuadras de Enric, el mulero que me las vendió. Vive a tres calles de distancia.

—Id a decirle que tenga las mulas preparadas para mañana, al alba. Y que consiga otra para vos.

—Guardo una de mi propiedad en su cuadra. Le diré que la ensille también.

Quince minutos después, cuando Joanot Gisbert regresó de hablar con el mulero, nos encontró a Perandreu y a mí vestidos de frailes, con los utensilios de impartir la extremaunción en la mano.

—¡Vive Dios! ¿Ahora sois frailes? ¿De dónde habéis sacado esos hábitos?

—Ya os lo explicaremos, cuando estemos a salvo. Hay que abandonar esta casa cuanto antes. —Perandreu le dio al maestro el vestido de mujer que él se acababa de quitar, y le dijo—: Poneos este vestido y afeitaos, ¡deprisa!

Al ver la cara de desolación del maestro, dije:

—La barba os volverá a crecer. Mientras, os conseguiremos una postiza.

—No tengo edad para perder el decoro —replicó Joanot con los colores subidos.

Tuvimos que explicarle que su voz era muy grave y en cuanto dijera una palabra se descubriría. En cambio, una anciana con el rostro a la vista no resulta sospechosa, aunque tenga voz masculina. Al fin, accedió a que Perandreu lo afeitara.

Acordamos abandonar la corrala por separado, para reunirnos, una hora después, en la puerta de la iglesia de San Miguel, tras dar varias vueltas por la ciudad vieja para asegurarnos de que nadie nos seguía.

Allí nos encontramos a la hora convenida sin que hubiéramos tenido ningún contratiempo: Joanot Gisbert, vestido de mujer, y Perandreu y yo, de frailes.

Fuimos a cenar a un bodegón cercano, donde le explicamos al maestro nuestros planes:

—María Inés y yo entraremos en la posada de Quim Faus por la ventana del callejón que queda a la derecha del edificio. Y cinco minutos después, lo haréis vos.

—¿Qué pensarán si ven entrar a una mujer en el dormitorio de dos frailes? —bromeó el maestro.

—¡La culparán a ella de haberlos seducido! —repliqué—. «¡Mujer, fuente de todo pecado!»

Perandreu y el maestro se lo tomaron a broma, pero yo lo decía en serio; pues siempre nos culpan a las mujeres de incitar a los hombres a pecar. ¡Como si no se apañaran ellos solos!

Fuego hay donde humo sale

Una vez que acabamos de cenar, nos dirigimos al barrio de la Xerea, donde estaba la posada de Quim Faus. Al entrar en la calle d'En Gordó, vimos a varios vecinos corriendo con cubos de cuero, llenos de agua, que gritaban: «¡Fuego, fuego!». Cuando preguntamos dónde estaba el incendio, nos respondieron que en la posada de Quim Faus.

Corrimos hacia allí.

La hallamos envuelta en humo y rodeada de curiosos.

—¿Dónde ha empezado el incendio? —preguntó Perandreu a un tintorero.

—Creo que en la cuadra, pero ya está sofocado.

—¿Venís a dar la extremaunción?

—¿Ha habido víctimas?

—Aún no se sabe, porque hay mucho humo, pero es de suponer que sí.

Apostado en la puerta de la posada, Quim Faus cacheaba a todos los que salían del establecimiento. En el patio se había formado una larga cola de huéspedes, agravada porque el posadero no permitía que nadie saliera sin haber sido antes debidamente registrado.

Al vernos a Perandreu y a mí, dijo con sorna:

—Os hacía dentro rezando, señores frailes.

—Gracias a la infinita misericordia de Dios Nuestro Señor, hemos podido saltar por la ventana —replicó Perandreu con voz meliflua.

—¿Para qué queréis entrar entonces?

—Con las prisas, nos dejamos la maleta en la alcoba y queremos recuperarla, si es posible.

—Lo dudo. El fuego comenzó pared con pared a vuestro aposento.

—¿Podemos entrar de todas formas a ver si la maleta se ha salvado del fuego?

—¿No podéis esperar a mañana? Hay mucho humo.

—Tenemos prisa.

El posadero se pasó la lengua por el labio inferior y preguntó:

—¿Llevabais algo de valor en la maleta?

El brillo codicioso que asomó al ojo sano del posadero me impulsó a contestar:

—Así es, señor posadero. Algo de un valor incalculable. Unas reliquias muy preciosas.

—¿Joyas?

—No, una esquirla de la tibia de Santa Bárbara, y el santo prepucio de...

—Pasad, pasad entonces.

El maestro Gisbert, vestido de mujer, trató de seguirnos. Pero el posadero la detuvo:

—¿Quién es esa? —preguntó.

—Una feligresa. Viene con nosotros.

—¡No puede entrar! ¡Bastante tengo con impedir que los que están dentro no saquen nada que no sea suyo!

—Esperadnos fuera, doña Joana, que no tardaremos en volver —dijo Perandreu al maestro.

De la cuadra salía un humo espeso y oscuro que se había dispersado por el patio, y apenas dejaba ver a más de dos varas de distancia. Los huéspedes que intentaban llegar a la puerta de la posada colisionaban con los que se dirigían a la cuadra a salvar a sus bestias. Bípedos y semovientes gritaban, maldecían, rebuznaban y relinchaban como posesos.

—Quim, ¡abre las dos hojas del portón para que salga el humo más deprisa! ¡Que nos ahogamos! —gritó un mulero.

—No lo abrirá, ¡así nos asfixiemos todos los que estamos dentro! —masculló Perandreu.

—¿Por qué no?

—Si salimos todos a la vez, no podrá registrarnos.

Después de muchos empujones, logramos atravesar el concurrido patio y alcanzar nuestro aposento. Pero la puerta estaba obstruida por un gorrino enorme. Una mujer, aproximadamente del mismo volumen que el animal, tiraba de la cuerda que el cerdo llevaba atada al cuello.

—¿Podéis apartarlo un poco de la puerta para que podamos entrar, señora? —le rogué.

—Se niega a moverse. Si me ayudarais a empujarlo...

Me coloqué detrás del lomo del animal y lo empujé con todas mis fuerzas. Pero el gorrino se volvió y me acorraló a dentelladas contra la pared. Perandreu, vuelto de espaldas, temblaba de risa.

—¿Por qué no nos ayudas en vez de reírte? —dije molesta.

Quim Faus, el posadero, gritó desde la puerta:

—¡Esposa, deja de platicar con los frailes y saca al marrano del patio, que se va a ahogar! ¡Y como se desgracie por tu culpa te arranco la piel a tiras!

—Mi marido le tiene mucho cariño al gorrino.

—Será al dinero que piensa sacar por él —masculló Perandreu.

—Es un animal muy dócil. Solo que el humo lo pone nervioso. Dadle vuestra bendición para ver si se tranquiliza, padre.

Tuve que disimular la risa con un ataque de tos, cuando Perandreu, muy serio, bendijo al cerdo. Fue mano de santo porque dejó de lanzar dentelladas y se tumbó delante de la puerta de nuestro aposento.

Perandreu empujó al cerdo para separarlo de la puerta al tiempo que la posadera y yo tirábamos de sus patas. Pero el animal pesaba no menos de cincuenta arrobas y no logramos moverlo ni el negro de una uña.

—¡Vámonos! —dijo Perandreu soltando al gorrino—. Saldremos a la calle y entraremos en la alcoba por la ventana del callejón.

Nuestros hábitos religiosos no evitaron que Quim Faus nos registrara concienzudamente antes de permitirnos salir.

Me extrañó no ver al maestro Gisbert en la puerta de la posada donde lo habíamos dejado.

—¿Y si han descubierto que es un hombre y se lo han llevado preso? —le dije a Perandreu, pues Joanot Gisbert no me parecía muy capaz de fingimientos.

—No creo. Lo más probable es que con su estatura la hayan tomado por una mujer gallarda, algún arriero la haya requebrado, y haya optado por alejarse de la puerta. Después de que hayamos rescatado el equipaje, lo buscaremos.

Del callejón donde se hallaba la ventana de nuestro dormitorio salía una espesa humareda, y tuvimos que taparnos la nariz y la boca con el hábito para poder entrar. A medio camino, divisamos junto a la ventana de nuestro aposento a varios hombres con hachas encendidas. Nos ocultamos detrás de un barril para ver qué pretendían.

—Dos hombres han saltado por la ventana al interior de nuestro dormitorio —masculló Perandreu.

—¡Son jaques! —susurré.

—Sí, Bocatorta me ha delatado.

Hice un gesto de incredulidad, pues me parecía inverosímil que el mendigo que le había mostrado tanto afecto hubiera hecho tal cosa.

—Como no logró sonsacarme dónde nos alojábamos, nos hizo venir a la posada de su amigo y yo, tonto de mí, caí en la trampa.

—Entonces, ¿han sido los jaques esos quienes han provocado el incendio para hacernos salir?

—Muy posiblemente.

Los dos que habían entrado en nuestra alcoba salieron en ese instante por la ventana portando un cuerpo que depositaron en el suelo.

Perandreu sacó de la alforja los óleos para la extremaunción y, con ellos en la mano, se aproximó al grupo de jaques. Yo lo seguí haciendo sonar la campanilla.

—Somos franciscanos y venimos a dar la extremaunción a los heridos —explicó Perandreu con voz meliflua al tiempo que se abría paso hasta el cuerpo. Se arrodilló y recitó—: *Per istam sanctan unctionem et suam piissimam misericordiam, indulgeat tibi Dominus...*

—¡A esa ya no le hace falta la extremaunción, fraile! —rio uno de los jaques.

Tenía razón. Aquella mujer estaba bien muerta. Tenía la cara, el pelo y el cuello carbonizados, como si le hubiera caído encima una viga ardiendo. Pero de cintura para abajo estaba intacta. ¡Tuve que contener un grito al ver que llevaba puesto el vestido de seda blanca que me había regalado el rey!

Perandreu mojó los dedos en la copa de óleo e hizo la señal de la cruz sobre la frente carbonizada de la mujer.

Uno de los jaques lo apartó de un empujón.

—¡Ve a engrasar otro cadáver, y no nos estropees este más de lo que ya está!

Otro de los jaques iluminó con su hacha el rostro de la muerta, y farfulló, contrariado:

—Se le ha quedado la cara como un chicharrón. No la reconocería ni su madre. ¿Será la que buscamos, Escarramán?

—¿Quién va a ser si no? Mira el vestido que lleva, ¡de seda y oro!

—Podría ser una puta; las de Valencia son caras.

—Mucho tendría que haber culeado para comprarse un vestido así. ¡Quítaselo! Lo usaremos como prueba para cobrar la recompensa. ¡Y vosotros, putos frailes, largaos de aquí, si no queréis que os cosamos a chirlos!

—Sosié...guense vues...tras mercedes, que ya nos vamos —tartamudeó Perandreu fingiéndose presa del miedo.

El maestro Gisbert, que se había sumado a un corrillo de vecinas, al vernos salir del callejón, nos hizo una seña con la cabeza y echó a andar detrás de nosotros.

Tras torcer por la primera bocacalle, empezamos a correr y no paramos hasta llegar a la catedral de Santa María, o la Seu, como la llaman en Valencia. Entramos por la puerta de l'Almoina y en la girola vimos una capilla solitaria. Simulando que rezábamos, le contamos al maestro de esgrima todo lo sucedido.

—¿Confundieron a esa mujer con vos? —me preguntó Joanot.

—Sí, por el vestido que llevaba puesto —respondí.

—Veo que sentís su pérdida.

—Pensaba legar a mi hijo ese vestido y el cuadro que el rey hizo que me pintaran con él puesto... algún día. O podría haberlo vendido en caso de necesidad.

—Nunca tendrás que venderlo. Mi dinero es tuyo también, Calderona. Te he dado la mano de esposo.

—Nunca podré casarme contigo, Perandreu. A los quince años me casé con un cómico para poder actuar.

—¿Lo querías?

—No. Fue un matrimonio de conveniencia.

Perandreu me condujo del brazo hasta el altar de la capilla. Levantó la cabeza y mirando al Sagrario dijo:

—Señor, quiero que seáis testigo de que amo a María Inés Calderón, y deseo hacerla mi esposa.

—Es... imposible, Perandreu. Estoy casada y voy a tener un hijo de otro hombre.

—Será nuestro.

—No te traeré más que desgracias, Perandreu.

—¿Me amas?

—Con toda mi alma.

—Y yo a ti, Calderona. Donde tú vayas, yo iré; donde tú estés, yo estaré.

Me besó en los labios. A continuación, volvió a dirigir la mirada al altar, y dijo:

—Señor, esta mujer y yo nos queremos y deseamos pasar juntos el resto de nuestras vidas. Ante ti nos declaramos marido y mujer. Te rogamos que bendigas nuestra unión.

—Disculpad si os interrumpo, reverenda madre, pero eso no fue un desposorio, sino un sacrilegio.

—Sois demasiado joven para juzgarlo, fray Matías. —Y añadió en voz baja—: ¡Qué sabréis vos de estas cosas!

—Querer convertir vuestro amancebamiento en matrimonio fue una blasfemia.

La abadesa se revolvió sin poder contener su rabia:

—¿Y vuestra soberbia no lo es?

—No entiendo.

—¿Cómo podéis estar seguro de lo que piensa Dios? ¿Qué puede tener Él en contra de un amor verdadero? ¿Y cómo os atrevéis a juzgarnos? —La abadesa resopló antes de continuar—. Desde aquel día consideré a Perandreu como a mi único y auténtico esposo. Y como a tal, lo amé. ¡Más que a ningún otro hombre!

—Me parece inadmisible que pongáis a ese bandolero a la altura de nuestro monarca, doña María.

—No diríais eso si lo hubierais conocido. Era bueno, y poseía una fuerza, una inteligencia y una personalidad arrolladoras. A su lado, el rey y todos sus gentileshombres parecían seres insignificantes.

—Será mejor que volváis al relato, doña María de San Gabriel. Se hace tarde.

—Entonces, vamos a dejarlo por hoy, fray Matías.

La abadesa se puso en pie, e hizo sonar la campanilla para llamar a la guarda de hombres.

La seguridad es un riesgo

Después de pasar un par de horas en el interior de la catedral, decidimos salir pensando que, de haber sabido que estábamos allí, los jaques ya habrían entrado a buscarnos.

El sol del ocaso doraba la plaza de la Seu cuando traspasamos la puerta del templo.

—¿Adónde vamos ahora? —preguntó el maestro Gisbert.

—A vuestra casa —contestó Perandreu.

—¿No dijisteis que los jaques la conocen?

—Eso dijo Bocatorta. Pero era mentira. Fue él quien nos delató a los jaques que estaban en el Grao para cobrar la recompensa. Pero María Inés y yo acabamos con ellos en las huertas. Como Bocatorta desconocía dónde nos alojábamos, nos instó a que fuéramos a la posada de su amigo Quim Faus. Luego, avisó a los jaques que se habían quedado en Valencia para que fueran a la posada. Y esos infames decidieron prender fuego a la cuadra sin importarles quién muriera.

—¿Por qué a la cuadra y no al dormitorio? —preguntó el maestro.

—Creo que querían apresarnos vivos. Y de no poder ser así, coger alguna prenda que acreditara que María Inés había muerto, para poder cobrar la recompensa. Si hubieran incendiado nuestro dormitorio, todo se habría destruido. Por eso prendieron junto a la pared de la cuadra que daba a nuestra alcoba para que el humo nos obligase a salir.

—¿Quién sería la desdichada a la que los jaques confundieron conmigo?

—Cuando me agaché para darle la extremaunción —replicó Perandreu—, vi que tenía las manos llenas de callos. De lo que deduzco, era una criada de la posada que se metió en nuestra alcoba a ver qué podía robar mientras los demás apagaban el incendio de la cuadra. Al abrir la maleta y ver un vestido tan hermoso, sucumbió a la tentación de probárselo. La mala fortuna quiso que el incendio se propagase desde la cuadra al techo de nuestra habitación y una viga ardiendo se le cayera encima.

—Dios me perdone, pero eso puede favorecerme. Si me creen muerta, dejarán de buscarme.

—Por esa razón, convendría que nos quedáramos un tiempo en Valencia, quizá un mes, para dar tiempo a que la noticia de tu muerte llegue a la corte.

—Sí, supongo que tienes razón, Perandreu.

El maestro Gisbert se apresuró a decir:

—¡Quedaos entonces en mi casa!

—Gracias, maestro. Pero bastante os hemos molestado ya. Si me creen muerta, podremos alojarnos sin peligro en cualquier posada de la ciudad.

—¡Mi casa es más segura! Además, quiero gozar de vuestra compañía hasta que os vayáis.

—¿No dijisteis que ibais a acompañarnos a la corte?

—Si ya no hay peligro, prefiero quedarme en Valencia.

—Lo comprendo, hay pocas ciudades tan hermosas y con tan buen clima.

—Así es. Y yo ya soy mayor para cambiar de vida.

De vuelta a la Villa y Corte

Un mes después, Perandreu y yo abandonamos la ciudad de Valencia en un carro que partía de madrugada hacia Madrid. Él vestía un elegante traje de viaje, con capa gascona, y yo iba disfrazada de su criado, con ropas sueltas y capa aguadera de fieltro para disimular mi embarazo, que me fue muy útil, pues era primavera y tuvimos que soportar un par de chaparrones durante el viaje.

Una semana después, llegamos de amanecida a la Puerta de Atocha, o de Vallecas, donde una larga fila de carromatos cargados de pan aguardaban para entrar en Madrid.

—En la villa de Vallecas, que está a poco más de dos leguas, se hornea a diario la mayor parte del pan que se consume en la corte —le expliqué a Perandreu mientras nuestra galera aguardaba su turno para entrar.

Media hora más tarde, atravesábamos la Puerta de Atocha sin que los vigilantes mostraran ningún interés en identificar a los viajeros. Cosa que me tranquilizó. Pues que no vigilaran a los que procedían de Valencia era la constatación de que me habían dado por muerta.

Tardamos casi una hora en subir la empinada calle de Atocha, ya que estaba atestada de carros que se dirigían al mercado de la plaza Mayor y no había forma de avanzar diez varas sin que tuviésemos que pararnos. Además, llevaba su tiempo conseguir que las mulas arrancasen cuesta arriba tirando de la pesada galera.

Al llegar a la plazuela de la Leña, la galera giró por una de las estrechas calles y se detuvo en la de Postas, donde el cochero anunció que había finalizado el viaje.

Haciendo esquina a la calle de Postas había una posada de buen aspecto y Perandreu, que pretendía hacerse pasar por un señor de postín, alquiló en ella un aposento de los caros. A decir verdad, bien lo valía, porque la alcoba tenía balcón a la calle, cama con dosel y colchón blando y mullido de lana bien cardada. Nada que ver con los de las ventas en las que nos habíamos alojado durante el viaje, que parecían rellenos de guijarros, de lo duros que estaban. No resistimos la tentación de tumbarnos a reposar, y el cansancio acumulado durante el viaje hizo que nos durmiéramos de inmediato.

Pasaba de mediodía cuando nos despertamos. Tras pedir agua caliente para asearnos, sacamos de la maleta las ropas que habíamos comprado en Valencia. Yo, para disimular mi vientre abultado, me puse sobre la ropa de criado un coleto de cuero bastante ancho que me cubría hasta medio muslo, y una capa encima. Perandreu vistió calzas y jubón de raso negro de Valencia, y se tocó la cabeza con un sombrero de ala ancha adornado con una pluma encarnada. Sus medias, a juego con el color de la pluma, se ajustaban como guantes a sus piernas largas y musculadas. Lo encontré tan atractivo que me subió una ola de calor por el cuerpo. No sucumbí a la tentación de decirle cuánto lo deseaba porque estaba impaciente por ver a Jusepa.

Bajamos la escalera de la posada. Perandreu se paró en el rellano para echarse la capa hacia atrás. Lo hizo con tal galanura que me puse de puntillas y lo besé. Perandreu me apartó de un empujón. Le lancé una mirada de reproche, sin entender el porqué de su brusquedad hasta que, al volverme, vi que el posadero estaba subiendo la escalera.

—Gracias por quitarme la mota del ojo, mancebo —dijo Perandreu disimulando.

El posadero, al pasar por nuestro lado, masculló:

—Sed precavidos, que el amor es ciego, pero los huéspedes no.

Cuando desapareció en lo alto de la escalera, Perandreu me regañó entre dientes:

—¡Por tu culpa, nos harán chicharrones, por sodomitas!

—El posadero no nos denunciará.

—¿Cómo lo sabes?

—En el mentidero se murmura que los mariones de la nobleza se citan en esta posada con sus amigos de atrás. Por lo visto tiene corredores secretos para que puedan escapar de la Inquisición si fuera menester.

—¿Hay muchos mariones en la corte?

—Como en todas partes, supongo.

—¡Me repugnan esos pervertidos!

—Te sorprendería lo caballerosos, valientes, leales y desprendidos que son muchos de ellos —repliqué molesta.

—¿Cómo lo sabes?

—Muchos de mis compañeros del teatro lo son.

Por la forma en que me miró, comprendí que sus criterios en relación a ese asunto estaban muy alejados de los míos y decidí zanjar la conversación, no sin antes preguntarme si algún día me reprocharía la libertad de la que había gozado. O si yo lograría convencerlo de cuán equivocado estaba al juzgar a los mariones de ese modo.

Como estábamos hambrientos, nos paramos a comer en un modesto bodegón de la plazuela de la Leña. Cuando acabamos eran cerca de las dos de la tarde y le dije:

—Vayamos al Corral de la Cruz; a estas horas Jusepa debe de estar en su camerino preparándose para salir a escena.

—¿No tienes miedo de que te reconozcan tus compañeros?

—Espero que no lo hagan; llevo el pelo corto y voy vestida de criado. Por cierto, para que nos dejen entrar, fingiremos que eres un admirador de Jusepa.

—No creo que sepa interpretar ese papel, Calderona; desconozco las galanuras cortesanas.

—Yo te instruiré.

En la calle de la Victoria había una platería de barato, muy frecuentada por gentes de la farándula, en la que me paré a comprar unos zarcillos muy vistosos, que parecían de oro, con piedras de pasta que bien podrían pasar por topacios.

—Tienen el tamaño suficiente para ser vistos de lejos. Así Jusepa los podrá usar para la escena —le dije a Perandreu.

—¿Vas a regalárselos?

—Se los regalarás tú, su galanteador, en el momento oportuno.

—¿Cuál?

—Cuando haya mucha gente a su alrededor, para que se sienta halagada.

Al llegar al Corral de la Cruz, soborné con un real al portero para que nos dejara entrar a hablar con Emilio Cegarra, el mozo de los camerinos. Pese a que me había visto muchas veces vestida de varón en escena, no me reconoció. Me produjo un pellizco de satisfacción constatar que había interpretado el papel de criado joven de forma convincente.

Sin embargo, al atravesar el patio del corral, un cura se acercó a mí.

—He venido a contratar a un cómico para que haga de San Sebastián, y al verte... Creo que serías el adecuado para hacer ese papel.

—Pero yo no soy cómico —repliqué.

El cura me cogió de las mejillas.

—Da igual, tienes la piel tersa, los ojos garzos y el gesto dulce. Te daré dos ducados de oro.

—¡Soltad a mi criado! —dijo Perandreu acercándose.

—A vos os compensaré con otros dos ducados, como es natural.

—¡Quitadle las manos de encima, si no queréis que os santigüe la cara a chirlos!

Perandreu desenvainó la ropera y el cura casi se descalabra al salir corriendo.

—Tu compañía va a resultarme problemática si a cada paso te confunden con un marión.

Yo esbocé una sonrisa cínica.

—Quizá así aprendas a juzgarlos de otro modo.

Le di otro real a Emilio Cegarra, el mozo de camerinos, para que le dijese a Jusepa que un galán quería obsequiarla con una joya. Ella, incapaz de resistirse, accedió a que subiéramos a su camerino.

—¡Jusepa, soy yo!

Me estrechó entre sus brazos con tal ímpetu que casi me tira al suelo.

—¡Mi pequeña! —exclamó en voz baja—. Pensé que no volvería a verte. Hace un mes llegó al mentidero de las Losas de Palacio el bulo de que habías muerto en un incendio.

—¡Y a punto estuve!

En ese momento, el regidor llamó a la puerta para avisarla de que bajase al tablado y se preparase para salir a escena.

—¡Vaya por Dios! Esperad aquí hasta que finalice la representación. ¿Cómo se llama este galán tan gallardo que te acompaña? —preguntó en un susurro.

—Perandreu.

—Hummm. Siempre has tenido buen gusto para los hombres.

Jusepa cerró el camerino con llave, dejándonos dentro. Aproveché para instruir a Perandreu en voz baja sobre la forma en que debía ejercer de galán de la cómica. Pero él, tan firme en todo, se mostraba renuente.

—Nunca he hecho algo así, y no sé si seré capaz, María Inés.

—Jusepa te ayudará. Es muy lista.

JUSEPA LA GALLARDA

Durante la representación de la comedia, Perandreu y yo permanecimos encerrados en el camerino de Jusepa haciéndonos arrumacos y diciéndonos ternezas como dos enamorados que hubieran estado separados largo tiempo. Lo cierto es que durante el viaje a Madrid no habíamos podido pasar ni una sola noche juntos. Perandreu, como era usual entre los viajeros, había alquilado aposentos a escote en las ventas en que parábamos, y dormía con dos o tres compañeros de viaje. En cambio, yo había tenido que hacerlo en las cuadras, con los criados.

Al acabar la representación, Jusepa regresó al camerino y, cuando me disponía a contarle cuanto me había ocurrido, susurró:

—No es prudente que estemos aquí secreteando. Los cómicos son muy aficionados a escuchar detrás de las puertas. —Se volvió a Perandreu y añadió en voz alta—: ¿No habíais dicho que queríais invitarme a cenar, señor hidalgo?

—Sí.

Tras recorrerlo de arriba abajo con la mirada, Jusepa me guiñó un ojo.

—Mi prestigio subirá muchos puntos cuando me vean salir con un galán así. ¡Vamos!

Atravesó el patio del corral con la mano apoyada en el brazo de Perandreu. Tuve que reprimir la risa cuando el marión que hacía los barbas, le preguntó:

—¡Hummm! ¿Un admirador nuevo, doña Jusepa? —Su voz dejaba traslucir la admiración que le producía la gallardía de Perandreu.

—Sí. Me ha invitado a cenar. No suelo acceder cuando mi esposo está fuera, pero ha insistido tanto...

—Amarradle en corto, que no se os escape ese tremendo garañón.

—¿Insinúas que a mi edad?

—Dios me libre, pero las ocasiones hay que aprovecharlas.

Los espectadores que aguardaban en la calle la salida de los cómicos se agolparon alrededor de Jusepa cuando esta atravesó la puerta del corral.

—Dale ahora los zarcillos —le susurré a Perandreu.

Tal como yo le había indicado, se quitó el sombrero y le hizo a Jusepa una aparatosa reverencia, al tiempo que decía:

—Señora, os ruego que aceptéis este humilde presente, indigno de vuestra excelsa belleza.

Mi madrina abrió el estuche con mucha prosopopeya y dio un gritito de admiración al ver los pendientes. A continuación, los alzó para que pudieran verlos los presentes. Siempre fue una mujer genial.

—Señor galán, os quedo sumamente agradecida por este obsequio tan ¡costoso! No veo el momento de corresponder.

—Vamos entonces a cenar cuanto antes —dijo Perandreu, pese a que yo le había advertido que no debía ser tan directo.

—No puedo negarme. ¿Adónde me llevaréis?

Perandreu se encogió de hombros.

Acabo de llegar a la corte y no conozco.

—Elegiré yo entonces. En la Carrera de San Jerónimo acaban de abrir una confitería que se abastece en los pozos de nieve de Pedro Xarquíes, y en la que hacen unos sorbetes y garapiñas deliciosos.

Jusepa apoyó su mano en el brazo de Perandreu, lo manoseó con admiración y, enfilando por la calle de la Cruz, lo arrastró en dirección a la Carrera de San Jerónimo.

Yo, en mi papel de criado, los seguí unos pasos por detrás.

Ya en la confitería, pedimos un reservado. Allí le conté a Jusepa, con todo detalle, lo ocurrido desde la noche aciaga en que me sacaron a la fuerza de mi casa.

—Al no haber tenido ninguna noticia vuestra en estos meses, llegué a pensar que Gabino había huido con el dinero que le di para que te sacara del convento.

—Gayeira no solo no se guardó el dinero, sino que arriesgó el pellejo por rescatarme. ¡Y pensar que lo tenía por un fullero sin escrúpulos!

—¡Y lo es en ocasiones! Pero también tiene otras cualidades. Pocos ven lo que somos, María Inés, pero todos ven lo que aparentamos.

—Ahora que he tenido ocasión de conocerlo a fondo, he descubierto que Gayeira es un amigo valiente, listo y leal como pocos. Y te aprecia mucho, Jusepa.

—Yo también a él.

—Me costó mucho convencerlo para que embarcase al Nuevo Mundo con la freila de la que se enamoró.

—¿Gayeira prendado de una monja? ¿Acaso es rica?

—No, es pobre como una rata. Se enamoró de verdad. Y no me extraña, Camila es una mujer peculiar, pero muy interesante.

Jusepa se pasó la mano por la boca y preguntó:

—¿Tienen dinero?

—Con la venta de las perlas que me regaló el rey, habrán podido pagar los pasajes y falsos permisos para embarcar al Nuevo Mundo. Pero una vez allí tendrán que apañárselas...

—Le aseguré que le guardaría el dinero que me pagó su presunta prometida.

—¿Gayeira iba a casarse? —pregunté asombrada.

—Contra su voluntad. ¡Y la de ella! Porque pagó gustosa para no tener que casarse con él. ¿Te dejó alguna dirección a donde pueda enviarle el dinero?

—Prometió escribirme a casa del maestro de esgrima. Pero pasará como mínimo un año antes de que logremos ponernos en contacto.

—Quizá les haga falta dinero.

—Gabino es hombre de recursos y Camila no le va a la zaga: es lista como el hambre. Así que no te preocupes, Jusepa, les irá bien.

—Me alegro de que Gayeira haya encontrado al fin una mujer de su gusto.

—A decir verdad, Camila no se parece a ninguna de las que frecuentaba.

—¡A Dios gracias! Escogía con la vista, ¡y así le iba! Con decirte que su última conquista lo metió en la cárcel. Es un alivio saber que ha encontrado al fin una muchacha ingeniosa, audaz.

—¡Y terca como una mula! —añadí riéndome.

—Justo lo que necesita Gayeira.

Solté una carcajada al recordar que él manifestaba cierta admiración amorosa por Jusepa.

—Lo cierto es que ya le pesaba la soltería. Esta lo amarrará en corto.

—¿Por qué no los acompañaste al Nuevo Mundo, María Inés?

—Porque he de dilucidar algo muy importante.

—¿Qué puede ser más importante que ponerte a salvo?

—Mejor que no lo sepas.

—Dime al menos en qué puedo ayudarte.

Vacilé unos segundos antes de contestar:

—Necesito quedarme a solas con el príncipe Baltasar Carlos.

Jusepa me miró como si hubiera perdido el juicio.

—¿A qué viene esa chifladura? ¿No sabes lo peligroso que es? —Tras suspirar profundamente, dijo—: Hablaré con Cosme. Aunque él mismo tiene problemas.

—¿Cuáles?

—A finales de año fue sorprendido culeando con un galán joven, y el rey tuvo que intervenir para que lo liberaran. Desde entonces no han vuelto a llamar a Cosme para que represente en palacio.

—¿Se ha enfadado el rey con él?

—Solo se ha distanciado, por el qué dirán, supongo. Espero que esa tirantez acabe pronto. Ahora que tú ya no gozas del favor del rey, solo Cosme puede interceder por nosotros, los cómicos.

—Nunca fui consciente de que ayudara a mis compañeros de profesión.

—Lo sé, María Inés, pero sin querer influías. Durante el tiempo que estuviste con el rey a ningún predicador se le ocurrió pedir que se clausurasen los corrales de comedias. En fin, hablaré con Cosme, a ver si se le ocurre algún modo de que veas a Baltasar Carlos a solas. Aunque va a ser difícil. Doña Inés de Zúñiga, la mujer de Olivares, no lo pierde nunca de vista. Su marido la nombró aya del príncipe, ¿lo sabías?

Me encogí de hombros.

—Olivares tiene a toda la familia real bajo su control.

—¿Dónde puedo avisarte?

—Hemos alquilado un aposento en la calle del Vicario Viejo.

—¿En la Posada del Peine?

—Sí.

—Un huésped nos contó —intervino Perandreu— que la llaman así porque al dueño se le ocurrió poner un peine atado al lavamanos en cada habitación.

—Una precaución muy sensata si no quería malgastar su hacienda en peines —rio Jusepa.

Me miró de arriba abajo, deteniéndose en mi abultado talle.

—Pronto tendrás que abandonar el disfraz de criado, María Inés. ¿Cuándo te toca?

—En julio. Espero poder dejar la corte antes —musité.

Jusepa resopló.

—Ha sido un desvarío que hayas vuelto. ¿Sabes quién mandó a los jaques?

—Olivares, supongo.

—O la reina.

—¿La reina?

—Es la más interesada en tu desaparición.

—En todo caso, ahora me creen muerta.

Después de exhalar un largo suspiro, Jusepa cogió las manos de Perandreu.

—Quiero a María Inés como a una hija y es un alivio saber que estás dispuesto a protegerla. Pero sus enemigos son temibles. Ten mucho cuidado.

A continuación, mi madrina se volvió a mí.

—Me jacto de conocer a los hombres, María Inés, y sé que este te ama. Deberías irte con él y dejar esa pretensión de ver al príncipe.

—Nada me gustaría más, Jusepa. Pero no puedo.

Mientras fray Matías cosía sobre el bufete el cuadernillo para comenzar la jornada de escritura, la abadesa se preguntó por qué a veces aquel joven le mostraba tanta animadversión. «Mi comportamiento debe de parecerle impúdico. Le han educado en la idea de que las mujeres han de ser fieles a los hombres, aunque ellos no las amen ni las respeten. No entiende que del trío amoroso en el que me vi envuelta con Ramiro y con el rey, yo fui la única víctima», pensó.

—Ya estoy preparado, reverenda madre, podéis empezar cuando queráis.

María Inés Calderón se aclaró la garganta y retomó el relato donde lo había dejado el día anterior.

Una semana después de haber visto a Jusepa, recibimos en la Posada del Peine un billete dirigido a Perandreu que decía: «Acudid mañana al Corral del Príncipe a ver la representación de *El burlador de Sevilla*».

Aunque no estaba firmado, reconocí la letra de Jusepa.

A Valencia llegaban las mejores obras de teatro y las mejores compañías —yo misma había ido a representar en varias ocasiones a esa ciudad—, pero Perandreu, que llevaba años recluido en la sierra, no había tenido ocasión de ver ninguna función y noté un destello de ilusión en sus ojos cuando leyó la nota.

Al día siguiente a mediodía, es decir, dos horas antes del comienzo de la representación, salimos de la posada. De camino al Corral del Príncipe, le expliqué a Perandreu que, además de abonar la entrada en la puerta del corral, pagase también al acomodador para que nos diese asiento en los bancos, pues de otro modo tendríamos que ver la obra de pie, entre los ruidosos y lenguaraces mosqueteros que no nos dejarían oír nada.

El burlador de Sevilla se había representado muchas veces y gustaba mucho al público. Por lo que el patio, bancos, gradas, aposentos, desvanes y cazuela del Corral del Príncipe estaban a rebosar. Gracias a la generosa propina que Perandreu le dio al acomodador, este nos consiguió muy buen sitio en los bancos delanteros.

Cuando escuché recitar a María de Córdoba, que hacía el papel de Isabela, los primeros versos de la obra, se me hizo un nudo en el pecho. Si todo hubiera sido como tenía que ser, yo estaría haciendo lo que más me gustaba en el mundo: interpretar. Pero jamás volvería a sentir aquel hormigueo que me recorría el cuerpo cuando esperaba mi turno para salir a escena; tampoco el gozo de metamorfosearme en otra persona, comprenderla, sentir como ella...

Miré de reojo a Perandreu que, fascinado por la representación, no apartaba los ojos del tablado. Para él, todo lo que pasaba allí arriba, era verdad: la única verdad.

Su rostro moreno, firme, fresco, sin afeites ni amaneramientos, me hizo olvidar el dolor y la rabia de que me hubieran apartado del teatro. Contra todo pronóstico, cuando más desesperada me sentía, la vida me había proporcionado un regalo maravilloso: el verdadero amor. Aunque algún día riñéramos y acabásemos por separarnos, siempre contaría con su apoyo. Porque me era leal y me amaba y respetaba como a una igual. «Si logro resolver el asunto que me ha traído a la corte, nunca me separaré de él, y gozaré a su lado del hijo que llevo en mi seno, ya que no pude disfrutar de Juan José.»

Mis pensamientos se vieron interrumpidos por una mujer que gritó en la cazuela:

—¡Alguaciles! ¡Un memorilla está copiando la comedia!

—¡Cierra el pico, bruja, que no nos dejas oír! —espetó un zapatero.

A las mujerucas analfabetas de la cazuela solía darles igual que copiasen la comedia e, intrigada, me volví para averiguar quién era la que acababa de denunciar al memorilla. Su rostro me resultó familiar, pero no logré recordar de qué. Llevaba un vestido de tafetán verde con galones dorados demasiado costoso para la cazuela.

Para averiguar dónde se había escondido el memorilla, la joven de verde se abrió paso a codazos y empujones hasta la barandilla de la cazuela, y sus compañeras de asiento protestaron vivamente al verse zarandeadas.

—¡Que esto es un corral, no un berreadero!* —gritó un mosquetero, molesto porque no le dejaban oír.

—¡Apretador, ve a hacer callar a esas cotorreras! —añadió otro.

—La joven de verde, señalando a un pelirrojo que tenía un palillo de grafito envuelto en cordeles en la mano derecha y un cuaderno en la izquierda, gritó:

---

* Mancebía, prostíbulo.

—Está allí.

Yo, llevada por mi lealtad a mis compañeros de profesión, grité también con todas las fuerzas de las que era capaz:

—¡Se ha escondido detrás de la segunda columna, alguaciles!

Mi voz, educada para ser oída desde cualquier punto del corral, alertó a los alguaciles, que corrieron a dar caza al memorilla. Este se abrió paso a empujones hasta el degolladero y saltó a los bancos de delante. Cuando pasó junto al que ocupábamos Perandreu y yo, reconocí al memorilla. Era Primitivo Rojas *el Cicatero*.

—Así eran de malos los versos de *La hermosa fea*, ¡como que los había escrito él! —exclamé sin pensar en lo que hacía.

Perandreu, que nada sabía de Primitivo, nada entendió. Pero el Cicatero se volvió a mirarme. No sé si me reconoció, porque en ese instante lo acorralaron cuatro alguaciles. Primitivo los esquivó encaramándose al escenario con intención de escabullirse por la salida de actores. Fue su perdición, porque los cómicos, después de molerlo a palos, lo entregaron a los alguaciles.

El respetable lo despidió con una lluvia de huesos de aceitunas, cáscaras y cebollas podridas.

—Lo más prudente es que salgamos de aquí cuanto antes —le susurré a Perandreu—. Creo que el memorilla me ha reconocido.

Tardamos bastante en abrirnos paso hasta la puerta del corral porque el patio estaba abarrotado. A Perandreu le complacía la demora, porque así podía ver un trozo más de la comedia, que le estaba gustando mucho.

La puerta del corral estaba cerrada y no vimos al portero en las inmediaciones. Le dije a Perandreu que fuese a buscarlo a la alojería para que nos la abriese.

—¿Dónde está eso?

—Debajo de la cazuela de las mujeres.

Mientras esperaba a que volviese, la joven de verde se acercó a la puerta del corral del brazo de un hombre mayor jorobado, a quien reconocí de inmediato. Era don Juan Ruiz de Alarcón, uno los mejores poetas de comedias del reino, y del Nuevo

Mundo, pues había nacido en México. Me volví de espaldas para que no me vieran.

—Decidle a vuestro amigo Tirso de Molina que he sido yo quien ha descubierto al memorilla —le decía la joven de verde al escritor.

—En su nombre y en el de toda la profesión, os doy las gracias por el servicio que nos habéis prestado, señora.

—Entre compañeros hemos de ayudarnos. Algún día me gustaría representar una obra vuestra.

—Lo tendré en cuenta. ¿Cómo os llamáis?

—Virginia del Valle, para serviros.

Recordé que en el mentidero había oído hablar de ella. Decían los que la cabalgaban que tenía poco talento y aún menos escrúpulos.

En esto, regresó Perandreu con el portero. Mientras este nos abría la puerta, vi que los alguaciles traían agarrado uno de cada brazo a Primitivo Rojas *el Cicatero*.

—Trabajé en la garnacha de ese hombre después de huir de Valfermoso —le expliqué a Perandreu.

Virginia del Valle lo oyó y se volvió a mirarme. «Quizá mi rostro le resulte familiar. Pero es imposible que sepa nada de Valfermoso», me dije intrigada por la insistencia con que me miraba.

Después de salir del Corral del Príncipe, Perandreu y yo caminamos por la calle del mismo nombre. Al doblar la esquina de la Carrera de San Jerónimo, un gallofero al que había visto mendigando en la puerta del corral me entregó un billete.

—No creo que sea para mí; acabo de llegar a la corte...

—¿Conoces a Pablo Sarmiento?

Asentí al oír el nombre de mi marido.

—¿Es él quien me escribe?

El mendigo se encogió de hombros y se fue.

Abrí el billete. Era muy escueto. «Id mañana a las once a la casa de ensayo de la calle Huertas en ropas de estopa y lienzo basto». Estaba firmado: «El que no cría pelo».

—¿Quién es ese? —preguntó Perandreu, que había leído la nota al tiempo que yo.

—Creo que es Juan Rana —contesté.

—¿Por eso firma como el que no cría pelo?

—Su verdadero nombre es Cosme Pérez y es un cómico excepcional; lo comprobarás mañana en el ensayo.

Esa tarde fuimos a la plaza de la Paja y les ofrecimos a unos cordeleros, padre e hijo, comprarles la ropa que llevaban puesta. Accedieron a vendérnosla por tan solo diez blancas, ¡tan andrajosa estaba!

El desafío de Juan Rana

A la mañana siguiente, vestidos con los harapos que habíamos comprado a los cordeleros, nos presentamos a la hora convenida en la casa de ensayos de la calle Huertas. Cosme Pérez estaba sobre el tablado listo para comenzar el ensayo. Al verme, me hizo una seña con la mano para darme a entender que me había reconocido. Perandreu y yo nos acomodamos en un rincón, alejados de los cómicos, a esperar a que acabase el ensayo.

El autor o director de la compañía dio un par de palmadas y dijo:

—¡Vamos a ensayar *El desafío de Juan Rana*!

Varios de los presentes se rieron. Yo le aclaré a Perandreu:

—Se ríen porque Juan Rana, el personaje que interpreta Cosme, es un cobardica y nunca desafiaría a nadie a un duelo.

El argumento del entremés consistía en que Bernarda, la mujer de Juan Rana, incitaba a su marido a que desafiase al hombre que había puesto en duda su virtud por haberle dado un hijo a Juan Rana a los tres meses de casados.

El entremés era tan divertido que Perandreu estalló en carcajadas al poco de empezar el ensayo. Le siseé que procurase no llamar mucho la atención. Pero Cosme Pérez era un cómico genial y le resultaba imposible contener la risa.

El entremés concluyó con esta canción: «Ya es valiente Juan Rana, ténganle miedo».

A la que replicaron a coro músicos y cómicos: «Para cuando las Ranas tengan más pelo».

Un hombre de unos treinta y tantos años con una cicatriz en la sien izquierda se acercó al escenario a felicitar a Cosme Pérez por su magnífica interpretación.

—Es Pedro Calderón de la Barca —le susurré a Perandreu—; el que ha escrito el entremés que acabamos de ver.

Cosme Pérez nos hizo una seña a Perandreu y a mí para que nos acercáramos:

—Pedro, este hombre y su hijo son familiares de un amigo de Valencia a quien tengo mucho aprecio —le dijo a Calderón de la Barca—. Me han pedido que los ayude a buscar una ocupación en Madrid porque están pasando mucha necesidad. Si pudierais darles trabajo en la obra que vais a representar la noche de San Juan.

—¡Contad con ello, Cosme!

—¿Qué papel vamos a representar? —pregunté ilusionada.

—¿Papel? ¡Vas a remar, mozuelo!

—Perdone vuestra merced a mi hijo, es un joven iluso —se apresuró a decir Perandreu para cubrir mi desliz.

—La representación se hará en el Estanque del Retiro sobre barcas —nos aclaró Pedro Calderón de la Barca—. Y la familia real y los nobles la contemplarán desde el agua sobre falúas y góndolas. Esa es la razón por la que necesitaremos tantos remeros. ¡Muchos más de los que hay en esta villa, cuyo único río es cabalgable!

Se me iluminaron los ojos al comprender el plan de Juan Rana.

—Se ha estipulado para los remeros —prosiguió Calderón— un sueldo de cincuenta maravedíes y la ración. ¿Os parece bien?

—Nos avendremos a lo que sea, si tenéis a bien contratarnos —se apresuró a decir Perandreu—, pues nuestra necesidad es mucha.

—¿Tienes experiencia?

—Sí, señor. Mi oficio es el de cordelero, pero fui apresado por los turcos durante una travesía y pasé tres años remando en sus galeras.

—Y tu hijo, ¿sabe remar?

—No muy bien, pero le enseñaré.

Ante el gesto dubitativo de Calderón, Cosme intervino:

—No hace falta mucha maña para mover los barcos por el estanque.

—Remar no es tan fácil como parece, Juan Rana.

—¿Por qué no los destináis entonces a la góndola del príncipe? Esa es muy fácil de manejar.

Calderón soltó una carcajada.

—No insistas más, Cosme, que nada puedo negarte después de la magnífica interpretación que has hecho de mi entremés. Mañana por la mañana hablaré con el cómitre* para que contrate a tus recomendados.

—¡Gracias, maestro!

El corazón me daba saltos en el pecho al pensar que al fin podría acercarme a mi hijo.

Calderón se volvió a nosotros y dijo:

—Acercaos mañana a las cinco de la tarde a la Torrecilla de la Música, donde han sido convocados los remeros.

—¿Dónde está? —preguntó Perandreu.

—En el Prado de San Jerónimo.

CARGADORES, QUE NO REMEROS

Tal como nos había indicado don Pedro Calderón de la Barca, al día siguiente nos presentamos a las cinco de la tarde en la Torrecilla de la Música, que está en el Prado de San Jerónimo junto a la Fuente del Caño Dorado.

Aunque yo era consciente de que en el mejor de los casos tardaría aún bastantes días en encontrarme cara a cara con Baltasar Carlos, confieso que me temblaban las piernas mientras cruzaba el puentecito, sobre el arroyuelo del prado que condu-

---

* Persona que en las galeras dirigía la boga y a cuyo cargo estaba el castigo de remeros y forzados.

cía a la Torrecilla de la Música. Alrededor de esta esperaba media docena de hombres, que imaginé serían los remeros contratados. Aunque por sus ropas deduje que su auténtico oficio era el de silleteros, ganapanes y esportilleros.

—A esos les pasa lo que a mí, que no han cogido un remo en su vida —le susurré a Perandreu con cierto alivio.

—Sin embargo, aquellos que vienen por allí están hartos de remar —señaló a una docena de galeotes moros, cargados de grilletes, que se acercaban por el Prado de Atocha. Los precedía un cómitre muy fornido, de ojos juntos y mirada fiera, que llevaba un látigo en la mano.

—¡Pobres desdichados, quién les hubiera dicho que acabarían tan lejos de su patria y del mar! —exclamé conmovida por la suerte de los galeotes.

—Es el sino de los que no tienen dinero para pagar su rescate. A mi tío lo hicieron prisionero los berberiscos y pasó tres años prisionero en Argel.

—Como Cervantes.

—¿Quién es ese?

—Un poeta manco y tartamudo, amigo de Jusepa, que murió al poco de nacer yo.

—¿Escribía bien?

—Yo me reí mucho con una novela suya. Pero Lope decía que era malo.

—¿Te refieres a Lope de Vega?

—Sí.

—Si Lope decía que era malo, debería haberse dedicado a otra cosa.

—Ya. Pero Cervantes le tenía gusto a las letras. Como yo al teatro.

—Cuando hayas resuelto el asunto que te ha traído a la corte, podrás volver a actuar.

Negué con la cabeza. No me hacía ilusiones al respecto.

El cómitre dejó a los galeotes bebiendo en la Fuente del Caño Dorado y se acercó a nuestro grupo.

—¿Sois los remeros? —preguntó.

Le respondió un coro de síes.

—Extended las manos con las palmas hacia arriba.

Tras examinarlas, el cómitre farfulló de mal humor:

—¡Que me pudra en el infierno si alguno de vosotros ha cogido un remo en su vida! ¡Seguidme!

En pos del cómitre y los galeotes, atravesamos el Prado Alto y entramos por una puerta estrecha a las caballerizas del palacio, y desde ellas salimos a los jardines.

La vegetación había crecido mucho desde la última vez que había estado en los jardines del Buen Retiro y disfruté al pasar bajo los perfumados túneles de rosas y enredaderas. También me llamaron la atención los vistosos claveles, tulipanes y otras flores exóticas que crecían en los recuadros de boj.

Tras atravesar el río Chico, llegamos al Estanque Grande, en el que flotaban tres pequeñas galeras, seis falúas y una góndola dorada.

Me llamó la atención ver que en la islilla del estanque habían construido una gruta y una alta montaña por la que se deslizaban cascadas de agua.

—Debe de ser la tramoya para la obra —le susurré a Perandreu.

—Ha debido de costar mucho.

—La verdad es que nunca había visto nada igual.

El cómitre nos condujo al embarcadero, donde los cómicos repasaban sus papeles ayudados por tres apuntadores.

—Esperad aquí —nos ordenó a los cargadores, porque remeros no éramos ninguno—. Vosotros, seguidme —les dijo a los galeotes.

Un par de minutos después, vi que hacía entrar a los presos en las tres pequeñas galeras. Los esportilleros, silleteros y ganapanes se acomodaron al borde del estanque. En cambio, Perandreu y yo nos sentamos en un tronco que había en el suelo cerca de los cómicos, pues a mí me apetecía oírlos ensayar y escuchar la comedia. Al poco, vimos que se acercaba Pedro Calderón de la Barca, acompañado de un hombre de pelo blanco y mirada chispeante.

—El del pelo blanco es Cosme Lotti —susurré a Peran-dreu—. Un pintor, ingeniero, jardinero, fontanero y tramoyista que Olivares hizo venir de Italia cuando inició la construcción del Buen Retiro. Es un genio haciendo tramoyas para...

Me callé porque Calderón y Lotti se disponían a sentarse en un banco que había a nuestra izquierda. Cosme Lotti abrió el cuaderno de ensayo y le dijo a Calderón:

—Quiero que la función comience con una naumaquia. La nave troyana atacará a la de Ulises con fuegos artificiales. Pero este conseguirá conducirla a la isla central del estanque, donde desembarcará en medio de vientos, truenos y relámpagos.

Calderón replicó:

—Con tanta tramoya, Lotti, los ojos tendrán más importancia que los oídos, ¡y nadie prestará atención a mi texto!

—¡Al contrario, quedará realzado por la suntuosidad del espectáculo, Pedro! ¡Será la representación más grandiosa que hayan visto los siglos! ¡Dejaremos al público mudo de asombro!

—¿Os habéis percatado de que, tal como la planteáis, la función durará seis horas, Lotti?

—¡Será inolvidable!

—Inaguantable, diría yo. En fin, se hará como decís, ya que el rey así lo quiere.

Pedro Calderón de la Barca se puso en pie y le dijo al cómitre.

—Haz venir a los remeros.

—Los únicos remeros de verdad son los galeotes y ya están dentro de los barcos.

—Pues hazlos salir, que voy a dar instrucciones para el ensayo.

—Son todos moros y apenas van a entenderos. Mejor que sigan donde están.

—De acuerdo, las instrucciones que dé las traducirás tú después. Di a los otros remeros que se acerquen.

—¿Remeros? Esos no han visto un remo en su vida.

—Tendrás que enseñarles a remar entonces.

—Habrá que azotarlos para que se afanen en aprender —replicó el cómitre complacido.

—¡Guárdate de ello, que no son galeotes!

Cuando los aspirantes a remeros nos reunimos alrededor de don Pedro Calderón de la Barca, este nos explicó:

—La obra que vamos a ensayar se titula *El mayor encanto, amor*, y narra las aventuras de Ulises y sus hombres en la isla de la hechicera Circe. —Los silleteros, esportilleros y ganapanes pusieron cara de no entender ni palabra—. Una parte de la obra —prosiguió el dramaturgo— se representará sobre las barcas y otra, sobre la isla del centro del estanque. Los galeotes se encargarán de mover las galeras, que son las más complicadas de manejar. Vuestra tarea consistirá en acercar las falúas a los lugares donde estén recitando los cómicos, para que la familia real y los gentileshombres de la corte puedan ver y escuchar el espectáculo de cerca. ¡Eso es todo! ¡Vamos a comenzar el ensayo!

El cómitre, látigo en mano, nos ordenó que subiéramos a las falúas.

Aquel hombre moreno y el mancebo pelirrojo que lo acompaña conducirán la góndola dorada —dijo Calderón señalándonos a Perandreu y a mí.

—¿Y eso por qué? —preguntó el cómitre desafiante.

—¡Porque lo digo yo! Se lo he prometido a un amigo y así se hará.

La góndola dorada era desde la que el príncipe Baltasar Carlos y su aya verían la función y no pude evitar exhalar un suspiro de alivio al ver que Calderón se había acordado de asignárnosla.

Perandreu saltó con aplomo a la góndola, pero cuando lo hice yo, esta zozobró, y a punto estuve de caer al estanque. Mi torpeza quedó disimulada por la caída al agua de dos esportilleros.

—¡Cómitre, enseña a remar cuanto antes a estos hartos de ajos o me echarán a perder el espectáculo! —se quejó Lotti con su característico acento florentino.

Las galeras en las que se iba a escenificar la comedia llegaron en ese momento a la orilla conducidas por los galeotes, y los cómicos embarcaron en ellas. Calderón y Lotti lo hicieron en una pequeña falúa sin toldo, desde la que dijeron que iban a dirigir el ensayo.

Los actores ya se sabían el texto y yo, que tenía mucho interés por escucharlos, me esforcé en remar para llegar a la galera en la que empezaban a recitar. Pero lo único que conseguí es que nuestra góndola, en lugar de avanzar, se moviera en redondo.

—Mueve los dos remos a la vez al mismo tiempo que yo —me dijo Perandreu.

Pasaron casi dos horas antes de que yo lograra controlar medianamente los remos y pudiéramos movernos. Para entonces, la acción se desarrollaba en la isla central del estanque, y hasta allí remamos Perandreu y yo. Mejor dicho, remó Perandreu con poca ayuda por mi parte, entre otras razones porque las manos se me llenaron de ampollas.

Tenía que contener las lágrimas, no tanto por las laceraciones de mis manos como por el dolor que me provocaba mi torpeza. Pues era consciente de que, si no lograba aprender a remar y me despedían, difícilmente tendría otra ocasión de acercarme a mi hijo.

Traté de concentrar mi atención en lo que tenía que hacer, para no volver a cometer errores.

El islote figuraba ser la isla de la hechicera Circe, y para ese propósito la habían revestido con corales, conchas, delfines y otros elementos marinos. Desde lo alto de la montaña artificial caía al estanque una cascada de agua coloreada. El sol estaba a punto de ponerse y su luz rojiza envolvía la isla y el estanque de un halo mágico, fantasmagórico.

Perandreu y yo nos quedamos fascinados contemplando aquella asombrosa tramoya. Nunca habíamos visto nada igual. Lo que nos dejó con la boca abierta fue ver surgir del suelo a Circe, la hechicera, sentada sobre un trono de nácar.

Al terminar el acto, el cómitre nos indicó que remáramos hacia el embarcadero para hacer un descanso. Cuando volví a coger los remos, los manché de sangre. Se me habían reventado las ampollas de las manos.

—Yo remaré —dijo Perandreu.

—Si ven que no remo, me echarán.

—Posa entonces las manos en los remos, pero no hagas fuerza.

Cuando desembarcamos, Perandreu me cubrió con su capa, pues tenía la ropa empapada de sudor y se estaba levantando una brisa que rizaba las aguas del estanque. Luego rasgó varias tiras de su camisa y me vendó las manos.

La ternura con la que me trataba me conmovió aún más. El rey y Ramiro se enorgullecían de mi belleza, y de mi forma de cantar o interpretar. Era para ellos un adorno del que presumir, como lo eran sus joyas o sus corceles. Perandreu, en cambio, me quería de verdad y le era indiferente que vistiera andrajos, llevara el pelo rapado o estuviera preñada.

Durante el descanso, nos repartieron una gallofa asquerosa que, sin embargo, me reconfortó, pues llevaba muchas horas sin comer y empezaba a marearme. Además, mi vida irregular de los últimos tiempos me había llevado a malcomer, mal dormir, malvivir.

Cuando acabamos, había anochecido y pensé que darían por terminado el ensayo. Pero Lotti y Calderón ordenaron prender luces para continuar.

Las más de quinientas antorchas, velas, candelas y hachones que encendieron los mozos de escena hicieron refulgir las ropas y joyas de los cómicos, resaltaron la veracidad de los decorados y llenaron las aguas del estanque de miles de brillantes puntos de luz. Mentalmente, le di la razón a Lotti: iba a ser el espectáculo más grande que habían visto los siglos.

Casi al final del ensayo, ocurrió un incidente: una antorcha prendió fuego a la vela del galeón de Ulises.

—¡Remad hasta la islilla para que los chorros la apaguen! —ordenó el cómitre a los galeotes.

Pero los surtidores no alcanzaban la vela incendiada, y el fuego se extendió hacia arriba. Los pocos galeotes que sabían nadar se tiraron al agua. Los que no sabían, gritaban como posesos que los sacaran del galeón. Cuando las llamas alcanzaron la cofa, el vigía se ató una cuerda a la cintura y se tiró desde lo alto. Al tiempo que descendía, rasgó con su daga la vela incendiaba.

Esta cayó al agua y se apagó. Su hazaña le valió, amén de los vítores de los presentes, la calurosa felicitación de Calderón de la Barca y una recompensa de diez escudos. Lotti le ofreció cincuenta escudos más si repetía esa acción durante las representaciones.

Perandreu sacó de este percance la idea de cómo podríamos apartar al príncipe Baltasar Carlos de sus cuidadores.

NOCHE DE SAN JUAN

Durante las cuatro semanas que duró el ensayo, aprendí a remar con soltura y Perandreu tuvo tiempo de ultimar el plan que habíamos ideado. Mi mayor problema era que cada día que pasaba se me abultaba más el vientre. Ni el cómitre ni los demás jefes se percataron —para ellos yo no era más que una bestia de carga y ni me miraban—, pero sí lo hicieron los «remeros». Perandreu les explicó que padecía hidropesía y por eso se me hinchaba tanto el vientre.

—Si alguno se va de la lengua y cuenta al cómitre que mi hijo está enfermo y lo despiden, ¡vive Dios que lo abriré en canal desde el gañote a los compañones! —amenazó con la daga en la mano.

Nadie me delató. Al fin y al cabo, todos ellos trataban de ganarse el pan mintiendo si era preciso.

Al fin llegó el día de San Juan, durante esa noche se estrenaría la comedia de don Pedro Calderón de la Barca. Aunque estaba previsto que la representación comenzase a última hora de la tarde, nos citaron en el embarcadero antes del mediodía. A los remeros nos dieron calzas y jubones de brocado escarlata para la representación. Las calzas me quedaban estrechas —faltaba aproximadamente un mes para el parto—, y tuve que aflojar mucho las agujetas para lograr metérmelas. Pero el jubón no hubo manera y tuve que cambiárselo a Perandreu, que fue a reclamar que le dieran otro más ancho. Con la capa, disimulé mi abultado vientre.

Pasamos toda la mañana y parte de la tarde ensayando posiciones y ultimando los detalles para la representación. Aunque ya se me habían encallecido las manos, Perandreu, por precaución, me las vendó con tiras de cuero.

Todo el mundo estaba nervioso a causa del inminente estreno: cómicos, autores, tramoyistas, mozos de escena, apuntadores e incluso remeros iban de un lado a otro y discutían por nimiedades. A mí me carcomía la impaciencia por ver a mi hijo. Anhelaba tenerlo entre mis brazos, besarlo, acariciarlo. Rezaba mentalmente porque el plan que había ideado Perandreu para sacarlo del Buen Retiro tuviera éxito.

A eso de las siete de la tarde, llegó el rey y embarcó en la falúa más grande y vistosa, acompañado de don Gaspar de Guzmán y Pimentel, conde-duque de Olivares, y cuatro gentileshombres.

Traté en todo momento de no hacer nada que llamara la atención sobre mí, y sobre todo de no dejarme ver ni por el monarca ni por los nobles que lo acompañaban, pues todos me conocían. Fue fácil, porque ese día me percaté de que los remeros éramos tan inertes para ellos como las barcas en las que navegaban.

La reina embarcó con cinco de sus damas en una preciosa falúa blanca adornada con ramas y flores. A continuación, vi entrar en la falúa a Virginia del Valle, la cómica que había visto en el Corral del Príncipe.

—¿Qué hará esa mujer en la falúa de la reina? —balbuceé asombrada.

—¿Quién...?

No pude responder a Perandreu, porque en ese momento subió a nuestra góndola doña Inés de Zúñiga, la mujer de Olivares, llevando de la mano al príncipe Baltasar Carlos. El corazón se me desbocó al tenerlo tan cerca. No pude evitar volverme a mirarlo. Era rubio, de tez nívea, y gesto serio; se parecía al rey Felipe, sobre todo en la mandíbula. Quizá sus ojos fueran los míos.

Una vez que las falúas y góndolas de la familia real se apartaron de la orilla, el aposentador real dio orden de que entrara el resto de los espectadores. Las entradas para ver la función en el Buen Retiro eran muy caras. El público se componía de gentileshombres, funcionarios de palacio, religiosos de alto rango y burgueses pudientes. Todos ellos se acomodaron alrededor de la verja de hierro que rodeaba el estanque.

Calderón y Lotti ordenaron que diera comienzo la representación.

Tuve que hacer ímprobos esfuerzos para retirar mi vista de Baltasar Carlos y concentrarme en los remos. Aun así, entre brazada y brazada me volvía a mirarlo. Él no me prestaba atención porque no tenía ojos más que para la naumaquia. Daba gritos de entusiasmo cuando los cañones de los barcos disparaban fuegos artificiales iluminando el estanque.

Cuando llegó la escena de la tempestad que había costado interminables horas de ensayo, el estruendoso ruido provocado por las quince máquinas de truenos y vientos sonando a la vez asustó al príncipe, que se refugió en brazos de doña Inés de Zúñiga, la esposa de Olivares. Ella lo acogió con cariño y ternura, cosa que le agradecí mentalmente. En una ocasión, aprovechando que doña Inés estaba de espaldas, sonreí al príncipe. Él me devolvió una mirada seria, reprobatoria, y se escondió detrás de las cortinas de la góndola.

La representación, tal como había previsto Calderón, se prolongó durante seis horas. Sería más de la una de la madrugada cuando finalizó con un estallido de fuegos artificiales que iluminaron las aguas del estanque como si sobre él se precipitaran miles de estrellas.

La familia real y los nobles estallaron en vítores y aplausos, y el público, agolpado alrededor de la verja de hierro, aulló de entusiasmo. Incluso los remeros participaron del frenesí desencadenado por el apoteósico final de la representación.

En mitad de esta algarabía, Perandreu prendió fuego a las cortinas de la falúa que estaba parada a nuestro lado. Doña Inés de Zúñiga, entusiasmada con el espectáculo, no se dio cuenta. Tan solo al notar que la góndola se desplazaba, preguntó:

—¿Qué hacéis, remeros?

—Alejarnos de esa falúa que está ardiendo, señora.

La dama colocó al príncipe en su regazo, y gritó a los ocupantes de la falúa que apagaran el fuego. Los jóvenes aristócratas que estaban en la falúa no la oyeron, bien a causa del ruido que reinaba en el estanque, bien porque habían estado bebiendo durante la representación. Perandreu y yo remamos a toda velocidad en dirección al canal que partía del extremo derecho del estanque.

—¿Por qué remáis tan aprisa? —nos preguntó doña Inés de Zúñiga.

—Para apartarnos de esa embarcación incendiada —contestó Perandreu.

—No es preciso que os alejéis tanto.

—¡Sí, sí, seguid así de deprisa! —palmoteó el príncipe, entusiasmado por la velocidad a la que remábamos.

Cuando nos metimos en el Río Grande, como se denomina el canal, doña Inés comenzó a mirarnos con recelo.

—Volved al estanque inmediatamente, remeros —nos ordenó.

Unos minutos después, al ver que no le habíamos hecho caso y seguíamos adentrándonos en el canal, gritó:

—¡Socorrooo! ¡Nos llevan a la fuerza!

Por fortuna, con la algarabía del final de la obra, nadie oyó sus gritos.

—¡Si no os calláis os arrancaré la lengua! —la amenazó Perandreu.

A continuación, cogió las antorchas que ardían a ambos lados de la góndola y las apagó en el agua.

Pese a los esfuerzos de doña Inés para impedírnoslo —incluso se abalanzó sobre nosotros—, Perandreu y yo seguimos adentrándonos en el Río Grande. Una vez que doblamos el primer recodo del canal donde no podían vernos desde el estanque, Perandreu acercó la góndola a la orilla y conminó a doña Inés a que desembarcara.

Ella cogió en brazos al príncipe para bajar con él.

—¡Dejad al príncipe en la góndola! —le ordenó Perandreu arrebatándole al niño.

—Ten cuidado, que no se caiga al agua —farfullé con un hilo de voz. Estaba tan nerviosa que apenas podía hablar.

Doña Inés comenzó a gritar como una posesa que queríamos secuestrar al príncipe Baltasar Carlos.

La algarabía en el estanque estaba disminuyendo, y ante el peligro de que la oyeran, Perandreu la amenazó con su daga.

—Es una buena mujer; no la asustes más de lo que ya está —dije al ver la mirada desencajada de mi hijo.

—Sujeta al niño mientras la inmovilizo.

Perandreu cogió a doña Inés en brazos y saltó con ella a tierra. La ató a un árbol que crecía cerca de la orilla y la amordazó con su pañuelo. Hecho esto, regresó a la góndola y se puso a remar con todas sus fuerzas. Yo lo secundé con igual ahínco.

Nuestra intención era llegar cuanto antes a la islilla donde se halla la ermita de San Antonio de los Portugueses, pues habíamos escondido allí herramientas para saltar la cerca de los jardines y ropas para disfrazar al príncipe.

Baltasar Carlos, hecho un ovillo en el suelo de la góndola, lloraba desconsoladamente llamando a su aya. Haciendo un gran esfuerzo, pues remar a tal velocidad me tenía sin aliento, dije al príncipe:

—No llores, pequeño, ¡no te va a pasar nada!

Solo logré incrementar su llanto.

Sus gritos aumentaron nuestro nerviosismo. Éramos conscientes de que ya habrían enviado a toda la Guardia Real en nuestra persecución.

Apaños, amaños, daños y engaños son cosechas que traen los años

Cuando llegamos al canal lobulado que rodea la ermita de San Antonio de los Portugueses, vi luces que se movían en la lejanía.

Atracamos frente a la puerta de la ermita. Perandreu saltó de la góndola con el niño en brazos, y luego me ayudó a bajar.

Baltasar Carlos no paraba de llorar y acaricié su suave pelo rubio para que viera que no tenía nada que temer de mí, que nunca le haría daño.

—Soy tu madre —le susurré con dulzura.

Su mirada aterrorizada me partió el corazón. Mi hijo, al que llevaba años anhelando abrazar, me tenía miedo. En la rampa que conducía a la ermita habíamos escondido antes de que comenzara el ensayo un saco con una linterna, ropas para disfrazarnos y cuerdas y ganchos para saltar la cerca que rodeaba el Buen Retiro.

Abrí la tapa de la linterna para comprobar si aún ardía, y vi que sí, pese a las muchas horas que llevaba encendida. Perandreu entró en el templo con el príncipe en brazos y lo seguí con el saco al hombro. En el altar, para aprovechar la iluminación del sagrario, Perandreu y yo nos cambiamos las ropas que nos habían dado para la representación por otras más humildes. A continuación, me dispuse a hacer lo mismo con el príncipe, pues sus ropas de brocado y seda llamarían mucho la atención. Él se resistía y traté de calmarlo con besos, cosquillas y lisonjas:

—No tengas miedo, pequeño, yo no voy a hacerte ningún daño. Porque soy tu madre, ¿sabes? Si te dejas poner esta ropa, te daré después unos confites deliciosos.

Baltasar Carlos se resistía con todas sus fuerzas y al final tuve que pedir a Perandreu que lo sujetase. Cuando lo desnudé, el mundo se me cayó encima.

—No es Juan José —farfullé.

—¿Cómo que no es Juan José?

—No es mi hijo. No hace falta que nos lo llevemos —añadí con un hilo de voz.

Perandreu soltó al príncipe, que corrió a ocultarse tras una esquina del altar, y me estrechó entre sus brazos.

—Ya me parecía a mí muy raro que la reina hubiese aceptado cambiar a los niños —musitó.

—No había tenido más que hijas y todas habían muerto poco después de nacer. No era descabellado pensar que el conde-duque y el rey hubieran urdido el plan de cambiar a los niños para asegurarse un heredero. Por eso creí a Ramiro. ¡Ese miserable volvió a engañarme!

—Quizá no, Calderona. Quizá ese plan existió, pero al tener la reina un niño sano...

—¡Ahora más que nunca tengo que averiguar dónde está mi hijo! —lo interrumpí.

Perandreu me acarició la cabeza con infinita ternura. Después de echar una mirada a Baltasar Carlos, señaló en voz baja:

—No me gusta decir esto, Marizápalos, pero los rumores de que Juan José murió años ha podrían ser ciertos.

—¡Mi hijo no ha muerto!

—¿Cómo puedes estar segura?

—Ramiro dijo que era un niño muy inteligente, y en una ocasión anterior el rey me había dicho lo mismo. ¡Está vivo, lo sé! ¡Tengo que buscarlo!

—¿Quién puede saber dónde está?

—¡El rey! ¡Le obligaré a decírmelo!

—Perdonad que os interrumpa, reverenda madre, ¿Ramiro Núñez de Guzmán os aseguró que Baltasar Carlos era vuestro hijo?

La abadesa miró fijamente a fray Matías.

—Sí. Antes de huir, me contó que el rey y su suegro, el conde duque de Olivares, planearon cambiar a un hijo mío por el próximo que tuviera la reina. Por ello Felipe trató de preñarnos a las dos al mismo tiempo.

—¿No teníais idea de ese plan?

—En absoluto. De haberlo sabido, me hubiera negado.

—¿Y la reina?

—Presumo que la engañaron, como a mí. Pero más adelante, tuvieron que decírselo porque los niños se iban a llevar seis meses y no podrían cambiarlos sin que ella se diera cuenta. Supongo que, con el argumento de que el reino necesitaba un heredero, pudieron convencerla.

—Según esa idea: Juan de Austria sería el hijo de Isabel de

Borbón y del rey, y por tanto el legítimo heredero. Y Baltasar Carlos, sería vuestro hijo.

—Baltasar Carlos no es mi hijo.

—¿Cómo podéis estar tan segura?

—Juan José tenía una señal de nacimiento en la nalga izquierda. Una mancha ovalada, de color tostado. Baltasar Carlos no la tenía; lo vi al desnudarlo en la ermita de San Antonio de los Portugueses.

—Dijisteis que en la capilla había poca luz. Habían pasado siete años. Quizá no recordarais cómo era la mancha.

A la abadesa, contrariada, se le humedecieron los ojos.

—Solo disfruté de mi hijo unos pocos días, es cierto. Pero era tan pequeño, tan bonito, que me lo comía a besos cada vez que lo mudaba. Vi el antojo de la nalga muchas veces antes de que el ama de cría se lo llevara con engaños. Para bautizarlo, me dijeron —se le quebró la voz en un gemido—. Ignoraba que me lo iban a quitar, que nunca lo volvería a ver.

No pudo continuar. Los sollozos la ahogaban.

El fraile bajó la vista y permaneció en silencio hasta que el llanto de la abadesa remitió. Luego dijo:

—Hay algo que no acabo de comprender. Si pensabais que Baltasar Carlos era vuestro hijo, ¿por qué intentasteis secuestrarlo? ¿Por qué no dejarlo reinar si tanto lo queríais?

María Inés Calderón se secó las lágrimas con las yemas de los dedos.

—Tenía que salvarlo.

—¿De qué?

—¿Creéis que permitirían reinar a mi hijo si la reina tuviera al fin un heredero?

Fray Matías la miró en silencio.

—Tarde o temprano se desharían de mi hijo. Sufriría un accidente o moriría de una enfermedad repentina, no sé. De ahí mi afán por regresar a la corte cuanto antes para ponerlo a salvo.

El fraile carraspeó antes de decir:

—Veo que no os habéis enterado de que ha muerto.

—¿Quién?

—Baltasar Carlos.

La abadesa palideció.

—¡Dios Bendito! ¿Cuándo?

—Falleció repentinamente en Zaragoza hace quince días. ¡Dios lo acoja en su seno!

—Así sea —dijo la abadesa hondamente impresionada.

Tras unos instantes de silencio, el fraile añadió:

—Vuestros esfuerzos por salvar a vuestro hijo fueron baldíos.

—¡Qué empeño el vuestro por afirmar que Baltasar Carlos era mi hijo!

—Creo que lo era, doña María Inés. Quizá la mancha desapareció con los años.

—Los antojos no desaparecen nunca. Estoy plenamente segura de que Baltasar Carlos no era mi hijo.

Fray Matías se quedó mirando al vacío pensativo. Al fin, dijo:

—Solo podré permanecer dos días más en el monasterio, reverenda madre. Sería conveniente que aprovecháramos para continuar.

—La noticia de la muerte de Baltasar Carlos me ha trastornado. Seguiremos mañana.

—Avisad entonces a la guarda de hombres para que me acompañe a mi estancia.

María Inés Calderón tocó la campanilla mientras reflexionaba sobre la extraña actitud del fraile. «¿Por qué no me cree?», se preguntó.

Uno por otro, mal penan ambos

En el interior de la ermita de San Antonio de los Portugueses, Baltasar Carlos lloraba y pataleaba agarrado a los lienzos del altar llamando a su madre. Su dolor me producía una enorme congoja, pues me sentía responsable de haberlo asustado. Me senté en los escalones del altar, lo cogí en brazos y lo acuné para que se calmase. Al fin y al cabo, hasta poco antes lo había considerado mi hijo.

—No llores, no te vamos a hacer nada malo, pequeño —le susurré con dulzura.

—¡Deja al niño y vámonos, María Inés! —gritó Perandreu desde la puerta del templo—. ¡Tenemos que saltar cuanto antes la cerca y salir del Buen Retiro!

—Espera aquí a que vengan a buscarte y no te pasará nada —le dije al niño, con dulzura.

Corrí hacia la puerta con la linterna en la mano dejando la ermita sin más luz que la del sagrario.

El pequeño gritó:

—¡Tengo miedooo!

Regresé al altar y besé sus mofletes enrojecidos por el llanto.

—Pronto vendrán a buscarte, Baltasar Carlos, ya lo verás.

Puse en su manita la linterna que habíamos escondido en el saco.

—¡No podemos perder ni un minuto más! —gritó Perandreu.

—No te muevas de aquí. Podrías caerte en alguno de los canales que hay en el parque —le advertí al niño.

Me embocé en la capa negra y crucé con Perandreu la pasarela que unía la isla donde estaba la ermita con los jardines. Cuando nos internamos en la arboleda, vimos a Baltasar Carlos que salía de la ermita con la linterna en la mano y cruzaba el puentecillo.

—¡Se va a perder! —exclamé.

—¡Ojalá! ¡Y cuanto más tarden en encontrarlo, mejor para nosotros!

—¿Cómo puedes decir eso? ¿Y si se cae al agua?

—No le pasará nada, Calderona. ¡Corre, vive Dios!

Nuestra intención era llegar cuanto antes a la cerca o valla que rodea el recinto del Buen Retiro, y saltar al otro lado con ayuda de los ganchos y cuerdas que llevábamos en el saco.

Pero las nubes ocultaron la luna y en la oscuridad fui incapaz de distinguir unos senderos de otros.

—¡Me he extraviado! —mascullé contrariada.

—No te pongas nerviosa y trata de orientarte. La valla debe de estar cerca.

Perandreu tiró bruscamente de mí para que me agachara. Señaló una interminable fila de antorchas que avanzaban entre los árboles.

—Nos están buscando —siseó—. Imaginan, con razón, que tenemos intención de saltar la cerca, y la están rodeando para impedir que salgamos del recinto del Buen Retiro.

Un rato después, escondidos detrás de los setos, comprobamos que Perandreu estaba en lo cierto.

—¿De dónde habrán sacado a tantos guardias? —pregunté extrañada por la enorme cantidad de gente con antorchas que se movía a lo largo de la cerca.

—Habrán movilizado a los criados, a los gentileshombres, a los soldados e incluso a los espectadores que estaban viendo la función —contestó Perandreu que, pese al peligro en que nos hallábamos, parecía calmado.

—No es para menos, hemos secuestrado al príncipe —murmuré, consciente de que lo había arrastrado a una aventura que probablemente lo conduciría a la muerte. Porque, ¿qué otra pena podríamos esperar después de haber secuestrado al hijo del rey?

Cogí su mano y la apreté con fuerza.

—Quizá no salgamos de esta —musité.

—Claro que sí, Calderona. Saldremos, ya lo verás —contestó con su sempiterno optimismo.

—No imagino cómo.

—Haciendo lo contrario de lo que esperan. ¿Creen que vamos a saltar la cerca? ¡Pues nos esconderemos en el palacio! ¡Piensa en dónde!

Después de reflexionar unos instantes, contesté:

—El Salón de Reinos. Estará vacío, supongo.

—¿Sabes llegar hasta él?

—Creo que sí.

Nos internamos por una avenida arbolada hasta llegar a una

cerca que pertenecía al llamado corral de las vacas. Un poco más adelante, nos topamos con la Pajarera. Las aves se alborotaron al percibir nuestra presencia, y nos alejamos deprisa temiendo que las oyeran.

Estuve a punto de extraviarme en el laberinto de setos, fuentes, estatuas y bóvedas vegetales que formaban el Jardín Ochavado, y tardamos más de lo esperado en llegar a la parte trasera del palacio. Tal como había supuesto, estaba sin vigilancia, pues habían movilizado a todos los guardas y servidores para que buscaran al príncipe.

Nos metimos en el Salón de Reinos por una de las ventanas del piso bajo. Dos hachones ardían junto a la puerta principal, pero dadas las enormes dimensiones del salón, la mayor parte de este quedaba en penumbra.

Señalé la balaustrada que recorría todo el perímetro del Salón de Reinos.

—Podríamos subir a ese corredor y escondernos detrás de los tapices.

—¿Cuál es la utilidad de ese corredor tan estrecho? —preguntó intrigado Perandreu.

—Sirve para que los reyes contemplen desde arriba los saraos y espectáculos que aquí se hacen.

Subimos al corredor por una escalerilla que había junto a la puerta y elegimos para ocultarnos el tapiz que estaba junto a una ventana desde la que se divisaban los jardines, pues de ese modo podríamos atisbar por dónde andaban nuestros perseguidores.

Durante las dos horas siguientes vimos luces lejanas moviéndose de un lado a otro.

A eso de las cuatro de la madrugada, las luces cambiaron de dirección y enfilaron hacia el cuarto del príncipe.

—Ya han encontrado a Baltasar Carlos —musité.

—Ahora se ocuparán de nosotros. Hay que salir del palacio antes de que vengan a registrarlo.

Bajamos precipitadamente al piso de abajo, con intención de salir por la ventana por la que habíamos entrado tres horas antes. Cuando estábamos a punto de saltar, dije:

—Creo recordar que en el corredor hay una ventana que da al Patio del Emperador.

—¿Y?

—En ese patio está la entrada principal al Palacio del Buen Retiro.

Subimos otra vez al corredor y aparté las cortinas de la ventana que daba al Patio del Emperador. El corazón me dio un vuelco al ver que estaba a cuatro varas de distancia del suelo.

—¡No podemos salir por aquí! —exclamé.

Perandreu sacó una cuerda del saco y la ató a uno de los ganchos de los que colgaban los tapices.

—Baja tú primero; yo sujetaré la cuerda.

—No seré capaz.

—¡Solo son cuatro varas de altura, Calderona! ¡No seas cobarde!

—No tengo fuerzas para sujetarme. Ve tú solo. Es absurdo dejar que nos cojan a los dos.

—Nunca te abandonaré.

Me pasó una cuerda entre las piernas y luego la ató a su cintura dando varias vueltas.

—Es lo bueno que tiene que las mujeres llevéis calzones —bromeó.

—Nos vamos a matar —gemí muerta de miedo.

—Agárrate bien —dijo. Y saltó por la ventana.

Se deslizó despacio, frenando con las manos para que no cayéramos de golpe. Y apartándose de la pared con los pies, para evitar que yo me golpeara contra el muro. Tardamos cinco minutos, que se me hicieron eternos, en descender. Cuando pusimos los pies en el Patio del Emperador, me recorrían el cuerpo ríos de sudor.

—¿Ves como no era para tanto, Calderona? —dijo mientras me desataba.

Tenía las palmas de las manos ensangrentadas. Y me saqué la camisa del jubón, con intención de rasgarla para hacer vendas.

—Ahora no hay tiempo, Calderona, ya me las vendarás después.

Se limpió la sangre en las calzas y me acarició las mejillas.

El Patio del Emperador estaba rodeado de un muro de dos varas de altura. Aunque no había vigilancia, el portón de salida a la calle estaba cerrado con llave.

—Estamos atrapados —murmuré desolada, ante aquella nueva dificultad.

Perandreu nunca perdía los nervios ni el ánimo y replicó risueño:

—Saltaremos el muro, Calderona.

—No puedo. No puedo más —gemí agarrándome el vientre con las manos.

—¿Te vas a rendir ahora, cuando estamos a punto de lograrlo? —me estrechó entre sus brazos—. Tienes que hacer un último esfuerzo, María Inés. Por tu hijo y por mí.

Consciente de que, si me rendía, sería su muerte, porque Perandreu nunca me abandonaría, asentí.

—¡Esa es la valiente mujer que me enamoró!

Y me besó en los labios con dulzura.

Se dirigió a la puerta de salida con el saco al hombro. Yo lo seguí. Al llegar a la estatua del emperador Carlos V, que da nombre al patio, noté una contracción muy fuerte, que hizo que se me doblaran las piernas.

Perandreu, subido a los goznes de la puerta, lanzó por encima del tejadillo del muro una cuerda con un gancho. Tras varios intentos, logró que se sujetara en las tejas del borde exterior.

Tiró de la soga varias veces para asegurarse de que estaba firme. Luego, trepó por ella conmigo a la espalda. Me angustiaba ver de reojo su rostro desencajado por el esfuerzo. Pero las venas de sus brazos me parecieron bellas. «Déjame y vete», intenté decirle, pero no tenía fuerzas ni para hablar.

Por fin, alcanzamos el tejadillo. Tras descansar unos minutos, Perandreu enganchó el garfio en las tejas interiores y nos deslizamos hasta el suelo. Yo me abracé a él jadeando con una mezcla de sentimientos.

—¡Lo hemos conseguido! ¡Estamos fuera! —exclamó Perandreu al reconocer la Torrecilla de la Música.

Corrimos para ocultarnos entre los árboles de la alameda del Prado de San Jerónimo. Al llegar, me apoyé en un tronco.

—¿Estás bien?

—Sí, pero necesito descansar.

Me senté en el suelo y cerré los ojos.

Un par de minutos después, Perandreu se arrodilló a mi lado y, al tiempo que me acariciaba la cabeza, dijo:

—Tenemos que alejarnos del palacio cuanto antes, María Inés. ¿Quieres que te lleve a caballito?

—No hace falta —contesté poniéndome en pie.

El día anterior habíamos sobornado con diez escudos al guarda que vigilaba la Puerta de Alcalá para que nos la abriese durante la noche y poder huir con el príncipe.

—Han tenido tiempo de mandar aviso a todas las puertas y portillos de Madrid, sería insensato abandonar la villa en estas circunstancias —dijo Perandreu.

—Así es.

—¿Qué te parece si nos dirigimos al centro de la villa y buscamos un portal solitario en el que puedas descansar?

—Muy arriesgado.

—¿Por qué?

—Habrán dado también nuestras señas a todas las rondas de alguaciles que recorren las calles durante la noche.

Me apartó el pelo, que el sudor me había pegado a la frente.

—Tú conoces la ciudad. Piensa en qué lugar podríamos escondernos.

Asentí y me quedé absorta unos instantes. Al fin, repliqué:

—¡Ya sé! ¡En los pozos de la nieve de la calle de Fuencarral!

—¿Quedan lejos?

—No mucho.

—¿Tendrás fuerzas para llegar?

—Espero que sí —respondí con una sonrisa desmayada. Aunque no quería decírselo, tenía contracciones.

Seguimos por el Prado de Recoletos, hasta llegar a la calle de San Josephe, torcimos por ella a la de las Flores, para desembocar en la calle de Hortaleza. Desde allí, tomamos la de San Marcos y llegamos enseguida a la calle de Fuencarral, donde estaban los famosos pozos de la nieve. Nada más entrar en ella, una contracción formidable me hizo perder el equilibrio y acabé agachada en el suelo.

—Noto espasmos, como si fuera a parir —musité.

—Te faltan casi dos meses.

—A veces los niños se adelantan.

Me secó el sudor de la frente con su capa.

—Esos espasmos son consecuencia de las carreras que te has dado. Se te pasarán en cuanto descanses, ya lo verás.

Me subió a sus espaldas y cargó conmigo hasta el final de la calle de Fuencarral.

—Los pozos de nieve están detrás de aquella valla —le dije.

Usé la espalda de Perandreu a modo de escabel para saltar al otro lado de la valla, que rodeaba el recinto de los pozos de la nieve. Dentro había balsas, casetas, almiares y un edificio alargado de piedra con una sola puerta y ninguna ventana.

—Dentro de ese edificio están los pozos de la nieve —le dije a Perandreu.

—Espérame detrás de ese almiar mientras recorro el recinto, por si hubiera alguien vigilando.

Yo suponía que no lo habría. La nieve no es fácil de trasladar sin que se derrita. Para eso hay que ser un experto, y los ladrones no lo son.

Perandreu volvió a buscarme unos minutos después. Descerrajó la puerta con el gancho que llevaba en el saco y entramos al edificio donde estaban los pozos de la nieve.

LOS POZOS DE LA NIEVE

Nunca había visto el interior de un pozo de nieve y, pese a la situación calamitosa en la que me encontraba, sentía curiosidad. A Perandreu le sucedía otro tanto.

Había un largo pasillo con seis gruesas puertas de madera muy bajas que, imaginé, correspondían a otros tantos pozos.

Perandreu descolgó el candil de garabato que ardía en el pasillo y empujó la primera la puerta. El frío que salió del interior hizo que me estremeciera. El pozo tendría unas cinco varas de diámetro y otras tantas de profundidad. La nieve estaba cubierta por una espesa capa de paja, mezclada con tierra, musgo y helechos para evitar que se derritiese.

Perandreu se asomó al borde del pozo y dijo:

—Tenías razón. Es un buen lugar para ocultarnos.

Sin pensarlo más, saltó al interior.

—¡Salta ahora tú! —dijo extendiendo los brazos.

—Hay mucha distancia.

—No más de dos varas.

—Y ahí abajo debe de hacer aún más frío.

—¡Así difícilmente pensarán que nos hayamos escondido aquí! ¡Salta sin miedo, yo te cogeré!

—¿Por qué no nos quedamos aquí arriba?

—Porque si oímos entrar a alguien, podremos ocultarnos debajo de la paja.

Cerré los ojos y salté. Perandreu me cogió en sus brazos y no sufrí daño alguno, salvo una nueva contracción que no duró mucho. Tal como había imaginado, el frío en el interior del pozo era terrible.

Al verme tiritar, Perandreu extendió su capa sobre la paja, y luego amontonó sobre mi cuerpo paja y musgo hasta cubrirme por completo.

—Así tendrás menos frío. Trata de dormir un poco.

—¿Y tú?

—Me quedaré fuera a vigilar.

Contra todo pronóstico, unos minutos después me quedé profundamente dormida.

Antes del alba, Perandreu me despertó.

—Tenemos que irnos. Pronto amanecerá y llegarán los trabajadores de los pozos.

Me sentía menos pesada que la noche anterior y me costó mucho menos trabajo salir del pozo y luego saltar la cerca que rodeaba el recinto de los pozos de la nieve.

—Se me han pasado las contracciones.

—Ayer soportaste seis horas de representación, carreras, descensos, huidas. Lo raro es que no hayas parido ya —dijo Perandreu besándome en la frente.

Le propuse que nos quedáramos escondidos en las huertas cercanas a la Puerta de Bilbao, también llamada de los Pozos de Nieve, hasta que la abrieran.

—¿Para qué?

—Para juntarnos con los campesinos que, a primera hora de la mañana, entran a Madrid a vender sus mercancías. Así pasaremos desapercibidos.

Mientras esperábamos, Perandreu comentó:

—No podemos regresar a la Posada del Peine, ni a ninguna otra, porque estarán vigilándolas. ¿Conoces a alguien que esté dispuesto a escondernos, Calderona?

Jusepa y Cosme lo harían, sin duda, pero no quería comprometerlos, pues bastante se habían arriesgado ya por mí. Además, sus hogares y los de sus familiares y amigos serían los primeros que registrarían los corchetes. Como si hubiera oído mis pensamientos, Perandreu añadió:

—Piensa en alguien que no tenga relación con el teatro, pues a esos será a los que más vigilen.

Repasé mentalmente la larga lista de cortesanos y gentileshombres que antaño se disputaban mi amistad, y llegué a la conclusión de que no podía fiarme de ninguno.

Después de pensar un buen rato, dije:

—Hay una persona que quizá nos esconda.

—¿Amigo tuyo?

—Enemigo más bien.

—¿Y aun así nos ayudará? —se sorprendió Perandreu.

—Es un hombre recto, con un alto sentido de la justicia. Cuando se entere de la villanía que han cometido conmigo, me socorrerá.

Perandreu se pasó la mano por la boca dubitativo.

—Yo no estaría tan seguro, María Inés.

—Escucha lo que escribió a Olivares:

No he de callar, por más que con el dedo,
ya tocando la boca, ya la frente,
silencio avises o amenaces miedo.
¿No ha de haber un espíritu valiente?
¿Siempre se ha de sentir lo que se dice?
¿Nunca se ha de decir lo que se siente?

Cuando terminé de recitar, Perandreu me preguntó sorprendido:

—Entonces, ¿ese hombre es un poeta?

—¡Muy grande!

—Hubiese preferido que fuera un soldado.

—Tiene fama de ser uno de los mejores espadachines de la corte.

—¿Cómo se llama?

—Don Francisco de Quevedo y Villegas.

—¿Es poderoso?

Me eché a reír.

—Capaz de envenenar a una víbora con su pluma.

—¿Por qué te enemistaste con él?

—Porque, tonta de mí, me sumé sin motivo a la animadversión que Olivares y el rey le profesan.

Perandreu señaló los puntos de luz que avanzaban por la calle de Fuencarral.

—¡Tenemos que irnos!

Analicé las luces.

—No creo que sean soldados, Perandreu. Se aproximan muy despacio. Parecen linternas de peatones o de carros.

—¿Por qué vienen hacia aquí?

—A esperar a que abran la Puerta de Bilbao para salir de Madrid.

Poco a poco, las luces se fueron acercando. Como yo había supuesto, las portaban peatones, campesinos y comerciantes. Otras colgaban de los laterales de los coches y de las carretas.

Según iban llegando, se colocaban en fila a esperar a que abrieran la Puerta de Bilbao o de los Pozos de Nieve, para salir de Madrid.

—En el lado exterior de la puerta deber de estar formándose otra cola aún mayor —susurré.

La Puerta de Bilbao o de los Pozos de Nieve

Al fin, los guardas abrieron la puerta para permitir la entrada a los artesanos, campesinos y comerciantes, que aguardaban en el exterior. En cambio, retuvieron a los que pretendían abandonar Madrid.

—Han debido de avisarles de nuestra huida y tienen orden de identificar a todos los que quieran salir —susurró Perandreu.

A los pocos minutos se formó una cola enorme en el lado interior de la puerta, lo que provocó airadas protestas. Un coche de tiros largos, en su afán por salir cuanto antes, chocó contra un carro cargado de leña que acababa de entrar. Lo que detuvo la circulación y provocó discusiones y juramentos entre los conductores. Los guardias apartaron a un lado de la calle Fuencarral al carro y al coche para que los demás pudieran seguir circulando. El conductor bajó a recoger del suelo la leña que se había caído del carro a causa del choque.

Perandreu susurró:

—Sígueme.

Se acercó al dueño del carro y le ayudó a recoger parte de la leña. Cuando quedaba solo un pequeño montón, le dijo:

—Vuestro carro va demasiado lleno y, en cuanto frenéis, se os volverá a caer la leña. Lo sensato sería que alguien os transporte parte de ella. Mi hijo yo somos esportilleros.

—¿Cuánto me cobraríais?

—Seis maravedíes.

Era menos de la mitad del dinero que un esportillero solía cobrar por ese trayecto; aun así, el leñero regateó.

—¡Ya serán cuatro maravedíes! ¡Que voy a la plazuela de la Leña, no a Aranjuez!

—La plazuela de la Leña está lejos —intervine.

—¡Cuatro maravedíes o no hay trato!

Perandreu, fingiéndose contrariado, escupió en el suelo, y dijo:

—Vale, sean cuatro maravedíes.

Hizo un atado con la leña que sobresalía del carro, y se lo cargó a la espalda.

—¿Vuestro compañero no llevará nada? —preguntó el esportillero señalándome.

—Mi hijo está enfermo y no puede cargar.

—¿Ni siquiera la leña que llevo en el pescante?

—No.

—Me molesta para guiar el carro.

—Ya os he dicho que está enfermo —replicó Perandreu irritado.

—¡Entonces no hay trato!

Consciente de lo mucho que nos interesaba llegar al centro de la ciudad bajo el disfraz de esportilleros, intervine:

—Como ha dicho mi padre, estoy enfermo de hidropesía y se me hincha la barriga.

—Ya veo.

—Sin embargo, creo que podré con la leña que lleváis en el pescante.

Perandreu me lanzó una mirada furibunda.

—Cargad también con esa leña que sobresale y tropieza con la rueda izquierda, así el carro andará mejor.

—¡Ya os he dicho que mi hijo está enfermo, Vive Dios! —gritó Perandreu con tal ferocidad que el leñero se amilanó.

—Que cargue solo la leña del pescante. Que yo soy un hombre caritativo y no quiero perjudicarlo —replicó el desvergonzado carretero.

—Gracias, señor carretero. Dios Nuestro Señor os recompensará por vuestra buena acción.

—Con el infierno —siseó Perandreu.

Hizo un atado con menos de la mitad de la leña que había en el pescante, y me la cargó a la espalda. Añadió la leña restante a su atado para que yo llevara menos peso.

Las ruedas macizas de la carreta de leña producían un chirrido agudo y prolongado, que se nos metía en los oídos. A Perandreu no parecía importarle, pero a mí me ponía nerviosa. No me sentía bien. Notaba un peso en el bajo vientre, como si el niño quisiera salir. Cada vez que me paraba, Perandreu se volvía a mirarme inquieto. Yo le sonreía, para darle a entender que no se preocupara, que me encontraba bien.

A mitad de la calle de Fuencarral, vimos que se acercaba una patrulla de alguaciles al mando de un teniente. Yo clavé la barbilla en el pecho y seguí caminando como si nada.

Cuando nos rebasaron, cometí la torpeza de mirar atrás. Un alguacil se fijó en mí.

—¿Tienes intención de salir de la villa, mozo?

—No, señor —contesté ahuecando la voz.

—¿Cómo te llamas y de dónde vienes?

—Tiburcio Hernández, y vengo del pueblo de Fuencarral.

—¿Tienes papeles?

—No.

—¿Conoces a alguien que responda por ti?

El leñero, molesto porque quería llegar cuanto antes a la subasta de leña del mercado de la Paja, dijo:

—Teniente, ese mozo y su padre han entrado conmigo hace un rato por la Puerta de los Pozos de Nieve.

—¿Estás seguro de que no intentaban abandonar la villa, leñero?

—No, señor. Doy fe de ello.

—¡No pierdas más el tiempo con esos, Marcial! ¡Que son esportilleros, vive Dios! —gritó el teniente de la patrulla, que iba a caballo.

Felicité mentalmente a Perandreu por la ocurrencia que había tenido de que cargáramos con la leña del carretero.

Al llegar a la Red de San Luis, me senté a descansar en los escalones del crucero, pues estaba desfallecida. El aroma que provenía de los puestos de pan me hizo que tomara conciencia de las muchas horas que llevaba sin probar bocado.

—¡Estoy muerta de hambre! —le susurré a Perandreu.

Él se agachó y me quitó la carga de leña de la espalda.

—¿Qué hacéis ahí sentados, holgazanes? —nos recriminó el carretero desde el pescante—. ¡Voy a llegar tarde a la subasta de leña por vuestra culpa, alcornoques!

—Os alcanzaremos en cuanto mi hijo haya descansado.

—Eso quisierais vosotros, para quedaros con la leña. ¡Malparidos, estafadores!

Perandreu saltó como un resorte al pescante y agarró al carretero de la ropilla.

—¿Estamos acarreando la leña casi de balde y aun así nos insultáis?

El carretero, que no esperaba una reacción tan airada, reculó.

—No os pongáis así, que todo se puede negociar.

—Negociar, ¿el qué?

—En vez de pagaros cuatro maravedíes, os pagaré cuatro blancas, para compensar el retraso.

Cuatro blancas equivalían a la mitad del dinero que habíamos acordado. Al ver el espasmo de ira en la cara de Perandreu, temí que le rebanara el pescuezo al carretero.

—No os solivientéis, padre —le dije a Perandreu para aplacarle—, que dos maravedíes más o menos no nos harán ricos.

Después de resoplar, Perandreu dijo:

—Pagadnos lo que os plazca. —Afortunadamente no vio la sonrisa de triunfo que asomó a los labios del carretero—. ¡Pero llevaré yo solo la carga, porque mi hijo está enfermo!

—Si os empeñáis.

Perandreu cogió mi atado de leña y se lo echó a la espalda junto con el suyo. Quitarme el peso de la leña fue un alivio para mí, pues el niño dejó de presionarme en el bajo vientre.

En la Puerta del Sol había un tremendo atasco provocado por las riadas de carros y viandantes que se dirigían al mercado de la plaza Mayor. Una vez que logramos atravesar la Puerta del Sol, subimos por la calle de la Paz a la plazuela de la Leña, nuestro destino. El leñero se negó a pagarnos, aduciendo que por nuestra culpa había llegado tarde a la subasta de leña.

—Pero si aún no ha empezado —repliqué.

—Cierto, pero tenía que haber llegado antes para averiguar

los precios a los que se cotiza la leña. ¡Así que no pienso pagaros!

—¿Ni siquiera las cuatro miserables blancas que acordamos? —le preguntó Perandreu desafiante.

Pero el leñero se sentía seguro entre sus cofrades y respondió:

—Dad gracias que no os denuncie por haberme retrasado. ¡Tendría que exigiros una indemnización!

—¡Tenéis razón! Voy a indemnizaros como merecéis.

Apartó la capa y sacó una de las dos pistolas de rueda que llevaba al cinto.

—No hace... falta. Os pagaré las cuatro blan...cas.

Perandreu tiró del can de la pistola.

—Acordamos cuatro maravedíes.

—Eso. Cuatro maravedíes.

El leñero los sacó de la bolsa y nos pagó.

En la esquina de la plazuela de la Leña con la calle Atocha había un bodegón de puntapié en el que vendían pasteles de a cuatro. Y Perandreu sugirió que compráramos uno. Yo estaba tan hambrienta que accedí, aunque siempre he recelado de los pasteles de carne que venden en la calle.

—¡Qué rico! —exclamó Perandreu chupando el hilillo de salsa que descendía por su puño—. ¿De qué carne los hacen?

—Mejor no saberlo.

—¿Por qué?

Carraspeé antes de responder:

—Se dice que antes de hincarle el diente a un pastel de a cuatro se debe rezar por el alma del difunto.

—¿Las almas de los difuntos moran dentro de los pasteles de carne?

—Las almas no, los cadáveres.

Perandreu miró su trozo de pastel dubitativo. Luego, lo engulló de un bocado.

—Lo que no mata, alimenta —dijo.

—No hay mejor cocinero que el hambre, Perandreu. Y recité divertida:

Con poco temor de Dios
pecaba el pastel de a cuatro
pues vendía en traje de carne,
huesos, moscas, vaca y caldo.

—¿Quién ha escrito eso?
—El hombre que vamos a visitar.

Don Francisco de Quevedo y Villegas

En Antón Martín, Perandreu y yo tomamos la calle del León y torcimos por la de Cantarranas hasta llegar a la calle del Niño, donde vivía Quevedo. Golpeé su puerta varias veces, sin recibir respuesta. Por fin, una voz somnolienta y aguardentosa replicó desde el interior:
—¡No estoy en casa!
—Volveremos dentro de un rato entonces.
—Tampoco estaré. ¡Marchaos!
Tras unos segundos de silencio, hice repiquetear de nuevo la aldaba.
—¡Abridnos, por favor, don Francisco! —insistí con voz lastimera.
Quevedo, con los anteojos colgando de un cordón sujeto a la oreja izquierda y una bota de vino en la mano, nos abrió al fin la puerta.
—¡Vive Dios! ¿No os he dicho que no estoy en casa? ¿Por qué insistís en molestarme a estas horas?
Se le caían los párpados. No sé si de haber dormido poco o bebido mucho.
—¿Podemos entrar, maestro?
—A estas horas tan tempranas no recibo a nadie.
—Vengo a pediros...
—¡Vaya suerte la mía! ¡No hay necio que no me dirija la palabra, ni pobre que no me pida algo! ¿Os conozco?
—Sí, don Francisco.

Se colocó en la nariz los anteojos.

—La mentira nunca llega a vieja. No os conozco de nada. Y a ese que os acompaña, tampoco. ¿Se puede saber por qué me molestáis a estas horas tan intempestivas?

—No es asunto para tratar en la calle, don Francisco. Dejadnos entrar y os lo diré. Siento mucho haberos sacado de la cama.

—¡No me gusta que me mientan!

Intentó cerrar la puerta, pero puse el pie para impedírselo.

—¡Por lo que más queráis, ayudadme! ¡Os lo ruego!

El tono de mi súplica lo ablandó porque se hizo a un lado y dijo:

—Pasad.

A continuación, se asomó al hueco de la estrecha escalera que conducía al piso de arriba y gritó:

—¡Herminiaaa! ¡Baaaja a preparar un letuario para mí y para los dos gentiles his de puta que me han sacado de la piltra!*

Perandreu, atónito, me preguntó con la mirada quién era aquel hombre tan peculiar.

—Seguidme a la cocina —nos dijo a continuación Quevedo. Y enfiló por el pasillo haciendo eses, que no se debían del todo a la cojera.

«No le faltaba razón a Góngora, cuando lo llamaba Quebebo», pensé.

La cocina tenía una chimenea más bien pequeña, eso sí, con sus lares y trébede para guisar. Había a la izquierda una modesta alacena con platos y fuentes. De los ganchos de la pared colgaban sartenes, cazos y espumaderas. En la parte izquierda había una mesa con cuatro sillas de enea.

—Sentaos. Antes de empezar a hablar, dejad que me despeje.

Quevedo metió la cabeza en una jofaina de agua que había junto a la chimenea. Tras sacarla, la sacudió llenando el suelo de gotas.

—Ahora decidme, ¿a qué demonios habéis venido a mi casa a estas horas tan tempranas? —preguntó mientras se secaba la cara con una toalla que cogió de la alacena.

* Cama en germanía. Se sigue usando en la actualidad.

Me arranqué el bigote y la perilla.

—¿No me reconocéis, don Francisco?

—¡Marizápalos! ¡Vive Dios! Oí que habías ingresado en un convento.

—Y así fue, pero contra mi voluntad. He venido a solicitar vuestra protección.

Quevedo soltó una carcajada.

—Lo de proteger a las doncellas descarriadas ya no se estila más que en las novelas de un manco tartamudo, amigo mío, ¡que ya la espichó!

—¿Cervantes?

—¡Qué más da! ¿Qué quieres?

—Que nos escondáis en vuestra casa durante unos días, don Francisco.

Me miró fijamente.

—¿Qué has hecho?

—Anoche intenté secuestrar al príncipe.

—¡Vive Dios! ¿Y has venido a mi casa? ¿Quieres perderme?

—No conozco a ningún otro que tenga redaños para ayudarme.

—Recuerdo a montones de gentileshombres que se peleaban por hacerse amigos tuyos.

—No me fío de ellos.

—Haces bien. Creyendo lo peor, casi siempre se acierta. Dime por qué has intentado secuestrar al príncipe.

—Creía que era mi hijo.

—¡Vaya dislate! ¿Quién te metió esa idea en la mollera?

—Ramiro Núñez de Guzmán.

—El yerno de Olivares.

—Sí.

—Hace unos meses se comentó en el mentidero de las Losas de Palacio que el rey te había sorprendido en la cama con otro hombre, ¿era Ramiro?

—Sí. Fue él quien me contó que Olivares y el rey habían planeado sustituir al siguiente hijo que pariera la reina por uno mío.

Quevedo estalló en carcajadas.

—¡Su Majestad tuvo que trabajar en firme para preñaros a las dos a la vez! Aunque con la afición que le tiene a la coyunda lo habrá hecho con gusto.

—Nunca llegaron a cambiar a mi hijo por el de la reina.

—¡Lástima! Hubiera sido mejor rey. A los Austrias les salen los hijos lelos. En cambio, tú, aunque puta, eres inteligente.

Perandreu se tomó a mal que me llamara puta e hizo intención de desenvainar la espada. Yo le hice un gesto con la cabeza para que no lo hiciera. Quevedo, que hasta ese momento no le había prestado atención, me preguntó:

—¿Quién es este bravo tan gallardo que te acompaña?

—Se llama Perandreu.

—¿Te has amancebado con él?

—No.

Soltó una carcajada.

—¡Si me parece bien, Calderona! Eso no se gasta con el uso. Si temes a las habladurías... «yo diré que es puto a quien parece, que no sois puta vos, señora mía» —recitó burlón.

Perandreu desenvainó la espada ignorando que desafiaba a uno de los mejores espadachines de la corte.

Quevedo se lo quedó mirando impasible.

—¿Os molesta que llame puta a vuestra enamorada? A mí me llaman maestro de errores, doctor en desvergüenzas, licenciado en bufonerías, bachiller en suciedades, catedrático de vicios y ¡hasta bujarrón! Envainad la ropera y dad gracias al cielo que a estas horas tan tempranas no tenga ganas de pelear.

Le hice una seña conminatoria a Perandreu para que obedeciera, y le pregunté a Quevedo:

—¿Nos esconderéis en vuestra casa, don Francisco?

Quevedo nos observó detenidamente, mientras se lo pensaba.

—Sí, pero no más allá de dos meses. Porque he de regresar a la Torre de Juan Abad, donde vivo retirado.

—¡Gracias, maestro! —intenté besarle las manos, pero él las apartó—. ¡Espero poder devolveros algún día el favor que nos hacéis!

—Como tardes mucho, perderás la ocasión.

—Aún sois joven, don Francisco.

El poeta suspiró.

—Todos deseamos llegar a viejos, Marizápalos, pero cuando lo hacemos nos resistimos a reconocerlo. —Cogió un pellizco en el dorso de su mano izquierda—. ¿Ves? Piel añeja en un tris de ser pelleja.

—Quisiera pediros otro favor.

—¿Otro? Lo mucho se vuelve poco cuando se desea más.

—Necesito ver al rey a solas.

—Felipe ya se habrá consolado con otra.

Eché la capa al hombro para mostrarle mi vientre abultado.

—Voy a tener otro hijo.

—¿Del Rey?

—Sí.

—No creerá que es suyo.

—Aun así, debo decírselo. Pero lo que más me importa es recuperar a Juan José. Ni siquiera sé dónde está.

—Puede que Felipe tampoco lo sepa. Eso de esconder niños parece más propio del conde-duque. En cuanto a lo de recuperarlo, no me parece que sea buena idea.

—¡Es mi hijo!

—¿Cómo vas a hacerte cargo de él en la situación en la que estás, Calderona?

Me mordí el labio inferior, consciente de que tenía razón. Las escasas noticias que me habían llegado de Juan José eran de que estaba siendo educado con esmero y acomodo. Y yo ni siquiera contaba con medios para alimentarlo.

—Criaré a ese niño y al que nazca como si fueran mis hijos. Tengo lo suficiente para darles una buena vida a los dos —afirmó Perandreu con decisión.

Quevedo lo miró fijamente.

—¿Tanto la queréis?

—Mucho.

—No sé si sois un loco o un bobo, aunque ambas cosas no sean incompatibles.

—Mucho o poco, todos somos locos, don Francisco.

Quevedo soltó una carcajada.

—¡Me gusta este hombre, Calderona!

Me guiñó un ojo, y se volvió a Perandreu. Tuteándolo le preguntó:

—¿Eres consciente del lío en que te has metido ayudándola?

—Sí. Y no me arrepiento.

—¿Cuál es tu oficio?

—Comerciante de seda —me apresuré a responder.

—*Roder* —me corrigió Perandreu.

—Te acomoda más que sea bandolero que mercader, Calderona.

—¿Por qué?

—Son tal para cual la puta y el rufián.

Quevedo soltó una risita maliciosa y recitó con su voz grave y potente:

—«Puto es el hombre que de putas fía, y puto el que sus gustos apetece...»

Un ataque de tos le impidió seguir. Como no se le pasaba, busqué algo que pudiera beber. Vi una jarra de agua en la alacena y se la ofrecí. Pero él la rehusó.

—La tos se quita mejor con tabaco en humo. —Señaló una cajita de cartón que estaba en un estante de la alacena.

Se la acerqué y Quevedo sacó de su interior un cilindro de hojas de tabaco enrolladas. Sin dejar de toser, lo encendió en los rescoldos de la lumbre. Se llevó el cilindro de tabaco a la boca, aspirando intensamente el humo. Tras hacer esa operación varias veces, dejó de toser.

—¿Ves como tenía razón, Calderona? La tos del tabaco se pasa con tabaco.

—Pero no creo que fumar sea bueno.

—¡Ni yo! ¿Sabes por qué llamo doctor al tabaco?

—No.

—Porque los médicos matan todo cuanto tocan, y el tabaco es igual de venenoso. De sobra sé que más pronto que tarde acabará conmigo.

—¿Por qué no dejáis de fumar entonces?

—A quien de miedo se caga, en mierda le hacen la fosa.

Rio en falsete, lo que le provocó un nuevo ataque de tos.

Cuando se le pasó, se arrimó cojeando al hueco de la escalera y gritó:

—¡Herminiaaa! ¡Baja a hacer un chocolate para mis huéspedes! ¡Y prepárales después un jergón en la buhardilla!

La tal Herminia le hizo el mismo caso que cuando le había pedido el letuario: ninguno.

—El vino la ha dejado sorda.

—Nunca creí que hiciera tal efecto, don Francisco.

—Herminia es de las que prefieren morir en el vino, que vivir en el agua.

—¿Y no estáis de acuerdo? —pregunté maliciosa.

—¡Cómo no voy a estarlo si soy yo quien lo escribió!

No hay mejor asilo que la casa del enemigo

Esa misma noche, cuando don Francisco de Quevedo regresó de la tertulia literaria a la que solía asistir, nos contó que en las calles principales habían pegado pasquines con nuestra descripción, en los que ofrecían una recompensa de diez escudos al que diese noticia de nuestro paradero.

—¿No se menciona que hemos intentado secuestrar al príncipe? —pregunté.

—No.

—Quizá no imaginen que he sido yo.

Quevedo soltó una carcajada.

—El conde-duque puede ser un canalla, pero no un estúpido. En cambio, Su Majestad es más un estúpido que un canalla.

—Si lo conocierais como yo, sabríais que no es tan necio como aparenta. Tiene un gusto exquisito para las artes.

—Querida niña, todos los que parecen estúpidos los son. Y también la mitad de los que no lo parecen.

—Pero...

—¿O juzgas inteligente que haya dejado el gobierno del reino en manos de un valido que gasta el oro de las Indias en boatos y en guerras mientras el pueblo pasa hambre?

—No lo hace por maldad; simplemente no presta atención a los asuntos de estado. Le aburren.

—¡Peor me lo pones! Olivares se esfuerza en gobernar, que al menos es algo. Pero Felipe no piensa más que en divertirse. ¡Entre los dos están acabando con el reino más grande que han visto los siglos!

Nunca se me había ocurrido recapacitar sobre las consecuencias del despilfarro en el que vivía la corte. Pero Quevedo llevaba razón. El reino se estaba desangrando y Felipe, su máximo responsable, no hacía nada por evitarlo.

—¿Qué se rumorea sobre mí en el mentidero de palacio?

—Que engañaste al rey. Que te sorprendió en la cama con un fraile y con un cómico.

—No es verdad. Fue él quien tuvo varias amantes mientras estaba conmigo.

—Los cortesanos adulan para medrar. Tú serás siempre la mala.

—Lo sé.

—Bien, pues vayamos a lo que nos interesa. Tengo una advertencia importante que hacerte, María Inés: no se te ocurra ponerte en contacto con ninguno de tus amigos cómicos porque los están vigilando.

Sonreí.

—En cambio en vuestra casa nunca se les ocurrirá buscarme, porque nos creen enemigos.

—¡Y lo somos!

—Pero me habéis dado asilo.

Quevedo frunció el entrecejo.

—Ya me arrepentiré. Ninguna buena obra queda sin castigo.

Pasé los siguientes veinte días encerrada en casa de don Francisco de Quevedo, para evitar que alguien me reconociera por la calle. En cambio, Perandreu lo acompañaba con frecuencia, pues al maestro le caía bien.

Aproveché la mayor parte del tiempo para dormir. Lo necesitaba. Gané peso, recobré el ánimo y hasta dejé de sentir el ahogo que tanta desazón me producía, pues se me iba la vida o, al menos, así lo percibía. Desde que estaba con Perandreu había mejorado mucho, seguramente a causa de sus mimos. También había contribuido la tranquilidad de la que disfrutaba en casa de Quevedo, que, aunque tenía un carácter atrabiliario, se desvivía por atenderme. Ambos se esforzaban para devolverme el buen ánimo.

Todas las noches, cuando regresaba de sus tertulias y juergas tabernarias, Quevedo nos relataba, con la gracia y socarronería que le caracterizaban, los chascarrillos que había oído en el mentidero de las Losas de Palacio y acabábamos los tres muertos de risa. Perandreu, que era muy ingenioso, contraatacaba con viejas historias de la carda de Valencia, como la de las putas del barrio del Partit, que descalabraron a naranjazos a las autoridades eclesiásticas. Quevedo y él acabaron haciendo buenas migas.

Una noche, cegados por el vino, se retaron a duelo en la cocina para dilucidar quién de los dos era mejor espadachín. Juntaron dos mesas, la de la cocina y la de la sala, y se subieron encima para que yo, a quien habían adjudicado el papel de árbitro, pudiera juzgar. Después de despedazar dos ollas y tres pucheros de barro, cayeron al suelo envueltos en una ristra de cebollas a la que intentaron agarrarse cuando las mesas zozobraron. Como eran las tres de la madrugada y el estruendo fue morrocotudo, los vecinos avisaron a la justicia. Cuando los alguaciles llamaron a la puerta, Quevedo los persiguió espada en mano por la calle Cantarranas abajo.

Regresó media hora después con un chichón en la frente.

—¡Le estuvo bien por no apartarse! —dijo.

—¿A quién? —pregunté.

—¡A la mula!

—Si la montaña no se aparta de Mahoma, es Mahoma quien ha de apartarse de la montaña —replicó Perandreu.

—¡Vive Dios! He tropezado con una mula, no con una montaña. Mañana denunciaré a su dueño por haberla dejado suelta de noche.

—¿A la montaña? —bromeó Perandreu.

—¡Vive Dios! ¡O estás completamente beodo o te ha sentado mal el vino!

Visto desde la distancia que dan los años, los días que pasé en casa de don Francisco de Quevedo fueron los más divertidos de mi vida.

LA BUITRERA

Unos días después, Quevedo nos sorprendió regresando a casa a mediodía, cargado con un saco al hombro. Solía comer en algún figón de la Cava Baja y no regresar hasta bien entrada la tarde.

—Sentaos, amigos míos, que tengo algo importante que contaros —dijo, muy serio, al tiempo que dejaba el saco en el suelo.

—¿Qué es, maestro? —pregunté con aprensión.

—Al día siguiente de que vinieras, fui a ver a Juan Rana. Tras hacerle jurar que guardaría el secreto, le conté que estabas alojada en mi casa.

—No me dijisteis nada.

—¿Para qué? Le dije también que necesitabas ver al rey a solas, que viera la forma de conseguirlo. Contestó que seguramente lo estarían vigilando y que dudaba de que pudiera ayudarte, pero que haría lo imposible.

—Lo sé.

—Esta mañana Juan Rana se hizo el encontradizo conmigo en el Mesón de la Miel, donde suelo almorzar. Me contó que ayer oyó decir a Pedro de Valladolid, una de las sabandijas de palacio, que el rey piensa ir mañana a la buitrera.

—¿Qué es eso? ¿Una pajarera para buitres? —preguntó Perandreu.

—No, un lugar para cazarlos.

—La carne de buitre no se come y esos animales limpian los campos de carroña. No entiendo para qué los caza el rey.

—Para entretenerse, amigo mío. El aburrimiento es la enfermedad de los desocupados. Pero volvamos a lo que nos interesa. Según contó Pedro de Valladolid, el rey tiene intención de salir mañana muy temprano de Madrid para llegar a la buitrera antes del almuerzo. No creo que se te presente otra ocasión mejor de abordarlo a solas, Calderona.

—Cierto, lo esperaré mañana en la buitrera.

—Te acompañaré —dijo Perandreu.

—Será mejor que vaya sola.

Perandreu era muy apuesto, y no quería que el rey sospechase que era mi amante, máxime si pretendía convencerlo de que me devolviese a mi hijo.

Él adivinó lo que pensaba y dijo:

—No me dejaré ver; solo intervendré si hace falta.

Quevedo carraspeó.

—La dificultad está en cómo sacaros de Madrid sin que os apresen, porque supongo que todos los guardias de las puertas y portillos de la villa tienen vuestra descripción.

—Me imagino que sí, don Francisco.

—Después de darle muchas vueltas, se me ocurrió una idea. Para ponerla en práctica, le he comprado a un gitano estos trajes.

Quevedo extrajo del saco un vestido, un manto a rayas y un sombrero con forma de plato.

—Este es para que te lo pongas tú, Marizápalos. Y estos otros dos —sacó dos trajes masculinos que se sostenían de pie, ¡tanta era su mugre!— nos los podremos Perandreu y yo.

—No voy a consentir que nos acompañéis, don Francisco. Bastante os habéis arriesgado ya escondiéndonos. Vuestros enemigos aprovecharán cualquier desliz para encarcelaros.

—Te ayude o no, acabaré igualmente en la trena, María Inés —respondió con un suspiro de resignación.

—Pero que no sea por mi culpa.

—¿Has estado alguna vez en la buitrera?

—No.

—Yo sí. Fui en una ocasión, acompañando a mi señor, el duque de Medinaceli. Es subterránea y está cubierta de vegetación. No podrás encontrarla sin mi ayuda.

—De acuerdo. Pero una vez que me hayáis mostrado dónde está, regresaréis a Madrid, don Francisco. ¡Prometédmelo!

—Lo prometo, Calderona.

—Dadme vuestra palabra de hidalgo.

—¡Mira que eres terca, vive Dios! ¡Te la doy!

—¿Está lejos la buitrera? —preguntó Perandreu.

—A unas dos leguas de Madrid, en el bosque que rodea el Palacio de Caza de El Pardo. Saldremos esta misma tarde después de comer.

—¿No sería mejor hacerlo mañana al amanecer? No tendríamos que dormir a la intemperie.

—Es conveniente que tú llegues antes que el rey y lo esperes dentro, Calderona.

Antes de vestirnos, nos oscurecimos la piel de la cara y de las manos con la alheña* que para ese propósito había comprado Quevedo. Luego, yo entré al dormitorio a vestirme, mientras ellos dos lo hacían en la sala.

Tras ponerme el vestido, me anudé el manto de rayas al hombro izquierdo, como suelen llevarlo las gitanas. Y me lo ceñí al cuerpo para que se me notara bien la preñez.

Cuando salí del dormitorio vestida de esa guisa, hallé a Perandreu con una peluca desgreñada que le llegaba hasta la mitad de la espalda, una capa de flecos de la que asomaban unos calzones deshilachados y un sombrero con más plumas que un pavo real. Y a Quevedo con ropas semejantes.

—A fe mía que parecéis dos gitanos auténticos —exclamé muerta de risa.

—Tú también estás muy propia, Calderona —dijo Perandreu.

* Henna, tinte para oscurecer el pelo y la piel.

—¿Crees que engañaré a los guardias?

—Seguro que sí. No creo que en las señas que les habrán dado figure una gitana encinta.

Serían las seis de la tarde cuando nos encaminamos a la Puerta de la Vega, llevando cada uno un hatillo en el que habíamos metido una linterna, una manta para la noche y víveres para la cena.

Quevedo y Perandreu atravesaron la Puerta de la Vega sin que los guardias les dijeran nada, pero a mí me palparon la tripa y los pechos para averiguar, según dijeron, si mi preñez era auténtica o un artificio para esconder algún objeto robado. Me humilló que me sobaran de esa forma. Pero me abstuve de protestar porque no me convenía.

Cruzamos a la orilla derecha del Manzanares por el Puente de Segovia y seguimos el curso del río poblado de encinas, jaras, retamas y cantuesos.

A veces, algún barranco poco profundo nos obligaba a dar un pequeño rodeo, pero en general el camino no fue demasiado abrupto. Si íbamos despacio, se debía a mi avanzado estado de gestación y a la cojera de Quevedo.

Había empezado el ocaso cuando divisamos el Palacio de El Pardo. Y quedaba poca luz cuando alcanzamos el foso y sus muros, ennegrecidos por el incendio del año de 1604.

A unas doscientas varas de distancia, vimos en mitad de la corriente una pequeña isla cubierta de vegetación.

—Dormiremos en ella —dijo Quevedo—. El follaje impedirá que se nos vea desde el palacio y, al estar dentro del río, será difícil que nos ataquen los jabalíes u otras alimañas.

—Oí decir en una ocasión que todavía hay osos en El Pardo —dije.

—Eso se comenta, pero nadie los ha visto desde hace años. Para mí que, cuando el abuelo de nuestro rey trajo la corte a Madrid, los nobles acabaron con los pocos que quedaban.

El río era poco profundo en aquel tramo, y cruzamos a la isla sin mojarnos más que los tobillos. Se había hecho completamente de noche, pero don Francisco dijo que no abriésemos la tapa de las linternas, pues podrían ver la luz desde el palacio. Así que, después de cenar a tientas, nos echamos a dormir.

El aire perfumado de las jaras, retamas y cantuesos y el arrullo del agua sumieron a Quevedo y a Perandreu en un sueño profundo. En cambio, yo no conseguía dormirme. Una y otra vez repasaba las razones que le iba a dar al rey para que me devolviera a mi hijo.

«Soy su madre y tengo derecho a tenerlo conmigo.»

«Acordamos que se criara lejos del ambiente libertino del teatro, Marizápalos», imaginé que respondería el rey.

«Hay menos lujuria en el teatro que en la corte. ¡Son vuestros gentileshombres quienes seducen a las cómicas!»

«Aceptaste separarte de él...»

«Tenía solo dieciocho años cuando lo parí, ¡y me engañasteis! Nunca me dijisteis que no podría volver a verlo.»

En estas cavilaciones se me fue parte de la noche. Me llevé un buen susto cuando Quevedo me despertó.

—¡Ponte en pie, Marizápalos! ¡Que hemos de llegar a la buitrera antes que Su Majestad!

Todavía se veían las estrellas.

—El rey no es de tanto madrugar —repliqué—. Nunca cuando durmió conmigo...

—La caza le gusta más que las mujeres —me interrumpió Quevedo burlón—. Así que, espabila.

Alumbrados por las estrellas, nos internamos en el bosque. La escasa luz y la poca soltura con que Quevedo y yo caminábamos tenían en vilo a Perandreu, que en varias ocasiones evitó que nos diéramos de bruces contra el suelo y tuvo que desenganchar nuestras ropas de los zarzales que bordeaban el camino.

No era fácil orientarse a oscuras en aquel tupido bosque de encinas, alcornoques y fresnos. El mismo Quevedo se perdió, aunque se resistió a reconocerlo. Después de varias vueltas, con las primeras luces del alba, encontró al fin el sendero que unía el Palacio de El Pardo con la buitrera.

Poco después nos señaló una colina, cubierta de hierba, que la brisa mecía suavemente.

—Allí está la buitrera.

—¿Dónde? —preguntó Perandreu.

—En el interior de aquella colina.

Fruncí los ojos para ver mejor. Aunque estaba a trescientas varas de distancia, distinguí a ambos lados de la colina unas troneras o ventanas.

—No veo guardias —dijo Perandreu.

—Eso significa que hemos llegado antes que el rey —respondió Quevedo.

Le pedí al maestro que se volviera a Madrid tal como me había prometido, pero él respondió:

—Esperaré un rato escondido por si necesitáis ayuda.

—Disteis vuestra palabra de honor de regresar a Madrid en cuanto avistáramos la buitrera.

—Si el honor fuera rentable, todo el mundo sería honorable.

—No me envolváis con palabras, maestro. Cumplid vuestra promesa, o no volveré a confiar en vos.

Me miró fijamente unos segundos; luego me abrazó.

—De acuerdo, amiga mía. ¡Cuídate mucho! ¡Y tú, Perandreu, mímala, que vale un Potosí!

—¿Ya no desaprobáis que comparta su vida con un bandolero?

—No le falta costumbre; en la corte trató con muchos. Tan solo me inquieta el peligro que pueda acarrearle.

—Ya antes de conocerla, tenía pensado dejar el oficio.

—Me parece una decisión sensata. ¡Que seáis muy felices juntos! —La emoción quebró la voz de Quevedo que, molesto por esa muestra de debilidad, añadió—: Y tened muchos hijos, ¡que sin puta y ladrón, no hay generación!

Se me hizo un nudo en la garganta al verlo alejarse cojeando. Difícilmente volvería a ver a aquel hombre sarcástico y atrabiliario, pero justo, que no había dudado en arriesgar su libertad por ayudarme. Y lo que era peor: nunca volvería a disfrutar de su prodigioso ingenio.

Perandreu y yo nos aproximamos con sigilo a la buitrera. Cuando estábamos a unas cien varas, un tufo dulzón extremadamente desagradable me obligó a taparme la nariz.

—Proviene de esos cadáveres corrompidos. —Perandreu señaló los despojos diseminados alrededor de las troneras que los buitres picoteaban con frenesí.

Las rapaces se percataron de nuestra presencia e intentaron emprender el vuelo. Para mi sorpresa, no consiguieron elevarse y se alejaron dando saltitos.

—Cuando tienen el estómago lleno, a los buitres les cuesta mucho trabajo volar —me aclaró Perandreu.

Un chirrido agudo y continuo hizo que nos escondiéramos precipitadamente detrás de unas rocas. Apenas lo habíamos hecho, vimos que el ruido lo producían dos carretillas, repletas de vísceras de animales despedazados, que se acercaban por el camino conducidas por dos hombres con papahígos que les cubrían incluso la nariz.

—Deben de ser servidores del palacio que traen despojos frescos para preparar la visita del rey —comentó Perandreu en voz baja.

No estaba equivocado, porque en cuanto llegaron a la buitrera, los dos hombres desperdigaron las vísceras alrededor de las troneras y colgaron algunas de las ramas bajas de los árboles que quedaban enfrente.

—¡El olor es nauseabundo! —me quejé conteniendo una arcada.

—Así atraen a los buitres para que el rey pueda dispararlos cómodamente. Lo que se dice ponerle las presas a tiro.

—Con las mujeres hacen lo mismo —masculló con rencor, al recordar que Ramiro me había cedido al rey.

Una vez que hubieron vaciado las dos carretillas, los dos servidores tomaron el camino de vuelta a palacio.

En cuanto se perdieron de vista, dije:

—Voy a entrar en la buitrera.

Perandreu sacó su pistolón del cinto y me lo ofreció.

—No sería capaz de matar al rey.

—Su vida no es más valiosa que la tuya.

Tras un instante de vacilación, oculté la pistola bajo el manto.

—Si tienes algún problema, grita y entraré de inmediato.

Me despidió con un beso largo, cálido y apasionado. Todavía hoy recuerdo la sensación que me producían sus labios húmedos, carnosos, apretados contra los míos. El olor de su cuerpo era tan varonil, atrayente...

La abadesa dejó de hablar, ensimismada en el recuerdo de su amado.

Fray Matías carraspeó.

—Reverenda madre, si aceptáis el humilde consejo de este siervo del Señor, deberíais eludir esas descripciones tan voluptuosas.

María Inés Calderón salió de su abstracción y miró al fraile fijamente.

—El trato carnal que mantuvisteis con ese *roder* no es para enorgullecerse, precisamente.

—De lo único que me avergüenzo es de haberme relacionado con alguien a quien no amaba.

—¿Os referís a Su Majestad?

—Sí.

El escribiente se mordió el labio inferior. Sus mejillas estaban rojas.

—En cualquier caso, esos detalles tan sensuales no se corresponden con el decoro que ha de mostrar una abadesa.

—De todos los hombres que conocí en mi vida, Perandreu fue al que más amé. En realidad, al único que amé. Así que escribid fielmente lo que os dicte. ¡Y no os atreváis a juzgar lo que no os incumbe! ¡No tenéis edad, ni conocimiento para hacerlo, fray Matías!

—Siento haberos...

—Se me han quitado las ganas de seguir dictando. Continuaremos mañana.

La abadesa hizo sonar la campañilla para que la guarda de hombres acompañase al fraile a su estancia.

El mayor gusto, el vengar; la mayor gloria, el perdonar

Los primeros rayos del sol asomaban tras los montes de El Pardo cuando, después de haber dejado a Perandreu oculto tras las rocas, recorrí la distancia que me separaba de la buitrera, vestida de gitana, con la pistola oculta bajo el manto, la linterna en la mano izquierda y un bastón en la derecha. Recuerdo que me temblaban ligeramente los labios, pues era consciente de que mi destino y el de mi hijo se decidirían en la entrevista que me disponía a mantener con el rey en aquel lugar apestoso. «Una alegoría de mi propia vida», pensé con amargura.

La puerta de hierro que daba entrada a la buitrera tenía una argolla. Tiré de ella con todas mis fuerzas, pero apenas logré que se separara del marco. Encajé mi bastón entre los bordes oxidados y, tras un par de intentonas, se abrió con un quejumbroso chirrido. Del interior me llegó una bocanada de aire estancado, como de pudridero, y a punto estuve de vomitar. «No sé cómo Felipe puede soportar este olor», pensé.

Bajé con cuidado la escalera que conducía al interior de la buitrera: una bóveda de ladrillo construida bajo la colina en la que cabía un hombre de pie. Por las troneras que daban al exterior no entraba aún claridad suficiente y avancé con lentitud por el interior de la bóveda. Cuando mis ojos se hicieron a la penumbra, vi que el suelo estaba cubierto de esteras y de las paredes colgaban tapices con motivos que me parecieron de caza, aunque no los distinguía bien. Tras recorrer unos doscientos cincuenta pies, llegué a una zona sumida en la oscuridad, pues los postigos de las troneras estaban cerrados. Seguí avanzando hasta tropezar con un banco. Al palparlo comprobé que era de piedra pero estaba cubierto de mullidos cojines. Imaginé que sería el asiento desde el cual el rey abatía a los buitres. Y me senté a esperar a que llegara.

Un par de minutos después me decidí a abrir la tapa de la linterna, pues supuse que, al estar cerrados los postigos de las troneras, nadie vería la luz desde el exterior.

Di un respingo al ver que el Rey Planeta dormía en el banco que quedaba frente al mío cubierto con una manta de armiño.

El corazón se me encogió.

¿Era casualidad que el rey estuviese allí o llevaba toda la noche esperándome?

No tardé en comprender qué había pasado. Como habían sido incapaces de averiguar dónde me escondía, idearon una forma para capturarme. Hicieron circular por palacio la noticia de que el rey iría ese día a cazar a la buitrera, con la intención de que alguno de mis amigos me la hiciera llegar, como así había sucedido.

«Y yo, boba de mí, que he caído en la trampa», pensé.

Noté que se me cerraba la garganta y tuve miedo de que me volviera la opresión que me impedía respirar. Tomé aire y lo exhalé despacio hasta que el ahogo desapareció.

El rey seguía durmiendo frente a mí. Me acerqué con el farol en la mano y le dije mordaz:

—¿Es posible que durmáis en medio de esta peste a cadáver, Majestad? ¿Tan acostumbrado estáis?

La candela que ardía en el farol era muy viva y se lo acerqué a un palmo de la cara para deslumbrarlo. Sus párpados se abrieron un poco.

—¡Marizápalos!

Saqué la pistola de debajo del manto y le apunté con ella.

—Si gritáis, Baltasar Carlos heredará la corona hoy mismo.

Se incorporó.

—Te estaba esperando. Nunca hubiera imaginado que te presentaras disfrazada de gitana. Pero incluso con ese color de piel estás bella.

—Tenemos que hablar.

—Antes aparta esa pistola. Sabes tan bien como yo que no serás capaz de usarla contra tu rey y señor.

Tras unos segundos, la dejé sobre la mesa, que había entre los dos bancos. La rabia y el rencor hacían que me hirviera la sangre, pero para qué engañarme, no hubiera sido capaz de matar al hombre que tantas veces había compartido mi cama y al que, en cierto modo, había querido.

Felipe IV se subió al banco y abrió los postigos de las troneras que estaban encima para que entrara la luz. Me indicó con un gesto que me sentara. Él se sentó frente a mí, con las manos cruzadas sobre el estómago y los codos levantados, un gesto muy mayestático que le había visto lucir en las recepciones oficiales.

—Sé a qué has venido.

Guardé silencio.

—Quieres reconciliarte conmigo, mejor dicho, con Su Majestad el Rey de España.

Sonreí con una mueca de desdén, de la que él no pareció percatarse.

—Quieres recuperar nuestro amor y, con él, la gloria de que gozaste en tiempos pasados. Y están tan pasados como si hubieran transcurrido veinte siglos, María Inés.

Su fatuidad me sacó de quicio y, olvidando toda prudencia, contesté:

—En eso estamos de acuerdo, Majestad. Pero he de aclarar algo: ni os amo ni os amé nunca.

Se puso en pie, iracundo y pasmado a un tiempo. Su enorme mandíbula temblaba.

—He venido a pediros que me devolváis a mi hijo, a Juan José.

—Ni siquiera lo conocéis.

—No por mi culpa.

—Reconoce que te vino bien que lo criaran otros para poder seguir representando. Amas el teatro más que nada en el mundo, Calderona.

Sus palabras me produjeron el efecto de un puñetazo en el estómago. «Permití que me separaran de mi hijo porque no tuve otra elección», me había repetido durante años; pero ¿era verdad? ¿O como decía el rey me había venido bien que lo apartaran de mí para poder seguir haciendo teatro?

—Cuando nació solo tenía dieciocho años —mascullé desolada.

—Escogiste lo que más te convenía, tanto a ti como a él. Es un niño con grandes virtudes.

—¿Lo habéis visto hace poco?

—Lo visito con frecuencia.

—Nunca me lo dijisteis.

—Es un niño extraordinario, con el que me siento identificado. Le gusta la caza y montar a caballo. Tengo grandes esperanzas puestas en él.

—¿Grandes esperanzas en que le guste cazar y montar a caballo?

—Me refiero a que esos gustos dan muestra de su alcurnia. Sus tutores me han dicho que desde los cuatro años da muestras de gran talento para la escritura, las artes y las armas, como me sucedía a mí. Y al igual que yo, tiene una excelente memoria. No hay duda de que lleva mi sangre.

—También la mía. ¡Devolvédmelo, os lo ruego! —supliqué con los ojos inundados de lágrimas—. ¡No deberíais habérmelo arrebatado!

—De haberse quedado contigo, a lo más que podría haber aspirado es a ser cómico de la legua.

—Al menos habría disfrutado de mi cariño, de mis besos, de mis caricias —musité entre sollozos.

—Juan José está recibiendo una esmerada educación que, de haberse criado contigo, se hubiera visto afectada por tu... nociva influencia.

—¡Cómo podéis decir eso! Me considero más culta que las ayas del príncipe.

—Me refería al daño que puede provocar en el porvenir de nuestro hijo. Hace unos meses, lo nombré en secreto gran prior de la Orden de la Religión de San Juan en Castilla y León.

Mi sorpresa fue mayúscula.

—¿Os referís a la orden de los Caballeros de Malta? —pregunté incrédula. Pues un acomodo de ese rango se destina a los príncipes o los grandes del reino. Nunca a un bastardo.

—Así es. Cuando cumpla dieciséis años, Juan José tomará posesión del cargo de gran prior y dispondrá de una renta de cien mil ducados anuales.

Cerré los ojos. Yo nunca podría ofrecerle a mi hijo una vida tan acomodada. ¿Tenía derecho a privarlo de ella?

—Me gustaría que algún día nuestro hijo ayudase a su hermano, Baltasar Carlos, en las tareas de gobierno.

¿Qué estaba intentando decirme? ¿Que quería convertirlo en un rey en la sombra? ¿En un valido?

—Tengo el propósito de reconocerlo.

—¿Reconocerlo?

—Sí, cuando cumpla trece años. Dejará de ser Juan de la Tierra, como figura en su partida de bautismo, y pasará a llamarse don Juan de Austria como mi tío abuelo, cuyas hazañas espero emule algún día.

El entusiasmo que mostraba por Juan José me llenó de zozobra, pues comprendí que nunca me lo devolvería.

—Una vez que lo haya reconocido, lo presentaré oficialmente en la corte. Para entonces necesitaré tu colaboración.

—No entiendo —musité.

—Eres una cómica y no desconoces el poco miramiento que se tiene a las mujeres de tu oficio.

«¡Calderona, puta cómica!», me había llamado, y todavía llevaba clavado ese insulto en el alma.

—Quiero que la madre de mi hijo sea una abadesa, no una comedianta. Para ello has de reingresar en Valfermoso.

—Antes que consumirme en un convento, prefiero morir.

—Sería otra solución, pero no la más conveniente para ti. A menos que te empeñes, claro.

Su sarcasmo me irritó.

—Un hombre armado me espera fuera. Si no me decís ahora mismo dónde está Juan José le diré que entre y... os mate.

Felipe IV soltó una carcajada.

—¡Guardias! —gritó a continuación.

La trampilla que daba entrada a la buitrera se abrió, y seis pares de piernas bajaron precipitadamente los escalones. Los dos últimos sujetaban de los brazos a un hombre inerte, con la cabeza caída sobre el pecho. Uno de ellos le agarró de los cabellos y se la levantó para que el rey pudiera verle la cara. Mis peores temores se confirmaron: era Perandreu.

—Acercadlo —ordenó el rey.

Los archeros arrojaron a los pies del monarca el cuerpo de Perandreu, con las manos atadas a la espalda. Quedó inmóvil, bocabajo. De su cabeza manaba un río de sangre. Sentí como si la tierra se me tragara lentamente. Si Perandreu estaba muerto, yo quería morir también. Nada me importaba. Me abalancé sobre la pistola dispuesta a matarme. Uno de los guardias, adivinando mis intenciones, me apartó de un empujón y se guardó la pistola en el cinto.

—Gracias, capitán Varea, ordenaré que entreguen a Rosa, tu mujer, unos zarcillos de oro como obsequio por haberme salvado la vida.

—Me la ha salvado a mí —balbuceé sin que nadie me prestara atención.

—Dale la vuelta al prisionero para que pueda verle la cara —ordenó el rey al tal Varea.

Cuando lo hizo, vi con alivio que el pecho de Perandreu se movía.

—¡Está vivo! —exclamé, con los ojos llenos de lágrimas.

—Lleváoslo a las mazmorras de El Pardo —ordenó el rey.

Mientras dos guardias arrastraban a Perandreu hacia la salida de la buitrera, me preguntó:

—¿Es tu galán?

—No.

—Mientes.

—¿Y qué si lo fuera? ¿Cuántas veces me habéis traicionado vos? Incluso cuando estaba preñada de Juan José fornicabais con otras mujeres.

—Los hombres, y más los reyes, estamos sometidos a apetitos más fuertes que los de las mujeres, querida.

—¿Pensáis que a nosotras no nos tientan los jóvenes gallardos, de glúteos prietos?

Rio de buena gana.

—Nunca has sido honesta ni discreta, María Inés, pero llevas razón. Admito que a las mujeres os gusten los jóvenes donceles, pero como depositarias de nuestra honra, tenéis la obligación de reprimir esos deseos libidinosos.

—¿Por eso me encerrasteis? ¿Para castigarme por haber preferido a otro hombre antes que a vos?

La nívea piel del monarca enrojeció intensamente.

Los guardias reales me miraron atónitos.

Había cometido la torpeza de humillar al rey delante de sus hombres y, sabedora de sus arrebatos, me eché a temblar.

—¡Salid todos! —ordenó el rey.

En cuanto los guardias se fueron, Felipe avanzó hacia mí con el rostro congestionado y los brazos estirados. Temí que fuera a estrangularme. Pero se sentó en el poyete presa de una gran agitación. Durante un par de minutos guardó silencio. Por fin, más sosegado, me preguntó:

—Era Ramiro el hombre que estaba contigo, ¿verdad?

No quise mentir más. Me daba igual lo que me pasara.

—Sí. Lo amaba con locura. Pero aquella noche se me cayó la venda de los ojos y lo odié como no había odiado nunca a nadie.

—¿Por qué?

—Me había sometido a la mayor humillación que pueda sufrir una mujer.

—¿Cuál?

—Cederme a otro hombre, a vos. Dijo que no estaba en disposición de negarle nada a su rey y señor.

—Muy sensato por su parte.

—Estaba dispuesta a dejarlo todo por él; a pasar hambre, si fuera preciso, con tal de seguir a su lado.

—¿Cómo pudiste ser tan ingenua? ¿De verdad creías que Ramiro te amaba hasta ese punto?

Agaché la cabeza.

—Ramiro es un bribón, María Inés. Eso sí, gallardo e ingenioso como nadie. Las mujeres lo adoran. Lo prefieren a mí, he de reconocerlo. Pero al final siempre tiene la sensatez de cederme las que me interesan.

Levanté la cabeza y miré al rey con resentimiento. Yo era una de las muchas mujeres que habían compartido, y la humillación de haber sido para ellos un trofeo me hería, me ultrajaba. Felipe IV no me prestaba atención. Tenía la mirada perdida en el vacío. Tras suspirar, añadió con un deje de nostalgia:

—En fin, echaré de menos a Ramiro Núñez de Guzmán.

—¿Por qué? —pregunté con un hilo de voz, tragándome los sollozos.

—Se fue a Nápoles en noviembre. Antes lo nombré gobernador de ese reino para que pudiera casarse con la princesa de Stigliano. Es la condición que ella le impuso.

El rey no solo había perdonado a Ramiro, su simpático compañero de farras, sino que lo había recompensado con un casamiento de postín. En cambio, a mí, a la madre de su hijo, quería encerrarme de por vida en un convento. ¡Qué poco había significado para él! El único hombre que me quería de verdad estaba malherido y quizá no sobreviviera.

Los sollozos me ahogaban y tenía la cara llena de lágrimas.

El rey, tras mirarme, me alargó su pañuelo con gesto aburrido.

—Deberías considerarte una mujer afortunada.

Llena de coraje, me sequé las lágrimas con las palmas de las manos y respondí:

—Antes de huir, Ramiro me confesó el plan que habíais urdido para que la reina y yo nos quedáramos embarazadas a la vez y cambiar al hijo que yo alumbrara por el suyo.

—El reino necesitaba un heredero. Afortunadamente, Dios Nuestro Señor escuchó mis plegarias, y mi amada esposa tuvo al fin un hijo sano: Baltasar Carlos.

—Ramiro me dijo que habíais cambiado a los niños.

—Eso creyó él. El asunto se llevó muy en secreto y Olivares no le informó. ¿Intentaste secuestrar al príncipe porque creías que era tu hijo, Calderona?

—Sí. Y para salvarlo.

—¿Salvarlo de qué?

—De que, si llegarais a tener otro con la reina, os deshicierais de él para evitar que un bastardo heredara el trono.

—¡Nunca permitiría que se le hiciera daño a un hijo mío! ¿Por quién me has tomado?

Estuve tentada de decirle que por un títere sin otra voluntad que la de Olivares, pero afortunadamente me callé.

—¿Dónde está Juan José?

—Nunca lo sabrás.

Aparté el manto y le mostré mi abdomen abultado.

—Va a tener un hermano.

La reacción del rey fue sorprendente: me palpó el vientre, yo diría que divertido.

—Así que estás preñada. Pensé que era un relleno para pasar desapercibida ante los guardias.

—Ya veis que no.

—¿Sabes de quién es el niño? ¿O lo has concebido a escote?

—Es vuestro, ¡lo juro por la salvación de mi alma!

—¿Cómo puedes estar segura de que es mío?

—Usaba una esponja empapada en vinagre para no quedarme preñada cuando yacía con Ramiro.

—¿Y conmigo no la usabas?

—También la usaba. Pero una noche de hace siete meses vinisteis inesperadamente a mi casa. Yo acababa de regresar de Segovia y había olvidado allí mi cofrecillo donde además de los afeites llevaba la esponja. A esas horas de la noche, me fue imposible conseguir otra y...

—No voy a reconocer a este niño, Calderona.

—Ni deseo que lo hagáis. Preferiría que no fuera vuestro. Solo quiero recuperar a Juan José para que los dos hermanos se críen juntos.

—¿Y que pase hambre y penurias recorriendo los caminos del reino en una carreta de cómicos? ¿Es esa la clase de vida que quieres proporcionarle?

—Necesita una madre.

El rostro del rey enrojeció.

—¿Crees que voy a consentir que lo críe una cómica lasciva? ¡Mantente alejada de nuestro hijo o...!

Su explosión de ira me dejó boquiabierta, pues Felipe IV no consideraba que mostrar sus sentimientos estuviese acorde con su condición de soberano.

—¿Me mataréis?

—¿Qué sacaría con matarte?

—Ya lo intentasteis.

—No fue cosa mía. Y se trató de un accidente, según me explicaron.

—¿Quiénes intentaron matarme?

—¡Qué más da! Si me prometes no perjudicar a nuestro hijo con un comportamiento indigno, te perdonaré.

Enarqué las cejas, desafiante. En ese momento me importaba un bledo su perdón.

—Y ordenaré que curen a ese amigo tuyo. ¿Cómo se llama?

—Perandreu.

—Como decía, ordenaré que curen a tu amigo, pero con una condición.

—¿Cuál?

—Que regreses antes de cinco años al monasterio de Valfermoso de las Monjas, de donde nunca deberías haber escapado.

—¿Por qué? ¿Qué más os da lo que haga?

—Cuando Juan José cumpla trece años, dentro de cinco, voy a reconocerlo. Antes me encargaré de que te nombren abadesa de Valfermoso a fin de dignificar tu persona con un cargo que no deshonre a nuestro hijo.

No me quedaba otra opción que aceptar su propuesta, por el bien de Juan José y porque era el único modo de salvar a Perandreu.

—Mientras tanto, en atención al hijo que esperas, quedarás en libertad. Ya ves que soy generoso y no te guardo rencor.

—¿De qué viviré? ¿Cómo alimentaré al hijo que llevo en el seno?

—Cuando hayas parido, tienes mi permiso para unirte a cualquier farándula de las que hacen teatro por pueblos, ventas y aldeas. Pero no podrás actuar en ninguna compañía real.

—¿Por qué razón?

—Para evitar que alguien pueda reconocerte. Todo el mundo ha de creer que profesaste en un convento de la Alcarria, como en realidad ocurrió, y que sigues en él.

—¿Cómo podéis estar seguro de que ingresaré en Valfermoso, Majestad?

—Si no lo haces, tu amigo morirá. Hasta entonces, permanecerá encarcelado.

Perandreu era intrínsecamente bueno. Y yo le había buscado la ruina.

—Ese hombre no tiene culpa de nada, Majestad. Su único pecado ha sido ayudarme —me arrodillé a los pies del rey, dispuesta a humillarme, a implorarle que lo dejara en libertad—. ¡Os juro por la vida de nuestro hijo que ingresaré en Valfermoso, pero soltadlo! ¡Os lo suplico!

—Solo con él encerrado estaré seguro de que vas a obedecerme.

—¡Por lo que más queráis! ¡Si algo significo para vos, dejadlo libre!

Felipe IV sonrió, con esa expresión tan suya de afable indiferencia.

—Deberías conocerme lo suficiente para saber que no cambiaré de opinión, Calderona.

—¿Por qué?

—Un soberano es esclavo de su palabra. ¡Guardias, sacadla de aquí!

La trampilla de la buitrera se abrió y dos archeros me agarraron cada uno de un brazo y me arrastraron hasta el exterior.

Me soltaron en mitad del bosque, lejos de la buitrera, junto al tronco de un enorme alcornoque. Apoyada en él, lloré de rabia, de desesperación, de angustia. Cuando se me acabaron las lágrimas, deambulé sin rumbo. No oía, no veía, no pensaba, solo deseaba morir. Pero no tuve valor para quitarme la vida.

Pasado el mediodía, me encontré por casualidad con el camino que conducía a Madrid y lo seguí sin alma ni propósito. Cual autómata, como el hombre de palo construido por Juanelo Turriano.

No recuperé la conciencia de mí misma hasta bien entrada la tarde, cuando me vi frente al puente de Segovia. Tras cruzar el Manzanares, entré en la Villa y Corte hambrienta, sin dinero, ni saber adónde dirigirme.

Tenía la sensación de que todos los que se cruzaban conmigo me espiaban o seguían y no quise ni acercarme a casa de Quevedo, pues sus críticas y sarcasmos sacaban de quicio tanto al rey como a Olivares y, con la disculpa de que me había ocultado, podrían encarcelarlo. Porque ganas le tenían. Y después de lo sucedido a Perandreu, ¿cómo iba yo a soportar el remordimiento de haber arrastrado a la cárcel al hombre más preclaro del reino?

Tras deambular un buen rato por las calles de la villa, logré tranquilizarme y tomé la decisión de pedir ayuda a Jusepa, pues razoné que si el rey había hecho correr el rumor entre las gentes del teatro de que iba a estar en la buitrera para que me lo comunicaran fue porque daba por hecho que me ayudaban.

Ni que decir tiene que Jusepa me acogió de mil amores en su casa. Puso en cuidarme la intensidad con que lo hacía todo. Sus mimos y atenciones fueron tan eficientes que, cuando llegó el parto, me hallaba completamente repuesta.

Un mes después de haber llegado a casa de Jusepa, nació mi hija. Cosme Pérez, el famoso Juan Rana, pagó a la partera, y los cómicos que a la sazón actuaban en los corrales del Príncipe y en el de la Cruz hicieron una colecta para comprar pañales y buena carne de carnero para que me restableciera durante la cuarentena. Una vez que pasó esta, abandoné la corte para siempre...

La abadesa cerró los ojos y exhaló un largo y profundo suspiro.

—Y esto es todo, fray Matías.

—¿Cómo que es todo?

—Lo que sucedió a continuación no es de vuestra incumbencia, ni de la del rey.

El fraile miró a la abadesa estupefacto.

—Pero habéis dejado muchos cabos sueltos.

—¿Cuáles?

—¿Qué fue de vuestros amigos? Me refiero a Gayeira y Camila.

—Me escribieron un año después a casa de Joanot Gisbert, el maestro de esgrima. Se habían establecido en Potosí, una ciudad en la que, me contaban, cubren durante el Corpus las calles con láminas de plata. ¡Tan rica es! Habían fundado una compañía de teatro con tanto éxito que necesitaban más comediantes. Me pedían que fuera, asegurando que medraría en pocos años, y que llevara obras de los mejores poetas de comedias de la corte, pues les faltaba repertorio. Me hubiera gustado ir, pero de haberlo hecho habría condenado a muerte a Perandreu y arruinado el porvenir de Juan José.

—¿Y esto último os importaba?

La abadesa miró fijamente al fraile, y replicó:

—Toda madre desea siempre lo mejor para su hijo.

Fray Matías carraspeó.

—¿Qué fue de Jusepa Vaca?

—Después de que yo me fuera, tuvo problemas económicos.

—¿No serían fingidos? Se dice que es avariciosa.

—¿Avariciosa? Ama más al teatro que al dinero. Lo mucho que su marido y ella ganaron lo invirtieron en montar comedias. Después de que yo me fuera no fue capaz de sostener su compañía otra temporada más. Tuvo que disolverla, despedir a los actores y emplearse en la de su yerno.

—Su amor al teatro no la exime de haber llevado una vida deshonesta.

La abadesa sonrió con desdén.

—Jusepa Vaca *la Gallarda* fue la cómica de más talento de todos los tiempos. Y la más calumniada también. Ya conocéis el refrán: «Quien de muchos es querido, de muchos es envidiado y aborrecido».

—¿Sigue actuando?

—Andará cerca de los sesenta, y los poetas de comedias no escriben obras para mujeres de esa edad. Jusepa ya se quejaba de eso cuando yo empecé. Por aquel entonces, no entendía su inquietud con respecto a la edad. Ahora, en cambio...

—Vos sois mucho más joven.

—Tengo treinta y cinco años, como sabéis.

Fray Matías se fijó en el cutis nacarado de la abadesa y en sus labios carnosos. Su belleza, maneras, compostura e ingenio superaban con creces a los de las damas de la corte. Y se dijo que no era extraño que el rey se hubiese enamorado de ella.

—¿Habéis vuelto a ver a ese *roder*?

—No. Todo lo que sé de Perandreu es por una carta del rey, en la que me informaba de que había sido puesto en libertad un mes después de que yo ingresara en este monasterio.

—¿Y el hijo que esperabais?

—Parí una niña preciosa y sana, pese a las muchas calamidades que sufrí durante el embarazo. Le puse el nombre de Luisa. Un cómico amigo mío accedió a darle su apellido y fue bautizada como Luisa Orozco Calderón. ¿Queréis conocerla? Está en el monasterio.

El monje se apresuró a negar con la cabeza.

—Quizá en otra ocasión, reverenda madre. Tengo que regresar hoy mismo a la corte. ¿No tenéis nada más que añadir?

La abadesa se desplazó hasta la ventana y limpió con la mano los cristales emplomados.

—Para dar de comer a mi hija, trabajé en garnachas y farándulas, representando por pueblos y aldeas obras adquiridas a memorillas desaprensivos que se habían inventado la mitad del texto. Nada que ver con la cómica que una vez fui.

—Me congratula saber que tomasteis el camino de la honestidad. Porque de otro modo hubierais tenido muchos pretendientes que os hubieran ayudado económicamente.

La abadesa cerró los ojos y exhaló todo el aire de sus pulmones antes de contestar:

—¿Tanto os cuesta entender que amaba, y aún amo, a Perandreu?

—Me asombra que no hayáis guardado fidelidad al rey y sí a un bandolero.

María Inés Calderón apoyó la frente en los cristales.

—¿No tenéis nada que decirme? —preguntó con la vista clavada en las hojas que el viento arremolinaba contra los muros del monasterio.

—No, reverenda madre.

El fraile abrió el escritorio, un bargueño exquisitamente tallado con incrustaciones de marfil, y metió el tintero, la pluma y la salvadera.

—Pasaré a limpio cuanto me habéis contado para que sea transmitido fielmente a Su Majestad.

—¿Y a mi hijo? —preguntó la abadesa sin mirarlo.

—También, si el rey lo autoriza.

María Inés Calderón se volvió bruscamente. Tenía las mejillas llenas de lágrimas.

—Solo tenía dieciocho años y me agobiaban las obligaciones de la maternidad. Pero te quería, y si me hubieran permitido conservarte a mi lado, las habría afrontado. Al igual que hice con tu hermana.

El fraile palideció.

—Hace días que he descubierto quién eres. Si no te lo he dicho es porque tenía la esperanza de que antes de marcharte confesarías que habías venido a conocerme. ¡Juan José! ¡Llevo años esperando tu visita!

La abadesa abrió los brazos para estrecharlo entre ellos. Pero el fraile permaneció quieto, mudo, como clavado en el sitio. Al cabo de unos instantes, respondió con frialdad:

—He establecido que se me llame Juan de Austria, señora, y así firmo en todos los documentos oficiales.

—¿Quieres emular a tu tío abuelo? ¿El de la batalla de Lepanto?

—Me parece un nombre más acorde con mi linaje y carácter, señora.

—¡No me llames señora! ¡Soy tu madre! ¡Llámame así, aunque sea solo por una vez, Juan José!

—Don Juan para vos. Siento tener que dejaros. Tengo asuntos que atender en Madrid y me gustaría llegar cuanto antes.

La abadesa asintió, al tiempo que se secaba las mejillas.

—¿De verdad no quieres conocer a tu hermana?

—No tengo ninguna hermana.

—La tienes, mal que te pese. Aunque no quieras reconocerla.

Como tampoco reconoces la verdadera razón que te ha traído a este monasterio.

—No sé a qué os referís.

—Cuando murió Baltasar Carlos, oíste rumores de que el hijo de la reina había sido cambiado por el mío y viniste corriendo a averiguar si era cierto. Porque de haberlo sido, tú serías el auténtico heredero.

—Me habéis dicho que no lo soy.

—Tramaste el embuste de que el rey quería escribir mi historia, y te presentaste con esa disculpa en el monasterio. Y todo porque quieres ser rey, ¿no es así?

—Tengo cualidades para serlo; más que las que poseía Baltasar Carlos, y más que las que posee mi padre.

María Inés Calderón agachó la cabeza apesadumbrada.

—La ambición te perderá, hijo mío.

—La ambición es un vicio, pero también puede ser una virtud.

—No te pareces a tu padre.

—Más de lo que creéis. Él quiere destacar en todo. Solo que su deseo se ve obstaculizado por su pereza. En cambio, yo no tengo ese defecto.

—Al rey Felipe nunca le gustó gobernar.

—A mí, sí. Y prestaré un gran servicio a este reino, si me permiten hacerlo.

—Te ruego que desistas, Juan José. ¡Lo que pretendes es muy peligroso!

—El que sin peligro vence, no conoce la gloria. Quedad con Dios, reverenda madre. Mañana ordenaré a mis criados que vengan a buscar el escritorio.

—¿Vas a irte sin darme siquiera un abrazo? ¿Tan poco significo para ti? ¿No merezco esa pequeña muestra de amor, Juan José?

—Como os dije, prefiero que se me llame don Juan de Austria.

—Quizá no volvamos a vernos.

—Difícilmente.

—Quiero que sepas que, desde el momento en que naciste, te quise con toda mi alma.

Don Juan de Austria le hizo una ligera inclinación de cabeza y salió presuroso de la estancia.

Epílogo
Real Alcázar de Madrid

Estancia del serenísimo señor don Juan de Austria
Veintisiete años después.
Día 7 de septiembre del año de 1679

Una religiosa con el rostro velado golpeó nerviosamente la puerta que daba paso a las estancias que el serenísimo señor don Juan de Austria ocupaba en el Alcázar Real. Antes de abrir la mirilla, el criado de don Juan se secó con la palma de la mano las gotas de sudor de la frente. Pese a que estaban en septiembre, el calor seguía apretando.

—¿Cómo está? ¿Puedo verlo? —preguntó la religiosa en cuanto el criado abrió la puerta.

El servidor carraspeó.

—¿A quién debo anunciar?

La monja se echó el velo hacia atrás, y el criado vio que el blanquísimo rostro de la joven religiosa estaba contraído en un rictus de inquietud.

—A sor Margarita de la Cruz y Austria, su hija.

El criado hizo una reverencia a la religiosa, que venía acompañada de dos freilas, y dijo:

—Hoy ha amanecido algo mejor.

—¡Alabado sea el Señor que ha escuchado mis ruegos! —exclamó la religiosa al tiempo que se persignaba.

«Es una auténtica Austria», pensó el criado al fijarse en el movimiento de su prominente mandíbula.

—Iré a avisar a vuestro padre de que habéis venido —dijo en voz alta.

El criado atravesó la estancia para dirigirse al dormitorio de don Juan. Una vez dentro, se acercó a la cama, cubierta con una colcha de brocado encarnado, y le dijo con voz queda:

—Doña Margarita de la Cruz y Austria ha venido a visitaros, alteza.

El enfermo se incorporó.

—No creí que la abadesa le permitiera romper la clausura.

—Sin duda la abadesa os está muy agradecida por haber financiado la construcción de la Capilla del Milagro, la más hermosa de las Descalzas Reales.

—Hacedla pasar, Antonio. Y traed un refresco para aliviarla del calor.

Un minuto después, doña Margarita besaba la frente del enfermo.

—Veo que estáis mejor, padre.

—Así es, esta mañana me ha bajado la calentura y he aprovechado para llamar al notario con el fin de dictarle mi testamento.

—¿Lo creéis necesario?

—Es solo una mejoría temporal, querida hija. El veneno hará su efecto más temprano que tarde.

Doña Margarita de la Cruz abrió desmesuradamente los ojos.

—¿Tenéis la sospecha de que os están envenenando, padre?

Don Juan asintió.

—¡Iré a ver al rey y denunciaré...!

—No serviría de nada —la interrumpió don Juan—. Mi hermano no tiene voluntad, ni fuerza, ni entendimiento para impedir que me envenenen. ¡Dios me perdone, pero es poco más que una piltrafa entronada!

—¡Entonces, acudiré a la justicia! ¡Denunciaré que os están envenenando!

El enfermo hizo acopio de aliento para responder:

—¿Crees que la justicia se atreverá a detener a la reina madre y a su favorito, el padre Nithard? Mis enemigos son demasiado poderosos, hija.

—¿Qué puedo hacer entonces?

Don Juan José suspiró.

—Ya es tarde. La muerte no soltará a su presa, Margarita.

La joven gimió.

—Me queda poco tiempo, hija, y he de aprovecharlo para arrepentirme de mis pecados y ponerme en paz con Dios y con los hombres. Quiero pedirte perdón por no haberme portado contigo como debiera.

—¡No digáis eso! Habéis sido un padre cariñoso y atento.

Don Juan volvió a hacer acopio de aire y carraspeó.

—Te arrebaté de los brazos de tu madre al poco de nacer. Y ordené que con solo seis años fueras internada en el convento de las Descalzas Reales. Te privé del cariño de tu madre, de tu niñez, de tu juventud, de la libertad de escoger lo que desearas en la vida. Porque determiné que profesaras con dieciséis años.

—Obrasteis como manda la costumbre, padre. Soy una bastarda real, una hija del pecado y desde siempre supe que había de vivir y morir en un convento. Si hubiera nacido varón, habríais podido darme otro destino. Pero siendo mujer...

—¡Te enterré de por vida! ¡No me moriré tranquilo si no me otorgas tu perdón, Margarita!

—No os acaloréis, padre. Me he acomodado a la vida en religión, y soy feliz en las Descalzas. No deseo otra clase de vida. Vuestras frecuentes visitas han suplido con creces el cariño de una madre. No tengo nada que perdonaros.

—De haber estado viva, también hubiera querido pedirle perdón a mi madre. ¿Has leído el cuaderno que te envié hace unos días?

La nívea piel de la religiosa se tornó de color carmesí.

—¿En el que se relata la vida de María Inés Calderón?

—Era tu abuela. Quería que conocieras su historia.

—No fue una vida muy edificante la suya.

—Eso pensaba yo cuando fui a visitarla hace veintisiete años.

—¿Con el propósito de conocerla?

—Mentiría si dijera que sí. Pero lo que me llevó a Valfermoso era averiguar si era cierto el rumor de que habían cambiado a los niños y yo era hijo de la reina Isabel de Borbón, la primera esposa de mi padre y, por tanto, el legítimo heredero al trono. Le hice creer que era un escribiente enviado por el rey.

—Lo he leído en el cuaderno. Y también que ella descubrió que erais su hijo.

—Así es. Hubiera debido respetar y querer a mi madre, intentar entender lo mucho que sufrió y estrechar la relación que nos unía. Pero yo era un fatuo jovenzuelo preocupado únicamente por la decadencia del reino. Mi madre creyó que solo estaba cegado por el deseo de convertirme en rey. Y nunca le aclaré que mi deseo de serlo era para poder emprender las reformas necesarias para acabar con el declive del reino. Por mínima que fuese la posibilidad de que hubiera sido el auténtico heredero...

—Pero no lo erais.

—¡Me enfurecí mucho al enterarme! Estaba convencido de que sería capaz de enderezar el reino y no hice caso del consejo de mi madre. Ni me paré a pensar en la tragedia que le había tocado vivir. El rey le arrebató a su hijo nada más nacer, como yo hice contigo. ¡Dios me perdone!

—No os torturéis más con eso, padre.

—María Inés Calderón, tu abuela, fue una mujer inteligente, bella y de mucho talento para la interpretación y el baile. Pero la apartaron de sus amigos, de su profesión y hasta del único hombre que de verdad la quiso. Y yo en lugar de consolarla, de ponerme de su lado, la repudié. Ni siquiera accedí a besarla, abrazarla. Tampoco quise conocer a mi hermana.

—Quizá solo medio hermana.

—Compartíamos la misma sangre, aunque no fuera la de los Austrias.

—Según leí en el cuaderno, vuestra madre aseguraba que era hija del rey.

—¡Y yo lo creo! La culpa me corroe las entrañas cuando pienso en lo mal que me comporté con ella y con mi hermana.

—¿Nunca más volvisteis a verla?

—Pocos días después de haber abandonado el monasterio de Valfermoso, arrepentido de mi vergonzoso comportamiento, le escribí una carta pidiéndole perdón y rogándole que me recibiera para abrazarla y conocer a mi hermana. Junto con la carta, envié uno de los dos retratos de mi madre que el rey me había regalado meses antes. Cuando la pintaron con una túnica azul no tendría ni dieciséis años, y se la veía bellísima. ¡Parecía una virgen! Pensé que a mi madre le gustaría conservar ese cuadro. Pero no llegó a verlo. A los quince días, recibí un escrito del monasterio en el que se me informaba de que doña María de San Gabriel había muerto ejerciendo su cargo de abadesa.

—¿Y no os devolvieron el cuadro?

—No, supongo que la tomaron por una santa* y se lo quedaron.

—Mi abuela tuvo una vida muy desgraciada.

—Que yo rematé con mi desprecio. —Don Juan se sorbió las lágrimas—. Me queda la esperanza de que las murmuraciones que circulaban por los mentideros fueran ciertas.

—¿A qué murmuraciones os referís?

—Decían que María Inés Calderón no murió, sino que al día siguiente de abandonar yo el monasterio se escapó para reunirse con su amado Perandreu en la sierra de Valencia.

—¿Averiguasteis si era verdad?

—Lo intenté, aunque sin resultado.

—Me gustaría que fuese cierto.

—A mí también. Ahora ruego con frecuencia a Dios Nuestro Señor que sea cierto, que mi madre viviera oculta en la sierra de Valencia en compañía de Perandreu.

—¿Hicisteis pesquisas más adelante?

—Años después, envié a un sacerdote a que la buscara, ro-

* Ramón Molina Piñedo cuenta en *Las señoras de Valfermoso* que en el siglo XIX una monja destruyó este cuadro al descubrir que «aquella a la que había considerado una santa había sido una vulgar cómica, madre de dos bastardos».

gándole que fuera discreto, pues yo seguía empeñado en gobernar algún día este reino y no quería que se me relacionase con una mujer de vida tan disoluta. ¡Vive Dios qué estúpido era!

—¿Qué descubristeis?

—Poca cosa. Corrían rumores de que una mujer muy hermosa vivía con los *roders*, pero no pudo confirmarlos, pues las gentes del lugar eran muy reacias a hablar. Eso sí, me contó que comenzaban a llamar Sierra de la Calderona a la sierra de Valencia.

—Entonces, quizá sea cierto.

—¡Ojalá! Pero ¿para qué engañarnos? Puede que se trate de una leyenda inventada por el pueblo para desagraviar a la mujer animosa e inteligente que fue mi madre. El vulgo hace justicia de ese modo.

Don Juan estalló en sollozos.

—¡Cuánto daño le hice para nada! En aquella época, mi corazón era de piedra. Durante la malhadada visita que le hice a Valfermoso, me comporté como un majadero egoísta y mimado. ¡Nunca me lo perdonaré!

—¿No volvisteis a saber nada más de mi abuela?

Don Juan secó sus lágrimas con las palmas de las manos y carraspeó para aclararse la voz.

—Se dijo que, cuando su amado Perandreu murió, ella lo sustituyó como capitana al frente de los *roders*. ¡A saber si es verdad! Y hace tres o cuatro años corrieron rumores en el mentidero de que María Calderón había abandonado la sierra de Valencia y había vuelto a Madrid, donde las cofradías de cómicos la ayudaban a sobrevivir con sus limosnas.

—¿Era cierto, padre?

—Los cómicos son muy suyos: se protegen unos a otros, y cierran la boca como tumbas cuando quieren guardar un secreto. Un autor me contó que había muerto hace un año. Tampoco pude confirmar si era verdad. Quizá fueran hablillas. Nunca quiso pedirme ayuda, ni verme tan siquiera.

La voz se le quebró, y don Juan tuvo que hacer una pausa, acompañada de un doloroso suspiro. Su hija, conmovida, tomó su mano entre las suyas.

—Dejad de torturaros por mi abuela, padre mío. Vos no sois responsable.

—Sí, lo soy; por omisión, al menos. Deseo con toda mi alma que los rumores hayan sido ciertos. —Los sollozos le obligaron a tomar aire para poder proseguir—. ¡Que mi madre haya sido feliz en compañía del hombre al que amaba y que haya tenido una larga vida!

—Si fuera verdad que murió el año pasado, la ha tenido, padre. Espero que se haya arrepentido de sus pecados y Dios Nuestro Señor la haya acogido en su seno.

—Yo tengo más pecados de los que arrepentirme.

—Vivió amancebada con ese *roder*.

—La soberbia, la ambición y la religiosidad hipócrita son más graves que el amancebamiento, hija mía.

—En un hombre, es posible. Pero en una mujer...

—Si no hubierais vivido enclaustrada, Margarita, entenderías por qué mis pecados han sido infinitamente peores que los de mi madre. ¡Y los cometí inútilmente! Tanta soberbia y ambición no me han servido para enderezar este desgraciado reino.

—No es culpa vuestra, padre. En los tres años que lleváis al frente del gobierno ha habido malas cosechas, hambrunas, peste... Eso cambiará.

—A peor; pero ya no estaré aquí para verlo.

Don Juan cerró los ojos e inhaló con esfuerzo una bocanada de aire.

—Hay algo que quiero legarte, hija querida. Dile a Antonio que traiga el cuadro que le ordené apartar ayer.

Minutos después de que la joven religiosa hiciera el mandado, el criado de don Juan entró en el dormitorio con el retrato de una mujer joven, de largos y rizados cabellos rojizos que lucía un vestido de seda blanco ribeteado con pasamanería de oro.*

—Este es el cuadro que el rey mandó pintar cuando tu abuela estaba preñada de mí. Es el único retrato que me queda de ella.

—Fue muy hermosa.

---

* Este cuadro se conserva en el Museo de las Descalzas Reales de Madrid.

—E inteligente. Una mujer singular, sin duda. Me gustaría que conservaras ese retrato en las Descalzas mientras vivas.

—Así lo haré, padre. Dejad de hablar, os noto fatigado.

Don Juan José de Austria metió la mano derecha debajo de la almohada y sacó una cruz de plata, que puso en manos de su hija.

—Este crucifijo es mi posesión más preciada, y quiero que lo conserves. Mis enemigos me acusan de apropiarme de la hacienda real, pero es mentira. He vivido frugalmente, con mucha escasez de medios y repleto de deudas. Siento no poder dejarte nada más valioso.

—Padre, no digáis eso. Os recuperaréis —musitó la religiosa tratando de contener la emoción.

Padre e hija se fundieron en un abrazo largo, silencioso, interminable. Por sus cabezas pasaron las experiencias que habían compartido y las que hubieran debido compartir, pues ambos eran conscientes de que aquel era el último abrazo, la despedida.

De la garganta de don Juan de Austria salió un ronco sollozo.

—Vete ya, hija mía. El notario está a punto de llegar y he de ahorrar fuerzas para redactar mi testamento.

Echándose el velo hacia delante para ocultar su cara y sus lágrimas, doña Margarita de la Cruz abandonó la estancia.

Agradecimientos

A mi marido, José María Álvarez, y a mis hijos, Sara y Pablo, que me han ayudado leyendo el texto cuantas veces se lo he pedido. Sobre todo a Pablo, que pasó muchas horas buscando documentación y detectando las contradicciones y los errores en lo que yo iba escribiendo.

A mis queridos amigos, José Luis Varea y Rosa María Sáez, que han corregido el texto como ya hicieron con otros libros míos.

A los actores Pepe Viyuela, Manuel Millán y Paco Torres, que han leído este libro y me han dado sus valiosas opiniones sobre él.

También lo hicieron otros amigos como Carmen Echevarría, Enrique Delgado y Sofía Carlota Rodríguez.

A mi agente literario, Pablo Álvarez, a cuya eficiente y rápida gestión se debe la publicación de la novela.

Por último, a Clara Rasero, editora de este libro, que me ha facilitado mucho las cosas. Ha resultado un placer trabajar con ella.

Sin la ayuda de todas estas personas no lo habría conseguido.